白马人之书

阿贝尔　著

SPM
南方出版传媒
花城出版社
中国·广州

图书在版编目（ＣＩＰ）数据

白马人之书 / 阿贝尔著. -- 广州 : 花城出版社，
2017.6
ISBN 978-7-5360-8340-0

Ⅰ．①白… Ⅱ．①阿… Ⅲ.①随笔－作品集－中国－
当代 Ⅳ. ①I267.1

中国版本图书馆CIP数据核字(2017)第150063号

出 版 人：詹秀敏
策　　划：朱燕玲
责任编辑：夏显夫
技术编辑：凌春梅
封面设计：刘红刚

书　　名　白马人之书
　　　　　BAI MA REN ZHI SHU
出版发行　花城出版社
　　　　　（广州市环市东路水荫路 11 号）

经　　销　全国新华书店
印　　刷　佛山市浩文彩色印刷有限公司
　　　　　（广东省佛山市南海区狮山科技工业园 A 区）
开　　本　787 毫米×1092 毫米　16 开
印　　张　19.75　　11 插页
字　　数　320,000 字
版　　次　2017 年 6 月第 1 版　2017 年 6 月第 1 次印刷
定　　价　45.00 元

如发现印装质量问题，请直接与印刷厂联系调换。
购书热线：020 - 37604658　37602954
花城出版社网站：http://www.fcph.com.cn

雪山和夺补伊瓦知道
它是氐人的后裔，还是
藏人的一支。雪山和夺补伊瓦告诉了我们
只是我们听不懂。我们考据、争论
各执一说

听不懂雪山和夺补伊瓦的话
我便不再去管它是氐人的后裔，还是
藏人。我就认同它是白马人
只认同它是白马人
我不能阻止、延缓它的消亡
却能像对待爱一样
让它活在文字中

目　录

白马女子（平武）　佚名摄

白马男子（平武）　佚名摄

白马青年（平武）　佚名摄

白马藏族男、女、儿童装束　向远木摄

白马妇女（九寨沟）　白林摄

坝坝宴　王兴莉提供

十二相（九寨沟）　阿贝尔摄

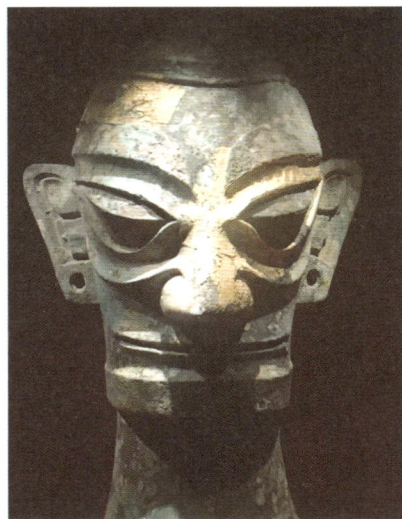

或许与白马人有关的三星堆人像　雷平阳摄

白马人服饰（文县）　阿贝尔摄

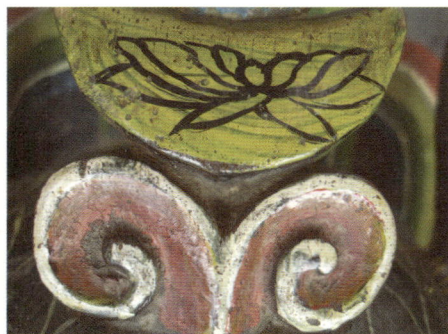

傩舞面具局部（九寨沟县）　阿贝尔摄

烟锅与打火石（上壳子）　阿贝尔摄

清代传下来的熊猫舞面具（九寨沟）　阿贝尔摄

导　言

　　白马人是最早来到东亚大陆的古老部族。根据复旦大学现代人类学研究中心杨亚军教授对白马人DNA的抽样分析，白马人要比其他所有部族提早2至3万年到达东亚大陆。杨亚军教授及其团队对217个白马人的DNA进行抽样分析，其Y染色体百分之百为D型，绝对不同于东亚大陆Y染色体为O型的主体人群；而D型Y染色体是19个Y染色体中最为古老的一个。

　　这个最早到达东亚大陆的部族，一直躲在岷山褶皱里求生存。曾经也强大过，有自己的领地，建立过自己的国家与城池，然而他们失踪了一千五百多年，如今才在岷山以东的夺补河、汤珠河和白马峪河流域被找到，更多的已融入汉、藏等其他民族之中。外部文明侵略他们、挤压他们，却没有只言片语记载他们。我只能想象他们失踪的存在，它是一部无声无字的史诗，由一个个活生生的个体一代一代在仙境般的山褶里用酒歌写成。

　　悲催的是，他们刚刚被找到，便又面临再次失踪。且是以和平的方式，再不可能找到。不是从基因的改变，而是从文化的改变。它是现代文明对残存最后的古老文明的无声吞噬。

　　火已燃熊，蔓延开来，我能做的便是火中取栗。它太美了，我无法不爱。

从看琥珀到砸琥珀（自序）

　　如果问世界上有没有内含活体的琥珀，那么聚居岷山深腹的白马人便是，它的价值远超任何真的琥珀。

　　从甘南到陇南，从平武到九寨沟，白马人生存圈的外围的确有与世隔绝的地理与文化隔层。岷山最北的迭山，秦岭与岷山交界的高楼山，岷江与白龙江的分水岭羊膊岭、弓杠岭，岷江与涪江的分水岭雪栏山……构成了这个隔层的地理部分；沿涪江、白龙江而上及沿陇南、陕西南而下的汉文化，沿甘南草原、阿坝草原东渐的吐蕃文化，连同驻守在岷江、湔江、清漪江流域的羌族文化，构成了这个隔层的人文部分。特别是在南宋之前的和平年代，完全是一个被亚洲东部主流文明遗忘的角落，自然也是一个鲜为人知的原始公社。南宋之后才有了土司这个中介，把它与国家政权和外面的世界联系起来。但这种联系依然等同于隔绝，几乎不影响它作为琥珀的他时性。

　　在卫星地图上看，这颗琥珀有着一颗心的形状。心的上边线是白河，左侧线是九寨沟、王朗、黄羊河，右侧线是夺补河、唐家河，心尖是平武县城——过去白马人的安老寨。

　　不用想象，走走，便可亲眼看见这颗琥珀的颜色。甘南东南缘、陇南南缘的颜色已经是翠绿了，但还是带一点泥色。这泥色也是文化的颜色，也是白马人的肤色。白河流域（包括汤珠河、羊峒河等诸支流）春夏是苍翠、苍绿，秋冬是殷红和雪白，泥色淡了，多了一点藏蓝，那是吐蕃人注入的"一滴蓝"。岷山的最深腹，夺补河流域（包括黄羊河、老河沟和唐家河）只是苍翠和殷红了，那是白马人本来的颜色，其纯粹带着远古的清冽与凄婉……一颗琥珀也是一坨凝固的时间，它是从远古刨出的见证，神

1

奇的是它还封存着一只昆虫，且能与现时并存。更为神奇的是，琥珀里面还有氧气和水，这只昆虫还活着……

在我居住的县城，每天都能看见白马人，妇女居多，他们的样子我早已熟悉，与他们擦肩而过，也不再能闻到他们的体味。他们学会了很多我们的生活方式，但保留最多的还是自己的习俗。"5·12"地震前北山公园尚未开发，我时常在公园的后院遇见白马人。大多是中老年妇女，偶尔也有年轻人，穿她们的裹裹裙，拴花腰带。中青年人已不戴白毡帽，只有老妪才戴，毡帽上插着白鸡毛。她们也打麻将，摆两三桌。也有人不打，坐在一边看，手上纺着线，嘴里说着白马话。秀气的纺锤旋转着，与桌上的麻将格格不入。很多时候，看麻将的人比打麻将的人多。白马老妪不会打麻将，单独坐一张桌子，不时看看天，招呼着孩子，偶尔也说她们自己的语言。有一两次我正好带了相机，偷偷地拍她们。拍特写时，被一位白马老妪看见了，她朝我摆摆手，把脸侧过去。就在她侧脸的瞬间，我按下了快门。

在县城，我看见的三五成群的白马人，一丝不苟地穿着他们自己的服装，花腰带和白鸡毛格外显眼。每次遇见，我都要去想，把他们比着什么，灌木或者杜鹃花？还是漂在被污染的河面上的花瓣？虽然同居一城，但他们是很难融入汉人的。我在县城看见的白马人群体，不管是穿汉服的还是穿裹裹裙的，里面都没有一个汉人。他们讲白马语，在街头路尾听见，也不相融。然而，不管走到哪里，白马人跟自然却是融洽的。汉人讲究，坐要坐椅子，睡要睡床，白马人不讲究，公路边的树木、公园里的草坪、街边的水泥台阶，都是他们天然的椅子和床榻。公园改造之前，我时常看见白马人睡在迎客松下的草丛里，旁边还睡着个孩子，白毡帽滚落在一边，树荫落在脸上。

就我的观察，越是原始的民族越是跟自然融洽。融洽也是依赖。我想是文明阻断了我们与自然的通联。事实上，我们的确是从自然当中活脱脱辟出了一个文明世界的，不再像过去那样依赖自然了。然而，我们因此也失去了原初的自然属性，失去了与自然融洽的趣味。最关键也是最危险的一点，是我们自大了，看不见自己作为生命轮回的轨迹了，太过追逐物质文明而忽视了我们作为一个物种存在的边际——作为存在的美学，也失去了静谧感。

我看琥珀，看琥珀里活的昆虫，看它的美与毁灭。它不是藏蜂，而是一个逸名的物种。

很多人看了这颗琥珀，想给这个活化石命名。他们不是审美，而是想有所得。

有的人也是琥珀中的活体之一，既有强烈的自我意识，又有汉人的功利思想，指望因琥珀的稀有得以提升。

也有真正的学者（人类学家、民族学家或历史学家）晓得了这颗琥珀，进山来看，进山来考察、研究。有学者甚至是外国人，漂洋过海而来。他们走近琥珀，拿了显微镜看；他们听它说话，从语言中找它的根；他们测量个体，甚至掘坟，从生理解剖学研究他们……他们看见了一些东西，便匆匆为这活化石命名。或许它名副其实，今天的活体正是那个消失的民族的后裔，但学术的每一步骤都需要证据。

这个活化石与另一活化石——大熊猫共存于同一环境，大熊猫却无法告诉学者们琥珀的来龙去脉。

我不敢说这颗琥珀是世界上最美的琥珀，哪怕它真是这个世界已知琥珀中最璀璨的一颗，但它却是我见过的最美的琥珀。它有我见过的这个世界最美的村寨——迭部的扎尕那、九寨沟的则查洼、白马路的驼骆家，有我见过的这个世界最美的山——扎尕那山、多儿山、雪栏山，有我见过的这个世界最美的河——白龙江、白河、夺补河，有我见过的这个世界最美的部族与人——白马部族与白马人……最美，更是因为琥珀中的生命不是遗体而是活体。部族鲜活了，人鲜活了，裹裹裙、白毡帽、花腰带、白鸡毛都跟着鲜活起来，酒歌、圆圆舞和伫舞也跟着鲜活起来……鲜活呈现的时间、散发出的气息，对今天的世界与时间都是一次反刍与警示。

夺补河由王朗发起，从海拔 3500 米流出，聚大窝凼和竹根岔二水，流经牧羊场，海拔下降到了 2600 米。从牧羊场到王坝楚，便是落差相对较小、河谷开阔、山势平缓的白马路。

自 1953 年森工局进驻白马，夺补河的景观便只有靠想象了。森工局（后来叫伐木厂）1994 年撤走，整整砍伐了四十一年，之后县林业发展公司又砍了六年，除依靠大熊猫幸存下来的王朗原始森林外，整个夺补河流域（白马人的栖居地）都变成了荒山。今天在王坝楚街上，还矗立着一座死难的伐木工人纪念碑，已经破败，无人问津。萦绕它的气氛是伐木厂撤走后王坝楚独有的大风烈烈的萧瑟。我很好奇，一个白马人面对纪念碑会是怎样的态度？

20 世纪 90 年代，山砍光了，开始发展旅游。十几年里，厄里家和祥树家的人还是赚了大把的钞票。今天我们走进厄里家、祥树家，看看那里的房子和设施，看看厄里家人和祥树家人的欢笑就知道了。5·12 地震前已经不景气，5·12 地震后就更是萧条了。最火爆的是旅游刚兴起那几年，厄里家、祥树家夜夜篝火、歌舞升平，走九环东线的旅游大巴很多都去到白马寨。为什么萧条？白马旅游打的是生态和风情两张牌，生态遭受了四十多年的砍伐，从何谈起？华能又在水牛家修筑水库，水牛家这样历史悠久的核心古寨也被淹没在了几十米深的水下。水库造成夺补河断流，从厄里家到自一里的生态开始呈现倦态。民俗早已不地道，篝火晚会上，白马姑娘和小伙儿跳的是现代舞，唱的是流行歌曲和藏族歌曲，听不见白马人自己的声音。

先富起来的白马人都有两个家。白马路一个家，县城或绵阳一个家。白马路的家用来做接待，县城的家用来供孩子读书。白马人认识到文化的价值，也希望孩子能融入社会。

先富起来的只是少部分白马人，更多的白马人很贫困，刚解决温饱，或正力求解决温饱。白马孩子是县内失学率最高的，我想也是绵阳市失学率最高的。见到三个白马青年，问他们的学历，通常只有一个读过初中，而且只读到初一或初二，另外两个都只读到小学三四年级。

在祥树家遇到一个牵马少年，他缠着我要我骑他的马，说他的马是从红原引进的纯种。我骑了马，他又缠着我买他的羌活鱼，价格从每条三十元降至五元。他是一个衣衫褴褛刚步入青春期的少年，我很同情他，也很欣赏他的执着。问他为什么不读书，他说小学毕业了，初中读了一学期，不过已经领了毕业证。我问少年为什么不读了，他说家里没钱，读不起。

"你们这里怎么会没钱？过去砍木头，现在搞旅游，没钱修得起这么豪华的院子？"我问少年。少年凑拢来低声说："有钱的是有钱的，莫钱的是莫钱的。"少年脸膛黑黑的。

我永远都只愿看琥珀，决不去砸琥珀。白马人在特定的环境中生存了几千年，现在把琥珀砸开，让它落入今天的时间与世界，它会立即死去。将美好的事物毁灭给人看，这是悲剧。我不希望这样的悲剧发生，并将阻止这样的悲剧发生。活化石的价值在于"活着"（个体活着），活在琥珀所封存的氛围里，保持自身独立，延续物种。

然而，有人从功利出发，从看琥珀变成砸琥珀。森工局和伐木厂即是，旅游开发和修水电站即是，改革即是……改革是从意识形态和生活方式砸开琥珀，注入外面世界的空气；伐木、旅游开发和修水电站是从改变环境到改变人的生活。

如今，这颗美丽的琥珀被砸开，沿省道205、国道212破裂，裂口深入到夺补河、汤珠河、白马峪河的内部。即使在阴雨天，也能看见一条条粗细不一、直抵白马人村寨内部的裂痕；伸手还能触摸，裂口豁肉。一条条看不见看得见的裂痕，由山水延伸至白马人的身体和精神，从审美的内部改变着白马人。

看不见看得见的血流出来，流在溪水里，不溶；流血的人看不见血，感觉不到疼痛。我替他们疼痛。

被砸开的琥珀原本是一首挽歌（存在即挽歌），我还写什么挽歌？这挽歌在距今五六千万年的松柏脂滴落下来之前便吟唱起了，在琥珀里也一直吟唱。它一直有种宿命的预感，而今死到临头，反倒戛然而止。

究竟那些砸琥珀的人是挽歌的原创人，还是琥珀内部的活体本身是挽歌的原创人？要么是造物主？

看琥珀的时候，我听过来自琥珀内部的吟唱——一个部族的自述，用一曲酒歌，绝望与自满充盈着每一根声带的簧片，心灵的潮汐如同死前的扑腾……也有美好，追忆呈现出的一条条溪流、一座座雪山和一个个寨子，以及背水、打墙、收青稞、跳曹盖和熊猫舞的自在忘我。

琥珀被砸开，封存的个体自裂口遗落，我捡起了尼苏、旭仕修、阿波珠、布吉、嘎塔、格绕才理、嘎尼早……

阿波珠是我认识的第一个白马人，他从琥珀里走出来，让我一辈子爱琥珀。他从琥珀来，又回到琥珀去，我把电话打进琥珀，听见他磁性的声音。他有很多细节，他的人生便是由这些细节构成，我所见到的、描述的都很有限。我没能见到的，在琥珀中一个叫交西岗的灰块中，要更为真实，更为生动，就像一只羊拿它的角去抵一棵桦树。

尼苏在琥珀中起伏最大，受力于时代的一锤。琥珀破了，她并没有晕过去，而是被弹回了原处。她是琥珀中最美、也是最凄婉的雌性部分，就像一枝落入汉人镜头的高山杜鹃花。

旭仕修是一个民间艺术家，也兼做白该（法师）。他信命，命一直压着他的心口。

布吉坐在王坝楚抽旱烟，他刚刚喝过几盅。他给我讲了他的现状——从上壳子搬下来，腰无分文，五个人住一间屋。

我和布吉有一个对话：

"你打没打过大熊猫?"

"昨天打了一只。"

"在哪里打的?"

"那边包包上。"（布吉手一指）

"怎么处理的?"

"交给你啊！交给你处理!"

"现在在哪里?"

"搁到家里的，不信啊? 不信我引你去看!"

布吉真带我去了他家。没看见大熊猫，只看见两个狭窄昏暗的房间和两架脏乱的木床。

"国宝，哪个敢打? 开玩笑! 我打过盘羊，吃肉。"

布吉在琥珀里算什么?

嘎塔躺在琥珀里距离太阳最近的一把长椅上，见了我也不坐起来。他嬉皮笑脸的样子讨我喜欢。我点燃一支烟，也扔给他一支。他依旧躺着，躺着摸打火机，躺着点烟。

嘎塔真的很像一条封存在琥珀里的半死不活的羌活鱼。

嘎塔是上壳子人，三十五岁，光棍一个。

"妈老汉儿死得早，书只读到小学一年级，靠隔房孃孃养大。"嘎塔说。

"孃孃对你好吗？"我问嘎塔。

"好还是好，就是感觉不好，毕竟不是自己家。"嘎塔说。

格绕才理是琥珀里偏雄性的个体，他的红脸膛映红了半个琥珀，但他家祖屋里黢黑的火塘又抹黑了那些红色……他因为心仪的对象饭量太大而一直独身，让我大惊失色。

嘎尼早有着异族血统的大美，也是琥珀中唱歌唱得最好的一位，从存在主义的角度看，她足以代表琥珀。唯一的遗憾是她的呼吸与心跳与外面的世界太过同步，让人不得不怀疑她在琥珀中有自己的生存秘诀。她的悲剧源自她的挽歌无意识，无法以琥珀之心发声。

从看琥珀到砸琥珀，不是我个人的经历，而是琥珀及琥珀封存的个体的经历。

砸琥珀的人代表了这个时代的权力意志，但并不代表美；砸琥珀的人代表了这个时代糟糕的价值观，但并不代表善；砸琥珀的人代表了这个时代大无畏的罪恶，但并不代表救赎。

我爱这琥珀，我爱这琥珀中另类的活的个体。

我说我是这颗星球最爱白马人的一个，谁能拿出证据反驳我？谁又能推举出一个人取代我？

我只是看琥珀，爱琥珀。

面对时代齐刷刷举起的电锤，我只会哭……我的文字无法修复琥珀。

2015 年 11 月 23 日于四川平武

自　述

闭嘴。你可以选择缄默
伏案在文化与基因的暗道
争吵无益。不只视角
还有可鄙的私心
静下来听，是氐人就有氐人的心跳
是吐蕃就有吐蕃的词缀。一千五百年
自然有众多的改变与融合
支流再多，也能分出主流
从那匹最高的山上汇聚的血脉
别再争吵，除非可以一锤定音
就叫它白马人。太阳照在夺补河、白马峪河和汤珠河上
魂已稀薄，但肉身却还实实在在
白马人才是这支人的现状
也是一个消亡的民族存活的截面，以及
文化尚可克隆的残片

闭嘴。有理有据未必就正确
静静地聆听过往的云说
云有雨跟白马人结合，知道
这支人从哪里来
云真实的叙述靠高清的图像
如鹰眼摄取到的记忆

从来都不是一条单独的河，或一个孤立的海子
分分秒秒都在被修改、融合与镌刻
水土有水土的审美，政治有政治的判定
异族的血脉像泥石流
在这支人的基因组图里形成过多少堰塞湖

静下来听白马人自己说
不是藏语，是被汉语挤兑的最古老的发声
所有的悲怆都是舌头被教化的结果
麻木而非疼痛　我首先缄默
不再为他们的源起争论
静静地聆听云说、星星说
静静地聆听白马人自己说
把所有的目光都投给他们
今天的现状

看见白马

看见白马。一只眼如太阳
看见白马
一只眼如月亮。看见白马
白马是一支人，之后
是一个部族、一个国家，再之后
是一匹山、几条河，最后
又是一支人

看见白马。太阳和月亮的眼睛
看见白马
白马是迁徙的、变化的，就像云的聚散
繁盛了再荒芜。嚎叫、流血、死亡，融入
一条条发端于别处的河，或者被掠走、烹食
或者被驱逐。太阳和月亮的眼睛
看见白马哭，看见白马从结冰的噩梦中坐起
没完没了地喝酒
没完没了地唱歌、跳舞。还有星星的眼睛
看见白马，渺如蝼蚁，流离辗转
从一支人回到一支人

我最近一次看见白马
是在夺补河断流、水牛家消失之后

白马连一支人也不是了，只是一个人
——阿波珠
　　蹲在县城的墙根
咬着烟袋
晒着长了布的太阳
头顶的毡帽上没了野鸡翎
腰带上也没了鱼骨牌和铜钱
给我的印象，是几千年的白马
只剩最后几根游丝

在宋代看见白马
破碎的边界开满杜鹃花
荒芜的国字里又长出青草
血渗进雪泥，脱去腥气
滋养着被践踏的炊烟般的人性
土司骑一匹驴走汉地进来
把白马带进了明清，没让白马与驴混淆
也不强迫白马讲汉话
他甚至不在乎租子，帮白马从背后挡外族的箭
"真是甘冽啊!"
他这样赞美白马的水、白马的风和白马的酒

在江油平原也能看见遥远的雪山
看见白马
然后拍下来
无法拍下来的就画下来
太阳的眼睛画太阳的版图
月亮的眼睛画月亮的版图
土司看见了，画土司的版图
宋元明清的变化一目了然

看见白马
　　　　然后拍下来
早年没拍下的我画下来
白马的版图不只是有色彩，还有声音
从刀戈声到围着柴火跳圆圆舞唱歌
从白该的诵经声到丁丁的伐木声
从潺潺的溪流声到挖掘机的轰鸣声
再到游客的喧哗与躁聒

看见白马
像榨干了汁的橙渣悬浮在福尔马林里
暂时不溶
不全溶
加热正在把他们变成糖
　　　　然后全溶
再加热
加香精
让白马完全变味

白马线索

民族是多个族群的融合体，是时间之树上的一个难以辨识的果子，味道也不是单纯的。单就词义，民族有它抽象的部分。抽象的部分就像树胶，从文化的角度把不同的族群粘在一起。抽象的部分里还有国家和强权的影子。

民族太大了，就像大江，一个族群汇入，转瞬便改变了。起先改变的是颜色，慢慢改变到了血液，再也分辨不出。

夺补河在铁笼桥汇入涪江，在两河堡和羊肠关或许还能分辨，但过了龙安城就分辨不出了。涪江在合川汇入嘉陵江，在泥巴嘴和海佛寺或许还能分辨，但过了盐井镇就分辨不出了，更别说到了朝天门和崇明岛。

没有人有本事在长江口找到夺补河的线索。

民族是一条大江，但也有难以融入的族群，比如白马人。早先是隔绝和拒绝，后来是难融。这既缘于民族溶解力的有限，也缘于族群的独特性，即自我保护本能。

一个族群与世隔绝，自我完善，从血液到基因树立自己的个性，如果它不是被不可抗力（包括外族暴力）灭绝，便会一直存在下去。融合有益于繁盛壮大，融合也是一种修正和消失。

白马人族群与世隔绝的独立存在，旁证了地球人的生存向度。就算不是永存，一个族群只要独立于自我完善，也会长存。

抗融合就是抗异化，抗异化就是抗消亡。生物的多样性是上天所赐，人的族群的多样性亦是，它除了是人类共生的前提条件之外，还是一种上天赐予人类的美学。

一条溪流没流多远就注入大河，自然会消失得无影无踪，它的特质不够，它因为流程不足而涵养不够。而发源于郎木寺的白龙江，过草原穿山谷，流程576公里，即使汇入嘉陵江，也不被嘉陵江改变，反倒改善了嘉陵江的水质。

今天，我们尚可通过一些个体的白马人获得有关白马人族群的线索。出生于水牛家的马华是一个。他从1975年走出夺补河，一直都在融入，当然也有保留。汉文化（准确地说是被西方思潮异化的汉文化）早已改变了他，不过当他沉静的时候，血管里哗哗流淌的白马人的血或许还能给他温暖。他当市长、当书记，他讲政治，身体里固有的白马人的东西能给予他人性的底蕴。

出生于"山那边"的耿萨是又一个线索。她在央视演播室主播《朝闻天下》，说普通话，身体里跳动的却是一颗白马人的心。她出生在甘肃境内的白马峪河畔，1982年走出白马峪河便开始融入。或许她算不上白马人里走得最远的人，血液和记忆像一条根始终在挽留她。从出生于同一座山不同两侧的两个人身上，我们找到的是白马人"出走"的线索。这两个线索让我看见的是一个趋势，一个必然趋势。

阿波珠是我多年接触与观察白马人的线索。1980年认识他的时候，他穿一身白裙子，与我同班，像个稀有动物。白裙子及其漂亮的镶边是明丽的，但穿白裙子的人却一直是隐含的，很少显露质地。穿白裙子的人原本是富有质地的，且富有一种极独特的质地，只是我少不更事，没有眼光。有六七年，阿波珠都是一个人待在一个汉族人的班级里（甚至是学校里），穿一身拖地的白裙子，像是从夺补河漂到龙安城或者中坝场的一枝杜鹃。他张扬的只有白裙子的下摆和插在手工做的白毡帽上的白鸡毛，其余都是很收敛的。他腰带扎得梆紧，只有睡觉时才解开，连身体所带的白马人的体味也不轻易弥散。在这六七年里，阿波珠都是一个人，一枝漂浮的独特而收敛的杜鹃，从他的身上看不见他的族群，觅不到他的族群，也无从去想象他的族群。那些年，阿波珠还只是一个线头。

从学校毕业，阿波珠回到了白马路当老师，一当就是三十年。他对于我，起初是伏笔，后来是线索。我通过他走进白马路，走进白马人，走进白马人族群。阿波珠读了书，回去教书，他有机会接触外面，他在白马人当中有相融，也有不相融。相融的是血液，是歌喉，是咂酒和蜂蜜酒的味道，是对溪水、雪山和蓝天的依赖；不相融的是一些他已经接受的观念，包括道德与信仰的碎片。

线索有苎麻的，有尼龙的，也有棉线的，还有蛛丝的，有铜芯包塑料的……我喜欢苎麻和棉线的，又牢实又好看，手感也好。我们去抓一根线索，如果抓住的是铜芯包塑料，就很可能抓不住，它勒手，把手勒疼了，会本能地放弃。我们如果抓住的是一条油绳，不说糊一手的油，单单那分量，就抓不起，再说油绳那么粗，我们的手那么小，怎么去抓？蛛丝倒是轻，但一抓就断。

我喜欢苎麻和棉的线索，也是喜欢它们上面的毛毛，不管是自带的还是磨出的，我都喜欢。线索上的毛毛，甚至一些不影响线索实用功能的小口子，我都喜欢。它们感性，有苎麻和棉花的质感，甚至有苎麻和棉花的气味。它们呈现出的是苎麻和棉花的特性，也是线索的特性。有些线索上的毛毛和磨损还很性感，可以看作是爱的遗迹和伤口。

唱歌的嘎尼早和她的妹妹达娃卓玛是一个好线索。她们唱歌，从岷山唱到成都、北京，像耿萨一样，用声音做线索。一般人没有探寻嘎尼早与达娃卓玛的族群的冲动，不会拿她们做线索，只是拿她们当歌星或者当一张牌。他们需要的是她们身上的音乐和时尚部分，而非她们根部通往族群的东西。

听嘎尼早唱歌，还能听出白马人的声音，虽然很多地方已被修饰、修改，但嗓子还是白马人的，部分的抒情还是白马人的。听达娃卓玛唱歌就不一样了，她完全潮流了，从声音到抒情，白马人的元素都极弱，就像她的艺名"达娃卓玛"，不再与白马人沾边。

实事求是，这两姊妹身上除去奋力追赶时尚的部分，依然有很多白马人的东西，她们血管里流的毕竟是高纯度的白马人的血。她们从北京回来，穿上裹裹裙，戴上白毡帽，插上白羽毛，回到夺补河边的家，与家人和伙伴疯起来，或者是参加祭山节，依然是完完全全的白马人。那些时尚的，或审美或功利的东西，比某些观念更安全，不管她们追没追求到、追求到了多少，它们都很难进入她们的血液，成为她们的宗教。这样去理解她们，既是保护线索，也是保护线索上最美的修饰。

尼苏作为一个线索，是我们探究白马人在 20 世纪 50 年代至 80 年代处境的路径。尽管是在恶劣的年代，但路上还是开满了小野菊和杜鹃花。这个线索从少女变成老妪，包含的辛酸就像今天因为建电站多处断流的夺补河的辛酸；内心所受的创伤，也酷似今天夺补河沿岸崩塌的山体。尼苏是一个特殊的线索，她多处磨损，伤痕累累，但至今没有断裂的迹象，她吸取了更多族群的坚韧绵柔之美。面对尼苏，不是在面对一根线索，而是在面对白马人的女神。

我曾经在一个初秋的上午跟这位女神在祥树家的火塘边坐了两个时辰，从火塘出来还去拜访了她独居的木楼。那栋旧木楼是她现在生活的绝大部分，火塘、皮褥、鼎锅、睡榻、腊肉和板壁上的几帧毛泽东画像包含了她的日常生活和精神生活。前几天我在街头看见她，县城里也有她现在生活的少部分。她是一个望远镜般的线索，通过她，可以望见白马人在那个特殊年代的生活颗粒；她也是一个镜子般的线索，从她身上可以照见一个族群变形的样子。变形的婚姻和政治改变了她的命运，也改变了一个白马女人的天性。为了保护珍贵的天性，包括内心的自由，她放弃了包办的婚姻和政治前途。

在祥树家的火塘边，我清晰地看见尼苏的伤口。它不是一些断面，而是若干鱼鳞般层叠的伤痕，大多已经康复，个别地方不注意碰到还会疼、还会出血。不过我发现，影响她情绪的不是疼痛，而是伤痕不可平复的丑陋，以及唤起的记忆。

一个哭泣的线索打湿了现实，打湿了空气，打湿了记忆和历史，也打湿了祥树家以及整个白马路。线索上的每一磨损处，每一丝绒毛，都挂着浊泪，照见的是一个族群发自根部的苦难。

这个哭泣的线索也是哭泣的女神。女神的沉静与落泪让整座寨子、整条河流乃至整座大山都哑然。神赐予的苦难，把人变成神，但又不是受苦的人都能成神，神只能在一个族群选一位。她将苦难过滤，蓄成海子，自己也愈老愈美，神便选中了她。

土司作为一个联系白马人的线索已有近八百年之久。土司与白马人没有血缘关系，但八百年盘根错节，线索的很多段落已经与白马人长在了一起，就像白马路的葛麻藤跟山毛榉。

土司线索的头绪可以追溯到南宋宝庆三年（1227年）的王行俭。他是始祖，是白马人的第一个土司。如果把白马人族群看作一潭雪溪，把土司看作一根线，那么王行俭就是最先没进雪溪的线头。最先没进雪溪，也最先染到一点、最先闻到白马人的气味。当时的白马人不只是在今天的火溪河（夺补河），也在今天涪江白草以上流域，包括今天的县城。

白马土司这个线索来自江苏扬州的兴化县，因为"在任开疆拓土，兴学化夷有功"赐予世袭。如今想来，它无异于一根空投的线索。它们当初的接触想必是不适的、反差很大的，是共同的人性改善了彼此的关系。一根线掉在溪潭里，有冻住的时候，但如果线足够牢实，又有足够的力量收线，也会破冰。冰雪融化之后，呈现的便是清澈温暖的人性。当时的州治在今天江油市的大康，叫雍村，王行俭住在李白故里青莲。这个线索自然也是从江油掉入白马人族群的。

在土司这根特殊的线索上，有几个不凡的牵绊，一头牵绊到白马人，一头牵绊到朝廷。这是土司的本职、本质，也是一种温和的文化漫延形式。牵绊到白马人的一头是根，白马人族群是一条奇特的大根，白马人是一笼根须；而牵绊到皇帝皇权的一头是梢，它获取恩赐，传达政令，得到另一种日照。

王玺是得到日照最多的一段线索。他两次进京，获得赏赐最多。他征战松潘、叠溪，又饱读经书，阳光酿蜜，创建报恩寺。王玺对白马人的署理无考，他给予白马人的应该是佛善的一面，他的征战是服从朝令。王玺是一个文化符号，他是土司文化的集大成者，同时又超出了文化，成了精神与艺术的借代。

报恩寺是一件艺术品，它包含了从江南到藏地的元素。它的角度是王玺的，艺术里自然有政治，审美里自然有教化；不过，就是政治与教化也是很纯的，只是一种隐含。

沿着土司的线索探寻，未必取土司的视线。土司是一口直径大小不等的老井，从井口看见的白马人自然是有限的，我们还需要想象。我们也需要好的光线，照进老井更深，把白马人看得更清、更真。

八百年长的土司线索，除了宁静和温暖，难免要蘸血。线索多处旁逸，蘸了吐蕃人和羌人的血。白马人是土司的子民，史料上未见亲戮。

线索上滴流的也有土司家族的血，如嘉靖二十四年（1545年）宣抚薛兆乾作乱，胁迫佥事王烨同乱，王烨不从，全家被杀，仅二子启林、启睿躲藏白马寨幸免。明崇祯十七年（1644年），张献忠部下张化隆、崔峰高攻陷龙安城，土通判王懋烈据白马寨领兵夺城，兵败全家被杀。清咸丰十年（1860年），松潘番乱，波及白马路，土长官司王国宾率兵至白马路水牛家震慑，叔父王维度随同。王维度不检，惹白马人愤恨。松潘藏人与文县、南坪白马人串通，包围了水牛家。王维度出马迎战，被射杀。王国宾得知，带兵出马，被一白马女人阻拦，王国宾不听，出马被杀。血流进了夺补河，染红了草滩和灌木丛，尸体被践踏，不可辨认。王维度之子王国卿，次年战死于雪包顶下面的望山关。

线索上的血几次呈现出断面，但都被家族的血缘补救了。线索上的血弥漫出的气息，为我们的想象提供了物质信息。它不是简单的血的颜色和气味，还包含了集权政治和个人审美的元素。这根线索从来都不是干净的麻线，掉进的也不是什么雪溪，或许它的真实状况，就是一根铁链或者一把箭镞浸泡在血盆子里。

好在不是白马人的血。

通过土司线索，我们希望洞见白马人什么？又能够洞见白马人什么？八百年，他们只有内部的演进，在岷山的褶皱里一动不动，呈现出永恒的状态。三十代如一代，杉木板土基房一直都是杉木板土基房；裹裹裙也一直是裹裹裙，包括领襟和袖口上的镶边；白毡帽也一直是白毡帽，连同毡帽上的白鸡毛；不管叫曹盖还是叫池哥昼，面具都是木头砍的面具，舞起来的架势都是一个样，表达的意思也都是一种。

近代土司线索分岔多，见血见肉。血有土司自己的血，有白马人的血，肉更多是兵匪的肉。时代的破绽，人填补不了，反倒戕害到人。时代把土司玩得猡猡转，很多人把命都玩没了。时代更替得快，土司便更替得快，线索越变越粗，苎麻或棉花的纹理都看得见，纺线拧绳的人留下的茧皮都看得见。线索越粗、分岔越多，白马人的形象更清晰，味道出来了，气质出来了，一个个在雪山奔跑，或与兵匪作战，或被兵匪枪杀……有的还叫得出名字，比如行神保、格早、杨珠、泽子修、杨汝……有的甚至看得清插在腰带上的铜烟锅，看得清插进绑腿的匕首和边耳子草鞋里黢黑的脚指头……时代把整个舞台搬出来，得有人登台。土司这根线索被拿上台去做情节，牵涉的不再只是白马人。白马人被拧成线索中的一股，成为土司手中的一份力量。

20世纪50年代，土司这根线索断了，断在案卷里，断在记忆里。其实，断裂一直都在发生，分头多了，断裂也多，只是这一回，彻底断开了。

我有时在想，如果没有这根线索，如果白马人没有土司，他们今天会是怎样。没有土司，没有国家，没有外族的侵扰与杀戮，完全是一种自然的状态，就像20世纪50年代之前夺补河两岸的森林繁衍生息，会不会是一种永恒？

土司再温和，也是一根带钩子的线索。不是从血缘的角度。从文明的角度看，这根线索已经深深地植入白马人的血肉，系在它上面的钩子也被植入白马人的血肉，每一次牵引都会带出血肉，让白马人剧痛。

这个钩子是一些事件，更是一些观念，它深深地牵制、改变着白马人。

史书上的线索有化石般的意义，如果可以从上面提取DNA，不用克隆，便可以洞见白马人在历史上的真相——生存的真相与族属的真相。

《说文解字》说："秦谓陇阪曰阺。"

这是氐的线索。有一支人，不知道名字，定居在陇阪一带，得名阺（氐）。

从阺到氐，多少年？其生存却是一天一天。他们在白马人前面很远，就像白马峪河上面的跌卜寨在寨科桥前面很远。

太久远了，几成虚线。一个民族化在土里，留下史书中的几个句读。

《汉书·西南夷列传》载："自冉駹以东北，君长以什数，白马最大，皆氐类也。"

这是白马人的线索。白马人，氐类之一大部落也。

秦以后汉民族形成，其中央就在长安，距离这支异族聚居的陇阺很近，汉民族的强盛对他们的挤压可想而知。尤其是受军事力量的挤压。于是"分窜山谷间，或在福禄，或在汧、陇左右。其种非一……或号青氐，或号白氐，或号蚺氐……人即其服色而名之也。"继而过白龙江、白河，窜入岷山东麓。

史书上的线索是躺着的、盘曲的，甚至是隐匿的，我们除了翻阅，还要去抠去掐，把它们唤醒，让它们站起来，彼此形成照应，形成气氛。

史书上的线索未必连贯，它可能有成百上千年的断裂。断裂了并不是虚空，它背后有一根虚线，把断裂的部分连接在一起。甚至可以把断裂的地方想象成一个个海子。几十上百年的断口是小海子，几百上千年的断口是大海子。一根线串起一个个海子，记载的部分是边岸，是露出水面的山脉。海子里包含了白马人的过往。白马人的过往有多生动，我们的想象就有多生动，海子就有多生动。

魏晋南北朝是史书线索中的一块大陆。氐人逞强，占据秦岭西和岷山东，包括川西龙门山及部分川西平原，建前仇池国、后仇池国、武都国、武兴国、阴平国，气象如燎原之火，而白马人则在燎原之火中。

宋太祖元嘉二十七年（450年），一支政府军在杨文德的率领下从汉中西进，惊动了武都国。氐人杨高率领阴平、平武氐人，在广鲁桥抵抗。杨文德也是氐人，知彼知己，大败杨高。氐兵分窜山谷，杨高一个人投奔羌人仇阿弱家，杨文德追到黎仰岭，将杨高斩杀。杨高死了，但氐人未绝，之后还兴旺了百余年。这一百多年战事不断，却是氐人的最佳生存时代。五胡乱中华之后，汉民族狂衰，氐人在空隙里做大了自己。

这之后，线索断了，史书上再也找不到有关氐类的记载。如果不是史家迫于政治变态有意回避，那便是剥洋葱的后果——你趁乱将自己做大，我大了自然要将你做小，将你当洋葱一层层剥去。隋大了，唐巨大了，氐便失去了生存之地。即便还有生存之地，比如分窜山谷，也不再敢聚集、发声，大多数都脱下裙袍，换上汉服，与汉人攀亲，甘愿汉化。

白马人便是在这个时候分化出来独立存在的。史书中遗落的线索，在岷山东麓黄土梁三侧找到。白马人作为氐人的幸存者，不仅是氐人血脉的遗传，也是氐人文明的保留；他们是氐人遗落在山谷的花籽，是氐人的活化石。

史书上的线索在隋唐遗落，落在了岷山东麓的雪山下，落进了夺补河、白马峪河和汤珠河，在冷杉、雪松、大熊猫、盘羊、蓝马鸡、杜鹃、龙胆、小野菊的高海拔环境渐渐生发，长出根须。

同土司线索一样，史书上的线索是以统治者的视角看氐人的，而非以上帝的视角。线索所牵扯的氐人（白马人），大多是作为番夷、西番、逆番、番蛮、番贼、番匪看待的，不仅是一个俯视的角度，而且多带着蔑视与愤恨。这里面有人性、民族性的冲突（小族群、小部落挑衅大民族大政权，犹如拿针拿锥子刺一头大牲畜，刺对穴位了也了不得），更有大国理所当然的文化侵略。服则臣民，不服则番匪，匪便得剿灭。

吐蕃东渐占领了氐人在汉人西渐的背景下寻得的狭缝，氐人再次被屠杀、驱逐和异化。驯服、改变自己是唯一的出路。不改变是死的消失，改变是活的消失。在汉藏的狭缝当中，氐（羌）人犹如被围猎，只有再次分窜山涧的幸运的一小股存留了下来。今天的白马人即是。

白马人无论是在史书中还是在生存处境上，较之他们的祖先氐类，或者较之他们的西敌吐蕃，都要幸运。他们分窜山谷，唐以后便一直生活在吐蕃与汉人的夹缝中，有了自知之明，不再轻举妄动，以此保护族群的基因。土司制度也让他们受益匪浅，既可以作为他们与汉政权的摩擦剂，又可以作为他们对付吐蕃进犯的挡箭牌。最关键的是，土司作为一种文明的政治制度是有温度的，它可以冰释白马人骨子里的某些东西。冰释是汉化，但不只是汉化，也有带温度的、触摸肌肤的人性暖阳。

也有创痛。个中原委缠绕不清，或系生存所逼，或系周边部落串联邀约。明成化九年（1473年），农历八月十四，镇守松潘都指挥金事尧彧，配合四川安察司副使沈琮，搜剿白马路，幸存下来的人不服气，纠集白马老百姓复仇，在路上又被剿杀。政府军进入白马路，烧了寨子，赶走牛马，砍头三百六十六颗。

在这个事件的史书记载中，土司缺席了。事件发生中土司是否也缺席了不得而知。

咸丰十年（1860年），土长官司王国宾被番众杀死在水牛家。这个事件涉及到松潘的庚申番乱，背景复杂，是在不明真相失去理智的场面下发生的。王国宾是土司，他不是番众要砍杀的人，他与白马路的白马人有鱼水情。他是在水牛家与番民把酒叙谈时，听说他四叔王维度被番众杀死才出门的，出门时那家的女主人劝了他一句："老爷，这些人是来整四老太爷的，他们认不到你，你莫出去，出去不饱米!"从白马女人的这句话，我们可以听到土司与白马人共同的心跳。

"熟番"与"生番"是史书上对白马人的两个称谓。火溪沟的白马人是熟番，白马路的白马人是生番。会讲汉话，跟汉人打交道，懂汉人规矩的，就是熟番。熟番相对"文明"，有的甚至允许汉人入赘，接受了国家统治。生番不会讲汉话，也不跟汉人打交道，保存着族群的原始性，只认他们的老爷土司，没有国家概念，与外面冲突较多。

到了清末民初，史书上的线索多起来，记载也更为详尽生动，一些人事感觉都还是热的，一些血迹都还闻得到腥味。线索多了，一个开放的势态也呈现出来，现代文明从漫延到席卷，到今天，白马路再没有处女地，白马人再没有"生番"。

最后的线索是基因。

血脉是一条河，从非洲或滚滚或涓涓来到亚洲东部，不管融合了什么，基因里最本质的东西没变。白马人基因里不变的是父系遗传下来的D型Y染色体。

基因的线索也是时间的线索，有了这条线索，便可以找到白马人的缘起——他们的非洲籍贯，他们的迁移时间与路线，他们在东亚大陆的孤立存在……且充满想象：一条路，一群人，一路跳一路唱，就像他们今天祭山，一路跳了唱了五万年甚至十万年。曹盖肃穆，圆圆舞欢腾。跳过，唱过，便是山谷的静居，便是劳作与繁衍生息。

2008年春天，复旦大学现代人类学研究中心在四川省平武县的白马人聚居区采集到17份基因样本进行检测和比对分析，结果让人震惊：17份样本的Y染色体都是D型。Y染色体是家族血脉的根本，由父亲传给儿子。汉族人的Y染色体多为O型。D型Y染色体是一种极为古老的类型，在东亚大陆极为罕见，在东亚人体内所占比例不超过30%，像白马人这样占到100%的群体绝无仅有。2008年夏秋之交，他们又在甘肃文县的白马人聚居区采集到287份基因样本，其中血样217份、口腔唾液70份，检测结果与之前平武白马人的17份样本一致，100%都是D型Y染色体。这个结果意味着白马人是东亚大陆上最古老的人群。通过基因比对分析，科学家得知，有着 D 型 Y 染色体的白马人的祖先从非洲迁徙到东亚大陆已经有四万到五万年，而有着 O 型 Y 染色体的汉族人的祖先迁徙到东亚大陆不足两万年。

现代人类学研究从血液中最核心的部分确定了白马人的身份，为我们提供了这个东亚大陆上最古老的族群的血脉线索。

没有人知道他们族类通婚的法则是出于怎样的动机，莫非是他们的血液里就有种对外族的不信任？或许他们有着特别的自我保护本能，或许出自独特的自信的品质，不希望这样的品质在遗传的链条上被稀释和异化。

内在的血液的品质也表现在白马人的信仰与生活方式上，祭祀舞蹈跳曹盖（池哥昼）便是最古老的一种。血液蒸腾，或者在雪地弥漫，温度是肉体的，但指向却取决于基因。

基因讲自己的话，方向和细节，是它对一个族群本能的把控。

个人线索、土司线索、史书线索和基因线索，最终的指向是今天的白马人。

我们可以想象白马人的祖先，从非洲大陆一路走来，成为白马人的情景。

他们来得最早，却被晚来两三万年的吐蕃人、蒙古人、汉族人的祖先驱逐。他们血液的不溶性在保全纯正血统的同时也阻碍了他们大脑的发育，致使他们在与异族的生存竞争中处于劣势。

我们无法想象他们曾经的模样，也无从知道他们有过的称谓。他们在东亚大陆上走过怎样的路线，我们也不得而知。我们只知道，他们到了秦陇与巴蜀之间峻岅相接的山地，才由地名获得"氐"的族名。氐是他族的称呼，他们自称"盍稚"。氐在商周时已经出现，甲骨文有记载，但多与羌合称。氐是否出于羌，复旦大学现代人类学研究中心提取羌人的基因样本检测后便可知一二。我们也无从考证氐在商周春秋时的景象——繁盛，还是仅有一席之地。汉民族形成的前夜，氐在做什么？氐都做了什么？从检测到的 D 型 Y 染色体的高度一致看，他们与异族的融合十分有限，他们分配过多少自己的基因给异族，我们不得而知，但可以肯定的是，他们没接纳多少异族的基因。陇阪和山谷做了他们的天然屏障，保证了族群的独立。

历史悠长，汉民族形成后，异族的生存日益举步维艰。文明的凝聚力超出血统，形成旋涡。氐人只在魏晋南北朝历史的破损处有过短期的强盛，很快就烟消云散了。这一次的散，更像是泯灭，直到一千五百年后的今天，才以白马人的称谓啄破历史的蛋壳探出头来。且不是自己啄破蛋壳的，而是靠了耍笔头子的历史学家、人类学家和研究基因的科学家。

把线索收起来，不再去追究白马人的起源和族属，将目光停留在白马人身上。

白马人就是白马人。从意识上断开线索，去关注活着的白马人和未来白马人。如果非要给白马人一个族属，白马人就是白马人族。

白马印象

血液的呈现

最初的白马印象是从这个汉人的梦境呈现出来的。他还是个小孩子。一次，两次……他无法讲述他的梦境。

白马印象原本就在这个汉族孩子的血液中，随了成长，才以梦境的形式，像显影液里的照片慢慢显现出来。

他血液中的白马印象并非空穴来风，而是来自祖上的遗传。他的祖先是世袭白马土司。他梦境中的白马印象是祖先白马记忆的显现。

梦境中有群舞，有青面獠牙，有牛铃，有刀剑呼啸……这个汉族孩子总是被惊醒，尖叫或号啕，泣不成声。梦境太深，裹裹裙飘起来只是一刹，匕首的白光一晃，他人无法窥见，梦醒后的他也无法窥见。其实，尖叫和哭泣与这个正在发育的孩子无关，它们只是借了他的血液来传达，借了他的喉头来发声。

白马人马队

20 世纪 70 年代早期，这个汉族孩子第一次看见白马人。白马人赶着马队从学校外面的公路上经过，在操场上都能听见马铃声。

初夏季节，玉米刚开始挂红须，叶子修长像一把把长刀。透过玉米叶和红须，这个汉族孩子看见了白马人和他们的马队。四五个白马男子，七八匹白马和枣红马，从桂香楼往古城走。白马男子都穿白色长裙，扎腰带，打绑腿，腰带上吊着带鞘的长刀，绑腿上插着匕首。初夏时节，汉人已经穿单衣，露胳膊露腿，白马人却穿得严严实实的。

不是梦境的暗示，这个汉族孩子对白马人有种本能的害怕。他害怕弯弯长鞘里的刀，害怕抽刀的那一瞬，以及刀反射出的白光。他害怕白马男子的脸腔，黑里透红，肉看上去像麻绳缠扭着。他也害怕白马男子的那双手，宽大发达，黝黑发亮，像是从没洗过。他也害怕他们手里的马鞭，又粗又长，弹性十足。他还害怕白马男子的声音，吆马的声音，干咳的声音，以至出气的声音、鞭子抽在马腔上的声音。

除了害怕，也有喜欢。比如白马人长裙的白颜色，头上的白毡帽和毡帽上插的白羽毛。如果这个汉族孩子能见到白马人的舞蹈，听见白马人的歌声，会更喜欢。还有白马女人的花腰带和小钱串、鱼骨牌。

有个胆大的汉族女孩追着白马人喊"蛮子"。"蛮子蛮子！"喊过便躲进玉米林。白马人没有理睬她，赶着马说着番话。汉族女孩从玉米林钻出来，追上去又喊："蛮子！蛮子！"这一次，白马人听见了，猛然回头去抓汉族女孩。女孩见势不妙，拔腿便跑。白马人这一次动了真格，紧追不舍，一边追一边举起匕首用白马话叫喊。汉族女孩的腿软了，跌倒在了沙沟里。白马人冲上来，一把抓住领口将女孩提到半空，接着一松手让她摔在地上。白马人哇啦哇啦叫着，女孩吓得要死，哆嗦恍惚中看见白亮亮的匕首朝自己捅过来。

当然不是真的捅，白马人毕竟不是野蛮人，只是做做样子，吓唬吓唬女孩。白马人吓唬得有点过火，他们假装劫持了汉族女孩，把她按在马背上，驮到黄陵庙才放下。

那个汉族女孩一辈子都不会忘记这一幕，一辈子都无法剔除对白马人的恐惧。她长大了，白马人的山寨成了旅游景区，一次也没去。不是不敢，是有种比恐惧更可怕的不适。

白马人的行为没有从这个汉族孩子的血液中唤起更多的印象，因为在现实中有了印象，有关白马人的梦境反倒减少、变淡了。这个汉族孩子当然不知道他的祖先缔造的他与白马人之间的联系，但他牢记了那个汉族女孩的教训：见到白马人，永远不要喊"蛮子"。

张珠他

1975 年春季，这个汉族孩子的学校来了一位新老师，正是穿裹裹裙的白马人。

白马人突然出现在校园里，穿一身白长裙，扎一条腰带，戴一顶白毡帽，毡帽上插着白鸡毛，让这个汉族孩子觉得又害怕又新奇。和赶马的白马人不同的是，这个白马人长裙下穿的是裤子，而不是打绑腿。

他叫张珠他，刚从师范学校分出来。张珠他，张猪獭，张柱塌，张煮她……这个汉族孩子在他的本子上写出了新老师名字的多种拼法。

几十年过去了，他早已不记得这个白马人的样子。如果硬要他画出他的脸，画出他的身段，就只能是一道白光。一条雪白的长裙，一顶雪白的毡帽，两三根雪白的羽毛，掩盖了脸膛和头发，掩盖了满身的垢甲。白光的边上也有彩虹（汉族孩子叫绛子水），它是长裙的蓝底绣花镶边。

好在张珠他只是这个汉族孩子的体育老师。每一节体育课，他都很听话，很自觉，也很紧张。慢慢地，他们和他要熟了，有的人敢和他猴了，有的人敢往他寝室跑了，但这个汉族孩子仍然不敢，总是远远地看着别的同学与这位白马人老师亲近。张珠他把小男生当根柴扛在肩上或者夹在腋下，疯狂地转圈；让长得漂亮的女生爬到他肩膀上，把他当马骑。有一天，这个汉族孩子从张珠他寝室的门缝里看见一个女生正坐在他的腿上荡秋千，心一下子紧了，他感觉张珠他在耍手段，会把这个漂亮女生打了吃了，连骨头也不吐。他见过张珠他的匕首，白得像片羽毛。

张珠他没有把这个女生吃了，倒是把一个叫"包海"的男生的脾脏打破了。体育课，张珠他带他们去枇杷树生产队保管室的院坝里操练。院坝里堆了一山麦草，同学们走拢便钻进去挖地道、打鹞子翻山。这个汉族孩子也想去，但没敢去。哨声响起，紧急集合。"包海"最后一个从麦草里钻出来，头上顶着几根麦草。张珠他冲上去，提住领口，将"包海"扔到半空，接着便是一拳。

不久，这位白马人老师便离开了这个汉族孩子所在的学校。不知是因为那一重拳，还是因为别的什么。

阿波珠

这个汉族孩子对阿波珠最初的印象也是一道白光。

阿波珠坐在操场边的老槐树下，或者站在学生食堂外面的饭甑子前，都只是一道白光。他坐在教室中间顺数第四排的位置上，也只是一道白光。白光来自阿波珠崭新的白色长裙。在汉族孩子的眼里，白色长裙遮蔽了他的肉身，遮蔽了他整个人。

遮蔽，也是省去。这个白马人少年的存在仅仅是一条白色裹裹裙的存在。

那道白光太过耀眼，让这个汉族孩子的肉眼和记忆之眼都看不清对方的眼耳鼻口。

原本"阿波珠"不是三个字，而是三个音节（a－boy－zhu）。"阿波珠"是这三个音节的汉字注音。在白马人语中，"zhu"是汉语"龙"的意思，"阿波珠"的意思是"溪边的龙"。其实，"阿波珠"与"a－boy－zhu"是有距离的，是强势的汉文化让它们合二为一的。

阿波珠从岷山中出到县城来读书，就像一头盘羊闯进了街市，惹眼得很。只不过盘羊是误闯，他是有意。他无法脱去长裙，也就是盘羊。他无法除去身上的气味，无法忘却他们的语言，他就是盘羊。在汉人这条河里，他是一块渐溶而无法溶的钨矿。出山来读书，昭示了他想溶的冲动。

1980年开始的一天，这个汉族孩子被白马人少年叫去了他的寝室，要他帮他擦药。汉族孩子第一次看见了白马人少年的脊背，看见了白光之下的肉体。白光之下的肉体生满疥疮，实实在在，散发出恶臭。除了疥疮的臭味，更多的是汗臭。擦了药，又多了硫磺臭。

对阿波珠的印象，日后给了这个汉族孩子永久的暗示与想象（对每一个白马人的想象）。以后再见到白马人，他们穿得再漂亮、再干净，他都会不由自主地去想长裙里他们的身体：垢甲起层，疥疮密布，气味熏人。哪怕是亭亭玉立、貌若天仙的白马人姑娘。

除了阿波珠，在校园里这个汉族孩子不时还看见别的白马人学生——高中生。也是崭新的白色长裙，扎一条白色或绛紫色腰带，也是一团白光，看不清脸腔，倒是他们的名字好记：小麻格，尤珠，白珠。

一个白马人学生走在操场是一道白光，两个白马人学生走在操场是两道白光，三个白马人学生走在操场是三道白光。三道白光出现在三个不同的地方（老槐树下，厕所边，篮球场），自成一景又相互映照。

县城街上的白马人

不知明清时候是否允许白马人进城。

明清时候，走在县城（州城、府城）街上的白马人在汉人看来是个什么样子？据末代白马土司王信夫回忆，民国时有番民（白马人）进城，吃住都在土司衙署（吃要有酒，睡打地铺）。不知民国时走在县城街上的白马人是个什么样子？汉人怎么看他们？（鄙视的眼神夹杂着惧怕？遇见便避让，或是感觉新奇？）

白马人善待汉人，但汉人待见不得白马人，所以才有俗话："一个番人（白马人）待得住十个汉人，十个汉人待不住一个番人。"

可以肯定，几百年间县城里没有一户白马人住家，能进城的白马人都是土司请来议事、办事的，不是番官就是头人。20世纪五六十年代，有了少数民族干部，才有白马人开始在县城住家。到20世纪80年代，在县城住家的白马人增加到了十几户。到90年代，不只是干部，普通白马人也开始在县城租房、买房住家。到21世纪初，在县城住家的白马人多到了一百余户。他们大都有两个家——县城一个家，白马路一个家。冬天住在县城，夏天住在白马路搞旅游接待。

县城街上的白马人三五成群，穿着打扮跟他们在白马路一样，白长裙、白毡帽、白鸡毛很惹眼。女人的花腰带和老人的绣花坎肩也很惹眼。不管男女，都像花，都像花簇。在街边，在商店，在公园。不是汉人喜欢的玫瑰、牡丹，是汉人瞧不起的岷山深腹里的小杜鹃和小野菊。游弋在汉人中间，显示出隔离、半隔离的状态，不融，又像生长在溪河沙洲上的灌木。

在这个汉人（过去的汉族孩子）的眼里，一个在公园草坪和青杠林的木叶里晒太阳的白马人等同于一株生长在下壳子的蒲公英。

白马人给县城增添了风景，也增添了味道——颜色的味道，身体的味道，语言的味道。他们叽里咕噜说话的时候，时光倒流了一千年。

县城所在的地方原本就是白马人的地盘，是他们的一个寨落，后来被汉族统治者占去，筑了城；今天他们回来，反倒成了异类，成了"客家"。这哪是文明的逻辑？

火溪河

如果不是白马语的汉译，便必定是一条与火、与红色、与血有关的河流。

这个汉人20世纪80年代印象中的火溪河是一条绿溪河，一条野河，一架天梯。野在谷深水冷，野在海拔高、落差大，野在有白马人。

在这个汉人的印象中，火溪河和夺补河是两条河（原本是一条河的两个名字）。从王朗雪山到王坝楚是夺补河，从王坝楚到垂虹桥是火溪河。火溪河山高谷深，如走天梯下来，好些河段都只有一线天，河谷住着会讲一点汉话、偶尔也穿汉服的白马人（熟番）。夺补河属高原地貌，河畔有开阔的草地，完全是另一个世界，居住的白马人也是另一世界的居民（生番）。

第一次进火溪河，感觉如同进入了安第斯山脉，看见白马人如同看见印第安人。

多年以后这个汉人在秋天进入火溪河，看见的才是火的颜色。水落石出，生了铁锈的石头是血的颜色。一树树红叶从水边一直窜至山崖，如火如荼。

王坝楚

王坝楚，白马语"wubase"的汉语误译。如油锯和斧头一般强势。

20世纪80年代的王坝楚是一个伐木中心，是一个移民小镇（从20世纪50年代开始）。荒芜的四野便是伐木的功绩。荒芜延伸到了每一条溪沟的尽头，延伸到了雪山下。

场镇喧嚣的人声与远方林区丁丁的伐木声对森林与白马人的生态构成密集的蚕食。

森工局（伐木厂）进驻的王坝楚是现代工业置于岷山深腹的一把疯狂的油锯，是切入白马人身体里的一把斧头。山谷中的时间被人践踏、溢出，人占据了时间的位置。

21世纪初的王坝楚倒空了人，重新回到一个山寨的状态（从20世纪90年代后期开始）。斧头、油锯和铁索的锈迹还在，但已经如灰。白鹤沟与夺补河交汇的山谷恢复了早先的安宁。人走了，时间如草一般生长，以蓝天、大风、阳光与寂然的质量，以月光和繁星的质量，重新回到了它原初的长凳上。

一只狗在午后空无一人的街上流浪，白光光的太阳下看得见时间和水泥地的毛孔。蓝天逼近别窝亚筛，照得见树影街道，空旷又一次把王坝楚还给亘古，还给自然。

白马路

意识形态的东西在白马路很稀薄，成不了气候，久而久之会被风干，风干不了的也会朽。除非是真正的文明。真正的文明会是种子，撒下就会发芽，不去种白马人自己也会种，就像来自美洲大陆的洋芋。白马人的心是腐殖土，是碱性的，种青稞、荞麦成，种真文明也成。

这个汉人20世纪80年代看见的白马路是一个世外桃源，虽然意识形态早已钻进去，汉人早已钻进去，但依旧是桃花源，没有时间，只有地理与民俗。

山砍光了，只损害到桃花源的美，并没损害到桃花源的宁静。水牛家的宁静，扒西家的宁静，以及坡地上的苦荞花和洋芋花，都是可以让荒芜变回森林的。

白马路没有唐朝，没有明清，也没有民国和20世纪80年代。没有外面的世界。在祥树家和刀切家之间，有一个伊甸园。水和草的伊甸园，灌木丛和野花的伊甸园，牦牛和绵羊的伊甸园。

在这个汉人的眼里，白马路的时间在21世纪初被彻底打破了。意识形态完成不了的，机械完成了。水牛家水库像一块飞地，将白马路拦腰切断。水牛家水库能蓄1.4亿立方水，汉人就占去了白马人1.4亿立方时间。战争、瘟疫、地震以及历代土司的统治，也没能让白马人的寨子消失一个，但21世纪初的机械让白马路消失了三个寨子。消失了的，还有祥树家以下到木座自一里整条夺补河的自然生态。

这个汉人希望水牛家水库有炸坝放水的一天。

白马人

　　白马人除了服饰、语言与汉人不一样，其他都一样：走路，看人，笑起来，在地里打粮，在山坡牧羊。

　　这个汉人坐在车上看一个背水姑娘，叫车停下来。阳光洒在白马人姑娘的发辫上、长裙上、水桶上，以及花腰带的垂须上，像沾了雪溪的金子一般。透过青翠的灌木，隐约能看见她的腰。她停在高大的白杨树的影子里，转过身来看汽车，看车厢里的汉人小伙儿。汉人小伙儿的目光在白马人姑娘的白毡帽和白鸡毛上。白马人姑娘开步走出白杨树的绿荫，唱起了背水歌：

　　　　溪水滴滴答
　　　　掉下来滴成河
　　　　背回去舀一瓢喝
　　　　舀一瓢敬神
　　　　羌和鱼离不开水
　　　　人做啥子也离不开水
　　　　……

　　一个白马人老妪在洋芋地或荞麦地里，容易被忽略，不过一旦进入视野，被忽略的便成了洋芋和荞麦。

　　一个抱着烟杆儿的白马人老者在这个汉人眼里有种双份的神奇。白马人老者是一份，烟杆儿和蓝花烟是一份。

　　一个抱着哑杆儿的白马汉子也有着双份的神奇。喝酒之前敬天地、敬山神是一份，喝了酒唱歌是一份。

　　跳曹盖的白马人反穿兽皮、戴上面具便成了神符，从现实去到了仪式。仪式是一扇门，费九牛二虎之力便可以由这扇门进到神界，化掉肉身，成为夺补河上空的祥云。

　　跳圆圆舞的白马人是一次交付，把个体交出来，交给他们族群共同的神，合成一个半神半人的东西。把身体交出来，把舞步交出来，把欢乐交出来，像各路伊瓦汇入夺补河一样贴近他们的总神，忘我而结成大我。

舞蹈的圆圈越扯越大，神如落花缤纷，歌声潮起，死亡隐身，个体的苦难泯灭，族群的苦难碎为齑粉。

七八个白马人老妪在火塘喝酒说话，酒喝多了变回少女。仍是老妪身，变回的是少女心。嘻嘻哈哈，热泪盈眶。在这个汉人眼里，奶奶身里都住着姑娘（浪漫的姑娘，开放的姑娘）。除了神，没有什么可以约束她们，没有什么约束过她们，再说神也是开放的，喜欢唱歌，喜欢吃羊奶子，喜欢头上插小野菊，看见小伙儿姑娘在灌木林约会也只是闭上眼。

每一个白马人都是一把琴，都是一支笛子一支箫。女声响亮，有天空、山谷与自然之心的共鸣，带着杜鹃花的味道，能轻易穿透时间；男声低沉、悲怆，像盘羊哀嚎，对应着夺补河右岸的阴影。

现实中的白马人有穷有富。水牛家、祥树家、厄里家的白马人富裕一些，驼骆家、扒西家、刀切家的白马人穷一些。就是富裕一些的寨子里也有穷人。最重要的原因就是家族是否占有更多资源。能够占有多余资源的家族通常都有人在乡上、区上甚至县城做官，或者就是人丁兴旺，在地方上有势力，很少有人惹得起。

富人经营林场、木材加工厂、汽车、旅游接待、歌舞表演，穷人种地、牧牛羊，进老林挖药，去富人手下做工。

富人跟汉人接触多，穿汉服、西服的时候多，说汉话的时候多，孩子也都送去县城、市里读书，生活方式和价值观也相对接近汉人。富人并非都忘本，族群大事还是多由他们主持，回到寨子，关系依旧如鱼水。

穷人文化不高，很多小学没读完便辍学，不爱与外面的人打交道，也不爱出门，但也自得其乐，只要有饭吃有酒喝有太阳晒就够了，一辈子打光棍儿也不觉得恼火。

在节庆上，在祭祀仪式上，穷人和富人没有界线。穿的吃的唱的，脸上的笑意，圆圆舞的步伐，都一模一样。在共同的山神面前，有着平等的卑身，有着共同的敬畏，也都有着共同的欢乐。

白马人孩子有灵性，常能通灵，他们看人的眼眸就像海子，能清晰地映出影子。白马人女孩纯洁，男孩纯净，无论相貌美丑都纯洁，即使脸糊得像花猫一样也纯洁。白马人女孩子热情、从容。白马人男孩对外人有惧怕有防备，他们绝不会拢身，始终与外人保持着距离，就像一只麂子遇到人。

从一个躲在枯树桩背后的白马人男孩的脸上和眼眸，这个汉人看见了一个族群的清醒与惧怕。

尼苏

在县城街上遇见，这个汉人从不跟她打招呼，只是走过了才说一声："她就是尼苏！"语气流露出惊讶。

她七十八岁了，脸上的肉皮子黑里透红，看上去气色不错。她很少穿白色长裙，爱穿一身青布或蓝布镶边长裙，扎一条素净的腰带，戴一顶旧毡帽，毡帽上插一根白鸡毛。

白长裙是姑娘和少妇穿的，她知道自己老了。

她一直都是个传说，是个神奇。从 1964 年 10 月 6 日她见过毛泽东，受到毛泽东的接见开始。

没有见到她之前，在这个汉人的脑壳里，尼苏就是一个神奇。一个神奇的符号，一个神奇的白马人符号。有白马人妇女的装束，没有白马人妇女的面貌、体味和语言。时代造就的神奇被光芒笼罩，想象也无法完成她的真身。

2009 年夏末在祥树家见到这个神奇时，这个神奇早已褪色变得黯淡了。或许神奇本不存在，不过是时代与想象的附会。这个神奇坐在她儿子的火塘吃一碗米粉，一个小时也没能吃完。上午的太阳从瓦缝透进来，照在她的乱发上。她真实而落寞。这个汉人的访谈触动了她封存已久的内心和记忆，她讲述起她的青年时代声泪俱下。原来别人眼里的神奇都是时代涂抹的稀泥，她经历的则是高烧、毛孔堵塞和灵肉的挣扎。

距离产生美。距离也污蔑一个真实的人。

这个汉人遗憾没能见过少女尼苏、少妇尼苏。他相信她的青春、她的美是可以划破时代与人性之恶混浇的污垢的。时代没有给予她什么，时代对她只有剥夺（爱情、权利、荣誉，乃至从北京带回的奖章与合影）。

七十二岁的尼苏是从夺补河上的索桥走过来的，怀里抱着一梢带叶的羊奶子，红绿相衬。这个汉人站在桥头，看见了少女尼苏。

夺补河

王朗一段的夺补河尚是野河。水是雪水，居民是冷杉、桦树、椴树、大熊猫、盘羊、蓝马鸡。

白马路的夺补河是"熟河"。有白马人居住，也叫白马河。熟到什么程度？熟到白马人以"夺补唶甲尼"（夺补河的儿女）自称。

但夺补河的"熟"又不是汉人的"熟"，是白马人自己的"熟"，全无汉人的气味。没有汉人出入，没有汉人的语言，也没有汉人的文化——过客一般的土司、流寇和20世纪50年代之后的行政长官可以忽略不计，有的只是裹裹裙、白毡帽、白羽毛、花腰带，有的只是白马话、圆圆舞和酒歌。

"熟河"两岸的灌木、野花野草也是熟的，坡地也是熟的，左右两岸的伊瓦（溪沟）也是熟的，伊瓦里的白杨树也是熟的。注意去看，连草地上的牦牛绵羊，头顶的蓝天白云，以及夜晚的星星月亮都是熟的。它们是白马人熏陶熟的。说白马话，唱白马歌，起风的时候跳白马舞。

白马路夺补河的"熟"只能叫半熟，因为白马人自身都还只是半熟。半熟，也是半生，半生的文明无法让一个地方熟透。只有汉文明和现代文明才是熟透的，只有熟透的文明才可能让一个地方熟透。半熟，或者半生，是一种幸运。熟透就会腐朽、糜烂。

像所有的河流一样，夺补河也一直没有停止下切。从白马人早年建在高处的老寨和后来搬到河坝的新寨可以看出下切的程度。厄里家是个典型的例子。在交西岗和罗通坝也能看出。

美不能当饭吃，但美可以熏陶一个民族的性情。夺补河的美（雪山、草甸、雪溪、海子、灌木丛、白杨、桦树、盘羊、蓝马鸡、格桑花、小野菊、大小杜鹃……以及它们在蓝天白云下，在不同季节、不同时辰构成的幻景）熏陶了白马人的性情，把自然的美移植到了人的身上，移植到了族群的基因。

今天的夺补河只剩下源头野河一段了，从水牛家水库到阴平电站，大部分河段的水都被引进隧道，河变成了半干。

在这个汉人的"水经注"中，什么时候夺补河已经舍弃了四分之三，只保留下祥树家以上的野河部分。

走出岷山的白马人

高大，魁伟，仪表堂堂。最成功的白马人（照当今的价值观）。

白马路水牛家人。白马人中最早的高中生。截至今天，职位最高的白马人。

自然也是穿白马人服装、说白马语时间最少的白马人。

不穿白马人服装，便看不出他是白马人。

只有他自己知道，他身体里是否还保留着一个白马人的灵魂。或许已经没有，或许所剩无几，像白马路化到最后的一捧雪。不过可以确定，他的白马人的基因还在——如果一个人的一生中基因也有改变，无疑他的基因是改变最多的。

不知道他的爱、他的爱的方式。不知道他作为一个白马人的禁忌是否已经被他新的信仰放弃。不知道他的内心是否还保留有属于一个白马人的空间。不知道他还有没有一个白马人的自我意识。

他应该是一个完全被汉文化（价值）装备起来的人。他个人所至的高度并不能拔高白马人整个族群的高度，他个人所至的高度与白马人无关（从文化学），仅仅是汉文化当中高高矮矮的个人奋斗之山的一座。或许只是在梦中，他还是个穿白色裹裹裙、戴白毡帽、插白鸡毛的白马人。

高大，魁伟，仪表堂堂。为什么没有成为白马路的一个猎人？他的成功是白马人在现代文明进程里失落的一种，就像他的出生地水牛家的消失。

嘎尼早

岷山与夺补河的造化。腰身、面目、歌声，以及阳光乍泄般的青春年华。高原和山地的阳光，像决堤的雪溪奔腾，漫过灌木丛。白云奔跑，河改道，海裂开口子，金发一般的阳光飞泻在荞麦地、桦树林和杜鹃花丛。花腰带装饰青春，也捆绑青春——青春是一匹发情的麋鹿。

她名字取自她的深眼窝。白马语"zao"，就是"海子"。深深的海子，蓝而多层次的水，连着心，与灵魂相通。水是情，蓝就不好讲是什么了——是灵魂，也是冲动。肉体美好的妙曼，包括溶在水中的看不见的微量元素。

脸颊的线条，下巴的线条，都是造化的神梯。爱她的人通过神梯登天。还有歌声，歌声中灵与肉的质地，更是神梯，比脸颊和下巴的线条更缥缈更虚无，通过它看见的上帝最真实。

然而，这些神性的东西是稍纵即逝的，就像嘎尼早的出生地水牛家上空的水云，别人抓不住，她自己也抓不住。于是，她选择了向下，借取了汉人的价值观，去追求自认为最实在的东西。

嘎尼早可以成为白马人的女神，却没能成为女神。她生在了一个不可能产生女神的时代。她很可能是外表服饰距离内在灵魂最远的一个白马人。

王朗

白马人的牧羊场。

夺补河与圣洁的源头，源源不断地通过溪流和大气为白马人输送圣洁，补充被汉文化蛀蚀的元素。

一个内心被外面的世风污染的白马人走进王朗就又变得干干净净了。由雪山、砾石、雪溪、冷杉、大杜鹃、湿地、草甸以及大熊猫、盘羊、麝子、蓝马鸡构成的原始生态是白马人灵魂的修复地。

白马人把他们的神从失落的故园带到岷山，供奉在王朗，祭祀的时辰才请出来。

山那边是九寨沟人供奉神灵的地方。

王朗的圣洁有利于维护神灵的权威与全能。平常它们可以是一座雪峰，一棵冷杉，一树杜鹃，一把松茸……甚至可以是一朵羊肚菌，一只蓝马鸡，请到白马路就变成了羊峒河口的白马老爷山。

白马人的习俗不允许自由恋爱，旧时有爱得死去活来的恋人跑进王朗去殉情，双双自缢在原始森林，几百年不为人发现。爱到白骨，便是永恒。

一个白马人去王朗寻猎，杀了盘羊和蓝马鸡扛回来，并不受神的惩罚，因为神知道白马人狩猎的权利正是它赋予的。

当年伐木的作业靠近王朗的时候，白马人的神机警地躲在红松和桦树背后，两个眼珠子滴溜转。它不是紧张，是担心，如果把王朗的树砍光了，白马人就会失去最后的庇护。

白马路

　　比如走过戈壁，不是坦克、装甲车，便无法留下辙迹；比如走过沙漠，前脚走过，风便抹掉了足迹，沙子便掩埋了脚印；比如走过丛林，走过草地，除非你赤脚流血，否则也休想留下足迹；比如走过虚无，一代代人，一拨拨生命，也无法在时间与天空留下印记……谁能有一只麛子的好运气，不经意走过渐渐冷却的岩浆，留下永恒的蹄印？谁能有一株三叶草或一只始祖鸟的好运气，把自己保存在岩层里，且为文明发现？

　　白马人没有麛子的好运气，把他们走过的足迹保留到今天。但白马人有三叶草和始祖鸟的好运气，甚至有比三叶草和始祖鸟还要好的运气，不是以化石的形式，而是以族群、以活生生的个体保留了下来。

　　白马人的道路从远古延伸到今天，并将通往未来。不过，我们看见的却不是道路本身，只是道路的一个截面，一个白马人祭山跳曹盖或者寻乐跳圆圆舞的坝子。白马人走过的道路太过遥远，起点在千万座山的背后，时间已经改变了山背后的风土人情，改变了山背后的文明，曾经的羊肠小道要么已经荒芜，要么修建了铁路和高速公路。无数的森林和灌木丛遮蔽了白马人走过的路，我们就是站在时间的制高点、文明的制高点也无法看见稍远的路段，就像今天站在海拔3400米的黄土梁看沿着汤珠河通往九寨沟的公路。有的路段是历史故意要遮蔽的，掌握历史的人认为它们不够美，甚至很丑，或者那些路段被白马人的血浸泡过，路下至今还埋着白马人的尸骨；更多的路段是自然遮蔽的，树木一年一轮，那么多的种子要萌芽，岷山里雨雪又那么丰沛，一到五月灌木和野草就会疯长，而白马人又不够强大，腾不出人手来清除。白马人自己也是老树上的新芽，他们从陇南、汉川西，以至巴蜀"分窜山谷间"，逃命的路越走越细，到了岷山中已经无路可走，很多路都是自己走投无路走出来的。

> 昔有成汤，自彼氐羌，莫敢不来享，莫敢不来王。（《诗经·商颂》）

> 惟禹之功为大……西戎、析枝、渠首、氐、羌，四海之内皆戴帝舜之功。（司马迁《史记·五帝纪》）

这是白马人最早出现在史书里的两行足迹。一个人的足迹可以在书里，一个族群的足迹和道路更可以在书里。纸页泛黄如沙漠，纸页靛青如戈壁，纸页雪白如扑雪的小道。一串足迹一条道路在一本书里，这本书就是足迹和道路的化石，也是归宿。足迹可以在书页复活，弥散那个人的体温；而道路可以从一张书页延伸至另一张书页，从一卷书延伸至另一卷书，从一个年代延伸至另一个年代，弥散着整个族群的气味。

白马人的道路必定有一个源起，就像记忆中流过他们寨子的河流必定有一个发源地。今天修水电站，夺补河已经改流和断流，很多寨子再无流水经过。嘉陵江可以在郎木寺找到她的第一滴水，白马人的第一滴水来自哪里？哪里才是白马人的道路的起点？

一个族群的道路的起源，总是发生在曾经的现实中，但未必能发生在历史中。历史究其本质，是人类活动的全部过往，然而由我们记录和运用的历史则是一种选择和篡改。我依旧相信在蓝天深处，有一个记录全部人类活动、包括个体活动的监控视频。在这个视频里，可以找到白马人道路的起点，可以找到白马人的第一滴水。

一页书可以被撕去，一本书、一个图书馆可以被焚毁，人类的全部文明可以被终结，然而蓝天上的这个监控没有任何力量可以摧毁，因为它是上帝之眼。《诗经》和《史记》，不过是某些人按照自己的意愿从监控调出的两段视频——做过手脚的视频。

要想望见白马人走过的道路，你必须站在一个足够的高度，选择一个绝佳的视野，视线还要有一种穿透迷雾的能力。或者你要有绝佳的运气，遇一个好天气、一个好时辰。站在麻山顶，你只能看见三百年，只能看见木座寨、薅子寨、昔蜡寨、瓦舍寨、木瓜寨四个寨。站在黄土梁，你便可以看见八百年，便可以看见六洞寨、交昔寨、关坪寨、苍鹰寨、厄里家、擦脚寨、水牛家、彭信寨、蛇入寨、独目顶寨、舍那六寨、多藉寨十二个寨，可以看见夺补河从王朗出来像玉带一样串起这些寨子。如果你是站在摩天岭，就可以看见一千年甚至更远，往西北可以看见汤珠河畔勿角的白马人寨落，往东北可以看见白马峪河畔铁楼的白马人寨落，还有星罗棋布散布在白河及其支流、涪江及其支流的白马人寨落。

再进一步，如果能够站在更高的超出雪宝顶的时间的山巅，你可以看得更远、更广阔，可以看见《诗经》中的白马人，可以看见《尚书》和《史记》中的白马人，可以看见他们在周秦和巴蜀大地上的影子——他们的襄襄裙是那么醒目，他们的花腰带是那么艳丽，他们的白毡帽和白毡帽上插的白羽毛是那么纯洁、那么具有族群的符号意义。还有他们的歌舞，在白河北岸是一个调儿，到了白河南岸又是一个调儿；从白河到白龙江、到川西平原，再从川西平原到涪江河谷、夺补河谷，又变成了另一个调儿……白马人歌曲调子的变化，缘于他们身体里沉淀了铅，身体里的铅越积越多，压痛了他们的灵魂，改变了他们对生存、生命以及世界的看法。

谁是最先来到岷山中的白马人？谁最先来到白马峪河和汤珠河？谁最先来到夺补河？他是一个人还是一家人？是一个家族还是一个部落？一路上，他们都遇到些什么？看见些什么？那时的天有多高、有多蓝？他们的目光是否够丈量？到了夜晚，天空坠满星星，有的星星碗大，有的星星簸箕大，有的星星酒杯大，他们的目光可以达到怎样的深度？那时的白河的流量有多大？江水是什么颜色？两岸的树木和灌木是如何的繁茂？那时的涪江有多蓝、多绿、多丰盈？是否很像他们民族的腰身？那时涪江峡谷里的树木是如何遮天蔽日的？神出鬼没的老虎有一个怎样的步态？大熊猫有一个怎样的步态？还有麝子和麂子，还有盘羊，它们在虎豹的追赶中是怎样的一个步态？

　　氏者，西夷之别种，号曰白马……世居岐陇以南，汉川以西……自汧渭抵于巴蜀，种类实繁，或谓之白氐，或谓之故氐，各有侯王，受中国封拜。（《魏书·氐传》）

氐人有王，所从来久矣。自汉开益州，置武都郡，排其种人，分窜山谷间，或在福禄，或在汧、陇左右。其种非一……或号青氐，或号白氐，或号蚺氐……人即其服色而名之也。（《魏书·西戎传》）

可见，白马人来这岷山中是逃亡。他们受中原统治集团排斥，才分窜而至的。这排斥有迁徙、有欺骗、有追杀——更多的是追杀。"窜"是白马人来岷山中的步态，很难看的步态。没有办法好看，后面是政府军的利剑长矛，以及离弦的箭镞，他们只有炕起蹶子跑，跑不动就躲藏。多丑多狼狈的步态，只有本能，没有丝毫美学。然而，杜鹃花是美的，绣线菊是美的，雪莲花、凤斗菊和鲜卑花是美的，等白马人摆脱汉族统治者的追杀，在岷山最深的腹地驻扎下来世代繁衍，他们的步态渐渐又变美了，变成了款款的舞步。

白马人是在一天或一夜到达这与世隔绝的岷山深腹的，还是走了十天半月才到达的，我们无从知晓。但我们知道，今天木座境内的"杀氐坎"应该是他们摆脱追兵的地方。没有跑脱的都被杀了，血染火溪河（或许火溪河名字的由来，便是来自这一次或多次的血染）。跑脱了的便到了白马路，世代繁衍。

在白龙江流域，在白龙江的支流，一定也有"杀氐坎"，也有血染。"分窜山谷间"，寥寥五个字，却再现了一个民族逃亡的身影。五个字之间奔流着四条看不见的血溪，五个字之外是看不见的血海子。

如此幸存的一个族群，叫它如何去回顾自己走过的道路？除非当中有一位史官，或者有一位诗人。一条路从陕西南、陇南延伸过来，穿过白龙江；一条路从川西平原延伸进来，直抵岷山深腹。史官可以记录下他们路经的每一个驿站、遭遇的每一次冲突；诗人可以歌咏他们不幸中的万幸。然而逃亡的白马人都是黎民百姓，都是妇孺童稚，当中没有史官和诗人，于是，他们走过的路（逃亡之路）只能被少数人保存在记忆里；对于大多数人而言，走过便消失了，就像海市蜃楼中出现的道路。千百年过去了，而今有谁能理清记忆中的逃亡之路？太阳看见，太阳无语；月亮看见，月亮沉默；星星看见，斗转星移，星星患了白内障。

魏晋南北朝，白马人的足迹纷沓凌乱，像印在同一张纸上的五胡十六国的国玺。除了响亮有力的足音，他们还发出自己尚显野蛮但极具磁性的声音。他们的野蛮不单是游牧民族的原始性，也融进了汉人的儒毒。他们的声音为汉人的史官所听见并记录了下来。已经显得悲怆了，低沉而抑郁，像伤口冒血，又使劲摁住伤口不让血冒出来。白马人到了唐，便是连流血的痛快也没有了。

白马人的路走到岷山东麓便到了尽头，走到夺补河谷便成了白马路。

尽头是桃花源，又不是桃花源。没有战乱，没有外族用兵，就是桃花源；一旦起战乱，外族用兵，便是屠场或地狱。

遇上一百年、两百年，白马人被外界遗忘，这岷山深腹就成了桃花源，成了伊甸园。白马人像荞麦，像杜鹃花，像蓝马鸡一样繁衍，也像盘羊、豹子一样繁衍。从陇南、从陕西南、从巴蜀带过来的根，吸收了岷山的养分，迅速地萌发起来，一百年又枝繁叶茂了。那些根来得极远、伸得极深，有一种来自基因的神力，可以从消失的茫茫时间中吸纳养分，可以把载入史书的种子唤醒。岷山中变换的四季修缮和补充着他们的性情。两百年，他们丢弃了过去农耕生活的秉性，习惯起畜牧的山居。高海拔的天空，天空飞翔的老鹰，大山丰富多彩的植物花卉，以及凶猛的老虎、黑熊和矫健的羚羊、豹子，培育了他们的审美，锤炼了他们的意志。

一条被遮蔽的路从看不见的远方延伸过来，渐渐变得清晰和宽绰。或者说，一条被原始森林遮蔽的溪河从看不见的源头流淌过来，吸纳了岷山中众多的溪流，渐渐变得清晰和丰沛。允许夏秋季节有一点浑浊。这是一条白马人血脉的河、语言的河和民俗的河。白马人自己可以从语言、服饰、歌舞、传说以及生活、生产方式的细微处发现这条河，发现这条路。语言是一条溪流，服饰是一条溪流，歌舞传说和生产生活又各是自己的溪流；这些溪流汇入白马人的血脉，浸染了白马人的血脉。

（白马人）其俗、语不与中国同，及羌杂胡同，各自有姓，姓如中国之姓矣。其衣服尚青绛。俗能织布，善种田，畜养豕、牛、马、驴、骡。其妇人嫁时着衽露，其缘饰之制有似羌，衽露有似中国袍。皆编发。多知中国语，由与中国错居故也……（《魏书·西戎传》）

自然，岷山中也不是永远的桃花源，白马人也不总是生活在伊甸园。说夺补河畔是桃花源，仅仅源自夺补河的封闭与幽静，仅仅源自夺补河对白马人恐惧心理的抚慰与净化。说汤珠河和白马峪是伊甸园，也只是源自这两条不为人知的深谷之美对白马人在战乱中被损伤的繁殖力的修复。岷山深腹的水土与气候吻合了白马人内在的基因需求。白马人也有复苏，白马人也有梦。桃花源也有干戈，伊甸园也有血腥。岷山之夜，不管有无月亮和星光，风都传送着一支哀歌：

> 汉人从脚下撵我们
> 藏人从头上压我们
> 汉人占了我们的水田
> 藏人占了我们的牧场
> ……

这支哀歌吟唱了千百年，打湿了过往岷山的风，撼动了冷杉、红桦、椴木和白马神山上的砾石。它低沉、凄苦又淡定，像困兽接近尾声的哀嚎，且富有咒语的神力。从魏晋隋唐，到宋元明清，这慢板的哀歌也流成了一条溪河，延伸成了一条路。久而久之，一个老者的声音加入了无数老者的声音，无数老者的声音加入了无数年轻人的声音，最后变成了一个族群的声音、一个民族的声音。

悲哀退去，个人的感性淡去，抒情流失殆尽，哀歌成了叙事。

我们无从知晓那些发生在岷山深腹的屠杀与死亡的细节（挣扎的细节），但我们可以想象，那些人性冲突下的披着文明外衣的兽行都是相同的。兽性兽行里有白马人的份儿，有白马人的复国梦，但更多的是汉族统治者的兽性兽行，是汉族统治者的所谓文明行径。不管是贪婪驱使下的兽性兽行，还是大统梦驱使下的"文明行径"，都是血腥与死亡。还有血腥之中死前的无畏与恐惧、撕裂的剧痛。

血流在溪河里，血溅在路上、草地上，尸骨堆在寨门前，堆在灌木丛，绝没有缤纷的杜鹃花落在从水牛家通往厄里家的路上那么轻松，那么美。

这是白马人道路上的劫，就像百年一遇的洪水或者冰冻，需要百年甚至更长的时间来恢复。野草重新长出淤泥，或者从尚未冻死的根部萌芽。鸟儿和风把种子种进岷山被地震和泥石流撕开的伤口，等伤口变成伤痕再慢慢变青。一代代苟延残喘，直到忘却伤痛走出阴影，重新在雪地上燃起篝火手拉手跳起圆圆舞，重新在开满杜鹃花的夺补河畔唱起背水歌和祭山歌。

岷山的风吹过，翻不开白马人历史的书页。白马人历史的书页在血脉里，平常连白马人自己也无从阅读，只有祭拜山神的时刻天书一般的字符才浮出他们的血液跟他们通灵。汉族统治者的史书中记载的白马人，是在汉族统治者的瞳孔映照下变形变色了的，是黄昏落日斜照下的背影，呈现的未必是白马人的真实存在，或仅仅是作为野蛮和敌对的一方。

白马人印在史书中的脚印是零星而歪斜的，刚刚印上时盛着白马人自己的血。血干涸之后，汉族统治者便用来装点他们的宝藏与梦想。总是一场大雪一场冰冻，或者一场暴风雨拯救了白马人，涂抹或覆盖了他们被汉族统治者歪曲的脚印。

宪宗成化二年（1466 年），太监阎礼奏：臣与兵备沈琮分剿白马路水土、茹儿等番寨，大克之……夜半密勒诸将，统兵进凡三十里，平明抵其寨，蛮大惊溃，斩缚各千人，得其首恶，余溃死无数，继而大征，破寨二十余，斩五百首级，降者数千。（《明史》）

现代是一扇洞开的大门，更是一张鲨鱼嘴，不允许这世上再有桃花源和伊甸园存在。

嘉靖四十三年（1564 年）改土归流是吹进岷山的第一丝近代之风，它表现出朝廷（汉文化）对这片疆土的态度的微妙变化，也预示了对这片疆土汉化的某种成熟。1940 年实行新县制，废除土司、番官、头人制，是现代风气下在这片疆土的初雪，虽然两年后便融化了。1948 年又下过一场雪，再一次废除土司制度。1950 年 7 月，新政权在短暂恢复土司制度的权宜之计后，于 9 月建立了新型的政权体制，直到 1956 年将白马人彻底、干净地交给现代。

今天，我们可以清楚地看见白马人走过的这一段路。严格讲，不算是白马人走过的，只能是白马人被迫走过的（路延伸到脚下，或者断了后路，重新挖了新路，并亲自推你上路）。

21世纪全球气候变暖，全球一体化，作为人类一分子的白马人也逃脱不了。跟白马人打交道三十年的我，闭上眼睛都能看见白马人周身的崩溃，裹裹裙下面肉身的崩溃，就像被打碎的瓷人。不过，他们并不甘于崩溃，不甘于做成一个汉人、一个现代人，还要紧紧地扎着花腰带，紧紧地搂着肚子，不让身体里最隐秘的东西落出来——白马人民族区别于其他民族的东西。这样的场景，这样姿态，就是今天白马人的写照。

一条路以虚线的形式延伸出去，就像夺补河汇入涪江（汤珠河和白马峪河汇入白河），涪江和白龙江汇入嘉陵江，嘉陵江再汇入长江，长江最后流入东海。

人类的东海是一体化，更是虚无的时空。夺补河的水流经涪江、嘉陵江和长江注入东海，还找得出吗？白马人未来的道路必有尽头，尽头还不是虚无的时空，而是现代文明的异化。

成都至兰州的航线经过白马人村寨的上空，每天都有几十架次航班飞过白马人的头顶，不经意的一次抬头便可以看见蓝遐遐的碧空中飞机喷出的气流，它们在天空由实线慢慢变成虚线，最后消失在天边。白马人不知道，长长的白花花的气流就是他们的道路。就算脚踏实地走过，就算走出血印，印入史书，最终也会变虚，也会消失。

在白马人村寨的内部

岷山之夜，最能呈现出白马人村寨的内部。它们在繁星下由几条雪溪串起，最长、最大的是夺补河，之后是白马峪河、汤珠河、马家河、黄羊河、草地沟。

没有人知道它们在繁星下存在了多少年，但我知道，它们从唐宋至今，便一直保持着今天的格局。一个男子走出杉木板房，上坡回来，便是一百年。一个姑娘下河背水，没等把一首歌唱完，又是一百年。寂静的大山划定了他们全部的世界，溪河的去向，溪河的尽头，只在族群日渐淡远的记忆中，不再跟他们有关。

岷山之夜广大而高远，像一滴上帝的泪浸漫着岷山山系的东北边缘，白马人村寨散落在泪滴盐分最重、最苦涩的沟谷。这苦涩曾经是流血与逃亡，今天是被破坏、被现代化。

在水牛家水库建成之前，夺补河水连贯、丰沛，有灌木丛掩映，在闪烁的繁星下泛着幽光。幽光如星光，也是深蓝。河畔黑沉沉的寨子，错落有致的杉木板房，像最原始的音符排列；板壁土墙后睡去的男女，火塘边睡去的男女，是原始乐曲中最为深情的停顿与休止符。

汤珠河谷幽僻，杜鹃花洒了星光也是深蓝的，失眠的女子穿上裹裹裙走到窗前看天色。窗外繁星满天，大山黑如格绕才理的脸膛。汤珠河畔的女子圆睁的双眼是岷山之夜的另类星辰。

白马峪河在汤珠河右岸的山那边，中间隔着草地沟，它是白马女子嘎尼早从杜鹃山朝东北方看过去的目光。岷山之夜，白马峪河对白河与白龙江说了什么？或许它从来都只是缄默。

黄羊河畔的白马人是夺补河散落的几粒种子，就像被风吹过猫儿山的白杨树籽，就像被鸟衔来的苦荞与燕麦。黄羊河是白马人在历史流转中的一个旁笔。

没有人知道，在这几条溪河中，哪一条是白马人的母河。四条河并不同源。汤珠河、白马峪河、草地沟与夺补河的支流羊峒河共同发源于杜鹃山。汤珠河源自西北侧，白马峪河源自东北侧，羊峒河源自东南侧。夺补河发源于王朗雪山，与九寨沟长海一山之隔。黄羊河发源于夺补河右岸的猫儿山。四条河不同源、不相连，但白马人是同源的，在历史的流转中，散落在了岷山的溪谷中。

汤珠河的白马人翻过杜鹃山，白马峪河的白马人翻过黄土梁，即可到达夺补河。夺补河的白马人溯羊峒河而上，翻黄土梁，即可与白马峪河、汤珠河、草地沟的白马人相会。五条河的白马人虽分属两省三县不同的行政区域，古时也分属于不同的州县土司管辖，但他们自古是一家，相互走动，彼此通婚，共谋大事，有着一致的自我认同。在他们的族群记忆与传说中，尚能捕捉到来龙去脉，比如，羊峒河的下壳子和上壳子的白马人很多是从白马峪河过来的。

从卫星地图上看，最能看清白马人村寨分布的格局——也是他们生存的格局。这个格局由来已久，保存至今，但内部细节在悄悄地发生蜕变，从衣食住行到一草一木，从外在形象到内在精神。这种蜕变来自时间的磨损，也来自空间的挤压，白马人无法抗拒。

夺补河发源于岷山主峰雪包顶东北一侧雪山，从竹根岔和大窝凼下来，流过牧羊场，从刀解家开始流入白马人的村寨，直至在铁龙堡注入涪江。

夺补河分两段，以交里岩为界，上游是白马人的称呼，叫夺补河，下游是汉族人的称呼，叫火溪河或火溪沟。火溪河有木皮、木座两个乡，夺补河有白马乡，居住的都是白马人。火溪河距府县近，汉人进出多，白马人汉化早，官称熟番。夺补河远，交里岩难走，除番官、头人，白马人尚不会讲汉话，官称生番。

古时白马人村寨内部的格局和细节都是一样的，除开吐蕃东渐后的改变，魏晋月亮照着的，唐宋月亮照着的，明清星光映照的，大致是一个样子。今天月亮照着的，跟古时有了天壤之别：村寨的名字不同了，互通村寨的道路不同了，住房的建材与样式、格局不同了，白马人的生活方式不同了……甚至有的村寨搬迁了，所在地都变了……变化更大的是白马人精神世界的内部，与过去作为一个完整的族群相比，他们的精神世界已经分崩离析。如果有一束光可以照进他们的内心，便能看得一清二楚。

古时火溪河，一条窄布带一般的羊肠小道穿行、绕行两岸，过水泉关、梧控关、铁蛇关、北雄关，串起薅子寨、木瓜寨、昔腊寨、瓦舍寨、木座寨、陈家寨。关隘也是小寨，住有土民，多双重身份，身为土民，又为土司或守关隘或充当通事。

火溪河的水含铁重，铁氧化后，溪里溪外的石头都呈现出火红。到了秋天，两岸红叶满谷，绵延几十里。这样的秋天，土司骑马从水泉关进来，穿过阳地隘去木座寨，身后跟着一个穿裹裹裙的年轻通事，山雾漫开，阳光照进溪谷，红叶揭开面纱显出透红的肌肤。除了鸟鸣，还能听见寨子里的人讲的番话和汉话。

相比火溪河的内部，夺补河的内部是高海拔的，溪谷不再像深渊，有些接近高原。交里岩上去是王坝楚，白鹤沟在这里汇入夺补河。谷间有一块上好的坝子。王坝楚是白马话"乌巴色"汉译，意思是"风大的地方"。王坝楚早年只是一个寨子，20世纪50年代后成了藏区区公所、伐木厂（森工局）的驻地，也成了一个小镇。20世纪90年代撤区撤厂，只是乡政府的驻地，虽说保留着小镇的格局，但人去屋空，成了一个空镇，几次去，街道上流淌着白花花的阳光，或者刮着大风，不见一人。

一只盘羊从王朗出来，走进白马人村寨，在它的瞳孔映出的是一个怎样的白马人村寨的内部？刀解家和色腊路，就几户人，算不上寨子。灌木林就在人家户外面，夺补河水漫进灌木丛，漫出一片开满高山菊的湿地。

这样的情景发生在夜晚。盘羊很悠闲，在月光下像一头小犏牛，在星光下像一个走夜路的胖子，偶尔还叼几嘴路边的青稞和荞麦。

祥树家的人都睡着了，盘羊穿过寨子，看见了篝火的余烬，闻到了飘在夜风里的咂酒的香味。

盘羊走过色如家、扒西家，来到水牛家，看见的是一个偌大的寨子，高高的粮架挂满了大大小小的星星，盘羊很想对着星星唱一首歌，又怕惊醒了火塘边的人，操起猎枪出来追杀。

水牛家下面是稿史脑，过了稿史脑又是大寨子厄里家。天打粉粉亮了，盘羊不敢怠慢，它穿过交西岗的一块燕麦地上了山。等上到山梁，天已大亮，一条白若裤带的小路呈现在山脚下的河畔，把厄里家、交西岗、伊瓦岱惹三个寨子串在一起。白马老爷山矗立在羊峒河口，像一座镇妖塔。山上的青松同岩崖一样古老，从未有人动过。

太阳出来了，盘羊瞳孔里的白马人村寨豁然开朗，寨子里的柴垛、板房土墙、原木梯子和粮架，以及寨子外面的菜地、苹果树、白杨树和溪流都显得格外明晰与润泽。一个男子扛着火枪走在从交西岗通往伊瓦岱惹的路上，仿佛闻到了盘羊的气味。风扯起他的裹裹裙，把他白桦树一般的光腿露了出来。

盘羊翻过山梁，视线转向羊峒河，看见了山涧对面的驼骆家，寨前寨后一片葱茏；转而又看见了前面高坡上的上壳子，半边笼着云雾，半边照着太阳，就像个仙境。

这当然是在旧时。今天盘羊已被猎杀得差不多了，就是深夜也再没有敢闯进寨子去的。今天穿过白马人村寨的只有汽车和人。一个旅行者，一个探险家，一个民俗学者，或者就是一个外来的牧羊人、一个民工、一个上门女婿。

今天看见的白马人村寨的内部已经颓废了。水库淹没了过去夺补河畔最大的白马人寨子水牛家，同时也让水库下游河段的河水断流。自一里电站再次引水入隧道，断绝了（南一里）到自一里的水流。村寨内部的细节也几乎汉化、藏化和现代化，地砖、藏炉、铝合金玻璃窗、电视机、影碟机、电话线、网线、电脑、瓶装白酒和啤酒、明星画像……代替了白马人自己的东西。原木梯朽在苹果树下，背水的木桶烂在土墙后面生了菌子，二牛抬杠的长犁也收起来搁在土墙上……有谁还在唱白马人的歌？有谁还会唱白马人的歌？

土司走黄羊河翻猫儿山进白马路，偶尔也走火溪河。土司走进的白马人村寨，首先是一个古汉语的村落，这些语词今天保存在府志、县志中。村寨的质地和气味也保存在语词里，连同失落的民风民俗。

由黄羊河翻猫儿山进白马路，土司都住水牛家。清道光二十年（1840年），水牛家有番牌三名，番民六十六户，男女大小一百九十一人。没有横标，但番官头人列队，有咂酒。土司在水牛家住下，后几日或依次上行到彭信家、蛇入家、独目顶家、舍那家、多藉家，或下行到擦脚家、额利家、仓莹家、关坪家、交昔家、六洞家。当时尚无羊峒河流域的驼骆家和卡斗两寨。

明清时候的白马人村寨内部是极为原生态的，很少见到汉人和藏人的物件，连语言中的语词也很少。除了土司松散的作为权力象征的管理，外面世界尚未对白马人的世界构成挤压与威胁，白马人的村寨内部，包括文化与精神，都处于一种自在自满的状态。这种自在、自满，显示出白马人在摆脱外部世界的追杀后形成的独立与完善的族群体系。他们的独立与完善也是他们与岷山山水的相融。他们一天天扎下根，根在为他们输送养分的同时也牢牢地把他们稳固在这几条溪谷。

月光照着夺补河畔的白马人村寨，也照着山背后汤珠河、马家河、草地沟、白马峪河畔的白马人村寨。

站在杜鹃山顶，可以一眼望通汤珠河峡谷。汤珠河逶迤北延，像一线流云掩映在群山之中。这当然是宏观，是勿角白马人村寨的大景，细致的内部则在群山的褶皱中。

今天乘车走江油、平武去九寨沟，翻过杜鹃山便进入了汤珠河河谷。白马人自己把这个地方叫勿角，就是偏沟的意思。翻过杜鹃山，看见的第一个寨子便是蒲南，接着是阳山、沙尕、平地。沙尕在右岸的一条沟谷里，保留着更多白马人村寨的味道。勿角口以下到营盘河坝是勿角白马人的主要聚居区，叫英各村，也是勿角乡所在地。白马人民居已经改造成颇具旅游意味的楼阁，醒目的石头外墙多了几分羌族民居的味道；只有右岸山边台地上的下勿角，还保留了旧时寨子的格局和样式。左岸由勿角口进去，有一条溪谷叫药水沟，里面住着池上、勿角上寨两个寨子，想必勿角上寨要比下勿角更原始。下勿角下面，还有阴坡、两河口二寨。

在车上看见的白马人村寨是一些民居，是个别或行或坐或站的已不再穿裹裹裙的白马人，感觉到的是一些光影，闻到的是空气中变淡了的白马人的气味。冬天飘着雪花，屋顶和山坡一片白，寂静如一幅善于留白的水墨画。感觉不到风，一片片雪花在空中旋转，之后安静地贴在枯草和灌木上。五月汤珠河谷一片翠绿，阳光热辣如烫金，山影与屋影染了翠绿，在阳光映衬下如一匹匹青布。

在土司走进夺补河白马人村寨的同时，也有南坪土司走进汤珠河白马人村寨，他们在同一片阳光下、同一片繁星里欣赏着白马人围着篝火跳圆圆舞。

白马峪河发源于黄土梁东侧石垭子梁，由第一股雪溪而下便是迭布寨。住在迭布寨的是钻得最深的白马人，或许也是被外族追杀怕了的白马人——自然也是受汉化最少的白马人。

顺流而下是倒兑沟、寨科桥。寨科桥左岸另有白马峪河的一个源支，由远及近，有阳尕山、李子坝、迟石腊。三个寨子的白马人要么也是最胆小的，要么便是在逃亡中跑慢了一步的。白马峪河上游没有夺补河开阔，河畔容纳不了太多人居住，很多白马人只好把寨子修在半山坡和溪沟里。池沟、草坡沟、草坡山、枕头坝沟即是。

白马峪河是一条死沟，不像汤珠河有一条省道穿过，倒也更为安宁，只可惜它在黄土梁东北坡，自然条件不及夺补河流域，与夺补河畔的白马人相比生存要更为艰辛，也因此才有人翻过杜鹃山到羊峒河定居。

寨科桥往下有三角石、夹那坪、枕头坝，再下便是铁楼。寨科桥古时叫"赛过桥"，白马语叫"纳尕"，意思是"山林边的寨子"。铁楼往下是密集的白马人村寨，几十里溪河便有上墩上、演武坪、案板地、新寨、旧寨、麦贡山等二十余个自然村。只是这些村子的白马人较早与汉人杂居，已经汉化了。

如果说白马人是从陇南、陕西南逃亡岷山深腹的，那么白马峪河流域的白马人逃亡的路途是最近的，由于自然环境的局限，他们保留了较多农耕文明的特点。而逃亡汤珠河、夺补河流域的白马人的生活方式，反倒有所退化（野化），由农耕文明后退到了半农半牧。

白马人村寨的内部，除了我们看见的互通村寨的道路、绕过村寨的溪河、溪畔的灌木丛与草场、日晒雨淋的粮架、山边台地上的老寨、路边平坝里的新寨，还有我们不易看见的祭山、白该白姆诵经、跳曹盖（白马峪河流域的白马人叫池哥昼）、跳圆圆舞猫猫舞、唱酒歌、婚嫁与丧葬，还有背水、犁地、打青稞、割荞麦、擀面、打盘羊……一个族群的内部，分散在几条溪谷，在一座山的各侧同时呈现、分时呈现，久而久之，呈现的细节有了些微差别。时间在保存语言的同时也在分隔语言，在保存服饰、歌舞、口头文学的同时也有分隔服饰、歌舞和口头文学。被分隔的语言、服饰、歌舞、传说也在演进，因为它们是活在一代代白马人个体身上。

　　一个白马峪河谷迭布寨的白马女子，翻黄土梁到羊峒河西岸高坡上的上壳子来相亲，却没有被看上。原因不是长相、穿戴、门户不好，而是她的饭量太大，一顿要吃三大碗干饭。这是白马人婚姻的一个内部，在碧蓝的天空下和金灿灿的阳光里，呈现的是悲怆的灰调。

通往白马人村寨的道路

　　通往白马人村寨的道路，在今天，也就是通往四川平武木座、白马，九寨沟勿角、马家、草地、郭元，以及甘肃文县铁楼、舟曲博峪的道路。

　　白马人是从哪里来到岷山深腹这几条峡谷的，考证几多，但尚无定论。在通往白马人村寨的道路中，应该有一条是白马人来岷山中的路径。是哪一条呢？

　　一个人从纽约直飞成都，然后坐汽车穿过川西平原，进入涪江峡谷，四五个小时便可以进入白马人村寨。走岷江峡谷，要十个小时。

　　一个人从伦敦到新德里，转机兰州，之后乘汽车走陇南进入白马人村寨，会看见不一样的风景。

　　一个人从东京直落西安，坐火车到广元，乘汽车沿白龙江而上，三个小时便可以到达白马人村寨。

　　汉人西渐，吐蕃东渐，过去广阔的白马人居住地都被汉人、藏人占了。今天，要进入白马人村寨得穿过汉人的村落。就是白马人住的这几条溪河，河口也都是汉人的村落了。夺补河河口的两河堡、野猪山，汤珠河河口的双河口，白马峪河河口的鹄衣坝、西元，中路河河口的石鸡坝，都住的是汉人。汉人对白马人村寨及白马人的包围与渗透是绝对的。今天要进到夺补河的白马路，得经过完全汉化的木皮和半汉化的木座；要进到中路河上游的博峪，也得经过回汉杂居的石鸡坝和永和。就是白马峪河最深处的寨科桥也住着很多汉人，白马人已呈弱势；要进到纯粹是白马人的跌卜寨，从白马峪河进来，得经过大大小小二十多个汉人或汉人与白马人杂居的自然村。

　　从外面进入白马人村寨，主要有这么三个方向四条道路。如果按照平武白马人自说，他们是从江油平原来到岷山东坡峡谷的，那么，白马人进山的路径便再明确不过了——也就是从纽约来的人走的涪江峡谷，只是那时候没有公路，很多地方连栈道也没有。白马人相信了诸葛亮的谎言，为汉人让一箭之地，从他们的故园——今天江油的青莲场动身，沿涪江上行，经河西、中坝、武都、白石铺、平驿铺、煽铁沟、响岩坝、南坝、黑水沟、白草、古城，来到今天的平武县城蟠龙坝。这一箭之地之远，是白马人没有想到的。不过，好在所有的地方在当时的行政区划上都属于龙州的地盘。白马人没能在江油平原上居住到唐，他们要是能多住四百年，就能遇见李白。

这一路的地名，武都、平驿和白草还残留着当时的信息。"平驿"原本是"平夷"，今天平驿铺椒园子的石门关在唐代是唐与吐蕃的边界。武都自然是一个军事要地。白草纯粹就是一个白马语。

一箭之地并非一步便从江油到了白马路，很可能只是到了平夷、煽铁、响岩。之后到唐、到宋几百年的"平夷"，白马人才退至火溪河和白马路。今天的平武县城在 1389 年前还是一个白马人的寨子，白马人叫安老，汉人叫蟠龙坝。

1925 年 4 月美国人约瑟夫·洛克到了甘南卓尼的迭部，住了两年，1927 年 3 月 10 日离开。洛克是走多尔河翻优纳卡山进入四川的，没能沿白龙江再往下走，过武都到文县。如果他到了文县，或许会听说白马人、遇见白马人，那么，他后面几十年研究的或许不只是丽江的纳西人，还有岷山深腹的白马人。

约瑟夫·洛克错过了白马人，白马人也错过了洛克。这种错过，是一种失之交臂，也是白马人千百年封闭自存的体现。

想象约瑟夫·洛克走进白马人村寨，从文县铁楼的白马人村寨转到九寨沟勿角的白马人村寨，再翻过黄土梁进到平武夺补河谷的白马人村寨。之后，在今天已经淹没在华能修建的水库下的水牛家住上两年，天天跟白马人在一起，跟土司在一起，走进王朗，走遍每一个白马人寨子。洛克由夺补河谷下到涪江河谷，在拍下夺补河注入涪江处的垂虹桥、栈道和春色，拍下龙安城的石板街、青瓦房、城门、土司衙门和报恩寺之后，出涪江河谷，由江油去到成都。

白马人在蟠龙坝住了一千年，到了明初，才被赶进夺补河谷。明初，明政府先是在蟠龙坝驻军，接着便是筑城。今天还保留着1389年修筑的西城门和部分城墙。西城门上的城楼叫镇羌楼，明政府要镇的羌就是白马人。

如今视频可以留下一个人从纽约到白马人村寨的全过程，不落下一分一秒每个细节。时光中是不是也有一个视频，完好地保留了当年白马人从江油平原、从蟠龙坝被逐入深山的情景？这条道路上，涪江峡谷里，洒下了他们多少鲜血？两岸的水雾和云朵里，灌木丛和乔木林，留下了他们怎样的悲泣和怒号？

今天从兰州到白马人村寨，走兰（州）临（洮）高速，之后上212国道，过岷县、宕昌、陇南到文县，溯白河支流白马峪河而上便到了铁楼。约瑟夫·洛克当年是由川入甘，到过文县，走到了白马人的边缘。洛克不知道有白马人，更不知道在白马峪河的上源有一个也叫迭部的寨子。

从北方南下到白马人村寨，一路看见的地理和风光自然不同于走成都平原北上所看见的，它们是高拔的、黄土堆积的、多台塬的地貌，村落的寂静是邈远而干燥的，脱落着周秦时的皮屑。它的美也大不同于成都平原和涪江峡谷，台塬上或溪谷里开出的梨花、苹果花、油菜花都是苦难浇灌的喜悦，没有成都平原的铺张与潮湿，也没有涪江峡谷的葱茏与滋润。

从西安翻秦岭到四川广元的昭化，白龙江在昭化注入嘉陵江。昭化古城有着悠远的水文化，也是秦巴文化的交汇地。旧时美女如云，民谣有"到了昭化，不想爹妈"。沿白龙江上行，经三堆、洞水、金洞、沙洲、姚渡、碧口、玉垒、横丹、尚德，便到了文县，走进白马峪河便到了白马人村寨。姚渡是怎样的渡，碧口是怎样的口，在途中便可以领略。

如果白马人真是氐人的后裔，那么不只江油平原是他们的故园，川西平原靠龙门山一侧也是他们的故园。他们的祖先最强盛的时候，遍布陇南、陕西南和蜀西，而今他们只剩两万人不到，是比大熊猫还要珍贵的活化石。

白马人的祖先首先消失在历史文献里，之后才消失在他们的故园。

一个人穿行在成都平原，不管是往西走在通往老灌县的路上，还是走在通往古龙州的路上，也不管是麦苗青青菜花金黄，还是田畴空寂薄霜凄凄，都很难想到岷山中的白马人以及白马人的生存背景，更无法去想象他们的文化背景。

车过青莲，你想到的是李白，是"床前明月光"，你并不知道蛮坡渡，不知道李白之前的白马人。李白是移居，白马人才是原住民。江油平原的天空早已是乌烟瘴气，然而在白马人时代却是一尘不染。他们耕作的只是少许田垄，涪江、湔江两岸还是荒野的牧场，风光和气味都还是原野的。

从老灌县进入岷江流域，过映秀、汶川、石鼓、茂县、叠溪、松潘、川主寺，翻弓杠岭，进入九寨沟，由岷江流域进到嘉陵江流域，沿白河而下，过南坪到双河，径直走白河，转白马峪河即可到达文县铁楼的白马人村寨。走右支草地沟，即可到下草地、上草地的白马人村寨。走汤珠河又可到达勿角的白马人村寨。翻过黄土梁顺羊峒河而下，便进入了平武夺补河谷的白马人村寨。

牵扯老灌县的传说多而久远，"赵巧送灯台"即为一例，可以看成是李冰时代现实的演绎。进入岷江峡谷，便进入了羌人的世界，只是这个世界在明清时已为汉文化驯化，羌笛悠悠诉说的只是血脉中残存的哀怨。古老的羌人贴着岷山和年轻的龙门山，血气早已被汉文化吮干，而龙门山断裂带的撕裂掩埋了他们篝火的余烬。

叠溪是一个梦魇，蓝天被扯出一个洞塌了下来，岷江倒灌进洞，形成了今天的叠溪海子。1933 年 8 月 25 日下午三点五十分，碧空万里。松潘的故事、川主寺的故事、九寨沟的故事都是藏人的故事，都是通往白马人村寨道路上的故事，它们在白马人村寨的外围镶嵌出瑰丽的花边，有萝卜寨的碉楼，有岷江源头的溪流，有弓杠岭的草甸，有九寨沟星罗棋布的海子，有黄龙寺的钙化池，有雪宝顶、王朗、红星岩的雪山。

一个人在七月的暮色里往北穿越成都平原，穿过龙门山抚育出的年轻的石亭河、鸭子河和绵远河，在渐浓的暮色里目睹亘古的落日。落日搁在西天的山巅，像一盏橘灯，橙黄的柔光映照着一望无垠的稻田。这个人不知道，他视野里广袤的碧绿、潮湿的大地曾经便是白马人的故园。之前是一片海。

一个背包族可以走一条世界上最美的通往白马人村寨的道路，一路上可以领略在地球上其他地方领略不到的地理生态、民族与民俗生态。

他走缅甸进入云南，经大理到丽江，由丽江穿过金沙江到香格里拉，之后进入四川的稻城；由稻城过理塘到康定，经丹巴到马尔康，从马尔康到若尔盖。从若尔盖到白马人村寨有两条路：一条继续往北，从白龙江的初源郎木寺进入甘肃，途经当年被约瑟夫·洛克称作"伊甸园"的迭部，过舟曲到文县铁楼；一条往东，走213国道，从若尔盖草地下尕力台，由川主寺翻弓杠岭沿白河到达九寨沟。

通往白马人村寨的道路有好多条，但没有一条能够通往白马人的内心，通往白马人血脉的源头。白马人的幸存是一个偶然，它是自然的选择，也是地理和白马人自我的选择。证明了时间的纯粹，也证明了文明的野蛮与残忍。如今，这样的野蛮与残忍天天都在发生，直到他们像一撮盐完全溶入当下，溶入当下文明。

白马人不说话，他们的沉默如同伫立在羊峒河口的神山让过往的人不解。

一个当代人，一个文明人，除了个人记忆还能有什么？一个失去民族记忆的人就像一粒溶入湖泊的盐失去了原初的咸。血脉中除了动物性，再无一路走来的印迹。这多像一座座古城拆迁改造后保留下的老街名——除了名称，还能有什么？

一个人走在通往白马人村寨的道路上会想些什么？在他的想象中，一个头戴圆形毡帽，帽沿镶荷叶花边，毡帽上插白羽毛，身穿白色裹裹裙的白马人，会是什么？

1927年3月9日夜晚，约瑟夫·洛克被一个喇嘛在卓尼洮河流动的江水中一遍遍印刷佛像的举动震惊了。当晚他在诗中写道："如果生命的终点即将来临，就让她在这个夜晚平静地结束，那么我将不会再有遗憾。"

我想，白马人也会带给远道而来的你这样的震撼，只要你在通往白马人村寨的路上没有丢失灵魂。

夺补伊瓦之死

1

说她。夺补伊瓦。

雪山的身子，雪溪的血，森林的毛发，石灰岩的骨盆……白马人的母亲和情人。

夺补伊瓦——在这颗星球成千上万条河流中，她也有自己的名字。由自然进入文化，由神转手人类。

神原本是转手给白马人的，白马人没能守住她。白马人没有责任。

千百年，自白马人接手夺补伊瓦，神并没有弃之不管，神一直帮助白马人守护着夺补伊瓦。神许给他们溪水、杉木板房、青稞和荞麦，神许给他们烧柴、牛羊、咂酒、盘羊和杜鹃花，神许给他们舞蹈、曹盖和神山……傍晚和清晨，神许给背水姑娘飘洒的裙裾，以及湿漉漉的笑声和歌声。

神未必出没，她住在雪山和大树里；就是出来也不露面，要么住在羊峒河口的孤山，要么寄居在背静的寨子中低调的人家。

早先时候，运气好了，在铁蛇关（夺补伊瓦注入涪江处）也能遇见白马人的神。在梧崆口、水泉关、阳地隘口就更不消说了。神护佑着夺补伊瓦一路下来，把她交给涪江——涪江是神让汉人给吸纳夺补伊瓦的大河取的名字，白马人叫它措惹淖岛。

神护佑夺补伊瓦到铁蛇关，就像汉人嫁女子，就像神护佑我们蹚过时间之河。好在夺补伊瓦从雪山下来源源不断，虽昼夜奔流，但她的身子和气息是永恒不变的。她的流域只有四季变换、水量变化，在某一固定的河段——某一激流或缓水处，我看见的、想见的都是永恒：永远的河滩，永远的灌木丛，永远的杜鹃花，以及融合了高度洁净的原始时光的水波（一朵小雏菊或蒲公英无声地开在一旁，替永恒标识出一个维度）。

后来，不信神灵的汉族统治者来了，他们一边驱逐神一边驱逐信神灵的白马人。他们从平原进来，一路杀人，一路圈地、筑城，拓展他们的疆土。"人不要脸，鬼都害怕"（这是他们的谚语）。白马人害怕他们，神灵也害怕他们，于是白马人带着他们的神灵，或者说神灵带着白马人躲起来了。

土司是皇帝的使者，也是神的使者，他们来统治白马人的同时也统治了夺补伊瓦。土司是皇帝与神交易的替身，它既削弱了皇帝的绝对权力，也混淆了神灵至高的明澈，给予了白马人一个半明澈的状态：一种缓慢的文明的浸漫，更多的还是衔接，像一层薄膜（当然是可以塑化的，而非塑料）。

土司时代的文明的入侵主要在意识形态与管理体制，毫不涉及工业化时代的地质与生态的改变。七百年的统治，并未伤及夺补伊瓦的筋骨。

2

"夺补伊瓦"是白马语"duobuyiwa"或"duoboyouwa"的汉语书写。也有写成夺博伊瓦、达勃尤瓦的。

"夺补"是居住在夺补河畔的白马人的自称。那是一种感觉，一种认识，那一刻叫出来了，就像地球上任何一支人对家园的最初的认识。一方水土养一方人。应该是先有"伊瓦"，在"伊瓦"边住久了，才有"夺补"这种自我认同的。

火溪河的白马人自称"纳伙"，黄羊关的白马人自称"贡皮"，白马峪河的白马人自称"如瓦"，白河的白马人自称"俄瓦"，汤珠河的白马人自称"热格"。

她在岷山东腹流淌了亿万年，才等到白马人来定居。这之前，她等来了冰雪、海子、冷杉、杜鹃、大熊猫、盘羊、蓝马鸡……大熊猫叫夺补伊瓦什么？蓝马鸡叫它什么？白马人自称"贝"，意思是"住在夺补伊瓦畔的人"，可见白马人的自我认识是由夺补伊瓦确认的，不管之前怎样、之前从哪里来。

夺补伊瓦是白马人的家园，也是他们的疆土与国家。在没有土司的年代，他们是孤立于、独立于外面世界的，他们不知道外面的国家，脑壳里没有国家的意识，他们的国家就是夺补伊瓦。

我有个想法。不去管白马人是藏族、羌族还是氐人的后裔，我们就认他们是白马人。我们不去管他们的迁徙，只管他们是夺补河、汤珠河、白河、白马峪河的子民，只管他们身上正在被改变的人的属性，只管他们濒临消亡的事实。

没有人知道她被叫着"夺补"叫了多少年。没有人知道是厄里家人的祖先还是水牛家人的祖先，第一个对着她发出"duobu"的声音——这个人叫什么名字？"扎依"还是"阿波珠"？他有着怎样的长相？他在命名这条河的时候看见什么、想到什么？

3

像世界上其他河流一样，夺补伊瓦有过最初的漫长的寂寞。因为流淌在高海拔的深山，她的寂寞格外寒冷与清亮。白马人还在非洲大陆，杜鹃花就开了，大熊猫和蓝马鸡也有了……盘羊成群结队，从南岸回到北岸……这时的夺补伊瓦完美得像个白马少女，带一点野性，从王朗雪山到铁蛇关，都是绝对丰饶、性灵的。大自然鬼斧神工开凿的河床，两岸苍翠的森林，雪溪从四千米的海拔流到九百米，野花绽放在河畔，草本的开在草滩，木本的开在灌木丛……海拔从四千米到两千米是高原与原始森林，河道相对平缓，动植物的多样性赋予她古老而又年轻的生机，雪溪穿过冷杉林，漫过开得矮的杜鹃花和大熊猫的脚掌，流过朽木，钻进箭竹林……冷杉、圆柏都穿了松萝的裙裾，树下都铺了华美的苔藓地毯；杜鹃花一丛丛似锦团，借了阴阴的天光融化着冰川时代的寂寞……雾来了，雾走了，带来阵雨，雪峰时隐时现；阳光镩出，如金针落满草甸、森林，天河绽开，流溢出地中海的蓝，夺补伊瓦蜿蜒跌宕，汩汩、潺潺、淙淙的样子，像一个习惯了寂寞的处子。

寂寞也是完美的。夺补伊瓦在吸纳了羊峒河之后进入大峡谷，穿过王坝楚，在交里岩、南一里和自一里完成三级跳，在二十公里内海拔从两千二百米下降到一千八百米。深涧中的夺补伊瓦潜行在灌木丛，只是在一些陡坎化作悬泉，飞溅白浪。

如果把岷山东麓比成一个身体，夺补伊瓦就是流淌在肌肤下面的一条血管。一路流淌，遵循水流的势力，途经杀氏坎、水泉关、阳地隘、梧崆口，在铁蛇关注入涪江。夺补伊瓦流经的很多峡谷都只是一线天，两岸从无猿声到有猿声，再到有人声，在时间的石灰岩山体下切出万丈深渊。

夺补伊瓦的寂寞也是她的时间。她下游的寂寞是纵深呈线性的，缺乏宽度的，而上游的寂寞则有足够的宽度，浸漫而接近天空。

4

白马人来了，像会走路的树、会唱歌的花散布在夺补伊瓦畔。他们在夺补伊瓦畔的山边筑起房子，树起栅栏，开垦坡地，种植青稞和荞麦，在草场放牧牛羊，在寨子背后的山梁狩猎。他们用土石砌墙，用木板装壁，以杉木板当瓦，修筑的房子就像是夺补伊瓦自然生长出的，与房前的溪流、房后的山坡山梁和谐一致，并未损害到夺补伊瓦的美。

白马人在夺补伊瓦畔看见一个大草场，就定居下来，叫这个地方"厄里"。等聚居的人多了，修筑的房子形成了规模，又叫这个地方"厄里家"。

另一拨人在一个台地上定居，筑起土墙杉木板房，发现向阳的台地上很适宜种青稞和小麦，他们叫这个地方"交西"。

同样的事件也发生在羊峒河的两岸和河口。一群白马人分成两拨，一拨在海拔两千六百米的一个高地修屋定居，一拨在海拔两千二百米的山坡筑寨繁衍，他们叫高地的寨子"卡斗"，叫山坡的寨子"帕陔"。这就是后来的上壳子和下壳子。

几个白马人选了羊峒河口的台地定居，这个地方离他们后来确定的神山很近，他们就叫"伊瓦岱惹"。

先来的人占了好地方，后来的人继续往里走。他们在夺补伊瓦的更上游发现了比厄里和交西更美、更适合居住的地方。有人在一个溪口停下来，筑起房子，叫这个地方"水牛家"。有人继续前行，在离水牛家不远的上游找到了另外几处草滩和坡地，他们叫这几个地方"扒西家""色如家"。"扒西"，就是先到的地方、大地方；"色如"，就是后到的地方、窄小的地方。

　　有五弟兄来得最晚，他们继续朝着雪山走，从色如家出发只过了一条溪谷，便找到了定居的地方。夺补伊瓦从雪山奔流而下，到这里像出了瓶颈，与另一条侧溪交汇，在两岸冲积出修长肥沃的草场。五兄弟在此筑起五间房子，定居下来，叫这个地方"祥树"——五兄弟的家。

　　朝里走的人，在雪山下安了家。朝外走的人，进入了下游的大峡谷。他们选择河谷相对开阔的山根、山坡定居，在夺补伊瓦的中段和下游筑起了纳佐、纳比最早的六寨——薅子、木瓜、木座、瓦舍、昔腊、陈家。到清道光二十年（1840年），六寨有番目、番牌十三名，番民一百九十五户。

　　我们来想象有了白马人进住的夺补伊瓦：她的源头还是无人区，洁净、深密、旷古。刀切、刀解、色腊、祥树家、色如家、扒西家、水牛家、稿史脑、厄里家、交西岗、伊瓦岱惹十余个寨子由上到下像星星点缀在河流中段。有的算不上是寨子，不过是三两户人家，但对于夺补伊瓦就是星星，就是照亮，虽然白马人带来的文明还很朴素、原始。我们姑且把白马人来之前的夺补伊瓦想象成黑幕上的一条蜿蜒曲折的布带，白马人带来的灯盏虽如萤火虫一样闪烁、微弱，但毕竟照亮了河畔。一幢幢寨子就是一颗颗星星，就像白马人身上的鱼骨牌和铜钱佩饰，装点着夺补伊瓦——装点又照亮，一闪一闪。下游是大峡谷，寨子更为隐蔽，文明的星光照到的地方更有限，但这些寨子像一颗颗铆钉，与夺补伊瓦贴得更紧……一条从天上来的河，蛇行虎跳，奔腾跌宕，穿越旷古，穿越生命进化的历程，直到有了白马人。

　　夺补伊瓦身上的十几二十颗星星（明清时白马有十八寨，木座、木皮有六寨）并不是同时镶佩、同时闪烁的。有的镶佩在先，闪耀在先；有的是后来镶佩上去、后来闪烁的，照亮了更多的草岸、山坡和灌木丛。

　　想象白马人定居夺补伊瓦、照亮夺补伊瓦，像不像星星点灯（上帝点亮夺补伊瓦夜空的星星）？一盏一盏，用火石火镰，用白马人的手。上帝很在意夺补伊瓦，虽然高寒、僻远，不宜人居，但也不让她荒着，要派这么一支人来生息、来敬拜。

5

纯地理的夺补伊瓦。

雪山的女儿，原始森林的姐妹，杜鹃花的初恋。

源头神圣，在海拔三千五百米的草甸、紫花杜鹃林含蕴，在海拔三千米的苔藓和冷杉林漫流，之后是汩汩、潺潺、淙淙流过圆柏、华山松、无脉苔草、高山柳和早熟禾的林地，偶尔有濯脚的小野花和蓝马鸡。大熊猫午后下河来喝水，喝饱了亲一亲自己的影子。

只有与豹子遭遇，盘羊才斯文扫地汉过河，把夺补伊瓦捅浑。

源头的夺补伊瓦的蓄养是神圣的，流淌也是神圣的，她带动的空气和空气里飘洒的雪花也是神圣的。她最初的一支雪脉发自九寨沟长海的东山东麓。从这个意义上说，夺补伊瓦又是白河的姊妹，她们有着共同的祖母河嘉陵江，她们的见面得劲涪江和白龙江两位母亲的撮合。

夺补伊瓦的源头是一段亘古不化的时间，就是今天走进去也看得见她的含蓄，感觉得到被净化。外面的世界遭遇温室效应，早已化成一滩，她依然保持着雪的质地。

夺补伊瓦在她的源头滋养的生命有成千上万个物种，她是它们的伊甸园。植物的性事在圣洁的草甸、森林和裸山秘密上演，动物行事又以植物为掩体，水见证并参与到这一切。

一万年的生生息息还可以想象，一个个瞬间（花开的片刻，落雪的片刻，冷杉和红松沉默的片刻），一天之中天气的变幻，一片叶子、一个花瓣上阳光的变幻，若干的永恒像一丛丛肥嫩的苔藓，像一挂挂松萝……一亿年怎么去想象？人想象的触角是有限的，一亿年的夺补伊瓦已是虚无。

源头叫王朗，是因为有了白马人。白马人进到伊甸园去放牧，觉得水草很好，叫了一声"wa‐nang"。

夺补伊瓦从王朗流出来，落差减小，至刀切家，开始流经一段相对平缓的高原河谷。没有寨子，没有人居，没有农耕和游牧，没有污染，一亿年流淌（一亿年时间的叠加，如跳荡的、变换而又不变的浪花）。

或细或缓，或粗或激水。满谷的时间。一亿年，足以把一天二十四小时比为零。野荞麦开过多少次花？原本属鸟的杜鹃都进化成了灌木！一亿年的奔流如同凝固。一亿年，夺补伊瓦装下了多少时光？

准确地说，这几十里河谷才是伊甸园。森林在上，河流成梯级，水域相对平缓，草滩连绵，野花开在灌木林的边缘……一亿年，伊甸园里来过什么鸟，住过什么兽，想象也无法企及。祥树家、水牛家和厄里家都是它们的大家园，那些发自本能的美好的性事是神给予伊甸园的秘诀，它们相较发生在王朗里的美事要公开和温暖很多。

最早的苹果出现在交西岗的台地上，它们虽小，但却结实，味道又酸又甜，引诱到了伊瓦岱惹的鸟兽，让时间呈现出欲望的旋涡。

本想讲一个故事，发生在这个暖和一些的伊甸园，因为没有人、没有记忆，也便没有语言。

夺补伊瓦在淌过王坝楚之后，落差增大，逐渐进入峡谷深涧。河谷纵深，灌木茂密，鲜见坝子和草滩，两岸山峰高耸入云。

夺补伊瓦在摩天岭西南侧的深涧流淌的样子如同一条漂亮、纯洁的青蛇，野性十足。青蛇也是由仙女变的。有时候是调皮，有时候是撒野——从极高的花岗岩崖跳下来，打两个旋儿，便又一头钻进了灌木林。温柔的时候也有，但只是片刻。

海拔低了，空气变得暖和了，无论是乔木还是灌木，叶子都长阔了很多，但两岸的山峰、山峰割开的蓝天以及空气中弥散的水云依旧是蛮荒的。

三月，四月，五月，从夺补伊瓦与涪江的交汇处往上，山核桃次第挂花、长叶、结果，到了秋天又次第开裂，落下。

人类远在看不见的亿年之后，四十公里河段尚无地名。河随水势，水随山势，没有外力可以改变。或许山势水势已经孕育出了地名，只是还没人来称呼与书写。

这样的一条雪龙，一条青蛇，嘴衔涪江，尾搭雪山，数亿年奔流不息，分分秒秒不间断——承载着时间，承载着永恒。

夺补伊瓦虽是一条年轻的河，但也生有自己的儿女。这些原本无名的纯自然的儿女，因了白马人的命名而有了更多的诗意：

朔苏伊瓦，啊拜伊瓦

乌纳伊瓦，乌鲁伊瓦
普块伊瓦，沙白伊瓦
延代伊瓦，罗热伊瓦
巴都伊瓦，跌瓜伊瓦
萨拉伊瓦，柴岬伊瓦
……

6

清道光十八年，即 1838 年，夺补伊瓦第一次响起了丁丁的伐木声。水田河富绅刘荣在金光岩创办了"荣号木板厂"，伐木改板，水运江油、绵阳销售。

坎坎伐檀兮，置之河之干兮。河水清且涟漪……

铁匠打的斧头，极小规模的砍伐，一斧头一斧头地砍，木爪飞得老远。砍树的人隐在树林里，坎坎声稀疏、清晰、辽远。

金丝猴听见伐木声本能地躲起来，它们透过树枝看见挥汗如雨的伐木人和黛青的斧头，不敢露面。大熊猫听了伐木声觉得稀奇，停下来看，丝毫不担心被砍倒下来的树压着。蓝马鸡听见伐木声，从林子里飞起来，在伐木人的头顶划过好看的影子。

这是夺补伊瓦最早的伐木风景。砍倒的树木去掉枝桠，置之河之干兮，置之河之侧兮，置之河之漘兮……这样带一点美学的伐木持续了三十八年，不多的几把斧头，夺补伊瓦还不觉得多疼。

光绪八年，即 1882 年，在斧头发出的丁丁伐木声停止六年之后，火溪沟大户金文有与土司王辞承合伙开办了"承有木厂"。夺补伊瓦下游两岸再次响起伐木声，且较早先显得密集。

"承有木厂"在江油修建了储木场，砍伐量增加了很多。

光绪二十八年，即 1902 年，夺补伊瓦发特大洪水，冲走了"承有木厂"各场储存的木料，算是对森林砍伐做出了最早的报复。丁丁伐木声停息。

1952 年，西南森工局 4000 余人进驻夺补伊瓦，开始在出产冷杉、云杉的白马原始森林大规模伐木。4000 多人在白马人聚居地的林区建机关、建伐木场、建工段的景象可谓壮观。白马人理解不到。在白马人的眼睛里，他们是什么？

如果说 1902 年的大洪水是夺补伊瓦的第一声哭泣，那么 1952 年森工局的进驻就是夺补伊瓦以泪洗面的日子的开始。

1954 年到 1957 年，夺补伊瓦原始森林被砍伐木材 46.75 万立方米（不含损耗）。

夺补伊瓦剧痛起来，肌肤被撕裂，露出深层的创伤。

1958 年，平武伐木厂建立，夺补伊瓦的伐木范围扩大至胡家磨、王朗、羊峒河、小河沟等林区，几乎遍及白马人的每一条"伊瓦"。至 1998 年全面停止天然林砍伐，共伐木 300 余万立方米（不含损耗）。

1992 年夺补伊瓦暴发特大洪水，木座薅子坪多户人家在午夜被冲毁，失踪 13 人。洪水过后第三天，我徒步走完夺补伊瓦下游铁蛇关至木座全程，目睹了大洪水退却后的疮痍，在烈日与蓝天下看见了死亡与哀泣。家住新益沟口的十六岁少女刘小芳当夜被洪水卷走。她的死发生在 1992 年 7 月 30 日午夜，但却是在四十年前开始的。

1995 年伐木厂解散，从夺补伊瓦消失，但它修建在王坝楚的烈士纪念碑还在。几次走过纪念碑，我感觉到的都不是正面的感情，反觉得是一种罪。对于白马人，对于夺补伊瓦，对于地球。

几千人四十年的砍伐，从斧头到油锯、电锯，从水运到汽车、火车运输，夺补伊瓦经受了怎样的疼痛与苦难。她无法说出、无法解脱，她只有哭泣，把疼痛与苦难转加给她的原住民白马人。

于是，夺补伊瓦的哭泣是双声部：她的尖叫与白马人的悲号。

7

现在是 2014 年，夺补伊瓦连哭也哭不出了。她被分段割裂、肢解，完全是一副的死亡的模样。

她这副模样快十年了。

割裂和肢解还在继续。2014 年 5 月 18 日，在刀切家我还看见施工现场，那些无所不能的机器正开挖着她美乳一样的溪畔草地，建一座五星级酒店。这之前的三年里，一直在修从厄里家到刀切家的九寨环线新公路，挖山修桥钻隧道，从来不顾及夺补伊瓦的感受。

夺补伊瓦像一位被轮奸的女子，也难得再有什么感受了。

走在杜鹃林到水牛家一段，这样的感觉更强烈。夺补伊瓦断流了，河水从水牛家水库进了隧道，过去奔腾的夺补伊瓦要么干涸了，要么变成了臭水凼，连面貌都改变了。厄里家一段几近干涸，过去的草滩、灌木林也不复存在，正在打造一段没有河流的河堤。交西岗、罗通坝一段做了拦水堤，变成了臭水凼，过去的灌木和高山白杨树都长在青溪里，而今在臭水里一棵一棵死去。

水牛家水库长 12.5 公里，它完全毁掉了夺补伊瓦中上游这一生态最丰富、最具人文美学价值的河段。水库蓄水之前，我多次走过这一河段，水牛家、稿史脑、胡家磨，她夏秋的美一点不比甘南迭部有伊甸园之称的扎尕那逊色。明清时候，水牛家曾是白马十八寨首寨，它的自然景观与人文特色也是白马路最集中、最典型的。而今，它已淹没在水下八年。

我百度到的"水牛家水电站"一词条：

水牛家水电站位于四川省平武县境内，系涪江流域火溪河梯级开发的"龙头"水库工程。水库总库容 1.435 亿立方米。本工程为二等工程，拦河大坝按 1 级建筑物设计。拦河大坝为碎石土心墙堆石坝，最大坝高 108 米，坝顶长 331.36 米，坝顶宽 10 米。

工程于 2003 年 5 月 18 日开工，2003 年 12 月 15 日实现大江截流，2005 年 9 月 6 日开始大坝全断面填筑。2006 年 10 月 26 日，通过由水电水利规划设计总院主持进行水牛家水电站工程蓄水验收。2006 年 11 月完成坝体填筑施工。2007 年 5 月正式发电。

装机 70 兆瓦，年发电量 21.1 亿度。

如果说森工局和伐木厂伤到的是夺补伊瓦的毛，那么水牛家水电站伤到的就是夺补伊瓦的皮肉和筋骨。

这样流淌在高海拔地区的一条圣河，河畔又居住着东亚最古老的部族白马人，水电站以百米大坝强硬的姿态进入，完全是对奔流了亿万年的夺补伊瓦的不敬，更是对夺补伊瓦原住民白马人的不敬。

事实上，水牛家水电站严重毁坏、挤压了白马人的生存空间，加速了白马人的消亡。

水牛家淹没后，搬迁到厄里家对面山坡和王坝楚下面新店子的移民点还是水牛家吗？它迈出了消亡的一大步。

夺补伊瓦由水牛家水库进隧道，在王坝楚下面一公里处露脸，立即又进了自一里水电站的隧道，之后也只是在自一里和木座有过露脸，一直到木皮阴平才重新流入河床，正常流淌的河道只有木皮筛子岩以下四公里。

加上源头和上游尚在流淌的三十公里，全长一百三十七公里的夺补伊瓦，因为水电站的梯级开发，超过一百公里的河道断流。这是一个什么概念？植被、水生物，以及河畔的三个乡的白马人，他们所受的影响如何估量？

坐车从铁蛇关进入夺补伊瓦，从筛子岩到扒西家一百多公里，只能看见五个人工湖，看不见河流。沿河而上，坐在车里一个小时看不见河流，感觉到的悲哀犹如一个诅咒，直指当代文明的判断。

8

今天的夺补伊瓦是白马人的挽歌。

往昔的夺补伊瓦是白马人的情歌。

夺补伊瓦还有源头，还有"伊瓦"，白马人还有最后的情歌。

夺补伊瓦之死，预示着一个部族即将消亡。

岷山——白马人聚居地　阿贝尔摄

夺补河畔牧羊　佚名摄

白马神山　阿贝尔摄

神事里的喜乐（平武）　阿贝尔摄

杉木板房　向远木摄

废弃的下壳子　阿贝尔摄

祭山路上　向远木摄

水牛家水库建成后的夺补河　阿贝尔摄

通往苗州的山路　阿贝尔摄

伐木厂撤销后的王坝楚　王兴莉提供

白马人的神树（九寨沟）　阿贝尔摄

拆迁动员　档案提供

消失的水牛家　档案提供

一个诗人的祥树家

　　如果诗人为祥树家写一首诗，他会写什么？

　　如果他是在一个午后到的祥树家，碧空万里，背阴处的露水尚未干透，祥树家裸呈在他的眼睛里，他该怎么写？如果他是在一个冬夜拢的祥树家，只看见星星，只踩着雪，只听见马嘶和洋芋地里溪流的声音，他又该怎么写？

　　如果他是一个明清的诗人，不是走火溪河，而是翻猫儿山到的祥树家，他看见的祥树家安静得就像一摊冬阳或者一群慵懒的晒太阳的猪，他会怎么写？如果他是一个民国诗人，他陪土司进来，别着短枪，他看见的祥树家刚刚被汤羽部洗劫，路上的血还没有凝固，惊跑的牦牛还没回到栅栏里，他又会怎么写？

　　……

　　这个诗人是在六月山最青的时候到的祥树家。山最青，青还没有定格，青里还带着翠。山最青，河谷也最青，荞麦地、洋芋地、青稞地一片翠青，河滩也翠青，寨子里房前屋后也翠青，丰盈的夺补河也翠青。诗人不是白纸，但诗人到了祥树家就变成了一张白纸，几十年写的东西化掉了，六月的青着上底色，等着祥树家的蝴蝶落在纸上。

　　他第一次到白马，第一次到祥树家，适应又不适应。这些年，他也走过一些地方，看过一些风景，接触过一些部族人，初见也不觉得有什么。然而毕竟是祥树家，有着不同于别的部族的海拔和纬度，从山脚到山顶，从溪流到天空，从花腰带到野鸡翎，从女人的眸子到歌声，都太干净了，不得不叫人惊颤。

　　打一个惊颤，身上便落一些东西。身上落下一些东西，身体里也落下一些东西，纷纷扬扬的，也有悄无声息的，但感觉很瓷实，像一些铁屑，落一片，身体里就疼一股。

诗人也装。跟干部一样喝酒、聊天、讲荤段子，最瞧不起的就是拿着本子做访问的记者和学者，他不求觅见什么，不求把什么带走。他装，又不装，他只想照顾六月的天气，让祥树家的人看不出他是一个写诗的人。

然而他还年轻，像合金粉末溶不进祥树家，还有棱角和锋芒，沉底或悬浮，在午夜燃过的柴火的余烬旁亮闪闪的。头上的星星也亮闪闪。啤酒喝光了，蜂蜜酒也喝光了，他偎火取暖，新旧木楼里入梦的男女均匀的呼吸让他感觉置身于牛栏。星星的背后还是星星，他的目光挂了泪，像祥树家的草叶升起露珠，压弯回地面。六月的夺补河奔流在左手边，暗里听得出流水的力，看得见影影绰绰的丰盈。由深及浅的丰盈，荡漾着水草和灌木，像睡不着的彼此纠缠的身体。远处小卖店的灯熄了，店里木榻上的姑娘睡了。白毡帽挂在柱头的洋钉子上，白羽毛还在颤抖。花腰带搭在椅背上，给人一种蛇的联想。诗人刚刚去店里买水喝，看见她在橘黄的灯光里摘帽子，随后合身躺下，从花腰带下解放出的腰起伏不定。

夜幕降临，祥树家在歌舞表演中渐渐喧腾起来。那些坐大巴进来的人喜欢闹腾，而祥树家的年轻人已经念起生意经。喧腾如一场篝火，如一次洪水，飞扬、流失的是人的欲望，剩下的是余火和余烬。

夺补河流过木楼背后的洋芋地，她不来凑热闹。洋芋开着蓝花白花，也不来凑这个热闹。诗人也不爱热闹，他坐在小卖店门外的长木上喝啤酒，边喝边看被歌舞吓跑的野狗。星星在闪烁，有好多个层次，诗人看见星星在天上长，像白天在荞麦地看见的一颗颗蛇莓。小卖店开着，却没有人看管，啤酒自己拿。木榻搭在靠墙处，上面放着一床折叠好的厚被子。

一个拉马的男孩走过来，问他咋不去看表演，他没回答，递给男孩一瓶开开的啤酒，问他为啥没去。男孩喝着啤酒说，他过年过节才唱歌跳舞，平常要租马挣钱，再说他也对旅游表演不感兴趣。男孩有十二三岁，穿得有点脏破，在昏暗的灯光下也看得见他的脸很黑。

"骑马不？要骑就骑，可以不限时间不限路程，你骑我给你打折！"男孩喝干酒，嬉皮笑脸地对诗人说，"我这儿还有羌和鱼，要不要？你肯定胃不好，吃了羌和鱼就好了，买一送一，十元钱一根！"

诗人没跟他多说，只觉得很好玩。诗人想的是他该读书，他为什么不读书。

表演结束了，人散尽了，诗人这才一个人去到表演的现场。远远地还能看见没有走拢屋的白马人和没有上到客栈的游客。他们上了楼进了屋，在木楼上走出丁冬丁冬的声音，或者就是把楼板踩得铮铮响。有一阵子，泼水声不绝于耳，还有关门的声音——木门走形了，关不上，得使大劲。有人还兴奋得很，一边泼水一边唱《青藏高原》；唱到最高音，诗人在院墙边看见一把大刀锯，亮闪闪的，锯着从木楼的板缝透出的一柱橘光。

夺补河在栅栏背后不远处的洋芋地边流淌，一直都是安静的，奔流也是安静的，荡漾到灌木丛也是安静的。诗人喝迷糊了，但他听得见溪流的声音，在渐渐呈现的寂然里有一个比丝绸略重、比棉麻略轻的质量。溪流丰盈的悄然，使祥树家六月的夜晚多了一种纯自然的性感，它像听不见但可以触摸到的恋人的肌肤，活力与弹性都规避在浅浅的有着两根天然的青色河岸线的河床里。

然而此刻，诗人又捡起了酒喝。篝火边长木上的酒，看表演的游客喝剩下的酒，在古老的铜壶里、瓦罐里。开始他还倒在瓷盅里喝，不久便举起铜壶和瓦罐喝了。所剩不多，他一个一个举起喝干，再坐下来。看着面前仍是红彤彤的篝火的余烬，瘫软的身体像烤化的巧克力，快要流淌到他的心了。

他颤巍巍拿了木棍在余烬里找东西，没找到东西木棍倒燃了起来。他不管木棍上燃起的火，用燃火找东西。他找到了一个洋芋，刨出来换着手拍了灰烬，剥开吃。洋芋烧焦了，变成了炭，中心只剩不多的一坨。他吃着，笑嘻嘻地望着面前刚刚刨开的余烬，感觉到一种超出了他需要的热力。他把屁股往后挨了挨。

诗人不注意仰了过去，仰过去看见了星星，靛天白星，头顶的世界把他震撼了，把他震醒了。星星有大有小，分出好多层次，构成一个立体的星空。他清醒了，瞬间直觉到了他与星星的距离。以及星星彼此之间的距离，他先是滋生出一种喜感，后来才是崩溃感。还是巧克力被烤化、烤淌的感觉，只是这一次，心也是巧克力做的，合着身体一起融化了。融化中有个东西从星天落下来，也有个东西从身体里飞走，冥冥之间完成了交换与抵达。

祥树家六月的这个夜晚，他记不得他是怎样回到客栈的，但他记得篝火余烬的气味和下半夜的寂然的气味。下半夜起风了，夜风吹散了余烬，而当更多的人入梦之后，寂然也变成了一堆草木灰。

循着余烬的味道和寂然的味道，诗人写了《在祥树家抵达诗歌》。

祥树家没有诗歌，祥树家却有比诗歌更自然更纯净的生命与生活样本。一个诗人在祥树家抵达诗歌，他是借了祥树家这艘船，且把祥树家当成了彼岸。祥树家是具象的、直觉的，诗人在这里找到了。

第二天太阳出来，祥树家在太阳下半梦半醒，金子般的阳光与阴影交织，对比出一些潮湿、深色的光域。炊烟初生，更多的是山林中的水雾，她们如舞女向阳光献媚，展现出水性、灵性与幻性。

诗人睡得暗起得早，他站在木楼的高处看祥树家，忘了头天祥树家的样子，眼下他看见了一个由物质构成的白马人寨子。然而，精神的东西并没有完全消失，扫院坝的白马女子就是一个精神的符号。有着婀娜身材的白马女子，白马女子的裹裹裙和白毡帽、白羽毛，掉光了叶子的竹扫把，金子般的朝阳和木楼切割出的阴影，唰唰唰的扫地声，夜里被风吹散成一些特殊符号的灰烬……在他眼里都是精神的影像。他站在木楼上，看见祥树家渐渐苏醒，在朝阳下有一些害羞。夺补河从木楼的一侧流过，流过一座索桥和一座拱桥，淙淙的声音在开满野花的草滩呈现出七彩的光环。祥树家是一个神女，离雪山这样近，没有人有本事玷污她。小卖店还关着门窗，睡在木榻上的姑娘还没醒来，还在一个外族人无法猜度的梦中。说不定木榻上不止睡着一个姑娘，也许是两个，或许更多。

上午，诗人离开祥树家之前，去了上面一个有草地有灌木林的宽敞的河谷。在路上，诗人碰见了租马的男孩，骑了男孩的马，并买了一条羌和鱼生吞下肚。诗人在白天才看清楚，男孩不是黑，是脏，像是从来不兴洗脸。男孩拉着马走，诗人骑在马上。男孩叫诗人多买几条他的羌和鱼，活的不方便带有风干的。他没有应他，心头对他产生了反感，琢磨起一个祥树家的孩子、一个自然之子是如何变成这样的。

"为什么没上学？"他从马背上下来，问扶他的男孩。

"交不起学费。"男孩问答得很干脆。

"祥树家不是最富吗？家家都修了新木楼！"他看着面前粗糙的黑脸说。

"富的是富的，穷的还是穷的，背角湾湾里还是有很多老泥巴房子！"男孩说着，用一根黢黑的指头把诗人的视线领到了远处寨子背后的山边里。

越是往祥树家里面走，青色越是浓郁和纯粹，耕地没了，两岸全是草场和灌木丛，道路穿过灌木林和草地，越来越显得幽秘。诗人查过地图，里面原本还有一个寨子，叫刀切家，几年前都搬出去了。刀切家，一个寨子的名字，有着怎样的意思？祥树家是"五兄弟"，有五兄弟落户的寨子，"刀切家"会不会是"两老挑"呢？或者是"接近雪山的地方"？

六月的绿，不好描述它，它凭着每一棵树每一棵草，把山脉与河谷都染透了，那么新鲜，像画家刚放下笔，还没有收汗，每个笔触都还是潮湿的，弥散着草木的味道、山花的味道和雪溪的味道。六月的绿，祥树家的绿，正因了新鲜和上午阳光的映照，尚显得不够饱和，画家的笔正通过阳光、微风、溪流的声音以及诗人的呼吸在暗中调和。雪溪流过灌木丛，流过草滩，也是绿的，溪水中的石子儿也是绿的，溅起的浪花白过一瞬，还没落下便又变绿了。几树杜鹃花开在溪边，或粉或白，因为绿太广大太强势了，它们显得毫不起眼，更别说草滩上的小野菊了，它们那么小，人们的视线没接触到便给六月的绿融化了。

几年后，诗人再次来到祥树家，他身上的铁没了，构成他身体最核心的成分都是草本木本的纯天然的东西了。

也是夏天，但已经是八月了，绿明显地衰败了，呈现出干涩，青山像是蒙了尘。他坐在火塘边，看着叫索门藻的白马女人忙碌，吃着她烫的荞饼、她炒的莲花白、她煮的腊排骨和洋芋，他没有任何不消化的感觉。他可以消化祥树家的一切，祥树家已经消化了他。有一阵子，篝火还没燃旺，歌舞还没拉开的时候，他在索门藻家中的火塘边，提早变成了一颗巧克力，火力并不太大，他已经开始融化。开始是感觉到融化，慢慢地便看得见了，一滴一滴，呈咖啡色，从离火最近的地方开始化。他摸到了一个坑，有些烫手，里面没有骨头，更别说金属什么的了。

　　篝火燃大了，歌舞开始了，除开他都不是外人，不存在表演。没有祭祀的肃穆，也不及年节欢腾，但有种朴拙的真实的小尽欢，就像在做一个古老的乡间游戏。

　　他坐在离篝火稍远的后排的长木上，看着前面几排的白毡帽和白羽毛，也转过身去看散坐在墙根的白马女人和孩子的笑脸。那是一张张未加修饰的真实的脸，漂亮或者难看，干净或者稀脏，年轻或者衰老，都像是祥树家不同年岁的树皮、不同季节的草甸，给人一种不可分辨的美的感觉。

　　这天晚上，诗人没有喝酒，只尝了烤鸡，味道说不出的特别。曾经在这里抵达诗歌，诗歌是什么样子他还是不清楚。一片铁屑或者一颗被城市文明做硬的心，即使抵达了也无法融入，无法与诗歌达成一致。而今铁屑不存在了，心获得了它的自然属性，包括最真实的人性，诗人与祥树家再没有隔膜，祥树家的时间在他的感觉中再不是飞驰的，甚至也不是流淌的，而是一个湛蓝的多层次的宁静的海子。

　　小卖店还在，但生意不如先前好了，整晚上没看见几个人去买东西。记起睡在木榻上的姑娘，她或许还在唱歌，但很可能不再是个姑娘了。听说她是水牛家的人，他没有在人群中看见她。小卖店除了睡木榻的姑娘留下的好印象，它还是一个抵达诗歌的驿站，诗人买了酒喝，买了烟抽，便看见了彼岸，看见了肉体在清醒状态中看不见的东西。

　　从小卖店出来，穿过水泥路，走上一条灌木簇拥着木栅栏的小径，便可以抵达夺补河的岸边。木栅栏下面长着小野菊，像星星一般耀眼。

　　在祥树家的早晨睡醒，诗人有过一阵短暂而美好的自失：他不知道他在哪里，他不知道他是谁。记起之后，像是获得了一次新生。记起的这个自己，不同于过去，不同于昨夜睡前的那个人。睡觉的地方变了，海拔和纬度变了，空气和湿度变了，周围的人和植物的气味变了，他找回的自己也不同了。他睁开眼，从木窗照进来的阳光带给他的是陌生感而非喜感，他甚至感觉到了轻微的恐惧，像是到了别的星球。

　　站在木楼上四下看，景象与人事的确也是别的星球上的样子。土屋、木楼、水泥路、木栅栏和卡车，照上太阳酷似遗迹。近处的路远处的路，寨子内部的路外部的路，都不见有人走动。院坝当中夜里烤熄的柴火，骏黑一堆灰烬，看上去像是些炭化的麦粒。路上看不见野狗，也看不见牦牛，朝阳没了六月的绚烂，少了金质，多了粉白，只有房背上的炊烟和白花花奔流的夺补河还有些生气。被马步芳的匪兵洗劫过的祥树家在早晨的日照下是什么样子？

诗人从木楼下来，走在祥树家的内部，一个人和一个寨子，他感觉到了，他从自己跳出去看见了。一个人和一个寨子，构成了祥树家早晨的文明，构成了岷山深处早晨的人文景观。他静静的，一副游手好闲的样子，步子静静的，心跳静静的，没有什么抖动，没有什么脱落；祥树家也静静的，像遗迹，像刚刚失落的文明，听得见对面山上的杜鹃叫，听得见近处灌木林的鸟叫，也听得见溪流的声音。没有针掉在地上，但听得见阳光照在格桑花上的声音，露水从格桑花蒸发的声音。

他走出寨门，站在拱桥上看祥树家，看夺补河。祥树家散落在河与夺补河交汇口，沿河看进去，一眼就能看见雪山。矮一点的山巅雪化了，露出裸岩砾石，有种火星的荒芜。

祥树家是太美了，纯然而宁静，隐现在树木与万花丛中。五兄弟的寻找与选择也是天意。或许这些年旅游衰落的原因，不是什么硬件软件，而是一种自然神力的驱逐，神不让游客把可能破坏原始生态的东西带进来。

从拱桥回来的时候，诗人看见了狗和人，在洋芋地里。洋芋花已经开过，白羽毛一闪一闪，人在剥间种在洋芋里的莲花白，狗在栅栏里看一只蓝色的蝴蝶。

头天傍晚在铁索桥上碰见尼苏。听说是尼苏，他上前去问，真是尼苏。她走对岸种地回来，抱着一抱羊奶子，羊奶子红亮亮的，有青的枝叶掩映，她看上去像是神女。尼苏没穿裹裹裙，穿了件低领的开衫，没扣第一二颗纽扣，露出锁骨。

尼苏不接受采访，但却约见了诗人。祥树家直到上午九十点钟才醒来，像是头一夜整个喝醉了酒。他寻着巨幅广告画问到尼苏家院子里，先找到了尼苏的大儿子格波塔。在格波塔家的火塘边，他等到了尼苏。

他们谈了两个小时。她不接受采访，他还是采访了她，只是他的采访没有丝毫传媒的考量，直入人心人性。两个小时她没有把她大儿媳妇煮的一碗米粉吃完，中间还热过一次，加过两次汤。

　　跟尼苏在一起，祥树家退隐了，只单单两个人在问询、探询。他探询她的内心世界，他探询她忘却的个人史。这个年轻时传奇的白马美女，这个到过北京、与毛泽东有过一面之交的弱女子，这个到老都保持着白马人的纯真的老妪，坐在自己儿子家的火塘边，被诗人的探询触及到了内心，在从木窗外照进来的阳光里啜泣，她一把鼻涕一把泪的样子像个失恋的少女。今天她穿了裹裹裙，戴了毡帽，因为腰痛病擦药的原因，略微显得有点衣冠不整。

　　尼苏的个人史也是家族史、民族史。时代像飓风，人是无法抵挡的，人只有尽可能地保存人性。尼苏就是一个活的人性保险箱，此刻她通过语言、眼泪、啜泣和肢体打开了保险箱，在诗人面前呈现出了她珍藏的扭曲的人性。

　　尼苏是祥树家之花，也是祥树家的远方，但她只适应旧时纯然的祥树家，她少女时候的祥树家，今天的祥树家不仅与她起了隔膜，而且还伤害到了她。

　　尼苏绽放过，可惜绽放的时候，她没有足够的意识，自己也不能主控，包括她的爱情与婚姻。她到过远方，但并不是受制于自己的内驱力，而是受制于时代的外力，远方并不是她想要去的。

　　诗人从尼苏家院子往出走，看见了挂在老房子当头的犁和二牛抬扛的扛，产生了一种想法：要是他能赶上尼苏的年代，他愿意为尼苏来到祥树家，跟尼苏在祥树家待一辈子。诗人的这个想法不是浪漫，更不是空穴来风；诗人是到过远方的，很多的远方，他在物欲膨胀的城市住了很多年，明白把身体安置在哪儿把灵魂安置在哪儿。

　　这个想法热烘烘的，像一个刚刚从火塘灰里掏出的烧洋芋，散发着原香。诗人穿过寨子，来到篱栅尽头的夺补河边，思量着祥树家的时间是如何把一个民国少女变成今天的白马老妪的；他觉得除了时间在起作用，很多冲击、溶解到时间里的东西也在起作用，土改、伐木、包办婚姻、与毛主席的一次握手、妇女主任的职务……都做了岁月的添加剂。

　　从上游往下看夺补河，没有河滩，穿过灌木再流入灌木，清澈而丰盈的雪水卷着细浪，潺潺声、淙淙声给予临近晌午的时间深远的寂寞。他觉得尼苏便是在这条河里老去的，从刀切家下水，到色如家上岸。就这个想象的意义来说，尼苏又是幸运的，她的时间之河虽然有过泛滥，有过决堤或小小的改道，但相比更多的人近五十年的遭遇，她还不算最不幸的，看看灌木和芦苇掩映的雪溪就知道了，看看她抱一抱带枝叶的羊奶子就知道了——一个七十三岁的女人，身体里还住着个少女。

诗人这一次离开祥树家，便没有再去过。他时不时会梦见祥树家，梦见的第二天，祥树家便会在他的意识与文字中出现，溪流、草滩、小野菊、雪山，以及洋芋花和荞麦花，还有住在尼苏身体里的少女和睡在小卖店木榻上的白马姑娘，它们像阴影构成了他生命中最边缘也是最美的部分。然而，他不曾写一首诗，不管是为曾经去过的祥树家，还是为梦里的祥树家。相比语言，诗人更相信直觉，直觉是一种无间的涵盖了细节的抵达，而语言只是直觉长出的青草和灌木。

听说夺补河分段截流了，水牛家被电站的水库淹没了，尾水只关起扒西家，诗人感到痛心的同时，又为祥树家感到幸运。

得知九环线改道了，经过了祥树家，从刀切家钻隧道直通九寨沟，诗人便觉得祥树家的幸运也是短暂的，并预感到这个溶解过他生命中的铁屑的青色寨子，很快就会被现代物欲所吞噬。

他还是想写一首诗，写一个诗人的祥树家，他只是害怕自己的预感。如果悲剧是理性的，他会去写，他也知道该写什么、怎样写，但是祥树家的悲剧是感性的、直觉的，坍塌不像是古希腊发生在遥远的时间的废墟，而是时时都发生在他的想象和他的内心，无数条破裂的丝缝从祥树家延伸至他的灵肉，构成了一只出血的毒蜘蛛。

他没有带回的有白马人的物件：裹裹裙、白毡帽、野鸡翎、花腰带，或者被祥树家的人叫着"曹盖"的木头面具。他害怕它们成为遗物，害怕看见遗物。

水边的扒西家

扒西家是一个被弃的伊甸园。千百年过去了,外面的世界都已破碎、污染,它还保留着伊甸园的元素。

外面的世界不只是岷山之外的江油和成都,也包括一公里之外的祥树家。

站在斜对面的公路上隔了夺补河(水库水域)看扒西家,伊甸园的全貌一览无余。寨子分布得很紧凑,成"伊"字分布在一条从后山流出的小溪两边(而非像下壳子成"～"符散落在山坡),多木楼,少杉木板房。木楼看上去也颇有些年辰了,显得很陈旧,但都完好。屋顶因地势高高矮矮,错落有致。一两家杉木板房白花花,很醒目地从瓦屋中分别出来。

木楼、板屋是伊甸园的"伊"。伊甸园的"甸"有两处:一处是寨子外面靠水边的菜地与草地,一处是寨子外面西北侧的那块洋芋地(有时也种荞麦、青稞)。菜地有栅门,有篱笆,种着白菜、莲花白和胡豆,都是无公害蔬菜。栅门外、篱笆边开满野花(格桑花和蒲公英),一簇簇,招惹着蜜蜂。草地从菜地的栅栏下一直延伸到水边,算不上广阔,但却原生态,杂开着蒲公英和野棉花。草地上有牛,不见放牛的人。

倒影也是伊甸园的一部分。不只晴天,阴天也有倒影。只是阴天的倒影灰暗、阴郁,晴天的倒影明朗、深远。阴天的倒影安静,弥散着淡淡的雾霭,有几分朦胧,寨里寨外的绿、倒影的绿也弥散着雾霭。晴天,倒影中的蓝极深的,有时像一条河,有时像一片海,那湛湛的蓝是品质再好的蓝墨水也涂不成的,简直就是一条海沟。云在水下跑,水下有一个无底的天空。

1986年夏我第一次到扒西家,并没有发觉它是一个伊甸园。公路沿夺补河由水牛家蜿蜒而至，穿过扒西家通往王朗自然保护区。那时候，农耕还是白马人的主要生活方式，公路上下开满洋芋花、荞麦花，美得让我惊恐。栅栏里，坡地上，溪河畔，都看得见白马人劳作的身影——他们身上雪白的裹裹裙很显眼，雪白的毡帽很显眼，毡帽上插的雪白的野鸡翎子很显眼。那时候，要说伊甸园，整条夺补河畔都是伊甸园，封闭、纯净、幽寂，外面的人事很少影响到这片河谷，影响到白马人，包括白马人的风土人情、价值与审美取向，连空气都是岷山和白马人的味道。

2007 年夏再次来到扒西家，扒西家已经因水牛家水库蓄水变成了一座闭塞的水边残寨。水库的尾水刚刚蓄起寨边，淹没了扒西家低处的耕地，倒映出扒西家清秀的影子。公路被阻断，改道，旧公路由盛开的野棉花延至水下，给人一种通往水下世界的错觉。

那是一个稍显昏暗的午后，尚未染上秋色的葱茏布满暗影，簇拥着扒西家，空气中有种静谧的压抑。我穿过寨子径直去到水边，回头眺望扒西家。后山不高，满山葱郁，葱郁也略显黯淡与压抑。因为公路改道，寨子没有新建木楼，老木楼呈现出岁月的深灰和黛青，调子沉郁，带一点沧桑感。绿树掩映着老房子，野草、野花和一架架藤蔓衬托着杉木板房和老木楼，沧桑感斑驳。微风吹过，水面涟漪如纹，水边的野棉花摇曳，寨里寨外一片静谧。

没有一个人走出寨子，走到水边。听不见一点人声、家畜声，只听得岸边极轻微的水波的呢喃。一条小道由水中伸出来，蜿蜒上山，消失林间。小道上麻影绰绰，我不自觉地要去想曾经行走在小道上的牛羊和牧人。什么都不去想，单看小道本身，也是很美、很有意味。

过去夺补河从王朗奔流下来，把扒西家与色如家、祥树家、水牛家串在一起，公路也把它们串在一起。过去，扒西家是伊甸园的一部分，准确地说是桃花源（与世隔绝而又自满、自得其乐）的一部分；后来水牛家水库建成蓄水，公路改道，又多了一个层次的与世隔绝，才变成伊甸园。

我在伊甸园里走动，举着相机，看见的都是空落的宅院，偶尔遇见一两个留守老人和小孩，看不见夏娃与亚当。光线很暗，像是山雨欲来，游走在伊甸园的内部有种恍惚之感，时间过去了多少年，后面还有多少年，一概不知。扒西家像一只船，泊在时间的洋面，这船没有帆，便也没有航线，仅仅泊着，随风飘荡。没有航线，没有码头可以抵达，但却有四季变换——夏天是夏天的伊甸园（盛景的伊甸园）：绿树葱茏，绿草茵茵，百花盛开，湖水荡漾，与世隔绝；秋天是秋天的伊甸园（熟景的伊甸园）：红叶满山，秋实累累，空气里散发着百样草籽的香味；冬天是冬天的伊甸园（雪景的伊甸园）：冰封湖面，白雪皑皑，空气里弥漫着清冽圣洁的气息，炉火在火塘燃烧，温暖着归来的夏娃与亚当。

现在是夏末，我一个外人闯入伊甸园，小心翼翼地、羞涩地探索在寨子内部，从一个宅院到另一个宅院，从坎下到坎上，从杉木板房到转角木楼，从马厩到牛栏，从苹果树下到花墙根……胆怯而不停地按着快门，想把伊甸园的一景一色一草一木装在镜头里带走。

扒西家的内部是现实的，房子、马厩、牛栏、鸡笼、猪圈……散发的气味也是现实的，白马人身上独特的气味，夹杂着膻味；不像《圣经》中描绘的伊甸园是唯美的、梦幻的，只有赤身裸体的夏娃亚当和苹果树，只有花草和苹果的味道。然而，我并不觉得它比真的伊甸园逊色，并不觉得它脏；它干干净净，马厩牛栏干干净净，老屋里的老火塘也干干净净，吊在火炉上的漆黑的鼎锅也干干净净，坐在火塘边兽皮上的白马老人也干干净净——他的烟锅、他的裹裹裙和绑腿、他的鼻子眼窝都干干净净……不是被梦幻过滤过的干净，是现实的物质的干净、原生态原生命的干净。

一堵石墙爬满绿藤，零星地开着红花，它的干净是《圣经》的，颜色也是《圣经》的。一位白马老妪在墙下菜园里掐菜，或许她就是夏娃，就是夏娃的前生。花墙下是木栅栏，木栅栏旁边是几只蜂箱——夏娃与亚当是否在蜂箱上坐了起来，走到苹果树下，才被蛇诱惑的？

一棵叫不出名字的老树被砍倒，横在溪边的路上若干年都还活着，根部发出了新芽，树皮也活鲜鲜的。

走过紧闭的大门，我总要多看它几眼。有的门紧闭，上着锁；有的门紧闭，是轻轻拉上的或从里面关上的。上了锁的门，叫你想到主人的远行，去了岷山另一侧的汤珠河或白马峪河；轻轻拉上的门，叫你想到主人并未走远，就在附近洋芋地里或荞麦地里，要不就是去了上面的色如家和祥树家串门；从里面关上的门叫你想入非非，从板壁透出的橘黄的灯光给屋里的主人增添了一道颜色，主人在火边饮酒，或者在兽皮上亲热……每一扇门里都有一簇现实、一段历史、一条道路、一支血脉、一个故事，每一扇门里也都有一个袖珍版的伊甸园。

走过开着的门，我便会停下来，走到门口去。傍晚的门里黑洞洞的，门里门外都不见人，也听不见人声，看不见一件家什。白马人的时间有多深，门里的黑便有多深，黑里藏着外来人不可知的东西。门或许是刚开的，人进了里屋，正坐在黑暗里看着外面；门或许从午后就一直这么开着，主人原本并不想走远，只想去隔壁坐坐或者去溪边洗个脚，没想遇到一点事，跟人走了……我站在门前观望，探进身子看屋里的黑，又想、又怕黑里钻出个人。

每一家门前的木头上、绳索上都搭着衣裳，有裙子，有坎肩，有腰带。不是晾晒，是存放。木枋和绳子是白马人的衣架衣柜。

没有人从黑里钻出来，也没有人从外面回来，我不敢贸然进屋。有时刚转过身要离开，有时刚离开走到路口，主人回来了，牵着牛，后面跟着只狗，或者斜挎着背篼，手里拿着把弯刀，背篼里滚着几个萝卜。主人不说话，我也不说话，彼此擦肩而过。主人投给我陌生的目光，我好奇地打量着主人的装束：白长裙，白毡帽，白羽毛，花腰带。

扒西家有一个漂亮的远景，有一个静谧的近景，有一个朴素的内部。远景是图画，是伊甸园的影子；近景是桃花源，是走出时间的寨子；内部是现实的什物，是现实的痣与雀斑。

一场雪，或几场雪之后，扒西家有种日本式的寂静与唯美，后山、溪河、湖泊、扒雪的栅栏与菜地、扒雪的树木……一派寂然，时间渗透到了雪下面，再不能磨损画中的线条与色块。一丝丝的雾霭弥散、升腾，肉眼也看不见。积雪覆盖的一行行的洋芋地，像排箫，吹奏着无声之乐。积雪包裹的老柿树安安静静的，上面所剩无几的柿子早冻成了柿饼，也安安静静的。没有风，没有阳光，天光阴郁呈铅色，日本式的唯美与寂静里感觉不到任何的春意与消融。即使有一两个人走寨子里出来，解开栅门，走到洋芋地里，也丝毫不影响扒西家的寂然。

炊烟袅袅，在扒西家的房背上编织出另一种图像、另一种美，但背景还是雪域，还是铅色，只是多了一丝生气。火在各家燃烧，哑酒煨在各家火塘，温暖只萦绕着扒西家人，从来不溢出板门。

太阳出来了，早上是早上的太阳，下午是下午的太阳。不同的太阳照着，扒西家有不同的颜色，不同的味道，不同的美。五月的早上和七月的早上又不同，春天的下午和秋天的下午也不一样。七月的早上，阳光金子一般，水淋淋的金子，日线由雪峰移到扒西家的后山上，明晰如金带。先头，扒西家还在阴影里，扒西家前面的一片水还在阴影里，后山却是金灿灿的。金灿灿半山，眨眼便金灿灿整座山了。日线一指一指下移，移到了溪水边的杉木板房上，像掌墨师弹出的墨线，把寨子分成两个半边，金灿灿的半边一瓦一石一草一木都是明晰的，而山影里的半边如墨，湖面也如墨。十月的下午，阳光也如金子一般，但不再是水淋淋的金子了，是干爽的金子。也不是焦干，还有一些水分，就像后山的红叶。七月是绿调子，十月是黄调子，黄里透红暖暖的。下午的阳光还有那么一点干烈，没起风以前，看得见时间的焚烧。那是另一种明晃晃的寂然，暂停的高海拔的寂然。日线由对面山上下来，一步步跨过湖水，跨过扒西家的内部，移到了五彩缤纷的后山。五彩缤纷的秋叶把日线染成了绚烂的花腰带。

2009 年夏我第三次来到了扒西家，扒西家看上去更为萧条、空寂，上午寨子里也很难得看见人，道路边、院落里灌木和野草疯长，野棉花齐刷刷开得娇艳，只有一码码柴垛子示意还有人居住、有人回来过冬。

伊甸园终究是夏娃与亚当喜欢的乐园，不是常人能够久住的，哪怕是扒西家人的故乡——水库蓄水之后便也留不住扒西家的年轻人了。夏娃和亚当不涉及现实，只谈精神，而扒西家的人必须应对生存，洋芋、荞麦、青稞和莲花白再也无法满足他们被启蒙的欲望，无法实现他们认可并接受的外面世界的价值观。他们搬走了，或者暂时离开，去到别的可以做旅游接待的寨子或者外地。苹果树是现存的，房前屋后都有，结满晚熟的彩萍。蛇自然也有，只是并不常见，它交缠着爬在苹果树上只能对夏娃与亚当构成引诱，对于我这样的观光客只能引发想象与恐惧。

我走进扒西家的时候，太阳刚刚钻出云层，射出绚烂而质感的光线。空气凉飕飕的，湿润。植物上滚动着水珠，绿油油的。路上路下，坎上坎下，涟漪荡漾的水边，随处可见盛开的野棉花。往水库下游望去，是浩渺的湖水，水面弥散着淡淡的雾气。

一个穿白色裹裹裙、戴白毡帽、看上去体体面面的老人坐在自家屋檐下，一个穿青布长衫、戴旧毡帽、看上去有些邋遢和愚痴的老妇人佝偻着脊背走在院子里，一个抱孩子的少妇睡眼蒙眬地站在自家木楼上，他们让我敏感地丈量到扒西家的深度。是扒西家的深度，不是伊甸园的深度。扒西家是有生死有时间的，而伊甸园没有。小道、土墙、板房、木楼、溪边的老树也能丈量扒西家的深度，但它们是缄默的，丈量了并不显示刻度——苦难的刻度，欢乐的刻度，死亡与新生的刻度。人则不一样，一百岁的人可以丈量一百年的时间，七十岁的人可以丈量七十年的时间，丈量了，会把刻度显示在额头，显示在眼睛里。他们的眼睛是海子，不只是现存的幽蓝的海子，也包括那些曾经丰盈幽蓝、后来干涸的海子，不仅能照见自己经历的时间，还能照见自己基因经历的时间。

就近的 2012 年 10 月的一天，我随凤凰卫视《凤眼睇中华》摄制组又一次来到扒西家。扒西家被寂静的时间和自然力进一步修复，看不出一点过去征服自然和开发旅游的痕迹。摄制组先是在湖泊对面看扒西家，拍扒西家。水中的那棵老杨树暗示了它的古老。下午四点钟的光景，水边的扒西家一副睡态，后山绚烂的红叶呈现出它的梦影。那是一个白马人的旧梦，一个回归自然的梦，一个伊甸园的梦。秋水渺渺，涟漪细碎，时间也细碎（像牛毛细雨落在水面、落在扒西家的屋脊上）。在摄制组的眼里，扒西家是一幅画，是一幅画中的世外桃源，然而在我看来，它就是伊甸园。世外桃源还是人居的，伊甸园只属于夏娃和亚当。

在过往的时间中，扒西家也有过夏娃与亚当。他们可以是恋人，可以是夫妻，也可以是兄妹。不是牧羊的夏娃与亚当，也不是种地和狩猎的夏娃与亚当，而是织腰带、跳曹盖和圆圆舞的夏娃与亚当，是唱背水歌和吃苹果的夏娃与亚当。外面是隋唐，是明清，扒西家是伊甸园。至少在某一百年、某三十年、某一年，在某个六月的清晨和午后，在某个苹果成熟的正午是这样。他们忘记了牧羊、种地和狩猎，停下织机，放下水桶，看见了对方，看见了自己。

摄制组采访的旭仕修老人就是一位亚当。年轻时是，现在也是。他们家的后院有苹果树，有格桑花和蜜蜂。他的夏娃不在了，但我能从祥树家的尼苏身上看见她的影子。

凤凰卫视的编导不是要他做亚当，而是要他做片中的角色。傍晚时分，扒西家的内部空荡荡悄然无声，仿佛人们为了给夏娃和亚当腾地方都走了。旭仕修老人是个固定的角色，很善解编导的意思，他假装打开蜂箱，假装喝酒，假装坐在大门前逗猫，假装背个背篼去水边菜地挖洋芋……面对镜头，自自然然，看不出是假装。

平心而论，水边的扒西家是一个意象，有着人居和神居的双重诗意。它一度是桃花源。作为伊甸园的欠缺，除了夏娃与亚当的缺席，还有就是水是人工湖而非天然海子。

后记：

2013年成都天友旅游集团决定投资30亿元，用5年时间打造王朗自然保护区和白马人山寨。2014年4月16日，白马王朗旅游度假区建设正式启动。风貌改造一期定点在扒西家、色如家和伊瓦岱惹。天友旅游集团还在扒西家建设了一座浮动码头，供游客在水牛家水库搭乘游艇观光。9月扒西家打造完工，国庆长假正式开放。

2015年5月25日，我在扒西家看到风貌改造的效果。做了墙，修了路道、楼门。虽说是以旧做旧，但添加了本不属于白马人民居的元素。没有游客。水牛家水库放了水，游艇搁在干坡上，夺补河在淤泥中流出了一条蜿蜒的河道。跟一位来自安徽的游艇驾驶员聊天，得知他早已无事可做，每个月就等着领薪水。虽然薪水不薄，但还是心焦，正计划走人。他看不见前途。

厄里家记

因为阿波珠的关系，交西岗于我有种家的感觉。久了不去，会感觉一些根须在心里，扎扎挖挖的。去了，坐在火炉边，会感到融洽。

然而，厄里家就不一样了。我去厄里家的次数不比去交西岗少，但都是过客，都是旁观者；之间隔着不同的文化，隔着异质的心理。

——题记

1

今天的厄里家是白马路最大的寨子。老寨子破落在山根的台地上，有的只剩下残墙、灶台。新寨子建在台地下的河坝里、公路边。一栋栋木楼，一家家小院，既是住家，也是旅游接待点。顺夺补河而下有四姐妹、厄里风情园、第一接待站、夺博藏家、夺博风情、白马山寨、厄里藏家、高原红、白马雪域高原、夺补白羽毛、牦牛山庄、格汝接待站、白马人家、藏王宴舞、氐人谷、香格里拉……听这些名字，就知道不是白马人自己的，而是年轻的白马人对大藏族的借用——暗含着小溪要汇入江河的意愿（不是要汇入汉人的江河）。

"厄里"是白马语"大草地"的意思。过去寨子在山根里，草地是河滩，是放牧的地方，有十几个足球场那么大。1986年我第一次看见，公路边还没怎么修房子，那寂寥一眼望去郁郁葱葱，木楼上织腰带的少妇和门槛上吃兰花烟的老妪都悄无声息，背着背篼站在荞麦地里看汽车的妇女也像一株荞麦。2011年驱车进去，整个寨子已成空寨，木楼，院子，水泥地，看不见一个人。雨后的空寂里有种邈远的宁静。炊烟淡去，人气淡去，连白马人古老的气息也淡去了，唯一能嗅到的是尘腥味——它裹挟了世俗，正在剥离世俗。一家院子的墙角开着小片的格桑花，带给我清新。

在这里，格桑花也能找到自己，也能属于自己，虽说孤清了一点。

厄里家当然不总是这样，它原本有它的常态：寨子的常态——土墙、杉木板房、柴垛子、粮架、院坝、通往各家的小道、小道旁的老白杨，以及火塘、被柴火熏得漆黑的天窗、纺线的纺车和织腰带的织机、废弃的背水桶，以及收拾在白该家里的羊皮鼓、铜锣和经书法器；人的常态——日出而作，日落而息，闲暇时喝酒摆条，节庆时跳曹盖、跳圆圆舞，一个人上坡放羊或上山砍柴，两个人进老林挖药，三个人去河边背水，四个人在院坝里打秋，五个人在月亮坝里唱歌……相爱或者单恋，对饮或者把自己灌醉（接受父母之命媒妁之言，或者双双去王朗殉情）。几百年生生死死，如草木，爱、温暖、繁衍，其间寂寥、悄无声息。夺补河奔腾而去，浪花如杜鹃，一岁四季，枯荣转换，幸与不幸都是幸，像韭菜，一茬茬蹚过生命的河。

一个孩子坐在火塘边等他的豆叶烧鱼，睡着了，烧鱼在梦中回到水里。

一个老者在门槛上等他的三个烧洋芋，只剩两颗牙齿了，洋芋要烧得稀炟。

一个姑娘在闺房的窗前等从院子里传来歌声，心跳得突突的，身体却发凉。

一个少年在桦树林等他的牛，等得不耐烦了，钻到林子深处去捡羊肚菌。

一个猎人在一条绝路上拦住一只盘羊，枪筒里只剩一颗镏子……

常态就是夺补河流淌的样子。

现在，厄里家失去了它的常态，变成了一个游客接待中心。景气的时候推杯换盏，歌舞升平，像个阔大的露天夜店——这样的时候只有三五年；不景气的时候就是一个空寨，年轻人都出门打工去了，有钱的都在县城安了家，只有老人和不多的几户穷人留下来，维持着寨子局部的常态。

像白马路其他寨子一样，厄里家最初的常态也是在南宋之前，没有土司管辖，绝对的无政府状态，除开原初的社会性，只有自然性，每个人都是自然人。南宋末年有了土司，到1956年取缔土司，厄里家属于国土，厄里家人属于臣民。也算是常态，只是一个所属与臣服，其间自然与白马人，白马人与土司，土司与政权，都保持着一种微妙的关系。微妙在于几者间所给的力和所受的力，在几者间的空间以及七百年的平衡。民国年间的几次改革，也只是改个名而已，并未动摇厄里家的常态……

一个意象，或者一个特写：蓝天下，一个站在夺补河畔的白马人，背后一棵一棵的树被砍倒，森林晃眼消失，山变秃。当最后一棵树倒下，白马人的裙裾一下被剥光，草地上亮出一个裸身，只剩头上的白毡帽和白羽毛。

其实已经回不去了。那种自耕农的世外桃源式的常态，建立在一个地域与族群的小社会的基础上，前提是不受外面大社会的影响。极"左"路线摧毁的不只是自由，还有白马人正常的意识。改革开放一步步涌进的东西，又改变了年轻人的思想。厄里家再没有常态，白马路和火溪河再没有常态。唯一保留的常态只在由民国过来的老人身上。

站在夺补河南岸看厄里家，一百年前看见的只是山根台地上的老寨，它是厄里家考古学意义上的第一文化层——杉木板、泥巴墙、火塘、高门槛；20世纪80年代看见的，除了山根日渐老朽的老寨，多了坎下民国和20世纪六七十年代修建的新房子，它们是第二文化层——穿斗式汉式排扇、泥巴墙、火塘、吊鼎锅，与第一层相隔有一两百年；今天看见的是鲜明亮丽的旅游接待点，一个个院落，甚至有了钢筋混凝土结构的两三层楼房，它们是第三文化层——两层转角木楼，全藏式装修装饰，内部摆设时尚，火塘换成了藏式铁火炉、铜火炉，炊具厨具也都电气化，与第二文化层相隔也就三十年。

回不到常态。民居回不到常态，人回不到常态，包括山川河流回不到常态——树木砍伐了还可以再植，夺补河筑了大坝断流了，却没办法开通。

2

从1986年第一次路过厄里家，到2003年第一次住下，我一直都只是厄里家的一个过客。从在交西岗望见，到走过厄里家西头最后一户人家，只需要几分钟时间。几分钟的时间，还要避开遮蔽视线的东西，好望的也只是不多的几眼——在交西岗看见的是厄里家的远景，这个角度看见的厄里家是个长绺形，远处山坡上的老寨只是一个黑团，最显眼的是寨头上的大片荞麦和蔬菜。走近了，只看得见路边新修的或正在新修的木楼、院子，看不见寨子内部更多的民居。只有角度遇对了，避开新楼，偶尔能看见西头山坡上的老寨——每次望见，都能感觉到它强大的吸引力。每一物件，轮廓和颜色，寂寥和颓势，都显得很美。每一扇门，每一架木梯，每一条互通的小道，都激发着我的想象。

瞬时的视觉，带给我的只能是瞬时的感觉和想象、瞬时的美的吸引，走过了，前面还有更多的寨子和风景。

2003年正月，第一次在厄里家过夜。雪在房前屋后堆着，任由人和牲畜践踏，交错的脚印冻成了冰窝窝。还在年里，寨子内部的小道上看得见行人，午后和傍晚听得见锣鼓声。有一家来贵客了，很热闹，但热闹不像平常在院子里，在篝火旁，而是在屋里的火塘边，悄然的，一点不声张。几盅咂酒，几杆纸烟，几句贴心的话，叫随从从衣兜里掏几张红票子给主人，主人推辞了几下便接住了。几个眼神，几口热茶，几声亲姑亲姨亲舅的称呼，一个族群的亲情人情都融在了火塘边。即使从房子里出来，后面跟着长长一抹人，也都显得悄然，道别和走路都很小声。有孩童捡了鞭炮点响，也只是一声，寨子里又雅静了。

上午，我们在寨子里转悠、拍照，寂然从寨子一直漫到前山后山，漫到夺补河的水面和两岸的灌木林。

没有人认得我们，我们也不认得寨子里的人。他们知道我们是游客，对我们很友好，随便转悠也不会受刁难。老寨里的大白公鸡是自由的，大白公鸡脱落的白羽毛飘起来是自由的；我们是自由的，包括说笑、拍照，以及任意走一条小道。

走了走不通的小道也是自由的，走回头路也是自由的。

但明显我与厄里家是隔膜的。与寨子隔膜，与人隔膜。我们喜欢寨子，喜欢寨里的人，只是一种欣赏，一种审美；最深刻的也不过是厌倦了城市生活，向往他们朴素自然的生活，渴望做一个自然人。

　　几个白马人在立有粮架的坝子里晒一张牦牛皮，我走过去和他们搭话。他们吃着纸烟，笑眯眯地看着我。我说我是阿波珠的同学，他们只说了声"李校长的同学"便没再说什么，表情并没有因此而变得亲近。粮架后面是一条通往下院子的小道，小道两旁有的地方是房子和围墙，有的地方则是木栅栏和落光叶子的灌木。以后，我又多次走了这条小道，有时是带了画画的朋友、写诗的朋友，有时是带了拍纪录片的朋友或电视台的人。那天，我第一次站在小道的入口，对着尽头拍照，我想把看见的小道、篱笆、院墙、慢吞吞觅食的狗、灌木丛、房子以及挂在房门上的曹盖装进我的镜头。

　　牦牛皮的毛很干爽，挨肉一面的血也晒干了。我无法想象这头牦牛的样子，会不会也像两年前我在阿坝草原看见的牦牛——行动迟缓，目光深邃，被同行的诗人喻为哲学家。

　　征得晒皮人的同意，我披上牦牛皮拍了照。做不成一头牦牛，我的肉便不可能跟一张牦牛皮长在一起，也不可能有一头牦牛对时间的消化力。

　　一个人从外面进来，在厄里家内部走一遍，会是少了什么还是多了什么？

　　这个人淡远了物质的记忆，淡远了现代生活成几何倍数繁衍的物欲，应该会少一些东西。他感觉到了自然与自然派生的原初的文明，直觉到了过去从未直觉到的白马人的生命状态，又会多出一些东西。这些少去或者多出的东西，微妙地改变着他的生活。

　　一只狗钻进一个村庄有两个结果：要么被村里的人打出来，或者被村里的群狗咬出来，落荒而逃，甚至被打死、咬死；要么被村里的人或者狗接纳，奉为上宾。

　　我第一次在厄里家住了回来，只感觉平静。城市不是远方，金钱不是宗教。厄里家才是远方，大自然才是宗教。天空裂隙，一条河展开，再慢慢变成一片海，染蓝了脚下原本雪白的路。

　　一个白马人从山里出来，到城里走一趟，会感觉到惊慌。不是城里的人要打他、要追赶他、要驱逐他，是他自己要撵自己、驱逐自己，是他自己要害怕。

　　我见了白马人，便是见了自然的化身，见了自然人。如同见到神，见了美。我见了厄里家，见了厄里家的物件，如同见了原初的时间，见了最简单最感性的艺术品，见了我们失落的世界……在每家每户挂在门楣的曹盖上，我能看见最古老的威严与对今日世界惊恐的预言。在空空发黑的粮架上，我看见的是最早的农神。在一棵锯口严整的木头上，我看见的是干枯的隔年的菌子和木头自发的嫩芽，是生命凭空而生的神奇。在一栋几欲倾颓的老杉木板屋毛嵌嵌的门槛上，我看见了吊着清鼻涕、眼眸惊恐的童年的我。

厄里家的人看见我，只是看见了一个游客、一个外人，看见一个"吃了饭没事干的人"。

他们坐在门口的木头或石凳上吃饭，看一眼你，刨几口饭，再看一眼你。很多时候，老人看也不看你，脑壳埋在碗里，只顾刨他的饭；或者眼睛看到别处，目光落在篱笆边的大白公鸡身上，或者落在坎下屋脊背后的公路上。年轻姑娘好奇，眼睛直愣愣地看着你，忘了刨饭。你看她的时候，她又把目光收了回去，原本就有的高原红一下变成了酡红。也有不收回去的，几个人坐在路边、门口，在木头上坐成一排，见了你一起笑，一起唱歌，用唱歌逗你。在路头路尾碰见，都不说话，男人看一眼你咂一口烟，女人立在路边上等你过，小孩子咯咯地笑着跑开了。

那些见了你匆匆而过头也不抬的女人最神秘。她不看你，不抬头，你也不敢看她。她独独一个人，穿着裹裹长裙，紧扎着腰带，鱼骨牌、小铜钱随了脚步发出一串串你无法破译的碎响，头上的白羽毛一闪一闪。最揪心的是穷人家的女人和孩子，他们见了你，急忙端了碗躲进木门的黑暗里——黑暗是他们避开世界的墙，是他们唯一安全的地方。

一个人去到厄里家，就像去到一个完整的梦的内部。梦境交织，自成一体，你就是个过客、看客。你去老寨子各家各户转悠，小道的栅栏边没有一朵花是为你开的。你轻脚轻手，压低声音咳嗽，这个梦也不会为你裂一个口子，像砸开的山核桃为你透出一丝香。你就是走到最深处，走遍了各家各户，甚至进了一两户人家的门，在火塘边坐下，还喝了一杯蜂蜜酒，你还是不算走进了厄里家，不算知根知底。

厄里家从民居看有三个文化层，从每一天看则有一个密实、无形的文化膜，就像母腹。厄里家人在腹内，吸纳、感受、创造与消解着母腹内的元素，我们从外面进来，永远都在外面，没有脐带把我们与厄里家连在一起。

走不进厄里家，干脆去夺补河畔的草地上骑马，与牵马挣钱的男孩攀谈。童言无忌，他们光着黑不溜秋的身子，像他们随身带的矿泉水瓶子里的羌和鱼。他们租马给我们骑，也卖羌和鱼给我们。他们小学辍学，自己讨生活。

3

2004 年 7 月，雨田带商震进山，我又陪他们到厄里家住了一晚。商震带了他的两个女儿。我也带了我女儿。事隔多年，或许他们早已淡忘，没了对厄里家的印象。对于一个从北京来的诗人，厄里家算不得他诗歌的一页。

那天，我们到达厄里家已经向晚，潮湿的晚风吹在身上直打寒战。七八个人在公路外侧夺补河畔的草地上踩着牛粪和羊粪蛋散步，夕阳把长长的影子投在蒲公英上。

商震一家四口，高矮有序，连同影子，与河畔的灌木和野花很搭。我的女儿拖在后面，一直喊冷，像一棵猫猫草。我钻进灌木林，走河边，把手伸到河水里，脱了鞋把脚伸到浪花里。河水浸骨，散发出雪的气息。灌木林里的杜鹃花已经开过，萎蔫在枝头的残花生出一种悲情。

那天，我们没有来得及去厄里家老寨转悠天就黑了。远道而来的诗人，看也没看厄里家一眼，更别说印象了。孩子们或许看了，看见了公路边全藏式的转角木楼，看见了路口各家接待点的木牌——香格里拉、氐人谷、白马人家……孩子们也没有看见山根的老寨，以及各家门上挂的曹盖。

没有进寨走走，但寨子一直都是存在的。我们下榻在一个叫花腰带的接待户家中，先是喝呷酒、喝蜂蜜酒、吃坨坨肉、吃腊排骨、吃煮洋芋、吃荞面饼饼……我们喝酒吃肉，白马姑娘在一旁给我们唱歌敬酒（都只听得懂一句："不喝也得喝"），之后便在院坝里点燃篝火，跳圆圆舞，看白马人表演，吃烤全羊。

在长案上喝酒吃肉的时候，火炉在我们身后，老寨子在我们身后，厄里家和厄里家的小神山在我们身后；虽说从北京来的诗人不知道，它们却一直都在，一直在黑夜中。白马姑娘唱酒歌敬酒的时候，它们一直都在。

夜晚是一个梦，厄里家是一个蛋，我们在一只梦中的蛋里喝酒、吃肉、谈天。接待点本身是一道布景、一个舞台，它是有设计、有布置的，讲经济效益。我们在舞台上接受一种杂糅的文娱，一种原始殆尽的民俗与时尚的文娱；尽管如此，我们还是采到了岷山与夺补河之风。

梦越往深里延伸，厄里家愈加静谧。午夜避开月色，调和了星光，黑在一种深蓝的状态中达成饱和。篝火熄了，院子里的人散去，主人家也睡了，火塘的炉火做了梦中的不眠人。诗人喝醉了，我也喝醉了，肉身退去，在板凳上留下两柱精神，磨磨叽叽，谈平凹，谈迟子建，谈良知……等炉火熄了，剩下余烬，梦的阀门也关闭了，黑夜连同睡梦中的厄里家化成了一片海。

因为是官方接待，那晚的烤全羊很扎实，火候掌握得也很好，青稞酒和蜂蜜酒也很正宗，口感很好。酒多，肉多，吃的人却不多，几案上摆得格外丰盛。这些物质的东西，是厄里家的一种真实。厄里家隐没在黑夜里，出产摆在我们面前，咀嚼后进入我们的胃，一如白马姑娘的形象和歌声进入我们的审美。

夜里起来小解，吱呀拉开木门，轻手轻脚走过长长的转角楼廊，披了衣裳也感觉是一根白萝卜浸在雪水中。上下楼梯的时候，我都会在楼梯口驻足片刻，看一看黑夜中的厄里家。黑色愈加饱和，周边浮现出一圈靛蓝，淡淡的星光洒在屋脊上，勾勒出寨子的轮廓。

4

每次去厄里家，都感觉那里的东西无法带走。灌木林浸濡了你，雪浸濡了你，白马姑娘变调的民歌浸濡了你，扯得伸伸的风浸濡了你。但浸濡只限于在厄里家，只限于在篝火旁失却现实的一刻；走出厄里家，回到现实，肌肤上连一滴露水、一抹代表吉祥的锅烟墨也没有了。

这就是当代。残忍又强大。内心永远是贪婪的，焦虑而饥渴。回归仅仅是肉体的娱乐，精神需要且能实现的只是赏析。对于当代人，厄里家只是一处风景，一个避暑山庄，一片海滩。

我也是一个当代人，但我有诸多不够当代的地方：内心排斥当代，有更多自然的因子。在厄里家，总是容易感动，容易被震撼，总能找到自己。

2010年3月16日。农历二月初一。我与诗人、民间纪录片制作人蒋骥参加了厄里家的祭山会。我因为要写白马人，蒋因为要拍白马人，都带了一些功利。交西岗的祭山会和厄里家在同一天，因为交西岗的人少，祭山会规模小，阿波珠帮我们联系了厄里家。

祭山会是个什么会，没有见识到之前我们一无所知，甚至无从想象。我们失却原始信仰太早太久，早已被现代文明绑架、被物欲控制，再也无法由自我生命洞见古老神圣的东西。

头天下午在交西岗看见老扎依在古老破旧的经版上拓印通关印，算是闻到了一点拜山会的气息。我们接受了现代文明提供的一丁点儿科学，本能地、自以为是地把白马人的行为视为迷信，最多视为一种民俗，一种非物质文化遗产。经版完全秃了，字迹模糊不清，拓印出的字符几近墨团，分辨不出笔画，但老扎依一点不马虎，手脚都是严格做到的。蒋问起，老扎依回答得很简单：心诚则灵。

心诚还是白马人的德行，"有心"还是白马人的存在状态；而我们，大多心已被物欲蒙蔽，虚伪与机巧成了我们的心术。

由拓印通关印已经洞见，祭山会首先是一个心的活动，无论活动有多嘈杂、多表象，心都聚在一起，睁着眼，注视并决定着一切。除了参加祭山会的每一个人的心，还有厄里家人共同的古老灵敏的心。

早晨八点，厄里家人聚集在寨子里一个他们叫"查然诺那"的院坝里，准备出发。他们不分老幼，个个都显得很兴奋、很开心，穿着节日的盛装，花腰带和头上的白羽毛很显摆。

我和蒋从交西岗步行过来，他们三五成群已经出发。老年男子穿着青布长裙，背着包袱，手里拿着长长的铜制烟袋。老年妇女穿着白布长裙和绣花坎肩，背着背箩包袱，背箩包袱里装着酒、肉等各种食物。中年男子有穿白布长裙的，也有穿青布长裙的，扎一根同色腰带。他们开了辆卡车，卡车上装着祭山会要用的东西，包括一只牺牲羊和一只神羊。姑娘们穿着新衣，化了眉毛和眼线，涂了口红，扑了粉，打扮得漂漂亮亮。也有穿牛仔裤和毛衫或者小西服的，显得特别时尚和性感。小伙儿也收拾得很漂亮，跟着中年人挤在卡车里，负责看护牺牲羊和神羊。也有围着姑娘的长裙打转的，和她们说说笑笑打打闹闹。

我们卡在祭山的队伍当中，虽然陌生，却并不觉得隔膜。有阿波珠的侄女卓玛领着，路上的人对我们都很友好。看见我们扛的摄像机，也有人把我们当成了记者，对我们有了戒备。

不知道祭山会要祭拜的神山在哪里，不知道通往后山的机耕道上络绎不绝的人要去哪里。问卓玛，卓玛笑笑说："远得很，要走到下午去了！"我们不信，又问前面的一位老妇人，老妇人笑笑说："就拢了，转个弯弯就拢了！"机耕道像一根从牺牲羊肚腹里抽出的肠子，从沟口一直延伸到沟谷深处，猜不到尽头。有一段路被水打了，要爬山；有一段路被垮塌的山崖阻断了，要涉水。

峡谷，碧天，朝阳，溪流。天空蓝得逼近神性。一队队人马，素色的男子，彩色的女子。笑颜。欢歌。一位穿藏红色长裙、举着一种叫路打的小旗的老人走在前面，引领着我们走向厄里家人的神山。零零星星或三五成群的人你追我赶，在几公里的山路上呈现出赶集的场面，见不到头尾，祥和而壮观。

有人看见后面的人赶上来，就加快了步伐，甚至小跑起来。有人坐在路边的山石上歇气，或者在路边的草地上采野花，任凭后面的人赶上来超过，笑呵呵地接受他们的打趣，目送他们的背影。

白马姑娘都是山雀。穿牛仔裤的也是山雀。她们从后面赶上来，来到了我们面前。她们的花腰带着实好看，白毡帽白羽毛着实好看。她们说说笑笑，扯开喉咙唱着她们自己的歌走得不见了。她们个个都是造化，裹裹裙里的粗腰细腰，白毡帽下的漂亮脸蛋或庸常脸蛋，都会让我想起路下的雪溪、路边的兰科小野花以及跑过山涧的麂子。

来到一个两溪交汇的大草坪，前面的人过了溪河都停下来坐在草坪上。问溪边的一位白马老妪是不是到了，白马老妪把一捧溪水咽下肚子笑笑说："还远得很，连一半路都没走到！"我指指停在溪水边的卡车，指指被牵到灌木丛的牺牲羊和神羊，老妪说："这儿是歇气的地方，歇够了又走！"我知道她是骗我的，她说话时旁边几个人都在笑。

主溪从正北流过来，源头是与九寨沟分界的黄土梁的南坡。侧溪由东北流过来，源头也在黄土梁的南坡。两溪之间那片开阔的带点斜度的草地，就是厄里家人开祭山会的场子。适逢初春，加上两千多米的海拔，这里的草地、灌木林均无春天的迹象，除了山上间生的常绿树，满目都是干爽的棕色和灰色。上午的太阳金子一般照着，日线清晰地划分出两个光影的世界。

在这个时辰，在这样干爽而多少有一点荒芜的背景里，最显眼的是坐在草地上的女人，是溪边矮灌木林里身上扎满彩条的神羊，以及插在草地上的各色彩旗。

祭山的人点燃篝火。白该盘腿坐在离火不远的岩窝，穿着白长裙、灰长裤，戴着一顶在旅游景点常见的彩条遮阳布帽，外翻的宽袖泛出的紫色弥散出巫师的气息。铜色的羊皮鼓挂在手边岩上，像一面磨坊罗面的罗。发黄的经书摞在腿边，足足有一尺高。经书前面放着个大瓷盅，作为法器，里面装满了青稞、荞麦、玉米粒，斜插着一根竹管。

白该开始念经，坐在草地上的人渐渐安静下来，散在四周的人也都聚拢过来。我们收起机器，在他们当中坐下，听见了白该诵经的声音。声音越来越大，越来越清晰，没有停顿，像溪水不急不缓地流淌，但又不是液态的，而是颗粒状的、语言的，一串一串。我们听着，不明含义，但心静了许多，且滋生出些许感动与力量。

白马人自己只安静了一会儿就又躁动起来，有的自言自语，有的交头接耳，有的唤着孩子，但都只是局部的、克制的，算不上喧嚣。也有剪指甲的、吃东西的、抽兰花烟的，更有抱了宠物狗在怀里逗乐的，以及仰长八尺倒在草地上看天空的……不分男女老幼，没有人在专心听诵经。我一点不怀疑他们的虔敬，也一点不介意他们的自由散漫，我知道他们与经页上书写的一切有通灵，与巫师有通灵，经书上的奥义有它进入他们内心的独特渠道。

白该亦自有道法，他念经也不求众听，只求呈现经书的奥义、实现仪式的完整。因而，在岷山深腹呈现的祭山会是一个复调的场面：微风声，上午阳光在干透的枯枝的摩挲声、爆裂声，草地上白马人的欢笑声和低语声，岩窝下白该低沉匀速的诵经声，远处溪流的潺潺声……时不时还插入阵阵男中音般的羊皮鼓声。

祭山会也是春游。自愿留下听诵经的人越来越少，只剩下组织者和少数中老年男子，草地上大片空了出来。在两三排彩旗点缀下，给人一种散场的错觉。

姑娘们为了躲避紫外线，都去了溪流对岸的灌木林。三五成群，选了平展光滑的石头，或者铺开自带的报纸、塑料布坐下，一边说笑一边拿出东西吃，拿出酒来喝。东西有荤有素，酒有白有啤。姑娘们都喝，白的啤的。有用纸杯的，有抱着瓶子喝的。雪溪从身旁流过，太阳从罅隙照在脸上、酒瓶子上。喝着喝着，姑娘们开始唱歌，唱各式各样的歌，且不再依章法，自编自唱。歌声引来了小伙儿，提着酒瓶加进来，有爱开玩笑的，有沉默不语的；姑娘小伙儿一起喝，一圈一圈地喝，一圈一圈地敬酒。姑娘们施过粉的脸变成了酡红，越来越美丽，两个眼眸越来越亮，声音和动作越来越大，看人和笑起来情满满地淹到了睫毛。

正午了，参加祭山会的人各自组团开始野炊。多是吃着自带的熟食，喝酒谈天，只有很少几个圈子生了火烧水做饭。草地上，溪流边，灌木林，到处都是歌声、欢笑声。有人吃饱喝足了，倒在草地上呼呼大睡。有人从灌木林走出去，远远地在溪边散坐。有人徜徉去了草地的尽头，只看得见背影。

去下游拍照，遇到六七个在一起喝酒的老妪。她们坐在溪边的石头上，远离年轻人，用纸杯喝着白酒，身旁放着一塑料桶白酒，已经被喝去一少半。老妪们有点醉了，手舞足蹈地给我们打招呼，吆喝我们过去。

蒋在祭山会现场不间断拍摄白该诵经，我跳过溪水去到老妪们中间，接过她们递过来的白酒看着不敢喝。老妪们说着最动人和最激将人的劝酒话，站在面前看着。我硬着头皮喝干，又有人提着酒桶上来敬酒……她们当中最年长的已过七旬，年轻的也近六旬，但看她们的酒量，听她们的声音，看她们的欢颜和乐天的精神，个个都还像是少女、少妇，美丽而大方，单纯而热烈。

这就是祭山会。祭山的仪式没有间断，参加祭山会的人的自由、欢乐和个性又毫不受限。白马人选择了这样一位山神、一位善神，不以威严、恐吓和服从统治他们，只是要心诚，与他们通灵，从不嫉妒他们的自由、扼杀他们的天性。

午后两点，祭山会进入仪式程序。诵经进入尾声。牺牲羊被牵去宰杀。刀子割断颈动脉，剜出一个窟窿。羊牺牲了，没有呻吟，只打了几下冷拳。羊不再是羊，羊在圈里被选中便成了牺牲。羊被倒吊、剥皮、挖心，被掏出肠肠肚肚。诵经加快了速度，达到高潮，锣声鼓声也越来越密集，像大点大点的白雨夹杂着冰雹。有人把牺牲羊的肠肚略做收拾挂在岩壁上。血滴在岩石上、枯草上。

经书翻过最后一页，诵经声戛然而止。白该站起来，伸了个懒腰，发出一阵意义与音节都很暧昧的语音，但圆润、美妙、极具感染力。

太阳西沉，日线移到了对面半山。草地上微风乍起，彩旗翻卷，人们丢下的塑料袋、纸片和果皮也翻卷。我看见厄里家的山神动了一下，伸出舌头，舔了舔牺牲羊的血，拌着响嘴。经过一个漫长的冬天，它的嘴已经干起壳了，更为干渴的是它的心与肠胃。它轻微地蠕动，脑壳缩在岩窝里，身子连着雪山。它是棕色的，间杂着葱绿。

日线移到了火堆旁，山神的裙袍遮住了小半边祭场。白该和他的助手撤离了诵经的地方，带着大队人马钻进山林，冲上了神山。

锣鼓喧天，吆二喝三。通往山林的路口像一张嘴，不断地吸纳着从草地上进入的人群。少年牵着神羊紧跟巫师，飞奔如兽。我们钻进林子没走多远，就找不到路了。吆喝声转到了头上，听上去已经很远。我们走错了路，钻进了荆棘丛，只好退回来。

下到溪流边远眺神山，还是看不见祭山的人，只听见邈远的声音。看见山顶一棵独树，旁边的白马人说祭山的人快到树底下了，树底下就是祭山的地方。

独树是棵松，树干上的枝叶像是被剔过，树冠格外突出。我们没能到场，便无法目睹祭山的细节。他们拿神羊做了什么，拿牺牲羊的肉做了什么，拿法器法物做了什么，一概不知。问一问或者翻翻书也就知道了，然而不是亲眼所见，便不知道想知道的。神山神树，山神树神，祭山会到了高潮，白马人把高潮带到了山巅树下，高潮也便属于了树神、山神。

没有上山的人在草地上跳起舞来。她们都是女人。姑娘跳起了现代舞，中年妇女和老妪们跳起了圆圆舞。三五人围起一个圆圆。草地上围起了好些大小不等的圆圆。在被日线分割开的草地上，大小不同、颜色不同的圆圆跳啊唱啊转啊，在我眼里就是一幅远古的图腾。神事在山巅进行，人事在草地上展开，白马人神圣与世俗的两个面融洽又分明。

渐渐地，小圆圆合在一起变成了大圆圆，且不断有人加入。姑娘们也不再跳现代舞了，手拉手加进圆圆舞。祭山的男人下山了，一个个从山林冲下来，汗�?水流也加入进来。慢慢地，三五人跳的圆圆舞变成了几十上百人跳的圆圆舞。场面变了，气氛也变了，厄里家人唱啊跳啊，不分是穿裹裹裙的还是穿西服穿牛仔裤的。他们唱古老的歌，也唱"文革"的歌、唱流行的歌。他们走古老的步子，也走流行的步子。一切随心、随性。

神避让了，拿山影遮脸，等它的子民尽兴。

厄里家人跳的跳闹的闹，他们开始不在意神（或者正是听从了神的旨意），在草地上追逐，随便逮住一个人筛糠。她们把逮住的人一次次抛起来，一次次接住，嘴里一起吆喝着"嚯唷嚯唷"。她们连乡长也逮、也筛，连白该也逮、也筛。白该被女人们一次次抛高，一次次接住，下坠中雪白的裙袍翻转来，露出荞麦色的脊背。

神从经书出来，从羊皮鼓出来，从厄里家人的长裙出来，从毡帽和白羽毛出来，从花腰带出来，从巫师荞麦色的脊背出来……神不小气。神爱人、惜疼人。神知道他们爱它、敬它，允许他们欢腾。

参加过厄里家人的祭山会，你会去思量厄里家人的生活。他们的生活里有神的位置，更有人的位置，人在他们的眼里与神平等，人不是为神而存在的，神反倒是在为人而存在。他们只拿羊和鸡做牺牲。他们宰羊宰鸡，拿去祭山，只为五谷丰登和村人吉祥。他们所行的神事简单，仪式里没有约束与削弱人性的东西，反倒很彰显人性，这是佛教和基督教所没有的。与神打交道的事，由专人负责，不需要其他人掌手，其他人只需要接受神的旨意，享受草地上、阳光下的欢聚。

<h1 style="text-align:center">5</h1>

在厄里家，人与神的共欢每年都会发生。这是祖先的遗产，也是神的旨意。

人活得像人，率性、自由、知足，但又不忘神佑，定时与神沟通。可以说，神是白马人最大、最深远的血脉。白马人不兴认祖归宗，他们兴认山，以山为宗。

2011年2月7日。农历正月初五。我随白马人文化艺术研究中心的几位朋友进山，参加白马人三年一度祭拜总神山的活动。那是一个跨夜的盛会。仪式从初五傍晚开始，在厄里家的查然诺那举行。

我们进场的时候，仪式还没开始，坝子里只有几个人。棚子搭好了（绷的彩条塑料布），神器也都摆好了——鼓还是那面鼓，鼓槌还是那个鼓槌，鼓下面簸箕里的那套荞麦面与蜂蜜做的"朵玛"我是第一次看见，瓷盅也还是那个瓷盅，瓷盅里依旧装的是荞麦粒、青稞粒、玉米粒（插着竹管）……柴火也已经燃起。白该还是那个白该，从坎上下来，只是换了一套黑裙袍，戴上了白毡帽。

白该钻进棚子，坐在神器前开始诵经。孩子们三三两两来到坝子里，并不关心棚子里的事，他们拉在一起说话，伸出手板烤火。先是四个大孩子——少男少女，一个穿着自己的服装，三个穿着羽绒服、牛仔裤。接着是五个小孩子，都穿着自己的黑长袍，长袍上镶着耀眼的宽花边，头上戴的却是有NIKE或者LINING标志的帽子。五个孩子中有一对长得俊美的双胞胎，豌豆角一样的眼睛和咬嘴唇的动作都是一模一样的。也有形单影只的姑娘或者小伙儿，站在粮架下面或者柴垛子下面，一副心事重重或者无所事事的样子。

姑娘小伙儿耍自己的，东立西向，说说笑笑打打闹闹。小孩钻进棚子，挨着大人坐在白该对面的木头上，好奇地望着白该，小眼睛被柴烟熏得眼泪双颗双颗地流。

我站在外面，自以为是地观察着棚里的细节，时不时地拍照，时不时地取出小本记几笔。我感觉到了神，发现了古老的时间，它们像从寨子外面沿篱栅延伸进寨的堆着一坨坨雪的小道，向我传递着白马人最古老的感觉，呈现出生命原初的认知。

夜幕渐临，厄里家人从四面八方聚拢，刚才还显得空旷的坝子一下变得拥挤。棚子里的火，坝子里的火，被围得严严实实。人多了，声音也多了，听不见白该的诵经声。喧嚣声一波一波，从坎上老寨崩塌下来，从新寨的篱笆小道汇流过来，在越来越大的火势衬托下，变成了一口沸腾的海锅。

棚子里的柴火上真搭起了一口海锅。水煮沸了，扔进一只羊头和两只羊腿。锅敞着，每个人的眼睛都望着锅里。水煮干了，一次次添加。翻腾的羊肉香了，孩子们的鼻孔和喉咙开始鼓动。羊是牺牲，是敬神的，羊肉香却属于嗅神经和鼻三叉神经。

夜幕降临，篝火凸现出来，棚子里的火光凸现出来，姑娘少妇们的脸庞和白羽毛凸现出来。夜是一枚果子，厄里家是一枚果子，棚子里进行的神事是果核，传递着一个族群的遗传密码。棚子外面坝子里围着篝火跳圆圆舞、看圆圆舞的人则是果肉，流溢着世俗的享乐的蜜。

法器实在、有形，显深色，它们是从过去延伸到今天的白马人的根。圆圆舞是热情与欢乐，是从古老的根长出的枝叶，是白马人用生命编织的献给神的花边。

时过午夜，诵经到了尾声，坝子里的欢腾达到高潮，圆圆舞扯到了与坝子同大。盛装、欢颜、亮嗓以及不知疲倦的步伐，闪光灯下的娇艳……黑夜在厄里家形成一个时间的旋涡，在忽闪的火光和橘黄的灯光映照下，像是历史的滞留。

聚在坎上老寨子喝酒的人涌出来，卧在火塘边打瞌睡的小孩子走出来，一个个脸喝得像关公的半大孩子也跑出来，他们的身体里都有一个白马时间——诵经完毕的时间、敬神的时间、跳圆圆舞的时间、鸣火枪的时间、跳曹盖的时间。时间与他们通灵，在他们的身体里有一个叫醒服务。

白该翻过最后一页经书，头天的祭山仪式到了最后跳曹盖的时刻。四个反穿兽皮的小伙子从坎上老房子出来，站在两棵落光叶子的苹果树下，举起火枪朝夜空扣响扳机。枪声划过夜空，八个跳曹盖的小伙儿登场。他们反穿皮衣，头戴曹盖，曹盖上扎着纸扇，身上拖着长长短短的彩条。他们从坎上老寨子吆喝着下来，从白马人的历史中吆喝着下来，他们是人、是兽、是鬼、是神，他们是鬼神附身。鬼小小的，神小小的，兽已驯化，他们更多的是人，是人对神意的履行，是人的欢腾。

第二天上午，厄里家的人都去到羊峒河口祭拜总神山。交西岗、祥树家、扒西家、刀切家、伊瓦岱惹、驼骆家白马各寨的人都去了。白该又宰羊、又诵经，几百上千人聚在一起又跳圆圆舞，又喝酒唱歌。枯瘦的羊峒河水从黄土梁流下来，隐没在荒草和灌木里，没有人去注意。

总神山不高，裸露着岩石，几棵自古都在的青松更显神圣庄严。

白马人与神山的联系在视觉之外。在我看来，白马人与神山隔着羊峒河，他们祭拜的山在他们心中，眼前的岩山并无什么人文气，完全是一座纯自然的山。

2012年10月18日，我又一次目睹了这样的拜山。不是白马人的拜山日，拜山活动是专为凤凰卫视"凤眼睇中华"摄制组举行的，因此省去了从头天傍晚开始的仪式。

人来得不少，规格也接近正月初六，但没有虔敬，完全是表演。只有宰杀的羊是真羊，割颈动脉的时候四条腿蹬得很厉害。血也是鲜血，汩汩流在地上很快就凝固了。我录下了宰羊的全过程，感觉极残忍，怀疑仪式的程序究竟是不是神授——神怎么也嗜血？

白马人现在也改变观念了，很神圣的事也愿意拿来表演。物品都是政府出钱买的，每个人都有误工补贴，还可以免费耍、免费喝酒。

神圣落到当今，终究消泯了，再古老的族人也不愿意委屈肉体去坚守灵魂。

深秋的夺补河谷已经有了寒意。湿雾散开之后，现出满山的红叶。湿雾在山巅跑，在山腰跑，在头顶跑，云层像三明治夹着斜射下来的金艳的阳光。山间飞快地变换着秋色，变换着润泽的美。

我从人群中脱出，沿着九寨沟环线公路往北，寻找着拍摄神山的最佳位置与角度。这些年，我在不同季节不同时辰拍过不少神山的照片，但一旦见到，仍克制不了拍摄的冲动。我不知道这座石山在我心里是什么，占了多大分量，在潜意识里如何决定了我的审美与信仰；我也不知道我是如何皈依它的，皈依了它的什么。然而我知道，清楚地感觉到，见了它我就离不开。

湿雾笼罩着神山，沙金一样黄斑斑的阳光洒到了山腰。山腰覆盖着成熟的繁盛的植被，像有过多生养的白马女人的肥腰。山顶接近湿雾的红叶最密最红，往下稍显稀疏。一树树红叶衬了雾气，染了朝阳，显出绝佳的质感。神山有这样的美，也是神赐，不过神让自己的居所有此虚华，似乎又与神道不符。转到山的正面就符了，红叶看不见了，湿雾与金阳也看不见了，从山顶到山脚全是裸岩。

我拍了照回来，白该还在诵经，牺牲羊已经剥皮挖心。跳圆圆舞的主要是厄里家的人与交西岗的人，妇女居多，她们边跳边耍，全当娱乐。更多的人站在坝子后面的石墙下晒太阳，身着盛装，也有红叶的艳丽与水灵。白马妇女的服饰真的算得上美丽绝伦，我在别处不曾见过有比这更美的。颜色的搭配，简约的图案，配上花腰带、白毡帽和白羽毛，完全称得上是一道胜景。加上红铜色的脸，雪溪一般的歌喉，在王朗也找不出什么比拟。

表演就是表演，谁都不需要动情、动心，只要手脚做到，拍一些镜头。神山不管这些，不与人通灵，勉强做一下节目的背景。

没有人发现，神已从山上下来，钻进了老妪们的裹裹裙，憋得她们忍不住要逮住几个贵客来"筛糠"。凤凰卫视的镜头对着"筛糠"的场面，录下了一片欢腾。神也钻进了白马小伙儿的白袍，让他们跑过来逮住了主持节目的小美女吴辰岑，一次次抛高，一次次尖叫。吴辰岑从小伙儿用手臂搭起的轿子上下来，脸色惨白，上气不接下气地说起台词，给表演平添了几分真实。

在政治和商业利益面前，古老而神圣的仪式可以表演，这究竟算是文明的进步还是失落？

6

2013 年 11 月 2 日晚，阿来、舒婷一行进住厄里家。从古算起，他们都是厄里家最尊贵的客人。不过，这只是一个事实，厄里家人未必知道。

厄里家作为现今白马人的一个中心文化圈，本身是冷漠而沉寂的。它看似完整，多了延展和更新，其实已经破落。它的核心文化被势利、庸俗的实用文化覆盖、剔除和挤兑，仅仅在外表和生活习俗上还有残留。旅游接待不景气，厄里家的年轻人也四散了，只在重要的节日回来聚在一起。

阿来、舒婷住在厄里家，接触的只是公路边一户叫"花腰带"的旅游接待户，主人刘伟家请来帮忙的姑娘小伙儿，也只是打个照面。房子是半新的，藏式转角木楼，连装饰都是藏式的。作家诗人没有时间去厄里家的老寨走一走，访一访有记忆的厄里家人，捕捉一些真实，包括它的破落和空寂。他们甚至连最能代表厄里家的风、最能代表厄里家的气味都不曾闻到。在我的理解中，阿来、舒婷一行于厄里家，一夜狂欢于厄里家，只是张贴在厄里家寨门上的一幅画报。

然而，不管厄里家人知不知道这事，也不管他们见没见过阿来和舒婷，这件事发生了，本身是一件文化大事。这个文化大事来得极远，包含了国家甚至国际因素，因为阿来的特殊族属和身份又显出复杂性。很像一场白雨，把一个域外的时间置入了白马时间，只是缺乏白雨带给植物生长的现实意义。它的光芒，倒是一点不逊色于白雨当中的几道闪电，将厄里家照亮得更宽阔、更深远。

阿来回去写了《平武记》，写了他对厄里家的感受。他是初夜，难免有一些错觉。

我也在被置入的时间中，只是我的身份尴尬，既不算一个外来者，也不是一个白马人。阿来与白马歌手嘎尼早喝交杯酒的时候，我只能隔着摆满熟食的长案旁观。雨田与一位白马女子喝"大交"时，他因为白马女子太高手臂够不着出了洋相，在场的人笑得喷饭，我却怎么也笑不起来。两种时间叠加，厄里家的时间是底座、是水，作家、诗人们的时间是油、是浪花，很难溶。底座黑沉沉的，延伸到公路外草地边的灌木林——那里无声地横着断流之后的夺补河微微发臭的河床，延伸到老寨子背后黑森森的大山，只有接待户一家被商业化的节目点亮。浪花很变形，弯曲的弧度跟酒量成正比。

嘎尼早从县城赶来，是晚宴、歌舞晚会的主持人。她漂亮大方，外族人的相貌特征较少女时代更为突出。我习惯了叫她张莉，想必她也习惯了别人这样叫她。她不是厄里家人，但她是白马人的歌王，自然也是厄里家人的歌王。她登台演唱多年，跟阿来说话、敬酒一点不岔生，普通话说得也不错。她一丝不苟穿了民族服装，举手投足流露的却是一个当代艺人的风采，只有唱起本民族的歌才能感觉到一种弥漫开的夺补河的气息。

商业的，往往也是娱乐的。张莉把晚宴的气氛带到了高潮——酒的高潮，女高音的高潮，女声合唱的高潮，以及起哄的高潮。我从主桌退下，躲在高潮的边缘，小心地保护着耳膜。在高潮的内壁，我紧盯着时间掀起的旋涡，一浪一浪升腾，一浪一浪跌落、消失，发出短暂的尖叫。不是白马时间掀起的旋涡，是作家、诗人带来的时间起的旋涡。白马时间在旋涡底下硬如冻土，作家、诗人的时间被酒精蒸煮，浮出厚厚一层欲望的油珠珠。

作家、诗人在院坝里跳圆圆舞散发酒气，我躲在木楼上想一些写作上的过节。厄里家只有这一个接待点在沸腾，别处都黑黢黢的不通电，即使通电也只是几十伏的低压电。一个老人在相隔很远的老寨子的火塘边睡去，他的耳朵很背，但还是听见了远处的喧嚣。他吐了一口痰，干了瓷缸里的酒，哀叹了一声。他的心沉沉的，在烟熏火燎的夜色里像一只古旧的木鱼。他不解现在的世道，不解现在的人。一只年轻的母鸡挤在几只公鸡中睡不着，公鸡们睡着了，白羽毛扫过来，逗得它又心痒又羞涩。喧腾声传到老寨子便只剩歌声了，咿咿呀呀，年轻的母鸡倒要比老人善解这个世道和这些人。老妪在灶台背后睡着了，发出均匀的鼾声，镶了荷叶边的白毡帽还戴在头上，白羽毛掉了一根在盘羊皮上。远处的歌舞声为老妪酝酿了一个梦，那位已故的老白该从梦里跳了出来。

文学如果不能把厄里家呈现出来，保留在图书馆，便应该做厄里家的一棵草，长在从新寨通往老寨的泥道旁。

圆圆舞结束了。烤羊抬上来，搁在铜盘中，请阿来上去动第一刀。阿来没有推辞，接过刀，说了句什么，象征性地割下一块烤肉，结束了仪式。我用手机拍下了阿来"开烤"的一瞬。

吃肉喝酒本为大俗，但这一夜却不同，倒像是一个仪式，大俗的每个细节都显得神圣。火塘、炉火、阿来、鼎锅里沸腾的水、尚未脱落的两只羊目、黄酥酥滴油的蓝马鸡、白炽灯光的橘黄色、《致橡树》的作者舒婷，以及每一位在座的人，包括主人家，都是仪式不可或缺的一员。

有人终于发现这个仪式无神，站起来悄悄出去了。

阿来上楼睡觉去了。睡前或许会翻一会儿书。舒婷也去睡了，或许她会做一个海的梦。来自不同地方的作家、诗人都陆续睡了，厄里家的酒和歌舞会让他们做各式各样的梦。阿来打开的书页和落在书页上的橘色的灯光，以及他后来进入的梦乡，会不会带给厄里家之夜一种异质？舒婷困倦的海潮，以及今天看来太过直白与僵硬的橡树，会不会刺痛静谧的厄里家？

7

2014 年 5 月 15 日，诗人胡弦、宋晓杰、梁平来到厄里家。宋晓杰写下这样的一首诗：

退让，并不是可耻的别名
如果以守信的名义
它便是美德

深山老林也不能使你销声匿迹
在虔敬的自然面前
咬紧牙关，保住命根子就是保存火种
扶犁，耕作；种植青稞、荞麦
酿制咂酒，捻麻纺线，擀毡织布
喂养牛、羊和婴孩……
一个民族的强大
需要雨水、汗水和信仰
更需要具体的劳动、爱情、酒和盐

夜雨，忽疾忽缓，如絮如诉
像体恤的亲人
不远不近，随时都能看见
白衣雄鸡永远都是昂扬的样子
青瓦尖棱的房宇之上
陡峭之上，从来都是英雄的神龛
……

我与交西岗

天气晴朗的时候从路下看上去，交西岗很有一些气势、气质。看不全，高坎上，只看得见轮廓，但气质十足，像是把整个寨子的气都运到了轮廓里。其实是一幅画：碧天、白云，颗粒状的阳光，阿波珠家菜地外的门楼和栅栏，日线以内湿漉漉的阴影，以及被日线半分的夺补河……这样的时刻，交西岗毕现它全能的真实：木楼、陶扎（后山）、石墙、杨树、青稞地和荞麦地、娇艳的荞花、涓涓的达惹瓦（小溪）、夺补河水中及两岸的灌木……这样的真实看似表层，其实暗中透出了内质。冬日晴朗的上午，土墙挡北风，两棵并排的高大杨树被北风吹出了一个让人心颤的弧度，从篱栅夹道看过去，蓝天也在弯曲。

交西岗是今人的称呼，《龙安府志》记为"交昔加"。交昔加是白马语"出产小麦的寨子"。据阿波珠讲，"交昔"是由"剿高"而来的，"出产小麦的山坡"，白马语"剿"就是"小麦"，"高"就是"山坡坡"。交西岗是白马语"交昔"与汉语"岗"的组合，从这个新词可以感受到汉语的东西一直没有停止进入白马人内部，并让白马人发生改变。

阿波珠建新房，第一次去交西岗

2001 年 7 月，阿波珠建好新房，我跟几个同学去交西岗恭贺。顺着叫达惹瓦的小溪上到"岗"，过小溪，经过一块平地，再下十几级台阶进一个木门，便到了阿波珠家新楼的院子。从那至今，我每年都要到这个院子住几天，和阿波珠的家人以及远道而来的朋友烤火、喝酒，听白该诵经，听阿波珠唱酒歌，听交西岗以及从厄里家过来的白马姑娘唱酒歌，看她们跳圆圆舞。

第一次到交西岗，我便注意到那块不大的长条形平地，种着青稞，青稞青的青黄的黄，让我第一次明白阳光也并非绝对普照，也有不均。后来这块地荒芜了，成了停车场，冬天堆起了一码一码的柴垛子。

七月的交西岗，白天不到太阳下去就很凉，夜里透凉。寨子里没有尘嚣，空气里没有燥热与抑郁，人坐在院子里或在寨里寨外走动，感觉很安静——寨子里安静，后山和夺补河对岸叫"坎岱"的山也安静，人的心也安静。立房子会放鞭炮，喝了酒会唱酒歌跳舞，但放过、唱过、跳过，四下又都安安静静了，每个人怦然跳动的心也安静了。

夜晚，客人散去，院坝里长凳上喝醉酒的姑娘醒了，侧身看着星星，裹裹裙拖到了地上。门厅里靠着木柱睡觉的姑娘也醒了，揉着眼睛。我们几个同学坐在院坝外侧的花坛边看星星，看醒来的影影绰绰的人。我还记得先前的酒兴，记得白马姑娘的歌声与陶醉。她们坐在黑灯瞎火的院坝里一个劲儿地唱，一绺一绺撕碎夜幕。第一颗星星出现的时候，她们邀外星人也下来喝一杯。她们有的坐在石头上，有的睡在板凳上，有的依在木柱上；有的两人相偎，有的三人相拥，个个都是醉了酒的音符，没有思想，没有欲望，有的只是青稞的颜色和燕麦的质地，有的只是箭竹的婀娜和荞花的烂漫。

我在《在交西岗听酒歌》一文里记录了那天傍晚的喧嚣。一半激情，一半表演。人一旦进入情境，真性情被激活，激情与表演也不好区分了。

我没想到，在听酒歌时，我也会像青稞、像阳光，成为咂酒的一分子。桌上桌下，白马人个个能喝，不管是年逾古稀的老人，还是在校读书的少年。不是抿一点，是尽情尽兴地喝。不用劝，是自己爱。酒如此，歌也如此。每个人都能唱，每个人都爱唱，一个接一个地唱或者合唱。每个人都能唱《醉不朝喜》，每个人都是金嗓子。

让我震撼的是听一位富人和一位穷人唱歌。先是富人唱。据说是千万富翁。他穿西装、皮鞋，举杯站在席上唱酒歌，嗓子并没为钱而嘶竭，仍如盘羊吼叫有底气。白马富翁唱的是什么我不晓得，但我感染到了他声音里的感性与原始，感染到了歌声传达出的白马人独有的品质。

穷人衣衫褴褛、瘦骨伶仃，看上去颇有点年纪。听这位穷人唱酒歌，我才知道什么叫纯粹、什么叫穿透力。他一点不输给富人。他的声音没有任何附加的东西，保留了地域和本民族早先的原始，除了盘羊的吼叫、麂子的呜咽，还有绵羊的哀号和牦牛的嘶啸。听他唱歌，也是听远古的白马人唱歌。看得出，白马老人是真正的穷人，但我在他的歌声里听不到一丝一毫的自卑。

当年，交西岗的人都还住在夺补河左岸台地上的老寨，即使后来伐木厂修了公路，也不见有人在公路边建一栋房子。

从伊瓦岱惹过来，远远地便能看见高地上随地势升起的交西岗。交西岗的侧影很有味道，从车窗看出去，或者站在路上远眺，似显非显，似隐非隐，半显半隐，由山根往盖口呈一种长势。杉木板房的颜色，老泥屋老土墙的颜色，石板屋顶的颜色，新修瓦屋转角楼的颜色，错落映衬，显出厚重感。

站在交西岗下面的公路上，只能望见很少几处屋宇，交西岗藏在高地后面。藏在后面的人和房子，是民风民俗，以及交西岗人当代生活的变迁。

次日清早从阿波珠家新房的院门出来，去到山根里阿波珠家老屋吃早饭。虽是盛夏，交西岗早晨的空气也有种清冽，露水沾在脚趾上冰凉得过敏。平生第一次走进交西岗内部，走进一个白马人寨子的内部，我感觉陌生而兴奋，眼睛不时停留在白马人民居和物件上。那些老土屋、老土墙，那些矮矮的杉木板屋顶，那些黑涔涔的门、门洞里黑洞洞的家，那些晾晒在屋前柴垛上、铁丝上的万国旗一样的衣裳，那些废弃的犁头、背水桶、二牛抬扛的犁，以及土屋当头尚未上漆的棺材……它们给我很多指使、很多暗示，给我神秘而复杂的能量。

老屋在山根里，老寨子在山根里。往老寨子走，即是往交西岗的历史走，往白马人的历史走。有一定坡度的通往老交昔加的石子小道有一点脏，随处可见喝过的易拉罐、砸碎的啤酒瓶、各式各样的小食品包装袋，它们的出现让我意识到当代工业对遥远落后的村寨的污染。是无奈，也是自己的选择。它们现在还只是白马人身上浅浅的划痕，未来会变成白马人当代史里隔膜的异质的一页。我的视线也停留在墙缝的青草、土墙的箭竹篱笆以及栅栏外面叫不出名的乔木上，它们是交西岗历史的落叶。

我特别留心经过的每一户白马人家，纵使不能变成他们家里的一员也要努力去做他们的远亲。有时还真感觉自己是少小离家老大还，陌生里有那么一点梦中相识。看见那些柴垛子，会想到通过生满老茧的手把它们一根一根架进灶孔去烧的情景；看见那些破烂多彩的衣裳，会想到它们穿在大人小孩身上的样子；看见坐在门槛上流鼻涕的小姑娘，会想到她长大后唱歌跳舞出嫁的日子……好几年，我都未曾走进过这样的人家，未曾看过他们的灶房、睡房和火塘，未曾看过他们煮饭的锅、吃饭的碗以及睡觉的床……我站在门口的屋檐下，跟坐在门槛上的白马老妪说话，她没有一次回答我。还有那些端着个碗拨饭的孩子，我不知道我在他们睁大的眼眸里是什么，与一坨饭一个土豆比是什么。他们的眼眸大而清澈，但漫到我身上的光是怯生而冰冷的。

阿波珠的妻子如门早擀了一大锅荞根子，已经煮好，调料也放好了，灶台上碗也摆好了。我们进厨房门时她正在尝味道，抿抿嘴，看看我们，搁下瓢，满意地笑了笑。我们七八个人围在灶台前，一边看她收拾锅边、灶台、擀面棒，一边有点夸张地闻着锅中煮得嘭嘭响的荞根子。如门早身材魁伟，面膛麦色，穿一身半新旧的裹裹裙，透出质朴能干的健壮之美。她笑的时候露出土著民特有的结实的白牙。她三十六七，生过三个孩子，背水背柴、煮酒放牧、织布织腰带样样能干。劳动把她锻炼健硕了，但也让她褪去了少女时窈窕婀娜的美——阿波珠说过，他当年娶到的是白马路最漂亮的女子。

荞根子里有肉有洋芋有酸菜。我还吃到了一种叫蒿蒜子的野葱，格外香。这顿饭很难得在别处吃到了，我们都舀了第二碗。这种饭从面粉到土灶到铁锅，到擀面煮面的人，到添加的洋芋、酸菜、猪肉，到水到柴火，都是白马路出产的。关键还有种情调，一种原始风，跟今天在城市里吃乡村饭完全是两种迥异的体验。

现在白马人擀荞根子都在案板上擀了，过去没案板，在大胯上擀——坐在火炉边，腿杆一伸，裹裹裙一撩，揪一坨荞面便擀起来，是一道怎样的异域风情？擀荞根子面会发得很干，说的是擀其实是搓。第一次听说白马女人在大胯上擀荞根子，我就半信半疑，怕是汉人污蔑她们的。如果真有这种旧习，我会担忧卫生状况。有人告诉我："正因为如此，白马女人擀的荞根子才特别好吃。"虽是一句玩笑话，仍不乏趣味。我不曾见过白马女人在大胯上擀面，我也不知道是真是假，但想起会感觉很美好、很有味道，即使荞面里和进一点白马女人的体味也很美好。

读末代土司访谈，得知白马人还真有这种旧习。土司去了，也是大胯上擀荞根子，只是土司会特别吩咐，擀面之前要先舀一碗水把大胯清洗干净。

我从未问过阿波珠他们有无大胯上擀荞根子的事，我怕这是汉人对他们的侮辱，但我又希望是事实，希望自己能身临其境享受土司的待遇：坐在阿波珠家火炉旁，与阿波珠、阿波珠的老岳母以及阿波珠的两个儿子看如门早给我们擀荞根子。鼎锅里的水煮得翻江倒海，不时响起如门早把荞面团摔在大胯上的声音。炉火的温暖，荞根子预支的热量，火塘边每个人眼里的温暖，擀面人的体温，鼎锅里沸水散发出的蒸汽，构成了一幅暖融融的交西岗的晨景。

与蒋骥去交西岗

2006 年 10 月 6 日。我带写诗的蒋骥去了阿波珠的交西岗。从此，一个诗（私）的镜头被置于交西岗的内部，且从交西岗开始，被移至岷山深腹所有的白马人村寨。

10 月的交西岗，早晨的清冽已经冰肉，露水沾在脚颈上开始刺骨，风吹在脸上已经冻人。寨子内部的草木，前山后山的草木，以及夺补河畔的草木都有了三分秋色八分秋意。寨外东山上那几树红叶先于整个夺补河谷的红叶红了。在上午的高原阳光映照下，红得孤独，红得异端，犹如先烈。蓝天如海倒映，大地收敛寂然。上游水牛家水库在建，夺补河尚未断流，灌木林明丽滋润，河岸白杨挺拔、质朴如神。

清晨站在寨口东眺，霞光如泼墨，金粉汤汤，夺补河和公路在湿润的光照中蜿蜒的姿态妙曼多情。

我和蒋在山根老寨里转悠，又看见五年前路过的那户人家——土屋没变，土墙、门槛门枋没变，坐在门槛上的衣衫褴褛的妇人的眼神没变（八年后才知她叫波姆），门洞里屋内的黑没变，只是门外的柴码子变矮变短了。又看见上次看见的废弃的背水桶、二牛抬扛的犁以及墙根的棺材，只是有的水桶沤朽了，桶板已经脱落。

我们不认识从屋里走出的人，从屋里走出的人也不认识我们。他们看我们的眼神，我们看他们的眼神，在清冽安静的早晨都有几分陌生和戒备。偶尔有门背后探出脸的孩子，有抱了柴回头来看一眼我们的年轻女人，有坐在门外的长木上抽兰花烟的老妪，都是静默的，与我们的交流都只是目光一颤。

阿波珠家的老屋已经没人住了，门上的锁锈迹斑斑，土墙上、窗台已经长草，门外坐人的长木也长了菌子。五年前吃荞根子的情景就在眼前。

我停留在老屋当头琢磨几件废弃的农具，蒋推开一户人家的柴门走进院子去摘苹果。苹果树并不高，但为了摘到大的，他还是跳了起来。一个小个子诗人在早晨的交西岗跳起来摘苹果的行为对他的居住地成都是一次潜在的背叛。我抢拍下了这戏剧性的一瞬。柴门里静悄悄的，杉木板屋的门开着，不见有人走出来。苹果树下躺着好几个废弃的背水木桶。

蒋以后又多次来到交西岗，以交西岗为原点，拍了一部白马人的纪录片。他剔除了官方影像里的作假与伪抒情，将镜头直面白马人的生存与白马人文化的失落，以真实的细节心痛地呈现一个族群的欢乐与悲哀，呈现一个民间诗人投向一个正在消失的族群的视角。

2010 年 3 月 15 日。农历正月三十。蒋再一次来到交西岗，参加次日的拜山会。交西岗的神山叫陶扎，就在寨子后面。下午蒋在寨子里拍摄交西岗人为祭山所做的准备工作。他们用从厄里家借来的经版拓印神符。经版已经破旧，符模磨损厉害，拓印出的神符已无法辨识，但还是一丝不苟地在涂墨、蒙纸、拓印、晾晒。蒋一边拍一边与他们交流，春日下午的阳光照在无法辨识的神符上，照在拓印者的黑袍和头顶的白毡帽白羽毛上，照在身旁的柴垛上，赋予了他的拍摄某种神性。神从远古走来，住在神符模糊不清的墨团与笔画里，住在神符的蜡黄色里，它是扎根在白马人心底的信仰，也是白马人对自然的敬爱。

交西岗人做这些神事如同织布、织腰带，如同打一副黄杨木的背水木桶……宗教日常化，但神性不变。他们拓印神符的时候，扎柏香枝的时候，也吃烟，也喝酒，啤酒瓶搁在手边，时不时扯上几口。生活与神共存，白马人的灵与肉共存。

一早，蒋去寨里拍空镜头。哪里有什么空镜头？即便是空落的路道、无人居住的院落，也有一种直逼呼吸的气息，转眼便化为往昔热络的生活场景。早起觅食的鸡，见了人跳过木栏。木栏里的羊睡眼惺忪，等着主人打开圈门。朝阳洒在墙头，薄薄一层如金箔……被镜头拍下，有如写入书，一页一页，散发出岷山的原味。

夜里，交西岗如一栋深藏在灌木林里的水磨坊。因为阿波珠家的新木楼在台地靠前，偶尔从老寨子传来的狗叫显得很远。藏式铜火炉里的火苗小了又架大，粗大的原木一头在炉膛里燃烧，爆裂一头渗出浓浓的汁液。几个人悠闲地喝着酒，漫无边际地侃大山，镜头架在支架上对着火炉的火、火边的人。一夜的沉默、叹息、对白和慵倦都留在了胶片上。

水牛家水库早已建成蓄水，再也听不见夺补河潺潺的水声，只有风在窗外和屋脊上怒吼。

交西岗的夜有些沉落，肉体在瞌睡中越陷越深，只有走到院坝里仰望午夜硕大的星星，灵魂一愣才又变得鲜活。有一两次也遇上冰蓝的圆月，披衣站在院坝里吹风赏月，感觉到了完全不同的人生。

有天夜里，四个人喝醉酒从厄里家回交西岗，黑灯瞎火，一路唱歌，完全是释放的状态。交西岗就在前面的台地上，黑黢黢的轮廓，看不见一点灯火。交西岗不是理想国，但它是我的栖身之所，是我的另一个家；它的黑显示出一种厚重和深度，还真如我的理想国，真如我钟情的哲学之幻化，真有灯火反倒不妥。苹果树突然从阿波珠家的西厢房冒出来，开出很艳的碎花，公路上的荞麦花从达惹瓦一直开到阿波珠家的木楼下。美一旦具象，变成现实，也成了真的幻景。

与何明奎去交西岗

第一次随何明奎去交西岗是 2006 年 4 月 20 日。晚上与何长谈，彻夜未眠。虽是 4 月，夺补河两岸还是冬景，报春的只有枯草中开的蒲公英，春意也只在热辣的阳光里。

第二次去是 2008 年 2 月 17 日。正值过年。沿途在修电站。华能猩红的标语很醒目。阴平电站已经把火溪河改造成了堰渠，木座下面的公路也临时改了道。我已经没有感觉。王坝楚下面一段全是冰雪，车停下来戴防滑链，我下车踩雪。路下灌木林里雪很厚，对面树上的雪变成了冰挂。乔木灌木落光了叶，雪铺地，我兑出一个词：林海雪原。

王坝楚街上全是雪。房子上，树木上，围墙上，火烧过没有拆除的废墟上。街边上，雪堆成山。街道两边的院子里也全是雪，严严实实，看不见寸土寸草。多少年，王坝楚差不多是个废镇，雪风鞭笞下的寂寥割肉。

车在交西岗停住。下车，风立即像刀子割在脸上。我从公路下往上拍到了最具气势的交西岗。湛蓝的天空下，干净与寂寞完全是藏地的质感，只是藏地的空气是佛的味道，而交西岗的空气完全是自然的味道。佛和自然在寨子与山的轮廓交合。

下午的交西岗是棕色和棕灰色的。屋顶偶尔的一块黑色不顶事，散落在山坡树丛的积雪也不顶事。荒芜的黄土地看上去也是灰色的。阳山的雪化了，全是枯草枯木的棕色，或深或浅，或干燥或滋润。再深就到了黛色，再浅又接近了灰。记得 2006 年 10 月与蒋来，看到的是仙境般的雾罩、苹果和红叶。跟蒋站在阿波珠家院子外朝东拍照，看见的还是奔腾的夺补河，雪白的浪花不断地在河面翻卷，一直铺展到幽秘的灌木丛。还有河岸那一排红柳，从西到东立在水边，影子也拖在水面。而今水库已经蓄水，夺补河已经断流，一潭潭残水被冰雪覆盖，连河流的轮廓都看不见了。红柳成了枯木，灰灰的，上面找不到鸟。

熟悉的路。熟悉的寨门。熟悉的苹果树。熟悉的木楼。阿波珠熟悉的脸——熟悉里有一点陌生：他梳了光光头，显得很清秀。是什么让他变文明了？脸洗干净了，皮肤白净了，目光里除了柔还有忧郁。我拍拍他的肩，他脸上绽开的笑容不含一点杂质，甚至有点女性的娇羞——这是过去从未有过的。

火塘边正在做法事。我们进屋时出奇地安静。接着却是长久的喧嚣，锣声，鼓声，诵经声，柴火炸烧的噼啪声，观者附和的喔嗗声。坐在火门前的两个人起身给我们让座。我立即就感觉到屋里的场，血液循环也快起来。

坐下，伸出手板在火门上烤，又立即收手。站起来，目光落在火炉左侧的四位法师身上。靠最外面是打鼓的，胡子拉碴，一脸污垢和滑稽，戴顶尖尖帽，看不出年龄，衣衫褴褛如乞丐。靠最里是个年轻人，三十多岁，专注地念着经书。经书一页页念过，一手打皮鼓一手摇铜锣。我倾身去看他面前的经书，尽是些弯弯曲曲的字符。白马人没有文字，想必经书上书写的是藏文。经文码起两摞，纸页焦黄，念过的码在前面，没有念过的码在后面。我感觉我是爱那些纸页的，非常爱，不一定要知道那些文字的意思。经书边搁着一个木器，小巧得很，黑黢黢的，看上去很古旧，隐约可以看见木器里的荞子。不用猜它是一件法器。靠里的光线很暗，越来越暗，除开靠最外面的鼓手，其他法师的面貌上都布满阴影。

得知可以拍照，我摸出相机来。没拍几张，我又收起了相机。我担心拍照捕捉到的不是我想要的东西，我想要的东西会在我拍照的瞬间耗损、被错过。

锣响起，鼓响起。铜鼓。皮鼓。铜锣。场一下子变得强烈起来，很粗糙，很锋锐，很铺张。我闭上眼，埋起头，渐渐感觉被无数颗粒状东西包围。慢慢地，颗粒被压扁、拉长，闪现出白马人花腰带的色质。一些艳，一些素，毫不对立。鼓声锣声的凹处是一汪汪清水，清水前端是座座雪山。雪山在王坝楚以东关闭，在岷山的内里自成世界。没有办法，事情已经发生，现代的东西已经进入，但好在仅仅是进来，还不曾占领。我分明听出，一阵猛过一阵的鼓声（锣声为鼓声的狂猛增添了金属性）是在驱逐进入白马的看似文明、实则邪恶的东西。

我闭着眼不愿睁开。闭上眼才看得见邪恶被驱逐出境，才看得见一个从地理和人种都是原始的完善的白马人世界。

外面变遥远了，现代变遥远了。不是一百几百公里路程所规定的，而是一百几百年时间上的一个下滑与断裂。悲剧的是，这仅仅是我闭眼于鼓听锣的感觉和想象，仅仅是我一厢情愿的祈求。

我想过收藏几粒法事中使用过的荞麦和玉米。我相信从法师手掌里飞出去的苦荞和玉米已不再是粮食，而成了法物，除开作为种子萌芽生长的魅力，多了我们无知的神力。我在乎那些一粒粒撒落在地毯和炉灰里的苦荞与玉米，它们已经被赋予了神力，不管是荞粒锐利的棱角还是玉米粒圆润的肌肤。我想法师撒荞麦和玉米时嘴里念叨的，永远都是不可知的秘密。白马人也不可知，白马人只是受用。

一阵哄笑把我从巫术的古树上吹落，掉在世俗的灰土里。何在给之乃装束的鼓手拍照，鼓手正做着各式各样的鬼脸。他真像个鬼，饿死鬼和淹死鬼。他那张倒三角形的脸，黑得像抹了锅烟墨，两个眼圈也是黑的。他倒是极具表演才能，吐舌头、挤眉头、翻白眼、一哭一笑……都是地地道道的。

从那一刻我便开始想，他是谁，他是一个什么人，他平常会想什么，他有家吗，他对女人有什么感觉，对死亡是什么态度……看他的次数多了，我就知道他不能回答我——他打鼓、做鬼脸、坏笑，都不发出声音。有时候，你会觉得他是一头熊或者一头盘羊，有时候又会觉得他是个猴子……总之，他看上去跟我平常见到的人、平常概念中的人不同。只有打起鼓来，或者朝楼板和人堆撒荞麦和玉米的时候，他才像个人。

中间有个吃手抓肉的程序。一大盆剁好切好的猪肉、羊肉、鸡肉，成片成块，由如门早从厨房端进来，递到每个人的面前。做法事的人也不例外。突然（真是突然），肉也像火柴一下子点燃了刚才还沉睡在每个人身体里的欲望。不只是食欲，也有信神秘力量的欲望。我站起来在盆子里选瘦肉的时候，看见火炉旁的人都在吃肉。满满一屋人，有围坐火炉的，有坐在窗下的，有站着的，有走动的。火炉的火刚续过，两根碗大的原木塞在炉灶里，火苗从铁炉四面的缝隙窜出来亲近我们。我特别留意到围着火炉吃肉的白马女人——有的还是女孩——她们脸上的光彩和目光里的亮净是都市女子绝对没有的。她们是世俗的，但又不是我们平常看见的、平常概念中的世俗。她们的世俗是原欲的、甘洌的，如她们日常手中的纺车和毡帽上的白羽毛映衬的蓝天，如她们爱吃的青稞和苦荞，不像我们已经沦落的阴险、幽秘、肮脏和无聊的世俗。

吃肉的十几分钟里，诵经暂停，鼓锣声暂停，除了我这个胡思乱想的外来人都是一门心思地吃肉。在我看来，嘴唇的油亮是世俗的高光，也是法事的根本。每张脸都是笑颜，且女人的笑颜不乏性感。

允许性感进入法事，体现出的宽容与白马人的胸襟是极吻合的。甚至不只是胸襟，还涉及到比胸襟更本真的自我认同。在这几分钟或者十几分钟里，我自己也吃肉，但没有局限于吃肉，我以一个可悲的现代人的多元人格从吃肉的自己里超出，变换着角度看火炉里的人，看火炉烘托的这个世界——我认定它是一个独立的世界——当时觉得是天堂，现在回想起来仍觉得是天堂。

看见最年长的法师顺手把吃剩的骨头拿去当法器，震撼的同时我又有些释然，我清楚这是万物有灵的观念在白马人身上的体现。

法事进入尾声，之前意念中的邪恶被赋予具体的物质外壳。阿波珠暗中端出事先用青稞粉和蜂蜜做好的面人、面禽和鸡血、鸡肠，摆在年长的法师面前。年轻的法师一直在诵经，看上去已相当疲惫，浸濡在愈加黯淡的光线里的脸有些发黄，额上浮出了一层碎汗。

驱邪进入象征性的操作阶段。年长的法师每念几句，便将"朵玛"分发给阿波珠及其家人，阿波珠和他的家人配合着做一些动作。老人做得虔诚，孩子和女人做得随意。不断有东西被拿到屋外去扔掉。差人笑逐颜开，一趟趟跑，直到把所有代表邪恶的符号扔干净。鸡血、鸡肠看着有些邪恶，还有各形的面物。鸡血、鸡肠的邪恶主要在颜色和质感，面物的邪恶则在形态。差人每扔一次邪物，都要在主人家身上做些过场，都要打一阵鼓锣，所有在座的人都要附和着吆喝"喔嚯——喔嚯——喔嚯！"音调平延之后下切。在我听来，完全是白马人围猎时的一种合唱。闭眼，又看见密林、雪山、蓝天和亡命的盘羊。

晚饭跟四位法师同吃，就着炉台。莲花白炒瘦肉。菜是阿波珠当着我们的面炒的。在这个炉灶上，看阿波珠炒菜已不下十回。放锅，团火，倒油，放肉，使调料。阿波珠站在我们面前，穿着呢大衣，有条不紊。最后是一大盆切好的莲花白。

这顿饭我吃得香，不停地挑了莲花白裹了白米饭往嘴里喂。菜汤是将就炒菜的锅掺水煮的，下了一大筲箕菠菜。

问起法师的名字，一个叫扎如他，一个叫唯加，一个叫年纽，一个叫赫埃子。

赫埃子是阿波珠的亲舅舅。

傍晚，我目送法师带着法器和主人家打发的纸币，走出楼门消失在台地上的柴垛子背后，心里满是温暖和释然。

夜里与阿波珠一家人在火炉边枯坐。说是阿波珠一家人，也就阿波珠和他八十一岁的岳母。如门早和孩子串门去了。阿波珠有三个孩子，老大是个女儿，二十岁了；老二老三是儿子，大的叫李小龙，小的叫李金刚。小儿子金刚穿的汉服，脸和身材都长得瘦条，斯斯文文的，没有他哥哥小龙的蛮气。其间来过几拨客人，点杆烟、喝碗酒便又走了，叽里咕噜说着白马话。很多时候，阿波珠跟他岳母也说白马话，我仅能听懂夹杂其中的几个诸如电视机、丰谷酒之类的汉语词汇。

阿波珠一直在喝酒，一种叫丰谷特曲的瓶装白酒。用高脚铜杯独饮。一边喝一边斟，酒杯放在脚边的木地板上。他劝过我喝，我不喝，他也就不劝了。我几次端了茶水与他碰杯，他也碰，碰了也干。其间谈到我们读初中的那个班，那些同学，阿波珠流露出很深的感情，北京的，成都的，绵阳的，一个个，如数家珍。我给了他几个电话号码，老班长曹的，成都田的。他觉得重庆的张很不错。我知道他说的不错不只是世俗的成功。我想他理解的、感觉到的一定也是这样。接着，他给曹打了电话，说了几句酒话。曹的童音几十年不变。

半夜两次出来站在院子里看月亮，觉得月亮也该是零下十几摄氏度。月亮很好，离我很近，我喊一声它保管答应。不过我没有喊。墙根的雪白亮亮的。关键是天空的繁星，又多又亮，还闪啊闪，我要是喊了，哪个答应的事？要是全体答应，我应哪个的事？前些天刚在一个人的诗里看了"繁星"，这么快就应验了。我是很久没有看星星了。记得的还是小时候看星星的情景。没有再看繁星，也就忘了"繁星"这个词。我知道有两个地方最适宜看繁星：扎尕那和毛里求斯。

因为奇冷，不能久留在繁星底下。我狠狠地望了一眼夜空，从北到南，从西到东。我看见了夜空的蓝——幽蓝。天空不空，满满的，除开小半轮月亮，全是星星。

进屋取了相机出来给繁星拍照，却拍到了月亮。就当月亮是最大的一颗星星。

早晨醒来，想到的是夜里的月亮和繁星。月亮和繁星带给白天的自然是晴朗。起身拉开窗帘，没有看见预想中的景象。再拉，下细看，原来是我呼吸的水汽蒙住了窗玻璃。擦开一块，不得了，太阳已照在雪山和屋顶了。飞快地穿衣，飞快地出门站在太阳里。太阳好是好，却一点不热乎，只是看上去好。风大，吹在脸上如鞭子抽。我不管，仅仅是视觉的太阳也舍不得耽搁。

拿了相机走出寨子，走出雪山和柴垛子的阴影来到阳光里。出了寨子也是交西岗。切口雪白或鲜红的柴垛子，掉光叶子的核桃树，结冰的小溪。我踩着冰溪过去，爬上一个山梁。明明是冲着太阳去的，山道却把我们引向了阴暗，好在我看见的全是阳光，金子般的太阳，照在西边的雪山上，照着雪山下的厄里家。

晒不到太阳看得到太阳，也感觉暖和。阿波珠家的墙根堆的是雪，交西岗外面的溪边堆的是雪，四周的坡地里堆的是雪，对面山上的林子里和通往王朗的水泥路上也堆的是雪……站在山梁上看雪，看太阳照在雪上，完全不是平常的感觉——雪已经是太阳的亲人，太阳已经是雪的朋友，雪如土、如石，像是压根儿就不会融化，而太阳也只是视觉的，没有温度，丝毫动摇不到雪的存在。看着、踩着、摸着，雪不再是雪，它的硬度、响声、质地，都不再是我们熟悉的。想到自己在一个太阳拿雪当亲人的地方行走、呼吸，我感觉非常美妙，感觉自己的身体很轻。

早饭吃的是辣子鸡，阿波珠现宰的，油锅里煸。不见鸡头鸡脚，说是敬神了。也是围炉而吃。有酒。自愿。不见昨天的法师，来了三位拜年的亲戚。

从寨子里回来坐在火炉房喝茶，看阿波珠家人一个一个起床，来火炉房报到——不报到不行，冷。先是阿波珠的女人，她已经梳好头，拿着脸盆进来倒水。我问她昨夜打麻将输了还是赢了，她说她没有打，感冒了脑壳疼。接着是李小龙，依旧穿着昨天的裹裹裙。最后是小儿子李金刚，还是穿他的汉服，还是斯斯文文的。阳光照满了窗外的院子，泼在水泥地上的洗脸水结成的冰白光光的。

上午十点，交西岗的阳光更明亮了，风也更大了，吹得我们走路都跟跟跄跄。枯树、旧木楼、石墙是一色的灰，枯草是一色的深棕。阴影和阳光格外分明。石墙缝独独的一簇枯干的蕨类，残留着秋天的红艳。如此遗物的美学，也是旧时交西岗美学的替代。

我独自在交西岗的内部张望，随便拍照。所有房门都关着，有的还上了锁。我不时停在一些废木楼的后檐，看着枯草上的阳光发呆。我迷恋那些阳光照在枯草上的景致。旁边有篱栅、犁头和棺木，它们赋予了阳光另一种纯粹。单就枯草和阳光，你看不见风，看见的只是宁静——埃里蒂斯诗句中爱琴海阳光的宁静，但我的身体却强烈地感觉到雪风和它携带的寒冷。

我走遍了交西岗的每个角落，也没有遇见一个人，没有看见一扇开着的门。除开风的嚎叫，交西岗的宁静依旧是整体的、深刻的，很像是雪山的宁静，但又因了它是人的处所而多了魅力。

最近两次去交西岗

2014年10月，与蒋骥从九寨沟的白马人寨子回来，路过白马，又去了交西岗。阿波珠不在。把行李放在他家火塘边，我们去了洞嘎才理家。我就是这次认得洞嘎才理和他的波姆的。他们的家就是我描述过的、多次路过的那栋土屋，门口码着柴垛子。深秋，雾大，落着雨，红叶已经红过了，还剩点残红。蒋之前拍过洞嘎才理，熟悉洞嘎才理和他的波姆。进屋打招呼，洞嘎才理还记得他。土屋还是民国时修的，阵了地阵，没阵地阵的一间是个深坑，堆着杂物。火塘是个大间，客厅兼睡房，火堆就架地阵中用砖隔出的泥地上，没有火炉，也没有烟道。两根碗口大的原木一头触到火里熊熊燃烧，一头触到地阵上。我看了在想，这么多年没发生火灾，真是奇迹。

这哪是家？这是地狱。我一进门就被柴烟呛着了，猛烈地咳起嗽来。柴烟弥漫在整个屋子，人和东西都看不清。走近火塘，几乎无法呼吸。蒋一边咳嗽一边架起摄像机开始工作。我屏住呼吸，配合着蒋，跟洞嘎才理拉起家常。洞嘎很老了，看上去比实际年龄还要老，牙齿也掉光了，说话不关风。他坐在火塘边的褥子上，笼罩在烟雾中，声音和人都很模糊。为了方便交流，我过去挨着他坐下。他听不懂我说的话，我也听不清他说的话，跟他说话特别费力。但这又的确是家，洞嘎才理和他的波姆住了差不多一辈子的家。一盏白炽灯笼罩在柴烟中，就像浸在水里，一点橘黄的光不如柴火明亮。四壁都被常年的柴烟熏得黢黑。床就搭在进门靠墙一边，床上扑满烟尘，堆放着旧衣裳。这样的家不是一滴浊泪可以隐喻的，它真的有地狱的元素。不说破败、幽暗、赤贫，单缺氧一点就够了。洞嘎有病在身，一天不如一天，蒋明显能感觉到。

我出门透气回来，开始注意火塘的火和洞嘎的女人波姆。火燃得很旺，热力足，有一个家必需的温暖。波姆穿了裹裹裙，戴了毡帽，毡帽上插了白羽毛，完全是旧时白马妇女的装扮。是生活装，不像节气上的穿戴，裙衣略显破旧。波姆不说话，只看着我们笑。她默默地搓面、擀面，让这栋地狱般的屋子有了一点点人情味和家的感觉。她作为女主人，把这个家从地狱的边缘拉了回来。特别是在蒋的一再恳请下，她唱歌的时候。她说她从来不唱歌跳舞，过年过节别人唱歌跳舞，她都是站在边上看。现在，波姆唱歌了，给从外面来的两个陌生人唱歌了，该是一种怎样的朴拙？她甚至忽略了摄像机，不认识摄像机，唱得特自然，就像一个人在青稞地或荞麦地里唱一样。

坐在洞嘎家烟雾缭绕的火塘边，我就在想，洞嘎和他的波姆以及他们家的老屋算不算是白马人的遗产；如果还算是遗产，又有谁愿意继承？反正他们的儿女都不愿继承，才在外面安了家不回来。

2015 年 5 月。陪白林、蒋骥又一次来到交西岗。阿波珠不在家，我们自己买了东西在他家的火塘煮。白马的 5 月也算是仲春了，院子里的花开得娇艳，也开得清静。整个交西岗都清静，连鸟叫都听得清清楚楚。刚下过雨，清静里还有一点凄清。像个仪式，我们又去了山根交西岗的老寨。已经不能叫老寨了，房子拆的拆、垮的垮，差不多成了废墟和遗址。房基还在，一堵堵土墙还在，长满了野草和灌木。已经找不到去吃过荞根子的阿波珠家老屋的位置了，曾经熟悉的小道也因长满萱麻、蒿草变得不识。不到十年，一切都变了。看是交西岗的变，其实是世界的变，是世界的变搅动了交西岗、带动了交西岗。人们从山根搬出去，搬到公路边去，搬到王坝楚去，为的是便于出行、便于搞旅游接待、便于与外界往来。

当晚，阿波珠掌勺，为我们做了好几个菜。因为去王坝楚回访布吉一家，没有目睹他掌勺的形象，回去酒酒菜菜已经端到桌子上。白林在九寨沟结识了不少朴实、真心的藏民朋友，仍然被阿波珠的风采打动，喝酒特别肯下肚。我和蒋兴致也高，没有少喝。酒足饭饱，醉醉地倒在火炉边侃大山。什么都侃。侃起白马文化，白林是专家，阿波珠也是专家，我和蒋也都有见解。醉后的阿波珠更感性，激情澎湃，又有点飘飘然，听不见自己血脉深处的低吟，只有奔放的自我。蒋喝了酒也不忘职责，架起摄像机对着阿波珠，体现出一个制片人对拍摄对象的潜在占有。镜头像一剂兴奋剂，配合酒精，为阿波珠的发挥又加了分。当晚，我又一次看见阿波珠显露真性情，显露一个白马人的本心本性。记忆中，这种场面仅有两三次。显露真性情，也显露才华才艺，与平常看见的判若两人。特别是歌声，准确地说是嗓音，没有他人的华丽华彩，甚至没有白马人天生的高亢与响亮，有的是一种宽厚、悲怆的叙事，带着适度的绝望。这宽厚他是知道的，但悲怆与绝望他未必知道，因为不是他个人的，而是一个苦难的部族蕴含、寄居于每个个体血液中的。每次阿波珠唱他们白马人的歌，我都是闭目在听。从歌声里，我听出了秦腔的味道。冥冥之中，总感觉白马人与秦腔有一种尚未发掘的渊源。

白林走到镜头前，朗诵了他的《夏季诗章》：

> 翻过这座雪山
> 便是广袤的草原，草原上的河流
> 以一种近乎静止的速度
> 在曲曲折折裸露的堤岸之间
> 切割、浸蚀出泥煤的沉寂
> ……

交西岗之夜本是清静寂然的，因为有了我们被点燃。看不见火光，但嗅得出味道。这是一种亲近，一种热爱。交西岗人自己已经很难得点燃他们的夜了。不是用华能在夺补河开发、并入国网再输入白马的电，而是用他们原本美好的人性。

午后的下壳子

第一次到下壳子，下壳子的人刚刚移民搬走，空寨还是完好的。下壳子的人仅仅像是去了羊峒河口祭山，向晚便会回来。走在寨子里，还闻得到他们的气味。

第一次到下壳子，下壳子还不是一个死寨，人走空了，还留着游丝，看不见闻得见，感觉得到。杉木板房、转角木楼、原木梯、木柜、木桶，连同寨子内部互通的小道都还散发着余温。我们三五个人从羊峒河口进去，走了一段修得半途而废的通社路，便远远地看见了下壳子，感觉到了它弥散在午后的余温。它依了地势安静地散布在一座三峰山下的斜坡上，有杉木板房土旧的样式，有转角木楼时新的样式，高高矮矮，黑白间搭，像一首白马人自己的歌。

这么好的一首歌，为啥不再唱了，要丢弃在河岸上，让时间来化掉？

这之后，我又多次站在同一角度看过（欣赏与凭吊）下壳子。不是在同一天、同一季节，是在不同年份、不同季节。但恰巧都是午后。

7月，下壳子的绿是惊艳的，大地震后日渐坍塌、腐朽的板房和木楼在横流的葱绿中呈现出墨黑。最近一次是在10月。下壳子的秋色更是惊艳，天蓝得像太平洋，同时飞流着云浪，秋色浸染的后山像翡翠，愈加腐朽、坍塌的板房和木楼依旧保留着一个寨落的轮廓，也作为一堆文明碎片在岷山中呜咽。隔着一坡莲花白和依然高耸的粮架，我听见了呜咽声，在盛大与美艳的秋景中传递着疼痛。

第一次去下壳子是4月的一个阴阴天，下壳子的老杨树刚刚发芽，粮架下草地上的蒲公英已经吐出鹅黄的花瓣。几个远道而来的画家难得见到

120

这般的空寨，举着相机四下拍。我远离他们，一个人踯躅在寨子内部，双腿和内心都有些颤抖。我情不自禁地要去想象上壳子人曾经的生活，在这直插云天的岷山下，在这不多的十几户人家的山寨内部，日夜听着羊峒河奔腾的水声。流云过去是蓝天，蓝天之后又是流云。他们从山脚下的羊峒河里背水，耕种房前屋后的坡地，上山砍火地。他们在荞麦花、洋芋花、杜鹃花丛牧羊，在杉木板房里做爱并生下小孩。他们用从羊峒河背回的水洗孩子，把用刀子割下的脐带埋在屋后的神树下。他们梭溜壳子或涉水过羊峒河，去羊峒河口祭山，去王坝楚买盐，再梭溜壳子或涉水回来。他们站在自家屋檐下，或走到寨门口的粮架下，把手卷成喇叭筒去喊对岸山上卡斗家的人。大山寂静，白马话又特别有穿透力，卡斗家的人能听见下壳子人的喊声。他们有时也打手势。山雾散去，粮架下的人现出来，脸上挂着水珠，卡斗家的人这才看清。

下壳子是汉人叫的，白马人叫驼骆家。

午后阴阴天里的下壳子，寨屋完好如初，内部的细节也完好如初，人字形的杉木板房和瓦屋不仅完好地保留着轮廓与格局，也完好地保留着楼廊、板壁、土墙、门窗、阶沿，以及吊檐、杉木板、搭在木楼上的原木梯和压在杉木板上的石头。有的柜子、水缸、饭桌也都保留着原样，墙壁上贴的画报、奖状、孩子用木炭或粉笔写的歪歪斜斜的汉字、大人用木炭记下的洋芋和莲花白的秤斤也都保留着原样……看着这些，一种温热冒上喉咙，油灯下白马人家的生活场景浮现在我的眼前，耳畔响起了他们说话的声音、孩子咯咯笑的声音、大人叹气的声音、吃洋芋拌汤的声音、梭荞根子的声音、喝咂酒的声音，还有喝醉酒唱歌的声音、姑娘在板壁背后说梦话的声音……它们是我的想象，也是下壳子过去真实的生活场景，相信至今都保留在某个时光的监控视频里。

午后的时光安静得有些下沉，沉坠出一道光滑的浅灰的弧线。几只山雀站在弧线的凹处，寂然中听得见它们断断续续的鸣叫。山雀的鸣叫也阻止不了午后时光的下沉，在弧线的低处，山雀的翅膀上，以及阴阴的光线里，都看得见堆积的细碎的时间的粉末。就是发芽的树以及枝条发出的每一个芽口，也都是缄默的。人走了，猫狗也跟着走了，互通寨子内部的小道呈现出我们几个外来者扭捏的身影。

有一会儿，我听见大人使牛的声音和孩童嬉闹的声音。应该是傍晚，前后的山都变得黑沉沉的，寨里暗影绰绰，老杨树老苹果树也变成了树影。小道刚才还是雪白，转眼就麻楚楚的，像一根浸进淅水的窄布带。孩童们在路上攥趟子，彼此间叫着古怪的乳名。不远处的台地上也暗影绰绰，使牛的大人停下来骂攥趟子的孩童们，他说的白马话我一句也听不懂。

在下壳子的分分秒秒，我都停止不了对下壳子人过往生活的想象。我由一只已经没了底座的成都搪瓷厂 1964 年生产的搪瓷碗想到了一个白马人家，想到了这个白马人家 20 世纪六七十年代的生活——外来的东西参与进来，包括意识形态与部族体制，端着这个搪瓷碗的人有着怎样的感觉与变化？我捡回这只因缺了底座而搁不稳的搪瓷碗，想得最多的还是端这只碗的人——他长什么样？有一双怎样的手？有一个怎样的名字、怎样的性格？如果他已不在人世，有一个怎样的临终？我也去想碗里都装过什么，被一个人以什么样的吃相吃掉；也去想这只碗被人争抢的情景，掉在地上，摔脱了很多烤瓷……一只破碗唤起的想象可以如此接近白马人的生存，接近一个时代烙在他们身上的特殊印迹，就像是一列火车，可以开回那些白天黑夜，可以开回那些已逝的人事车站。

大地震后再去上壳子也是 4 月，也是 4 月的一个午后。阳光热辣、干燥，时光里有一点慵懒：鸟有一点慵倦，羊峒河两岸尚未发芽的灌木和枯草有一点慵懒。我从索桥过河，走老路去下壳子。老路陡峭狭窄，有好几道拐，路已荒芜，两边是密密匝匝的一人深的枯草。路面也长了草，但依然板实，并未因长草而剥脱。路基也板实，百年前垒砌的墙子未见垮塌。

我在老路上走一走坐一坐，缅怀的心绪像山涧雪融的羊峒河水渐涨。有一两百年的时光，下壳子人走在这条不长的山路上。先是梭溜壳子过河，后来走藤桥索桥过河。可以想见他们的样子，走山路的样子，走上坡路和走下坡路的样子，爬腰爬腰的样子，跳磕跳磕的样子，女人和男人的样子。男人背一包盐，背一只盘羊，爬累了扎一拐，用白马话吼一声，吼一声自己喜欢的女人的名字；女子背一桶水，背几捆麻几匹布，走累了把桶或背篼搁在路坎上歇气，唱一支背水歌或情歌……我走累了，坐下来想象下壳子人在这条山道上上下下的情景，或者仰长八尺倒在枯草里，在蓝湛湛的天空寻找下壳子人的影子。坐起来的时候，我摸到了被上壳子人的脚磨得溜光的路石。他们天天走天天踩，路石已经有人气通人性，变得圆润了。我俯身抚摸着陷在泥土与草根中的路石，视线变得极低，从我的视线中闪过的是一双双白马人的腿（穿裹裹裙的腿，打绑腿的腿），一只只白马人的脚（穿边耳子草鞋的脚，穿黑底尖头绣花鞋的脚，穿胶鞋的脚，以及光脚）。这些脚或轻或重，或长或短，或肥或瘦；这些腿或粗或细，或轻快或老迈……有的轻盈如流云，有的战战兢兢。我的视线到不了他们的胯，别说腰和脸了，当裹裹裙随风撩起，我看见的是羊峒河谷 6 月的翠绿和湛蓝的天空。

我想把这块路石取回去，存放在我自己的白马人纪念馆。我喜欢由一块路石念及一个白马人的弃寨，念及弃寨搬迁的白马人。这个弃寨终将消失，只有这块路石可以让这个弃寨永存。当我用手去掰路石、去掏路石，才发现路石很大，是一个连山石，压根儿就掰不走。就算路石可以搬动，把它搬回去是否合适，是否符合下壳子人的意愿？我又怀疑了。时光的产物，生命的雕塑，文明的孵化，最好还是把它交给时光，如果它连同这条路注定要回归荒野，荒野便是白马人的选择，也是文明的归宿。

4 月的午后时光一派寂然，寂然里有一些时间的分子在裂变，轻声得几乎无法听见，但看得见裂变的光焰在闪烁。

顺着光焰看去，我看见的是一个颓废的下壳子，颓废从内部呈现出一种态势，就像一个被弃用的拆开的汉字，笔画、部件、气味都干干的、白白的。想不到的是，颓废也是安静、缄默的，就像太阳照着，就像篝火的余烬燃着。

五年之后，下壳子的内部已经闻不到白马人的气味，已经让人想不起白马人的生活场景，听不见白马人的歌声，坍塌的屋顶、梁柱、杉木板、土墙掩埋了上壳子的气味。

我静静地或走或坐在开始坍塌的下壳子的内部，屏住呼吸，听着来得极远、极深的时光的爆裂声，感觉到一种远非高海拔的窒息。羊峒河谷是开放的，岷山是开放的，白马人因此抛下故寨而流转。我的价值观是诗性的，崇尚原始与文明，反感白马人非自愿的汉化与现代化，反感外部文明对白马人的入侵与掠夺，包括引诱。

我登上一架原木梯，爬上一户田姓人家的木楼，全方位去看下壳子。大地震后坍塌的只是一些杉木板房，木楼都还是完好的，寨子的格局也是完整的。板壁上歪歪斜斜地写着粉笔字：

这是一家人，格门早、杨金美、田小军、田伟他、田修。

由木楼的取材和格局可以看出，田姓人家是下壳子的有钱人。由板壁上书写规整的汉字可以看出这家人有文化。一家大小的名字都用汉字书写了下来，可见田家人对汉文化的认同。

我无从去考察田姓人家对汉人、对汉文化的态度，无法去深究下壳子人的血脉里对汉人和汉文化真实的感觉——是排斥还是吸纳？是无所谓还是麻木不仁？他们的态度，他们的真实感觉，会不会如我们大多数人对西方文明的态度和感觉？

时间渐晚，日线上移，木楼上的我随整个下壳子一同被罩在了山影中。山影是一层挥之不去的青麻布，一直都在下壳子的时光里，一直都在下壳子人的生存中，就像抹不去的族群记忆，带着恐怖与血色。

从木楼下来，我又走了一遍五年前走过的寨中小道。小道上一片狼藉，横着从屋顶掉下的杉木板和橡檩，堆着从倒塌的土墙滚落下来的石块。我停留在那棵老杨树下，看老杨树发的芽。老杨树已经很老了，但老兜上抽出的枝条却是极年轻的，新萌的芽更是鲜嫩。老杨树并未嫁接，年轻的枝条和新芽依旧是老杨树的新生。白马人是否能抽出枝条、萌发新芽，且不为他化，我很担心。

每次从下壳子出来，我很是有些不舍。我不清楚这不舍是什么、意味着什么。我不相信一个外来者会有根与一座白马人的弃寨相连。

在新修的通社路口回望下壳子，简明、质朴，黑白两色，在山边成"一"字排开，呈现出一首白马人民歌的格局。

第一次回望，我便幻想把下壳子接手下来，做成酒吧和咖啡馆，让途经的旅人都停下来住一夜。灯火阑珊处，岷山雪峰下，年轻人把后现代、超现实的东西带到最偏远、最原始的荒野来，白马人把最朴拙最本真的东西传递给他们。夜空湛蓝如深海，繁星硕大如渔火，时间从川西平原进来，像八月的羊峒河一般逼窄而丰沛。

2012 年 10 月 19 日。午后一点二刻。我看见的下壳子是一幅写秋的水粉画。高洁、斑斓、寂静。也可以说绚烂，一派秋熟的生机。阳光潮湿、饱满，尽染秋色，散发出成熟植物的气味。后山的红叶秋树、野草野藤，前面坡地里的莲花白以及盖口的灌木，都成熟得恰如其分。

一辆汽车停在通社路口收购莲花白，几个白马人在地里砍莲花白。泥路上走着背莲花白的人。午后的时光明亮温润，农事让下壳子有了一点人间烟火味，但一点不影响它的寂静。远处砍莲花白的人，路头路尾遇见的背莲花白的人，将午后时光衬托出几分清丽。什么鸟在远处林子里叫，叫声隐约而缥缈，给了这秋天的午后时光一种宽度，让我觉出了它的薄刷，像羊峒河的初冰。我的视线有两个落点：下壳子后山绚烂的秋色，以及秋景簇拥的废墟之寨。

看后山的秋景，看那些山林、草甸，因地势而起伏，像一匹多彩的地毯。地毯织得再好、再多彩，总织不进秋水，织不进秋阳秋气，织不进岷山中的午后时光，而下壳子的后山可以，一针一线都是鲜活的、有生有死的。

下壳子的房子自然是更为颓废了，坍塌、腐败的部分更多了，然而因了生机盎然的秋树、秋藤、秋草的缠绕与映衬却并不显得悲凄，所剩无几的挺立的板房、木楼是明朗的，坍塌、甚至完全倒塌的板房、土墙也是明朗的，彼此有着同等的健全。一种叫不出名的藤蔓爬满了废墟，把废墟变成了荒野，变成了各式各样的艺术制作。还有条熟悉的小道，也叫藤蔓阻塞了，变成了翻涌着绿浪的水道。

植物在深秋把下壳子变成了荒野，午后的阳光照着没有一点悲凄。它是时间大师的杰作，每一笔都是天才的构想，灵感乍现。

过去的下壳子人是主体，人的活动是主体，山和植物只是背景。而今人走了，寨子沦为废墟，山和植物成了主体。就是有人回来种莲花白收莲花白，就像今天我们看见的，也只是背景了。

凤凰卫视《凤眼睇中华》摄制组的人把卡斗家的国怕带到下壳子，叫他把下壳子说成是他的老寨，回答他们的提问。于是，午后的下壳子多出了一点戏份，多出了一个角色。

国怕八十多岁了，身体还很硬朗，从卡斗家（上壳子）搬迁下来住在王坝楚街上。摄制组的人在伊瓦岱惹村村主任格格家拍曹盖面具的时候，就选定了国怕。国怕穿一条绛紫色长衫，套一件深青色坎肩，头上戴的毡帽不及我们在集会上看见的那么新、那么白，毡帽上也没插白鸡毛。他没穿裤子，长衫下是用土白布打的绑腿。国怕的面相和眼神都是慈祥、善良的。他是那种再多的苦难也泡不垮，反倒越泡越硬扎的人。完全可以把国怕看成白马人这个族群的代表，缺一点藏族人的独立气质，忠厚、善良到了软弱的地步。这也是白马人族群千百年来生存历练的结果。

一路上国怕都背着背篼，背篼里滚动着一把弯刀。弯刀时不时透过背篼把阳光反射到我的眼睛里。背篼和弯刀原本是白马人的劳动工具，现在却成了道具，不过，当它们在纪录片中播放出来，一般人看出是道具。国怕想不到这么多，他只认乡政府答应给他的半天误工补贴。

摄制组的人和国怕出现在午后的下壳子，午后的下壳子有了不同的意义，如同汽车经过飘过来的汽油味儿。然而很快，汽油味儿就飘散了，阳光中，蓝天下，寂然又统一了时光。时光一刻一刻，在后山明艳的秋景衬托下，忽略了摄制组的存在。人在空气中划出的痕迹，人挤占空气产生的震动，转眼就复原了，倒是那些灌木林里的鸟鸣在时光里产生了一种针刺的效果，让我感觉到隐痛，并在空气中看见针眼，就像莲花白最外一层叶子上留下的虫眼。

摄制组的人在田伟他家废弃的木楼上拍国怕。国怕垫着一张兽皮靠墙坐下，偏着脑壳望着羊峒河对岸山上的上壳子。摄制组的人要他把脑壳转过来看着女编导，回答女编导的提问。美女编导要国怕谈谈移民搬迁后的感受，习不习惯现在的生活？想不想下壳子？想不想回下壳子？"我不是下壳子的人，我想回的是上壳子。"国怕忘了台词说了真话，逗得旁边的人哈哈笑。

旁边的人笑或不笑，国怕说或者不说女编导给他的台词，架在楼板上的摄像机开着或者关着，都已经不重要了，重要的是这个摄制组的到来给了午后的下壳子一种别样的意义——作为一个主题、一种思想的场景，而这个主题和思想是摄制组强加的，与下壳子格格不入。

我不知道摄制组的女编导私下还写不写手记，只有手记才可能记录下壳子真实的面貌与意义：废墟与美学，废墟与时间，废墟与人类活动，废墟与女编导自己。

我随摄制组离开下壳子的时候，收莲花白的人也已离开。约莫午后三点的光景，阳光还很温暖，后山的秋色依旧明艳，废墟和互通废墟的小道上茂密的藤蔓汹涌得安安静静，灌木林里的鸟鸣依旧明晰而缥缈。我打开手机的录音键，搜集着下壳子的声音，慢吞吞地走着。

缥缈的鸟鸣把下壳子下午三点的时光拉得长长的、薄刷刷的，而寂静犹如喷洒的香水，瞬间消除了摄制组留在下壳子的气味与踪迹。无法消除的是半月后凤凰卫视播出的"凤眼睇中华"之《神秘的白马人》，它就像我从下壳子捡回去的石盐窝和背水木桶，偷走了一段下壳子的时光。

木座：夹生的熟番

　　回平武的途中，带蒋骥去了老木座寨子。我 1996 年第一次去，参加清明歌会。枣那会儿刚满两岁，我和她妈抱着她照过一张相，背景便是老木座寨子跳圆圆舞的现场，头上青烟袅娜。后来十五六年没再去过，也不知变没变。早先每次路过，还会朝山上望一望——望不见的，只知道寨子在山上。时间久了，把地方都忘了，路过时经常错过地点。2010 年第二次去，下过一番功夫，找到一个参照物，才没再望错地点——上行要过杀氏坎，爬一阵坡，到民族村，一条小溪从右手边流下来，一条机耕道沿小溪进村；下行要过南一里，小溪和机耕道在左手边，天气好的话看得见山寨子外面的山包包，但看不见盘山路（它隐没在灌木林中）。

　　明清时叫白马人白马番。官书也这么叫。夺补河上游的白马路有十八寨，夺补河下游的火溪河有六寨四关，黄羊河黄羊关有土民六十户。白马路的白马番不会讲汉话，不穿汉人的衣裳，不与汉人通婚，也不跟汉人打交道（番官和头人除外），土司和官书叫生番。

　　生番最大的寨子是水牛家，清道光年间有番牌三名，番民六十六户，一百九十一口。

　　火溪河的白马番会说汉话的多，有些穿汉人的衣裳，普通番民也与汉人打交道，有些人家还与汉人通婚（招婿入赘），所以土司和官书叫熟番。通常，熟的程度与距离县城和官道的远近成正比，越近越熟，比如梧桐口，离龙安城仅有十几公里，自然是最早被汉化，而老木座寨子，离龙安城有四十公里，又远离官道，自然汉化的程度有限。

　　生番和熟番是特别有意思的两个词。形象，极具直觉质感。像两只番薯，一生一熟，摆在面前。生熟也是相对的，生里面不是没有一丝儿熟，比如番官头人，他们代土司行政、管理番民，单就他们个人，肯定是熟番，但又不至于熟化整个白马路的番民。可以说生番里的熟是边缘的熟，就像刚贴在锅边的荞饼，边上熟了一绺，其余还是生的。而熟番里，也不是没有一点生，熟也有熟的面积、熟的程度，可能官道边的某些人家，经常和汉人打交道，开个骡马店什么的，跟汉人做点买卖，或者家里没男丁，收留汉人做上门女婿，自然就熟得快、熟得多了；而远离官道、避居高山的人家，跟汉人打交道的时候相对就少，熟的程度就很有限，他们便是熟番里的生番。就是时常跟番官、头人和做买卖的汉人打交道的熟番，也有生的成分，会讲汉话了，出门穿汉人的衣裳了，甚或至于招汉人入赘了，家族也好，个人也好，他们外在的一些习惯改了，但内在的很多东西还是白马人的，像姓氏一样改不了。不只血脉，也包括生活、思维方式。这样的熟番，我叫他们夹生的熟番。夹生，就像烤番薯烤洋芋，烤的时间不够，或者火候不到，皮烤焦了，但内里还是生的，白马人叫皮焦瓤生。

生番、熟番是可以用戥子称的，是可以量化的。这个戥子，便是田野调查。涉及到血脉，还可以做基因比对。复旦大学现代人类学研究中心做的基因比对，仅仅只针对避居深山的"生番"的采样，其 Y 染色体的一致性，也只是"生番"可能保留的；对于居住在火溪河、汤珠河和白马峪河（甘肃文县）流域的"熟番"，还可以做更多的比对，精确地探究到他们熟化的程度。

老木座寨子是火溪河熟番地盘上最大的白马人寨子。它避开官道，隐在半山，就是兵匪经过也不知晓。白马人有不少这样避居山中（山腰、山后、山顶）的寨子，像羊峒河右岸的上壳子、马家河左岸的苗州、白河左岸的抹地、白马峪河源头的跌卜等，都远离官道，建在原始森林边上。这是一个奇特的现象，也是一个奇特的文化疑问，它呈现了白马人早年生存的艰险，同时也传达出他们的生存之道（还不是绝望）。

"惹不起躲得起"是汉人的智慧，也是白马人生存的学问。如果连躲也躲不起了，那就是命了。老木座能保留下来，苗州能保留下来，甲勿池、抹地、跌卜能保留下来，而且能壮大繁盛，都受益于白马人这种求生之道（本能与智慧）。"分窜山谷间，或在福禄，或在汧、陇左右。"（《史记》）从南北朝起，一千多年，白马人如油菜籽，白马人的寨子如油菜籽，隐没在岷山东麓和摩天岭的高山峡谷里，原本无根，后来长了根、扎了根。根来自血液，来自顽强的求生本能，来自从故土带来、又被岷山（尤其吐蕃东渐后）不断丰富的部落文化。

"惹不起躲得起"，既是白马人分窜山谷的起源，也是他们后来不断迁离河谷、避居深山的缘由。弱势的自认早已沉淀到他们的基因，族群遗传的本能促使他们避开一切可能让他们毁灭的冲突，不断将故园、耕地、草山让给强势的外族。从这个意义上说，今天我们看见的像老木座这样的世外桃源都是宝贝，它们是这个世界仅存的白马人文化遗产（也是见证），哪怕是移民搬迁后残留的废墟，存在多少年便能见证多少年白马人的艰辛与光荣，以及外面世界的强势与野蛮。

说真话，我是可以从上壳子那样的寨子感觉到羞耻的。为自己所属的强势、贪婪而残忍的文明感到羞耻，是他们把白马人逼到绝境的。

自然，我在1996年清明看见的老木座寨子已经不存在这些东西了，只有枯树新芽，没有血迹；只有开在牛粪上的蒲公英，没有恐惧的白眼仁；只有欢腾与祥和，没有隔膜与冲突……这个老寨已经有八分熟了，至少看上去有八分熟了，白马人手拉手，乡里来的干部和白马人手拉手，县里和外面来的记者、游客与白马人手拉手……如此祥和，还算青涩、朴素，但已经是"煮"过的了。我作为一个旁观者，喜欢溜进寨子，看一些老物件。老土墙的杉木板房已很难找到，看见的都是汉式的穿斗式木结构民居，七柱和九柱的居多，板墙和泥墙，青瓦盖顶。依山而建，错落有致，各家各户之间都有石阶、石板路相连，路道两旁有石墙和木栅栏，栅栏外是小块的菜地和果木。单就院落和猪牛圈道，单就遇见的穿汉人衣裳的村夫村妇，看不出是一个白马人寨子。走进屋里，看火塘、火炉和鼎锅，看神龛上的"天地国亲师位"和主席像，完全是山里汉人家的风格。灶头上、案板上摆的，边口锅煮的，也都是汉人的饮食。再听他们说话，再听他们用汉语讲的那些事、那些麻烦和苦，也都是在汉区到处能听见的……的确是一些熟番，的确是一个熟番聚居的山寨，七百年前，第一个土司来到这里，就注定了它成为熟番的命运。

我从上寨子出来，绕过跳圆圆舞的人，去看一座老房子。老房子已经很老了，完好无损，还住着人。看挑梁栋柱，看雕花的门窗，便知道是民国时修建的。老房子归一户朱姓的白马人家所有，燕儿窝街沿开着侧门，住着一位朱家的姑娘。我隔了门看，不敢走近。姑娘穿着裹裹裙，系着花腰带，戴一顶白毡帽，白毡帽上插着两根白羽毛，是节日的盛装。我绕到她的窗外，从正面看了一眼她——侧面已经是仙女，正面简直是天使。她在管跳圆圆舞的音响，稍显寂寞。我没敢走进屋与她攀谈，看样子她还小，不过十六七岁。我很想与她合个影，但也只是很想想而已，并没有勇气讲给她。我在老房子的四周溜达，看大门上用粉笔作的字画，看石灰墙上大跃进时用木炭记的称斤，看后檐沟新长出的萱麻，思忖着板壁背后的姑娘：她穿的那身行头完全是白马人的，花边、铜钱、鱼骨牌、银饰，一样不落，每一个细节都彰显出白马女人的审美与传统，但看她的长相、眉目、眼神，并无多少白马人的特征，线条的圆润、对称和大方的举止，和汉族女子没什么两样……现在想来，就是一个生熟的问题。她有一个生番的穿着打扮，却有一个熟番的面貌和气质——透出她的家族已经被汉化的事实。

再一次去到这个寨子已是十四年后的事了。7 月，草木葱茏，在山下照样望不见寨子。车停在十四年前举行清明歌会的坝子下面的路口，一切都没有变，除了绿，除了季节的繁盛与葱茏。十四年了，早已不记得见过的人。寨子显得有些寂寞，进寨子转悠，难得遇到一个人，敞开的门里也是空荡荡的。十四年，感觉完全变了，没了过去的人气、温度和烟火味儿了。这样的变化或许早就有了，我不过是现在才感觉到罢了。不用太费神，我便明白了为什么，明白了这寂寞与荒芜的由来。我想象有一根粗大的针管，一头握在时代和急剧变迁的社会手中，一头插在老木座寨子的深处，抽着寨子里年轻人的热血与思想。谁能抗拒这根针管强大的吸引力？它先注射给你不同的价值观和欲望，再把你吸引到外面的世界去。

我又去看了朱家的那栋老房子。除了不再住人，其余一切如故。大门上粉笔作的字画，墙壁上木炭记的称斤，一笔一画清清楚楚。是不是足够老，就可以躲过时间，像寨口那棵老树？

在燕儿窝街沿，我多看了两眼那扇上了锁的侧门，不晓得那个姑娘在这间屋住到哪一年，想必她留下的气味早已散尽。

我给接我们去吃饭的朱姓小伙儿讲了十四年前见过的姑娘，他说那是他姐姐，他姐姐一直住那间屋，直到出嫁。

我们去吃饭的人家正是朱姓小伙儿的姐姐家。算算年龄，那时他才几岁，想必跟姐姐是很黏糊的。听说记忆中的姑娘已经出嫁，我并没有感到什么失落，我只是有点怕见到她——不晓得时间把一位白马天使变成了什么样子。

还好，饭桌上见到的姐姐虽然胖了、成熟了、俗气了，已经挂不上相，但并不丑。胖脸也好，肥腰也好，俗气也好，都是喜乐健康的。她跑前跑后，一直在为我们张罗，酒过三巡才坐过来与我们一起吃饭。她肉嘟嘟的脸上已找不到十四年前的影子，空洞的眼神里也找不到了，更别说肥硕的腰身了，与我记忆中窈窕、安静、充满律动的细腰已毫无关联。她捧着酒盅给我们敬酒，为我们献歌。天生的好嗓子，歌声响彻云霄，却不是我想听的——我想听的是她十四年前的歌声，羞怯的，有界限的，压抑的……她每唱一曲，都要我们干一杯，自己也干一杯。轮到我干不了，她不依不饶，逮住我灌……时间真是神奇……我干了杯，望着她半晌无语。

我趁朱姓小伙儿给刘晓晓喂酒的当儿，趁机拿了相机离开酒桌，去前院看一棵苹果树。我晓得姑娘家的花期很短，十四年够开败好几茬，但我还是有些伤怀。看起来是时间摧折了花朵，实际上是造物主在物种里下了药。

我一个人坐在街沿看院坝里被繁盛的青苹果压弯枝的苹果树，想到了老木座寨子，想到了神秘未知的白马人族群，它的汉化，它的藏化，它熟化的过程，看起来是汉文化和吐蕃文化的侵入与占有，实际上也是时间的集合，也是基因链的一环。

抬头仰望天空，却望见了门楣上木雕的曹盖。它长着胡子，眉毛是锯齿形的，面目已接近常人，再无白马路曹盖的狰狞。但它依旧是生的，所有的曹盖都是一副生面孔，无论怎样演进，代表的都是白马人的符号。曹盖有熟，但本性属生，这个生挂在老木座寨子家家户户的门楣上，就像挂在老木座人嘴上的"番话"，让熟里始终夹生。

我固执地认为，熟番始终会保留生的一面。不说老木座寨子，就是紧挨汉区的木皮也是。我相信白马人的基因（遗传与文化）是改变不了的。

改变不了的一面，便是白马人的"生"，就像他们自称的"贝"。

这次带蒋去老木座寨子，印证了我的想法。在寨口，我们看见一位穿青布长衣、打绑腿的白马老人，站在路坎上的篮球架下。我一眼看出，他的青布长衣是手工做的，领子和下摆上镶的花边做工很讲究。不过，篮球架另一边玩耍的两个孩童却穿的是现代童装。一老两小望着从外面进来的我们，形成对比：民族的和世界的（过去的和未来的），一目了然。

在上院子访问了朱成华和前珠波出来，看见一位抱柴的老妪，也穿着白马人的衣裳，看见我在注意她，连忙转身过去。而今在老木座寨子还能看见穿民族服装的白马人，我感觉不错。我想，在火溪河，就是熟番也只熟到几分，身上有那么多地方，外表的与内里的，日常的与符号化的，娱乐的与宗教的，一代人熟一点，几代人也熟不完。像民国的改革，1949年后的变故，看是如火如荼，其实只是皮焦瓤生，恰恰深入不了内里，倒是几百年土司的管辖，一点一点的渗透，熟化了内里的东西，倒是这些年的旅游开发和商业化改变了他们的价值观。抱柴的老妪背对着我，站在柴垛子面前像个影子。在我眼里，她正是熟番之地虚虚实实的白马人文化的象征。

朱成华夫妇的晚景是日常的，一天天挨着，超越了熟番与生番。他和老伴儿前珠波在街沿上抹玉米，我站屋檐下跟他们闲聊，算是访问。老朱蹲在一个不锈钢盆子面前抹，前珠波坐在一个篾簸箕前面抹，中间隔着一个码满玉米棒子的方木。

朱成华六十四岁，看上去有七十四岁。两个人都没穿本民族的服装，也没戴白毡帽。老朱戴了顶蓝色网球帽，前珠波戴了顶四边有檐的旅行帽。问起家境，老朱满脸愁苦，半晌才说话。两个儿子在外省打工都没有音信。大儿子才见他，四年都没和家里联系了。小儿子朱成，过年的时候打过一个电话。家里人没去找过，也没法去找。四年间问过从外面回来的人，有说在北京的，有说在海南的。老朱告诉我，他和老伴儿从小都会讲汉话，他父亲、他爷爷从小都会讲汉话，但不穿他们本民族的衣裳、穿现在的衣裳却是这一二十年的事。公社的时候天天听报纸，听语录，但都穿本民族的衣裳；现在不穿了，出门不方便。老朱告诉我，才见他小学没念完，朱成念了个一年级，都是三十几的人了，都还在打光棍儿。

　　老朱不看我，看着他手里的玉米，我能直觉到他的悲苦（麻木的悲苦）。前珠波抬起头来看我，两只手撑在簸箕里。簸箕是空的（刚刚倒了玉米），装满阳光，前珠波的两个眼眶也是空的。玉米真的像玉，一粒粒从两个老人干枯皲裂的手指间落下，是唯一能安慰他们的。

　　这是老木座寨子一个家庭的境况。虽是一个白马人家的境况，却更像是一个汉人家的境况。在这个境况中，是生番还是熟番并不重要，甚至是白马人还是汉人也不重要，重要的是现代社会施加给人的观念与欲望，以及崩塌的道德，它不只对白马人是一个全面、彻底的熟化，对整个乡村乃至全体国民都是一个熟化。

　　才见他和朱成是老木座寨子延伸至外省的两个孱弱的根须。一个失联四年了，一个若隐若现，不再有一丁点儿根的作为和意义。或许已经死去、化掉，或许已经变成外面世界的一分子，不再与老木座寨子联系，不再与白马人有关。

　　才见他和朱成，也是白马人与当今世界关系的一个缩影，以及白马人未来的一个预言。

黄羊关拾遗

黄羊关遗事，就是黄羊关的白马人遗事。黄羊关的白马人不在了，只留下遗事。

把谷歌"地球在线"卫星地图调到1：20公里，找到岷山东麓、涪江上游，便能看见小血管一样的黄羊河。也像根叶脉，自岷山最东边的雪山涓流南出，两岸所纳的溪沟是支脉。雪山是花瓣。横亘于白马路与黄羊关之间的猫儿山像一个隶书的"一"字，清晰可见。

将比例调到1：5公里，便可以看见黄羊河的全貌了，山水的每一个褶皱都很清晰。雪山从岷山的中心地带延伸过来，在黄羊河的源头散落为碎玉，白马人翻越了千年的那个"一"字，笔触、笔锋都可以清楚地看见。

黄羊河在水晶堡注入涪江，水晶堡不仅是松潘的门户，也是黄羊关的门户。无论在历史上还是在今天，这个门户都有着汉、藏和白马人文化聚点的意义。事实上也一直是个聚点。我可以想象近一千年水晶堡发生的多民族、多文化的演进，特别是在近两百年里，这种演进很像放大了的分子运动。

我们从平武县城驱车到水晶堡，在丁字路便遇见了好几个黄羊关人。他们骑着摩托、开着汽车，在水晶堡赶场或找活路做；听口音，看穿戴，看面目，已经与水晶堡人没有区别。

同行的卢渊是黄羊关人，与他们认得，跟他们打招呼、开玩笑，有的还是亲戚。卢渊确定，他们的上几辈都是白马人，祖父或曾祖父，穿裹裹裙，戴白毡帽，打裹腿，说番话。他们姓杨、姓高、姓李、姓王、姓张……都与古代氐人的大姓相同。他们的血管里还流着白马人的血，但已经不穿白马人的衣服，不说白马人的话，不兴白马人的风俗习惯了；他们可能除了潜在的 Y 染色体的型号与汉人有别，其他一切都一样了。

由水晶堡沿黄羊河北进，过沙坝子不远便是黄羊关的关口，旧时也是白马番与汉人的地界。据说早先立有一块石碑，上书"黄羊关"。石碑不大，随时被人撬来撬去，汉人往关里撬，白马人往关外撬。后来有了土司，才把字錾在关口的崖石上，再没人撬得动。

黄羊关的山没有虎牙关的山高大、巍峨，关口便也没有虎牙关的雄伟，走进关口有种熟地的感觉。现今自然是熟透了，旧时应该也是半熟——汉人进进出出，土司及土长官司署的人进进出出，身上的气息把关里的风都濡染了。

进关不远便是黄羊关村。村子建在东岸的冲积带上，到处是滚落的大石头。我虽是第二次到黄羊关，一时还把黄羊关村和旧时衙署所在地关坪码不实在。汽车又开了一阵，当真的关坪及身后的神山呈现在眼前，我这才发觉刚才经过的村子并不是乡政府驻地。

汽车过了桥，离开黄羊河，走回头线爬上一片冲积带，进到一个大村子，我脑壳里终于浮出了一点印象。

乡政府就在左边坎上，虽经过了 5·12 地震重建，我还是能认出。房子新修了，修高了，但院子的格局没变，还是民国时土长官司署的格局。走进院子，自然是找不到衙署感觉了。乡政府是行政，土司衙门也是行政，但味道完全变了，没变的只有初冬午后那一点点清冷了。

在村子里转悠，希望能找点番地的感觉，嗅点白马人的气味。但很失望，看见的都是汉地的风貌，嗅到的都是汉地的气味。人是汉人，问祖上，说也是汉人，从哪里哪里来的；长相、穿戴、口音、举手投足都不消说了。民居也都是汉地的，路道、篱栅、猪圈、院落也都是汉地的。然而，可以确知的是，六七十年前还是番地，土长官司署一直保留到 20 世纪 80 年代才拆除，很多人都跟白马路的人沾亲带故。

卢渊把后山指给我，说曾经是白马人的神山，地位类似今天白马路羊峒河口的叶西纳莫，旧时没人敢动山上的一草一木，现今也没人去动。在卫星地图上看，一座东西走向的山像龙脊从东边往西延伸过来，止于土长官司署背后，黄羊关人称之为神山的部分正是龙头。

我抬头去看神山，山上树木成荫，有青杠，有枫香，有板栗，更有很多我不认识的树种，在深秋依然葱茏。

绕着神山北转，我们走进了村子。村子所属有一个美好而叫人哭笑不得的名字——曙光。已经不只是汉名了，更有诗性的乌托邦的意味。这样的意味漂泊在曾经的番地，给人一种幻觉感。好在黄羊关人都不叫曙光，都叫关坪。

关坪是黄羊关最早、也是最大的白马人寨子，白马语叫阿巴主。黄羊关最大的杨氏家族便是从文县的铁楼迁到阿巴主的。关坪是后来土司改的汉名。

曙光不曙光，村子内部却是实实在在的。一房一院，一草一木，包括倾颓的猪圈、湿滑的青苔、挂在篱栅上的黄豆、堆在墙根的南瓜，以及坐在门前说悄悄话的婆婆……那种流溢在菜园和落叶的果木上的冷清也是实实在在的，还有从颓废的木屋散发出的霉味……然而，我还是没闻到一点白马人的气味。民居、土地都被换过了，空气也被换过了。

两位婆婆坐在屋外的旧沙发上，我走过去和她们搭讪，她们问我是做啥的。没有疑惑和惊诧，只有和善的笑容，笑里有一点点少女的单纯和娇羞，让我想到旧时白马姑娘在自家屋檐下碰见进关来的汉人的情景。

两个婆婆一个年届八十，一个年近八十，看她们的身体、精神都像只有六七十。单从面貌、穿戴、言语，看不出一点白马人的东西。问她们出身、家族、民族，都不知道。然而，她们都记得小时候的事——穿裹裹裙，戴毡帽，插野鸡翎子，打番话，跳圆圆舞，念经作法。

黄羊关的家族不多，大家族更少。卢渊和两位婆婆数到杨家、高家、李家、王家、张家、刘家几个白马人家族，特别年长的都过世了，没过世的如爱儿和瑟哥住在县城。

卢渊提到一个叫杨昌俊的白马人，姓李的婆婆说杨昌俊也过世了。我感觉有点遗憾，没有早些来探访黄羊关。两位婆婆说杨昌俊家里还保存有白马人的衣服和帽子。

杨昌俊的儿媳带我们去到她婆婆家。我说明来意，她婆婆让她的小儿子拿出老头子的遗物给我们看。一件靛蓝青底的裹裹裙，领口有红布镶边，镶边上有几何图案，裙衣的下摆也有镶边。一顶旧毡帽，还是完好的，只是脏了点，缠有红黄蓝多色绣线，荷叶边子也很清晰。真的是遗物，衣服是杨昌俊早年穿过的，袖口已经磨破了。

我让杨昌俊的小儿子提着衣服拍照，把旧毡帽放在门外的木椅上拍照，感觉不到一点上面的体温。人走了，时代变了，见到遗物，真的很冷，像一卷蛇蜕、一张羊皮。想到曾经把体温留在上面的人，想到曾经很热血的一支人，不免生出感伤。

在车上，黄羊关人老田说，他们20世纪60年代读书那阵，学校里挖出很多坟，坟里全是鱼骨牌和小钱。从杨昌俊家出来，我们去黄羊关学校转了一圈。想看当年的坟和坟里的鱼骨牌、小钱串自然是不可能了，仅仅是想在心里做个祭奠。卢渊把当年挖坟的地方指给我，现在是宿舍和食堂，在这里吃饭、睡觉的孩子当然不晓得，虽然他们的血管里还流着坟里祖先的血。

走在校园整齐划一的极冷清的水泥通道上，看着保留下来的几棵古柏，想象着关坪寨有过的白马人的繁盛，我打了个寒战。

云雾阴沉沉压得很低，笼罩着黄羊河对岸的神仙包，却没能罩住学校背后的神山。我感觉逝去的时间就在阴云上面不多几层，云开雾散，便能看见黄羊关白马人曾经的葳蕤。

杨其林的家就在场头路下，新修的三层小楼，背对神仙包。他七十七岁，童颜鹤发，略微驼背。在楼上客厅闲聊，他给我的第一感觉便是个"会说话"的人。客气，讲礼貌——当然也是家教。他气质有点女，声音也有一点女——有点女的男子有文艺范儿。

杨是白马人，但看不出是白马人，讲话的表情和智慧，或者说讲话的艺术，是一般汉人都比不上的。我选择探访他，因为他父亲是黄羊关的末代土司，他也算是一个黄羊关的"百科全书"。父亲杨富金，出身贫苦，住在茅坡山，在土长官司署当差，后来成为王土司自卫队的得力人物。土改时恢复土司制度，王家人不当，由政府做主，当了几天土司，象征性大于实用性。

跟杨其林谈话不累，他有所保留，但很亲和。他是杨姓白马人家族延续到今天的一颗莠籽，只是这颗莠籽被汉地的气息染了，像黄羊关所有的白马人后裔一样，骨子里也改变了。挨他坐着，听他说话、咳嗽，能感觉到他的呼吸，却感觉不到他的异族气息。他传达给我的异族气息都只是叙述上的、记忆中的。他父亲在土长官司署当差，给王实秋和王蜀屏当差，帮助管理黄羊关、白马路的白马人，自己也是白马人，身上自然有白马人的气息。他跟随两代土司过白马路、南坪、文县，耳濡目染了杨家故地的风情，这些风情都弥漫着咂酒一般酸而苦涩的白马人气息。

黄羊关汉化较早，跟火溪河相近，从清末民初便开始了。两地都交通便利，建有土长官司署，汉人往来频繁，濡染到了白马人。这种濡染在今天看来什么都不是，但在当时却是潮流。今天搞旅游、修水电站、修高速公路，可以一夜改变一个千年闭塞的死角，当年的改变却是凭了漫长的时间熬出的。这样的熬更可怕，一点一点渗透。

杨出生于 1936 年，记事时黄羊关的人便已七杂八和了，但还有穿裹裹裙、戴白毡帽、插野鸡翎子、说番话的。很多家族的来龙去脉都很清楚，比如从文县铁楼草坡山过来的董家，吃了杨家的田地改姓了杨；从南坪勿角过来的另一个杨家，先到白马路，再到黄羊关……有的人从白马路过来，在黄羊关住了几辈人，又回白马路了，或者举家迁往松潘小河的李泉山了，黄羊关的刘家、张家即是。

在杨的慢叙中，我感觉得到当时黄羊关的气息——七杂八和的气息。纵使汉人带进来的气息也是很古朴的。白马人的气息还不至于像游丝，尚如柴烟，在某些节气上还能腾起一片，夹杂在汉人的炊烟里。讲番话的人还有，就像今天多数白马路的人，都会双语，跟自己人讲番话，跟汉人讲汉话。穿衣服也是，在黄羊关穿裹裹裙，赶水晶堡、赶龙安城穿汉服。

杨讲到关坪寨的"大院场"，很多黄羊关的人都不曾听说过，就是打麦、跳舞、做法事的地方。今天，白马路每个寨子都还有，也是每个寨子的中心，搞集体活动的场地。黄羊关的人汉化了，叫了"大院场"这么个名儿，白马路叫"查然诺娜"。跳舞也是跳圆圆舞，白天做活路晚上跳，白马路那边的人过来也跳。杨讲了当年几个爱跳舞的姑娘的名字……曾经的姑娘，今已成古人……杨明莲还在，会讲番话。小时候跟她父过白马路水牛家给高家看磨坊，长到八岁才回黄羊关。

从杨其林家出来，我们驱车去草原。一路经过田家河坝、龙池沟、灭氏坝、番人地。

多年前，读末代白马土司王信夫所写王实秋在龙池沟剿灭悍匪唐吉三的回忆录，便有种探寻黄羊关的冲动。回忆录里有很多近乎神奇的细节，不用改编就是一部惊心动魄的枪战片。现在我到了龙池沟，就坐在当年王实秋把唐吉三一枪毙命的代家火塘边。光线很暗，看不清人脸，时间过去了七十六年，我却感觉枪声还响彻在耳畔，一幕一幕，戏中有戏。

龙池沟在灭氏坝外面，民国时已属汉人地，但早先一定是白马人的聚居地。

在今天的张家火塘（昔日的代家火塘）见到一位八十岁的婆婆，看上去身体、精神都很好，七十岁的样子。她不言，仍如旧时那样守妇德。她是从松潘的施家堡嫁过来的。

过灭氏坝，我们下车看了杨老三家的旧址，都是一层铅色的时间。

灭氏坝现在叫迷底坝，是灭氏坝的误读。传说中的杨老三，大名叫杨荣成，是白马人，也是灭氏坝最出名的人，他家既是关卡也是客栈，专门接纳过往的白马人。

杨老三家旧址前有一个坝，不大，也就是几亩沙地。灭氏坝，照字面意思，就是杀灭白马人的一个屠场。也可以理解为某个年代白马人与汉人的一个地界，越界即杀。灭杀，也是警示。它非常类似火溪河的杀氏坎。如果多些想象，我们还能看见情形、听见声音、闻到气味，还能感觉到文明带给我们的恐惧与颤抖。

灭氏坝往里是番人地。番人地不是番人与汉人的地界，是白马人种地的地方。自然是汉人的叫法了，白马人自己不叫这个地名。番人地没有多少地，只有高出河道的一绺台地，又很阴浸，过去没有住家户，现今住着两户姓林的人家。

一位婆婆在地里扯萝卜，看见我们，拿着萝卜过来跟我们说话。她个子矮小，包着黑布帕，面容姣好，面貌也不像白马人。

卢渊说番人地是翻猫儿山过来的白马人种鸦片的地方，然而"番人地"三个字，给予我的始终是一幅画面——我在白马路的扒西家、祥树家多次看见的画面：白马人在河岸上种地，荞花、洋芋花烂漫，白羽毛摇曳。

草原是个村，也是个地名，不是真的草原，只是河谷开阔一些，寨子沟、剥牛沟、岩窝沟、塘泥沟在这里汇入，想必早先是白马人的牧场。这些野山野地，原本是纯粹的自然，白马人从铁楼、勿角、白马路迁过来，才有人居住。深秋初冬，景子已有几分衰、几分凄凉，但峭壁上的红叶多少掩饰了衰景。细雨纷纷，天色渐晚，衰景调和了铅灰的时间，我感觉不到身在何时。

在草原，看不见草原，更无置身草原的感觉。阴秋向晚，偶尔能看见山边上的人家，看不见人。沙地种着油菜籽，也有撂荒的，河滩野草衰败，水枯石滩现，满眼荒凉。

我们下车，走独木桥过剥牛沟，去罗家院子。老房子已经废弃，新房子也不见有人，寂静里有种置身荒野之感。论年辰，老房子应该在百岁以上。百岁里，草原的山水并无多大改变，但白马人改变了。站在老屋当头的台地眺望，半山以上都笼罩在烟云中，草原的空间和时间被隔离出来，听得见自己的呼吸。

卢渊把东山的一面白崖指给我，说是哭崖，夜里会哭，呜呜呜。她说她小时在一户亲戚家住过，亲耳听见过白崖哭。可惜我不能住一夜，听听白崖哭声。

白崖会哭，自然是一种物理现象，夜风在白崖吹奏出一种音效。然而，我愿意赋予它一种人性，把这哭看成是被汉族统治者杀灭的白马人的灵魂的哀号。

乌云压得越来越低，大坨大坨坠落在半山坳，天光里起了布，把远处崖壁上零星的红叶也遮住了。黄羊河下午四点的光景，汉化的时间获得了缓解，呈现出白马人原初的东西。

我们没能再往里走。再走便是野地了。改革开放砍木头，原始森林都砍光了，变成了熟地，禁伐天然林之后又慢慢变回了野地。水洞沟、碧河沟、干沟、倒角、黄羊坝、干河坝……现在几乎没人了，只有狩猎、挖药的人才会涉足。然而，明清时却是很繁盛的，白马人在里面过着半农半牧的生活，黄羊坝还搭了戏台子，有小路直通松潘小河。

返回。又过番人地、灭氏坝、龙池沟……深秋阴天的下午，有点穿越时间与历史的感觉。我像是在潜伏，从当下潜伏至过往的白马人生存史，看见屠杀，闻到血腥，也感怀于白马人的歌舞。

山元是最后一站，访高应华。汽车由剥牛洞拐入黄羊河右岸的李瞎子沟，上了通村路。高是位退休干部，也是白马人，白马名叫嘎拉入果，知道黄羊关所有白马人家族的底细，他才是黄羊关白马人真正的百科全书。

高家住在老林边。我们下车走泥路上去，那种寂静是不可以打扰的。我们也不像是探访，像是走亲戚。

猪牛圈道，三间七柱穿斗式木屋，不是白马人的踏板房，而是典型的山地汉式瓦房。高皮肤白皙，一介书生，不是我在白马路见过的白马人的样子，开口说话细声细气，温柔如女声。高夫人肤色也白，瘦小，面貌倒是白马人的。

下午四点半的光景，天光渐晚，坐在火塘边已经看不清人。火塘的火不大，却很暖和。坐在宽板凳上，听高细声细气地讲黄羊关、讲黄羊关一支支白马人，如同真的读一本百科全书。单是讲黄羊关杨姓的白马人，高就讲了四支，每一支的来龙去脉都清清楚楚。他自己所属的高家也很清楚，从白马路水牛家来，清康熙十九年（1680 年）又迁回白马路，清嘉庆十五年（1810 年）再迁到黄羊关，到 20 世纪 90 年代承传了八代。王家、张家、鲁家、徐家、李家……谁是正宗的白马人，谁是入赘，从白马路哪个寨子来，在黄羊关住过哪些地方，后来又分散到哪里去了，他讲得一清二楚。鲁家在黄羊关的始祖叫鲁占彪，是走白马路搬来的；徐家是汉人徐正洪入赘白马人高家发展起来的；李家是汉人李国正入赘白马人杨家兴盛起来的……

高把黄羊关白马人汉化的过程也讲得很清楚。他考证过一些老地名、小地名、老屋基，都包含着白马人的文化信息，很多汉化的细节也都梳理得很清晰，比如山元村的刘家沟，清道光之前叫兴氏少家寨，为刘姓白马人居住地，清道光年间，土司王国宾先改名埋氏索家排，再改名刘家沟……汉化的过程是一种埋没、一种剔除，首先是封建汉政权的强势进驻，再伴以民间文化的无孔不入——其实也是一种生活方式。

火塘很温暖，但也是汉人的火塘，虽然高家是纯正的白马人。除了 Y 染色体的型号，有谁还能从这家人身上认出白马人的东西？外面阴沉沉的，火塘一片漆黑，散发着塘灰的味道。白马人在黑暗里取暖，汉人又何尝不是？

两个老人，一个看上去并没有问题的年届中年的儿子，便是一个家。

高心里装着外面的东西，也跟外面的人往来，过的却是一种遗世的生活……念想一点点泯灭，记忆一点点淡去，就像他们的远祖曾经有过的外部特征。

高年近八十，思维敏捷、清晰，听他讲黄羊关的白马人家族，我想到了他大脑的网格状，每一小格都供着一个白马人家族，供着一个白马人姓氏……不是训练有素，而是他的血液和神经自己编织的。

返途在乡政府停留，见到乡长才汝茶，她给我看了传说中的玉石杯。玉石杯是土司传下来的，后面的乡长又一届届传。玉石杯很精美，有鸡血纹，但杯沿多已破损有缺口，有两盏还是破裂后粘补起的。

注一：

根据高应华掌握的资料，黄羊关杨姓白马人共有四支。第一支远祖为杨天贵之父，由甘肃省文县铁楼迁黄羊关的关坪寨。杨天贵传杨伯兴、杨发明、杨金碧（如爱尔）、杨奎、杨光六代。第二支远祖煞见，由白马路水牛家迁黄羊关的关坪寨。煞见传杨寿成、杨天明、杨伯松、杨发贵、杨金琼六代。与今白马路曹茂生家同出一源。第三支远祖杨贵，由文县铁楼迁南坪（今九寨沟）勿角，转迁白马路小漕，再定居黄羊关的关坪寨。杨贵传杨正荣、杨大彬、杨光国、杨明信（瑟哥）、杨卫东；另有接纳多聪传杨姚、杨秀兰、杨昌俊、杨仕富。第四支远祖格达予，由白马路白河沟迁黄羊关桤木口，格达予所传不详，之后传杨洪德、杨久兰、杨世惠、杨华。从字牌可以看出，第一、二支同族。据传，字牌是杨天贵之父请成都的一位状元取的，并带回文县铁楼供本家使用。

注二：

我读初中认识白马路的白马人阿波珠的同时，也认识黄羊关的白马人杨卫东，之后三人又同去江油读师范。阿波珠是"生番"，面貌、穿戴、语言都是白马人特有的；而杨卫东是"熟番"，父亲瑟哥在法院工作，家住城郊枕头坪，从小学说汉话，不会说白马话，面貌、穿戴、语言都跟汉人没有区别，且取有一个带了强烈时代色彩的汉名。阿波珠有个汉名，叫李光明，也带有时代色彩。杨卫东没有白马语的名字，初中毕业考师范，少数民族享受降分，老师临时给他取名才里，并没人这么叫。

后来认识的黄羊关白马人有教书的杨葵、国税局的杨奎（如爱尔之子）和当干部的杨昌国。教书的杨奎和杨昌国是两兄弟。如果不知道族属，看不出他们是白马人。

黄羊关的白马人像木皮、河口的白马人一样，是白马人这根长藤上长出的另类之瓜。血源上有了多重融合，文化气质上也被淘洗过了。体现出的是一种血源和文化上的合成，与其先祖和白马路的白马人相比较，是一种被异化。

注三：

牵涉到黄羊关的两次剿匪。

民国十四年，川军第十师刘斌部叛军李竹青一个连窜至水晶堡作乱，继而经黄羊关翻猫儿山抢劫白马路上五寨三日，又返回水晶堡庆功。匪首霸占安家、高家民女数人，县团练局局长杨兴斋亲赴水晶堡招安无效。时有松潘小河营袍哥大爷杨星北、团总杨葶楼（外号麻三爷）与来小河营避难的水晶堡富绅王子富、王子文弟兄商议，联名向松潘、平武两县知事禀报，请求派兵剿灭李匪。两县知事推诿，要求民团自行解决，到时派小部武装协助。四人见靠政府无望，便暗中知会叶塘堡、水晶堡、土城子、阔达坝、黄羊关各民团首领，组织猎手、男丁，备火铳、鸟枪、火药、大刀、长矛，集中在水晶堡周围，择时合力歼灭李匪。不日，全民围攻，李匪逃至筏子头遇团练局官兵阻击，返回黄羊关又遇王土司的武装阻击，人马损失惨重，最后在筏子头田坝被围歼，仅李竹青护兵曾汉提李首级投降。当天下午，民团将数十颗匪首首级带回水晶堡，挂在下河坝示众。

民国二十八年，省政府派兵联合地方民团剿灭了悍匪头目唐登域，但其弟唐二大爷唐吉三在青川带百余人漏网，逃往唐家河、火溪沟，并派人带话给旧日拜把兄弟吴凯臣，要他帮忙说服黄羊关土司王实秋，放他一马过涪江。时任县长邱矗双清楚唐匪逃跑路线，扎咐吴凯臣、王实秋："哪个放走了唐吉三，他就是唐吉三！"吴左右为难，便将这碗辣子汤圆端给了王实秋。王实秋号称文墨人，个子瘦小，但沉着稳健，出手快，枪法准，勇敢有谋略，他一面答应唐吉三的要求，一面在龙池、岩窠、草原摆下鸿门宴，戏中戏安排得万无一失，最终亲自在龙池沟代家大院火塘的烟榻上将唐吉三一枪毙命。

注四：

清初黄羊关为百户所，设土长官司署于赵家山，道光初年为泥石流所毁。王国宾继任后，将长官司署迁建于关坪寨。头门上竖有一匾，王国宾亲书"世袭长官司署"。1948年，王蜀屏培修换下中梁，上书有："白马黄羊虎牙象鼻铁蛇蜈蚣白熊诸路隘口场官司，大清道光二十四年长官司王国宾建"。换上的新梁改为："民国三十七年，长官司王生杰、王生瑞重建"。此长官司署主建筑一直保留到2008年5·12地震重建前，一直为黄羊关公社和乡政府用房。

土长官司在黄羊关有长官司署，在龙安城有王玺公衙〔明嘉靖四十五年（1566年）所建，1987年所剩大堂由西街迁至报恩寺内〕。清代中期后便常驻黄羊关，王玺公衙常被闲置，三堂于民国初年垮塌，二堂于20世纪50年代拆除。

人事，神事

她是弱小的
她清楚她的能量
她清楚她跟大地与天空的关系
她信神并听从神

她诵经
她跳圆圆舞跳曹盖
她装神弄鬼
她是弱小的
她因为弱小而洞见自己、洞见神

1

估计中国大多数少数民族也过汉历年——可见汉文化的强势。岷山中的白马人也过汉历年。去年农历二月初一在厄里家参加祭山仪式就说好今年春节要来参加祭拜总神山的神事。白马人过年跟我们汉人一样，主要是吃喝，走亲戚，但他们的年过得要比我们有文化，他们除了吃喝还要跳圆圆舞、跳曹盖、作法驱鬼，还要祭拜寨门上的总神山。一句话，白马人过年除了行人事，还要行神事。我们汉人只行人事，除了吃喝就是打麻将。

白马人喝酒也比汉人凶，喝啤酒青稞酒蜂蜜酒就像我们喝开水，喝白酒也好比喝茶。大多数白马人的酒量都在一斤以上，包括很多妇女。他们围着藏式铜火炉，一边烤火一边喝酒，喝高兴就扯起喉咙唱。也吃菜，但他们的菜相对简单，坨坨肉最有特色。像汉人一样，白马人也兴吃转转饭，但不像我们只在兄弟姊妹之间吃，也在全寨子吃。

初五我们到交西岗的时候，阿波珠刚刚请了全寨子的人吃过转转饭。他告诉我们一共七桌，他一个人煮的。阿波珠是校长，寨子里的大人娃娃都敬他酒，白酒他喝了一斤多。我们在他们家火炉旁坐下，他拿出五粮春和红酒，一人一杯（不是我们汉人喝酒的杯子，是我们汉人喝开水的玻璃杯）倒起，端出牦牛肉和坨坨肉搁在炉台上。他的嘴唇已经肿起老高。

2

下午四点半钟，白马人开始行神事。这些在寨子里进行的神事，都是为第二天祭山做准备的。白马人的祭山活动有很强的仪式感，因为是纯民间的，呈现给我们的自然是真版的。

我们到厄里家的时候，看见人们正在往祭场走。高原的寨子在下午显得空荡、寂寞，因为是冬天还有一点萧条。人们三三两两走小道过来，手里拿着用彩纸装点过的祭拜神山的常青树枝，也不能改变空荡寂寥的感觉。特别是两旁栽了篱栅或者长着落叶灌木的悠长的小道，它把人引向一种存在感缺失的时间。篝火刚刚燃起。两堆，一堆在院坝里，供人们跳圆圆舞；一堆在临时搭建的木棚里，供白该诵经作法。白马人身着盛装，从自己家里赶来，男男女女老老少少。小孩子也身着盛装。两只黑羊拴在木棚外面的木柱上，白该的经卷已经打开，羊皮鼓也已挂好，它悬空的安静的样子就像神的面庞。

一个盛况，就像两堆篝火，还在不断地往里加柴。不是我们通常看见的细柴，是一根根的原木。

我对圆圆舞没有多大兴趣，我的兴趣在我看不懂的法场。木棚里只来了几个人，白该的诵经却是一丝不苟。在我的感觉中，白该的诵经是一种自诉，不是白该本人的自诉，是他代表整个白马人部族对于自然对于宇宙的自诉，或者说是对这一支人存在的一种自诉。这样的自诉就像夺补河流淌发出的声音。诵经本身也是一个解不开的谜，它是人类心性的一种外化。也是一种解脱——人对它所依附的事物或者世界的解脱。自然也是一种符咒——语言的符咒和意念的符咒。他们希望——企图——或者说相信语言所传达的信息有着鞭子和刀子的力量，能驱凶辟邪。我们这些被现代文明驯化的人只相信物质的力量了，只相信现实或者说感官所捕捉到的事物的力量了，而白马人不一样，他们还如往昔的我们，相信一种非物质的力量，而且很虔诚。

白该坐在棚子里朗朗诵经，作为牺牲的黑羊在木棚外面静静地听。越来越多的小孩子聚过来，小男孩穿着黑色的裹裹裙，扎着红色腰带；小女孩穿着花色的裹裹裙，扎着花腰带，他们像是异国天使，在自己祖先留下的神秘面前显得非常好奇，同时也显得天真无邪。看着这些小孩子，我想起了他们在母体受孕的过程，分娩的过程——孕育他们的是完全不同于我们汉区低海拔地区的元素，包括空气，包括声音。

我想起了我要续写的有关"飞地"的小说，突然觉得这一切便是在小说里发生。胖胖的中年白该，他吃肉喝酒一定厉害，但目前他是无欲的，是个称职的白该，做着一个民族的传声筒。他暂时还是一个人，他的班子还没有到齐，手边还只有一面羊皮鼓，更多的铜锣还没有到场。羊皮鼓在小说里应该有公羊的气味，而铜锣在红桦木火的映照下是被岁月消磨过的金色。傍晚时分，天空低垂，光影渐暗，但寨子以及寨子里什物的轮廓都显得很清晰，每一座木楼每一条小道，每一个走在小道上的白马人，以及他们的颧骨和下颏。那些少男少女，他们是萌发了性征的天使，但性征在裹裹裙和花腰带下面显得极好，就像放在花腰带下面的一把带鞘的短刀。甚至少妇也没有多少性征，也像天使一样走路、讲话，也像天使一样笑。

我们走李松家吃了晚饭出来，人差不多已经聚齐了。身着盛装的白马男女已经围着火堆跳起了圆圆舞。木棚里的白该还在诵经，旁边多了位小白该，多了两个打铜锣的人。木棚里的火堆上还多了口大铁锅——锅里的羊肉煮得翻江倒海。小白该只有十六七岁的光景，像他的老师一样穿着黑色裹裹裙，扎着红色腰带，剪着短发。木棚里三方都坐满了人，靠出口坐着三个七八岁的少年，靠里坐的全是六七十岁的老者。老者里有三位妇女。

我见多了跳圆圆舞，看诵经还是第三回。我拿相机记录下这情景之后，又取出笔记本记录：

> 经书摆放在面前，念过一页再翻一页。经书的侧面放着青稞咂酒

两盅，酒盅里插着竹管。白该左手边——羊皮鼓的下方，放着一个新做的小木盒，里面装有荞麦、燕麦若干。在棚子最里头还放有一小盆羊血。我数了一下，棚子里连同大小白该一共坐了十七个人。男女都有，都抽兰花烟（为小说需要虚构，实际上抽的是纸烟）。靠里面一老者正在编法器——在一个破旧的筲箕上插上新削的竹片，竹片上头削有三角形尖端，涂有新鲜的羊血。二男手执铜锣，诵经诵到停顿处，跟着法师击之。

诵经从下午四点半开始，直到凌晨一点。只有等诵经结束，仪式才迎来它的高潮——跳曹盖。我看过跳曹盖，但不是自发的，是风情节上政府组织的，且是在舞台上，仅仅是一种表演，绝无仪式上辟邪驱鬼的正能量。白该面前的经书有一拃厚，要诵完需要很长的时间——要保持一个诵的节奏，不能赶时间，只能是夺补河从王朗雪山流下来流过白马寨的节奏。经书一页一页翻过，其间有无数的停顿，击羊皮鼓，击铜锣，然后是无声的静默。大铁锅里煮羊肉的水起先是满满的，现在下去了一大半，当初被淹没在水里的羊腿羊排完全露在了蒸汽中。大铁锅里少去的煮肉的水，也是时间在白马寨流逝的一种方式。

圆圆舞是盛大的。越来越盛大。盛装的白马人手牵手，不断有人添加进去，圆圆越扯越大。歌声是盛大的，白马女人的脸盘是盛大的——包括她们的花腰带和髋部，包括她们头上的白毡帽和白羽毛。那是一种脱去功利、机巧和阴暗的盛大，是我们古时才有的盛大。不是我们常见的由某种政治或经济组织制造的虚假的盛大，完全是人身上神性与美的集合。有一定的娱乐性。向神交代，把自己交代给神，同时也享受交代的过程——它多么像一个健康的生命的过程。如果神的存在是自在的，那么在这个时候，白马人的存在也达到了自在。在一个逐渐展开的圆圈里，他们发出同样的声音，唱同一首歌，其和谐宛若奔腾的夺补河水，每一抔每一滴都统一在河流中，统一在桦树脚下和灌木林。歌声里的心性也是统一的，像是发自同一颗心——仪式上的白马人还真是共同拥有一颗心，那就是他们对神灵的敬畏。

白马人的圆圆舞有十八个动作，有十八首歌，跳完十八个动作算一轮。

夜里天冷。我因为做不到与白马人同心而不敢参与跳舞，只好在外面看。陆续有白马小伙儿拿着装扮过的曹盖从我身边走过，去坎上人家准备。盛装的白马少女从别的寨子赶过来，白毡帽白羽毛裹裹裙，还扑了粉描了眉涂了口红，但并不显得艳俗。美得惊人，包括她们的盛装，包括她们用手机自拍时的那种自信。在圆圆舞场，在拥挤的人群里，在周边人家的火炉旁，都是美女如云。盛装一丝不苟，包括耳朵上的挂饰，坎肩上的绣花，花腰带上的铜钱。白马少女的眼睛大，睫毛长，眼窝深，我每每看她们的眼睛，都感觉是在看九寨沟的海子。无性的海子，它淹没你，或者说沐浴你，完全是用满满的神性，满满的美。

深夜，实在太冷，去老寨子阿波珠一个亲戚家烤火，看见火炉旁坐的全是身着盛装的少男少女。见我们进来，都起身让座，递水果递瓜子糖，递纸杯倒酒。不喝酒，就倒白开水。大一点的二十来岁，小一点的十七八。彼此调笑，讲着白马话，我们一句也听不懂。阿波珠也在，阿波珠的两个儿子和一个女儿也在，都是大姑娘大小伙儿了。姑娘小伙儿都要给阿波珠敬酒，他不接，说着白马话。我请他的女儿翻译，女儿说："他说他这几天过年酒喝多了，嘴皮子都喝肿了。"我们喝白开水，姑娘小伙儿喝酒——白酒啤酒，依次敬我们。他们也相互碰杯——是碰瓶，抱着瓶子喝。小伙儿与小伙儿，小伙儿与姑娘，姑娘与姑娘，那阵仗让人瞠目结舌。好多都是学生——高中生，已经有七八年的酒龄，白酒一瓶，啤酒十瓶，都不在话下。看着健壮、自信、快乐的白马孩子，我又一次怀疑起我们的教育，它把人变成了什么？白马孩子一个个说笑、喝酒，男男女女打趣，眼神和表情都是愉快、光明的，是高原的太阳照着的荞麦地、洋芋地，是六月里开满野花挂着露水的草地，是夺补河畔的白桦树、红桦树、椴木和雪松，里外坦然，呈现给我们的全是本来的善、本来的美和本来的活力。男生女生的关系也极为自然，调笑、喝酒、打闹……没有遮遮掩掩，没有恶意，就像原始森林的雄树雌树，彼此和谐生长。

这是一户老房子人家，土坯墙，木板房，进门的地坪坑坑洼洼，不小心就会绊倒。室内没几样陈设，且都是老式的。我注意到两面土坯墙和两面木板墙已被烟火熏得黢黑，结了厚厚一层甲。头顶的板楼也是黢黑。在我看来，这黢黑也是时间，是经过烟熏火燎之后成了灰的时间。

在老寨子另一家火炉旁，坐的全是十二三岁的小男生小女生，十几二十个，围着火炉挤挤地坐了一大圈，当中没有一个大人或者稍微大一点的孩子。也都是盛装。我扫视了每一张脸——稚嫩的脸，男生女生，还没有明显的性征差异，齐拨拨像是森林砍伐后新播的苗，又像是六月里的荞麦。都抱着啤酒瓶在喝。也像大人一样碰杯——碰瓶，像大人一样调笑。问起，全都十三岁。同龄人在一起耍——烤火、喝酒、谈笑、跳舞、打趣，是白马人过年的一道风景。如果说之前我们看见的是夺补河畔的一片幼林，那么这阵我们看见的则是一片苗圃。看火炉旁这些小男生小女生，就知道白马人是怎样炼成的——酒量是怎么炼成的，胸怀是怎样炼成的，歌喉是怎样炼成的。

午夜一点，法师翻过了最后一页经书，羊皮鼓点燃了铜锣，穿着翻毛皮袄、戴着曹盖、手握牦牛尾的白马小伙儿从老寨子下来，他们跳蹦跳蹦的样子，完全像是怪兽。他们装扮的也是各样的怪兽：盘羊、老熊、豺狼……甚至比任何野兽都要显得凶神恶煞——它们是人类在想象中对付一切妖魔鬼怪的最为勇猛无敌的力量的化身。它们有巫术的意义，也有美学的价值。

开始跳曹盖了。九个怪兽舞起来。没有歌，只有鼓锣，伴以全场间或的"嗷—嗷—嗷—嗷"——像是吼叫，更像是喝彩——在与世界其他民族并行的时间的河谷里，白马人的嗷嗷声里有过吼叫的成分，但喝彩的意义一直都在。嗷嗷声里有他们的自满自得，有他们对美的态度对自然生命的享受，甚至有对怪兽凶神的挑衅。

仪式到了高潮，九个怪兽变换着阵势蹦跳着，在夜晚最深的刻度上展示着白马部族的大力大美。室外温度早已是零下，但在场的每个人（包括小孩子）都是沸腾的。每跳到高潮，便是一阵猛鼓猛锣，随着猛鼓猛锣，老寨子的四个火枪手对着夜空扣动了扳机。枪声划过夜空，在打破仪式的时空局限的同时，也在每一个人的内心制造出了玻璃般的破碎感。

我站在坎上老寨人家的木楼边，感觉到了一种异族人的游离。游离感也是思考所致。戴了曹盖的白马小伙儿是什么？跳曹盖的白马小伙儿是什么？他们是精灵附身，还是前往神界的使者？等到舞毕，脱下面具，回到人态的白马小伙儿又是什么？篝火的火势小了，灰烬越来越多，越来越厚，还有什么在熄灭？夜晚在最黑的刻度上。

散场了。我久久不愿走开。我在注意散场的人群，注意散场的人。他们又回到了常态——世俗，唤着自家的人、自家的孩子。这一刻也是生动的，它真实，像篝火燃尽的灰，还留着滚烫，但温度已经降下来。我想起了小时候坝坝电影散场的情景。对于某些人，等着他们的是一场透彻的睡眠，而对于另一些人则是大碗的酒、大坨的肉。一场电影占去我们的时间是虚弱而清澈的，像一场梦；而一次祭神占去我们的时间是盛大而真实的，因为灵肉的参与，完成的是一次虔敬的交付。

抬头看星星，星星繁茂得像海子里的水草。在想象中提升自己的视觉，不一定要提到星星的高度，只需提到一个局外的高度——不只是白马寨的局外，也是现代人类的局外，便可以获取一个对照——两种截然不同的夜晚的对照，两种截然不同的生活方式的对照；一种是外面世界的喧嚣、物化、迅速与稍纵即逝，一种是白马人的古朴、神性、缓慢与亘古不变。

3

第二天清早起来，跟在跳曹盖的人后面跑，那个被提升的视觉一直都在，那种感受也一直都在。天已经亮了，但夜色还没有散尽，东方的雪山上已是霞光万道，西天还闪烁着亮颗亮颗的星星。雪峰清朗，皑皑白雪游弋着丝丝缕缕的雾霭，霞光中的灌木、河流、寨楼、藤桥以及跳曹盖的人，都犹如镜像。

这是一个被外面世界忘却的独立的世界。这是一支被外面世界忘却的独立的人。外面的世界外面的人已经消泯在时间发炎的创面，而白马人还一如既往地走在时间的小道上，涉溪流，踏春雪，过藤桥，追逐盘羊和麂子。他们的所作所为，不像是受了自身欲望的驱使，倒像是神的安排。

这一支人相信有鬼，于是在正月初五夜诵经、作法、唱歌、跳舞、跳曹盖驱鬼。曹盖也都是些狰狞的面具，对鬼极具杀伤力。加之白该诵经（以语言的魔力相助），宰羊放血，鬼自然待不下去。清晨跳曹盖驱鬼，九个年轻人装扮成九个凶神，从寨子里面一直跳到寨子外面。先是把鬼撵出寨子，再在寨子外面的野地里燃烧柏枝、符纸，四杆火枪并发将火打灭，借以剿灭鬼怪。之后九个凶神兵分两路，挨家挨户跳曹盖，挨家挨户驱鬼。藏在各家各户的都是小鬼、捣蛋鬼、色鬼之流，他们除了跳曹盖，也敲一敲板壁，捅一捅楼板，看难缠的鬼有没有躲到板壁后面或者木楼上。他们有的还翻箱倒柜，四处搜鬼，以搜鬼的名义拿一点好吃好喝的走。当然，主人家是非常乐意的。或许那鬼，就藏在好吃好喝的东西里面。凶神帮主人家撵走了鬼，主人家自然要有所感激、有所表示。早先，这些东西并不归跳曹盖的人所有，而是归白马老爷山所有——祭拜白马总神山的时候，一并献上。

我注意到了一个有趣的现象——李松回到了自己家里跳曹盖驱鬼。他也敲板壁、捅楼板，也翻箱倒柜。他天天住在这栋房子里，鬼藏在哪里他也不晓得。他翻他自己用的箱子，敲他自己睡的床。我想，他不是不晓得，而是这个时候他压根儿就不再是李松，他化身成了一个戴面具的凶神。

太阳中天，雪还是雪，冰还是冰。不是太阳缺乏热力，融化不了它们，是它们太过冰冷，有了金属的质地。高原是敞亮的。水牛家水库修建后几近断流的夺补河是敞亮的。木叶落尽，灌木丛是敞亮的，乔木更为敞亮。白马老爷山以独立的亘古不变的面貌和沉默伫立在羊峒河口，它的敞亮里混进了刀子一般的风。

大鬼小鬼已被驱走，剩下的便是与神的对话。神与白马老爷山一体，与神对话也是与山对话。在白该的引导下，大车小车满载着白马人开赴白马老爷山。汽车也载去了献给神的礼物：剪裁好并盖有图章的符纸，用红线捆扎的常青树枝，活的神羊……神不是住在神山上，而是与白马老爷山一体，就像我们的灵魂与肉体。

从厄里家到白马老爷山有六七里路，汽车几分钟就到了。过去没有汽车，白马人载歌载舞，一路跳去、唱去，要花大半个小时，他们的表达要更为身体化。好多白马姑娘小伙儿前几天才从外面赶回来，包括一些在外面上班的人，他们对神的虔敬不再像他们的前辈裹挟在肉身的每一处，但那样的虔敬还有，只是沉淀在了更深更隐秘的地方。在外面，不管穿什么衣裳讲什么语言，他们都是另一个人；一旦回来，回到火溪河，回到夺补河畔，他们就又成了白马人。从小在夺补河畔长大，听的、讲的都是自己的母语，唱的也都是自己部族的歌，吃的是青稞、荞麦和洋芋，喝的是咂酒和蜂蜜酒，血液早已是杜鹃花的颜色。神从祖先的血脉一代代传下来，就是被带来带去，也一直都在。不管走到哪里，走多久，一旦回来，都会跳自己的舞，十八个动作一个不落，十八支歌一句不忘。

神山是静默的。它在聆听。风的声音不传播意义，仅仅是白马人自诉的一个前奏。他们从车上下来，会聚在神山脚下，在法师和经段的引导下，摆开了祭拜的仪式。它是一幅由每一个参与的白马人组成的神的图景，也是一次白马人集体的通灵。他们手舞足蹈，用身体的语言与神沟通。神是清醒的，就像山崖上的裸石。神要比山崖上的古树长久，它可以藏在古树里，做几百年的树精，也可以从树里出来，下到羊峒河的溪水里，做两个季节的鱼。

我注意到祭山仪式有三个声部。诵经是最古老的，也是最可靠的，它有无可置疑的永恒。不用听懂，就像神山上的野草、灌木和裸石，只要直觉。诵经声已经是一条通往神灵的秘密小道了，诵经本身又远远超出了经文的意义，开辟了一条通往神界的捷径。这一声部是仪式最神秘，也是最肃穆的构成。

紧随其后的跳曹盖属于第二声部，可以把它理解为对诵经的执行与补充。如果说诵经发挥的是语言的魔力，那么跳曹盖凭借的是力量本身——当然各种面具的符号性也包含了语言的功用。

在我的理解中，诵经与跳曹盖是可以穿越时间的，它们有着物种的力量。

第三声部是跳圆圆舞。它盛大，周而复始，有时间的特征，同时展示了白马人世俗生活的娱乐性。

刀子一样的风飞流在仪式里，给神秘、盛大的仪式增添了几分肃杀。然而，相比神山黛青的静默与安然，那肃杀也不过是被风吹弯的灌木和野草。

我拉起衣帽，看着神山上的落光叶子的灌木，看着神山上婆婆的深棕色的枯草，眼泪慢慢地涌了出来。

起云了，天空变得灰白，流光也都是灰白的。祭山会结束，白马人坐上他们的汽车回去了。羊峒河从黄土梁流下来，从神山脚下流过，携带着形状不规则的融雪、融冰。

纺麻线（平武） 向远木摄

祭山　胡宇摄

打场　周贤中摄

耕地　周贤中摄

打墙　周贤中摄

抽兰花烟　向远木摄

擀荞根子　向远木摄

取蜂蜜　向远木摄

雕曹盖（平武）　胡宇摄

跳曹盖（平武）　胡宇摄

曹盖（平武）　阿贝尔摄

白该诵经（平武）　阿贝尔摄

宰祭羊　阿贝尔摄

伥舞展演（九寨沟）　白林摄

苗州的查踏漫

　　去苗州，不像去扎尕那，是慕名而去。苗州是九寨沟诗人白林偶尔提说起带我去的。

　　知道马家，也只是在卫星地图上看见过。汤珠河左岸支流上的一个白马人部落。

　　秋雨淅沥的早晨，一路都是雨水的质感和气味，窗玻璃上的雨花雨雾给人一种极安静的不可知的期待。

　　开了车窗，汤珠河两岸也都是云山雾罩，偶尔晃过一两树红叶，叫人眼前一亮。

　　在岷山深腹，十月中旬已是深秋，去苗州路上的红叶还差那么一点日照，秋雨湿雾帮了倒忙。

　　路上秋雨簌簌，到了苗州还是秋雨簌簌。不只簌簌，还滴滴答答。雨水聚在核桃树和白杨树的叶子上，再滴下来，稀疏而凄清，像是时间的一个量度。

　　上午九十点钟的光景，汽车从盘山路上到山坳台地，我们便看见了苗州。对面山林的雾一环一环，盘山路上的雾也一环一环，苗州在雨雾中若隐若现。很像扎尕那，是个天外之寨。只是扎尕那要开阔和坦荡得多，有四个自然村，是个小社会，而苗州就一个自然村，稍显孤单。

　　蒋骥在一棵老核桃树下架起摄像机开始拍摄，我走到雨雾里去看苗州。一个人看苗州。一个人的视角——肉眼的视角，而非镜头。寂静是自然的，雨水落草的声音和鸟叫的声音只能把苗州衬托得更加寂静。但又不是空寂和死寂，即使门都关着，也觉得突然会打开，有人走出来。

　　上午九十点钟的光景。一辆轿车停在寨口，一个人在寨外雨中看苗州，三个人和一台摄像机在一棵老核桃树下看苗州。

苗州就在眼里。寨子呈 S 形搭建，院落、泥墙、瓦屋，间杂着杉木板房，斜倚后山，一台一台，错落有致。这是概貌。我看的是细部——青瓦泥墙的细部，墨色穿斗式木结构的细部（像象形文字），空无一人、挂着农具的屋檐下的细部，房檐口滴淌着屋檐水的细部，柴门边雨水浇湿的野花的细部，停在后檐沟的拖拉机上锈迹的细部……我也看见各家各户门前竖起的国旗，还有各种电线杆、挂经幡的木杆，它们都是构成苗州的新旧元素。

雨下大了，雨雾从四面山上漫过来，笼住了苗州。我们只看得见苗州，看不见苗州之外任何的山，任何的树木、草坡和菜地。国旗垂托托的，经幡垂托托的，开败了花的蒿草垂托托的。S 形分出大小，水泥路修到了上面人家，已是造化，但这个造化显得空了点、静了点、寂寞了点。

苗州很完美。寨子很完美。秋雨湿雾，没有人走动，没有鸡鸣狗吠，但又不是沉睡，只感觉有些空落。

她醒了，还在伸懒腰、打呵欠。睡眼惺忪，梦影萦绕。

抹一把发梢上的雨，把身后走过的路与苗州连在一起看，就像一条脐带。想一想来苗州的路，从白河到汤珠河，再到马家河，再上盘山路，哪里是到世外？简直是到天外。这条脐带很长，血管丰富，衔接着历史的伤口。

上午十点三十分。秋雨滴滴答答下着，寨子里不见有人走动，不是天外又是哪里？蒋换着各种角度拍摄。不怪他执迷，只怪苗州太美，跟外面太不一样。

我说苗州在天外是说它的地理位置和我的感觉，如果要说通户的水泥路，要说通村路上的白塔，要说寨中的电杆、电线、国旗和汽车，那它又是四川省阿坝羌族藏族自治州九寨沟县马家乡的苗州村了。

我有点不想走进苗州。我只想蹲在寨口的台地上看苗州。它在万古老林边上的样子，在雨雾中湿漉漉的样子，很像是远古时间的一个截屏，呈现的是远古图景，传达的也是远古气息。

我不喜欢寨口石头上用红油漆写的"苗州村"三个字。这个现代书写破坏了苗州的美。我不喜欢红油漆的颜色，不喜欢把苗州说成是村，不喜欢三个红字的样子。

把感觉说给白林听了。白林说，苗州与"苗"和"州"毫无关系，它是白马语"miejiu"的汉语音译。既然是这样，我倒愿意把她译作"麦酒"。

雨越下越大。跟白林去路边一户人家的屋檐下躲雨，屋里有人出来，跟白林说话。白林来过苗州，寨子里的杨姓人家跟他岳父沾亲。

我们运气不错，躲雨躲到了村支书家。引我们进屋的正是村支书，他姓姬，四十岁左右，瘦高个儿，高颧骨、深眼窝、厚唇、尖下巴，肤色偏深，面部轮廓分明。他口才不行，问啥答啥，没多余的话。村主任余权富的话也不多，肤色白，五官像汉人，略显木讷，跟我们说话的样子有些含羞。倒是一个叫木介的口才好，晓得的也多，替两位村干部回答了我们的很多问题。

我喜欢木介，他坦诚，心是开启的，面对我们的访问并不顾忌什么，跟姬书记和余主任不一样。

蒋进屋便进入工作状态，摄像机对着姬书记和余主任，有时也对着白林。我觉得没有这家伙更好，那样火炉边的氛围会更自然——镜头的置入的确会影响到说话者的安全感。

半小时后，我对苗州有了初步印象。跟我访问到的一些白马人寨子相比，苗州算是不错，房子还有人住，事情还有人管；年轻人外出打工，过年过节都会回来；地没有荒芜，留守的中老年人和儿童还算多，篱栅里的菜园子都种得很好，猪牛羊也都养得齐全。

这是当下的印象。我喜欢它的烟火味道。不知是经济的过，还是观念的过，苗州人不像夺补河畔的白马人，都把孩子送到县城去读书，自己也跟到县城去。他们还守着寨子，守着大山，守着与山寨不可分的习俗。

往昔的印象也有了一点。与世隔绝时候的印象，民国时汉人闯入的印象、战争过后皮焦瓢生的印象……跟我了解到的其他白马人一样，由不与汉人通婚，到汉人可以入赘、可以娶汉人为妻，再到今天可以与汉人自由婚嫁。民俗也是一样，自古唱酒曲子、跳曹盖、跳圆圆舞，现在也唱，也跳，只是没有过去神圣、有激情了。跳曹盖的衣裳烂了，没有钱换新的，跳得有些懒心淡肠。

说话间，透过木窗看得见密密的雨脚，听得见屋檐水滴滴答答的声音。我感觉到一种诗意，从炉口的火苗散发出来，弥漫在空气里，宁静而感伤，它是白马人已逝时光的瞬时回返，也是时间在岷山深腹剥脱的灰烬。

问到狩猎，姬书记说，过去老汉们才打猎，现在已经没人打猎了。"现在打猎莫搞头了。"木介说，"过去老汉们打盘羊，打麂子麝子，打金鸡蓝马鸡，现在这些都打不得了。"我开始还怀疑，现在相信了。或许不是他们说的这么死，他们偶尔还打猎，但只是为了过年过节餐桌上多个菜。

我们叫他们唱歌，他们叫来了尼玛保，胖胖的，笑呵呵的，模样和穿着都像汉人，坐在姬书记让出的位置上。他像是喝过酒，一说一个哈哈，我们的一句话能带出他一背篓话。

火炉里刚加过柴，半头屋子都暖烘烘的。姬书记拿出酒，在每个人面前的炉台上摆上酒杯，一杯一杯倒满。面前没炉台的，就搁在地上。我不喝酒，但推辞不了，只有硬着头皮喝。炉台已经发烫，酒倒进去不一会儿便成了热酒。"酒里泡的野生天麻，多喝几杯！"姬书记说。我还真喝出了天麻的味道。

有酒就有礼，有礼就有节。端了酒杯就得接别人的敬酒，喝了敬酒就得回敬。几杯热酒下肚，心里烧烫烫的，脑壳晕乎乎的。

喝了酒，主人家也变大方了，说起曹盖就拿出曹盖，说起老式服装又拿出老式服装。都是一两百年前的，很少拿出来示人，就是乡上、县上征集展览，也都是复制品。我们不只饱眼福，重要的是让视线在宝贝上停留（想停留多久就停留多久），从我们眼睛发出的光不仅捕捉到了这些东西的形色质地，也捕捉到灵魂。也嗅到它们的味儿——苗州过去的味儿，白马人原本的味儿，所有戴过面具、穿过衣服的人的味儿，以及单纯的沉淀下来的时间的味儿。

屋里光线暗，我们把老古董拿到后门外去看、去拍。原本是老曹盖，新近上了色，看起来像新的，倒过来看后面的木质才能看出古旧。老东西着新色是国人的思维，而今白马人也学会了。就是着了新色，我们也稀罕得很，一直看，一直拍，生怕没拍全。

　　九寨沟县的白马人曹盖有十二个样式，是已知白马人聚居地最全的。苗州的曹盖不全，只有牛头和狮头，做工倒是很讲究，霸气十足，背面斧口的砍痕特别有形、有质感，可以见出工匠的刀法。

　　白林端着牛头面具让我拍摄，他严肃恭敬的样子像是一尊神。我拍了他手里的曹盖，又拍了他和曹盖。他喝了酒，肤色红润，寸发如初雪，眼睛里透出的光跟曹盖眼眸里透出的相似。

　　余主任单手握住的是一个狮子头面具，手臂伸出去，血盆大口对着镜头，身子侧向一边，很显然他不愿意上镜。他穿着夹克和一条休闲裤，完全是汉人的打扮。我拍摄的时候，他侧目看着手里的曹盖，脸上的肌肉是僵的，没有一点表情。

　　我还拍到一个百年前的金刚降魔杵。山梨木雕成的，没着新色，是我喜欢的原样，上半部是降魔的王，后半部是带鞘的宝剑。金刚降魔杵是藏传佛教的一种法器，我在白马路从未见过，可见苗州的白马人受到藏传佛教的影响——这好理解，九寨沟县的白马人与藏人挨得近，吐蕃东渐后，藏人的政治、文化一直占优。

　　木介给我们讲了苗州正月十六的涂抹节。木介讲的时候，尼玛保老是插话。涂抹过去是节庆的一个仪式，现在政府把它节日化了。平武境内的白马人也涂抹，玩高兴了，趁人不备给人往脸上抹锅烟墨。抹锅烟墨是待遇，象征吉祥，要一直保留到睡前，不可擦洗。木介说，苗州人的涂抹节很隆重，锅烟墨都拌了猪油，不只抹脸，也抹腿杆，还请沙巴（喇嘛）念经。我见过平武的白马人抹锅烟墨，也被抹过，想象得到苗州人涂抹节的情景，算是狂欢吧。欧洲人也有类似的狂欢。人类从非洲走出来，无论走到哪里，都保留下了他们最古老的风俗，就是在新的环境产生的新风俗也都很接近。

　　（后来在草地乡也谈起涂抹节。白林讲了他从苯教得来的观点——涂抹原本是很恐怖的，为了躲避被作为活祭而丑化自己，不得已而为之。后来活祭取消了，涂抹保留了下来，成了狂欢。）

　　尼玛保唱歌了，唱的白马语，我们听不懂歌词，但听得懂曲子。悠长的，有着大山的起伏，很悲怆。唱完听他讲，却是迎宾的曲子，意思是欢迎我们到苗州做客，我们是神仙般的客人，下这么大的雨，他们很高兴与神仙般的客人在一起。平武白马人的酒歌也有种悲怆。不知白马人是从什么时候开始用低沉悠长的曲调表达自己的生存态度的，或许悲怆是这个压抑的部族的主调。

在我们的要求下，尼玛保又唱了一曲。我想听他最拿手的，深沉悲怆、更有生存意义的，最好是叙事也像史诗的，情歌也行。他唱了送亲歌。开始木介、姬书记、余主任都给他伴唱，最后伴唱变成了合唱，不过他还是主唱。

我闭上眼睛在黑暗与混沌中听，像黑泉漫过来，有种淹没感。曲调比上一首婉转，起伏更大，多了点戏份，有对歌的意味了，但还是悲怆。我不知道是送亲歌。听毕，我问自己怎么听出了秦腔？听了二十年白马人唱歌，第一次听出秦腔，我有点疑惑，又有点喜悦。如果真如白马人研究专家和复旦大学现代人类学研究中心基因比对得出的结论那样，白马人是古代氐人的后裔，那么氐人古时就居住在秦地，岷山里的白马人自然是从秦地窜入的，他们的歌里有秦腔的东西便是顺理成章的事。

听说上寨有棵千年神树，我立即动身去拜访。木介和尼玛保带我去。雾在散了，但还是浓，一坨一坨的，笼罩着寨子四周的山，看不清山上的树和红叶。秋雨变成了雨霏霏，起先很密集，慢慢才变稀疏。我喜欢雨霏霏落在脸上和头发里的感觉，有时还伸出舌头去接、拿嘴唇去抿。苗州的雨霏霏不同于别处的雨霏霏，它是高海拔的，像针叶，带着雪花的冰洁，沾上肌肤有种把你唤醒的亲近。

我沿着通户的水泥路往寨子上面走，边走边看，边走边拍。到处是雾，一坨坨，一缕缕，镜头中能见度很低。

我是去拜访神树的，但又不单是拜访神树，也转寨子、看寨子，欣赏雨雾中的苗州。木介和尼玛保走到前面去了，我故意拖在后面，跟他们走只顾得说话，会忽略很多细节，忽略对寨子的感觉。转寨子得一个人，只有在完整和自由的状态，才能身到心到。

水泥路从苗州腰间穿过，把寨子分成上下两半，绕到了外面山崖边。路边是篱栅，篱栅里是菜园。看过一畦畦白菜，再看台地上的路，再看从河谷盘上山崖的路，薄雾萦绕中像天梯，完美绝伦。苗州人走的路，祖祖辈辈，到外面去，从外面回来。水泥路刚修通没几年，过去只有小道。

木介和尼玛保在前面叫我，转过身来把沟对面的神山指给我。我停下来看那神山，就在眼前，尽是雾，目光触到的只是虚无缥缈。

等雾散去一些，看得见灌木，看不见大树，朝寨子一侧过去开垦过，是后来退耕的。苗州人的神山，看上去不如平武白马人的白马老爷山嶙峋峥嵘有神性。

嫌露水太大，木介和尼玛保没有走到神树下面去。他们把一条放羊走的草径指给我，便站在水泥路的尽头等我。草径有点泥泞，不过并不太滑，勉强可行。

神树清晰可见，在一个台地上，树冠像一朵巨型蘑菇，从远处看过去，看得见三根树干。台地荒芜，长满灌木和野草。

我走到神树底下，看了神树，选了两三个角度拍照。听木介说是棵青杠树，看树皮和枝叶，却跟我熟悉的青杠不同。我熟悉的青杠都不到百年。或许上千年的青杠就是这样。灌木和蒿草太深，露水太大，我没能走到神树跟前去，没能去摸摸。天上还飘着雨霏霏，空气潮湿，我也没能闻到它的气味。树上树下都牵着绳子，挂满经幡。牵得很低的绳子和经幡也妨碍了我走到神树跟前去。我知道这些经幡是祈愿，也是藏文化的符号，但我并不喜欢，它们五颜六色的，都是些化纤的印刷品，总觉得有点煞风景，把干干净净的树弄糟了。在雪山口和草原看见这些东西，也有同感。

从树下走出来，我再回头去看，树是一棵树，在高出地表一两米的地方分出两枝，枝再分枝，层叠到树冠，像一个庞大家族谱系，又像一幅生命与时间共同完成的图腾。

我由此想到白马人，从古代氐人抽出，容纳了汉人和藏人的血脉，繁衍到今天。今天我们看见的虽然只是一些半空的寨子，只是枝叶，未必看得见它的根和干，然而，如果我们熟悉岷山东麓的山河，熟悉夺补河以及它的支流羊峒河，熟悉汤珠河以及它的支流甲勿河、马家河、罗依河，熟悉白河以及它的支流草地河、白马峪河，那么我们同样看得见它的谱系，从这些溪河的下游河畔一直散布到原始森林的边缘。

告别神树下来，站在后山的环路上看苗州。苗州在烟云中，很漂亮，瓦屋顶就像黑色的花瓣。水泥路像脐带，若隐若现，连接着马家河与苗州，谁母谁子让人颇费思量。

　　小孩的哭啼和大人的打骂声，一下把我从白马古寨拉回到了当代。我无法接受，却也理解——人性使然，不过还是经不起思量：为什么要打骂？不只关乎一个寨子的美学，也关乎白马人对孩子的教育以及从外面世界学到的价值观。

　　寨子先前的宁静破碎了。我并无要寻那妇人那孩童的意思，只是穿寨而过偶遇了她们。哭声从屋里跑出来，打骂声紧随其后。我停下来，隔着木栅看着院坝和房子的当头，等着哭泣的孩子出现。

　　挨打的是个三四岁的小姑娘。从屋里跑出来，跑到了房子当头，转过身面壁而哭。她穿着橘黄色的袄袄，头发散乱。我隔着木栅远远地拍她，等着她转过脸来。泥墙、板壁、瓦屋，发黑的柴垛子，竖立的木杆和经幡，后山活的和枯的树，雨水打湿的国旗……衬托出小姑娘。母亲撵过来拖她，嘴里骂着我听不懂的白马语。小姑娘望了我一眼，不肯回去。妇人望了我一眼，骂得更起了。

　　雨还在下，寨子仍笼罩在湿雾中，但雨雾有了散开的迹象。回到姬书记家的老屋，土鸡已经宰过，剁成了坨坨，一个黑脸男子刚治了锅，正在往锅里倒菜油。我被请到火炉的上座烤火，目睹了苗州人烧鸡的过程。

　　晌午已过，鸡刚下锅，我有点等不住了。

　　黑脸的男子在油锅里煸好鸡肉，吆喝旁边的人搁佐料，然后掺了水、加了洋芋，盖上锅盖。

　　一个人剁鸡，一圈人围着看。一个人烧鸡，一帮人打杂。这在我看来有种原始公社的味道。这种味道，和着渐渐从锅盖的缝隙冒出的烧土鸡的香味钻进鼻孔，我感觉有种从未有过的需要。

　　等鸡吃的间隙，我去姬书记家的火塘找蒋和白林去了。空气里还有雨霏霏，但有了暖和气气，寨子里也有了人声烟火气。路边木楼上、院坝里有人了，路头路尾也碰得见人了，都是一副悠闲的样子，见了我都是异样的眼神。

　　蒋在拍几个小孩子，问他们念书的事，问他们怎么看自家寨子和外面的世界。孩子听不懂，只是笑。男孩女孩都有。男孩子都是深肤色，很帅很健康，笑起来憨憨的，干干净净——眼神干干净净，整个人都干干净净。女孩子比男孩子出得色，围着蒋的镜头看，看镜头里的自己，嘻嘻哈哈推推攘攘，也很干净，穿的戴的，鼻子眼窝，说话时小嘴翻得像朵红花，有上五年级的，有上六年级的，个子长得像大姑娘，但还是小孩子，看人的眼神还是小孩子的。

吃鸡之前，我从余权富那里得知，苗州有四十户人家三百一十五人。看见有老人在座，我又一次问到"苗州"的由来。老人说，"苗州"的意思是一个救命的地方，苗州有一种野番薯，平常没人吃，但每到饥荒年代却能救苗州人的命。白马语"miejiu"就是野番薯。

我听了有点感动。苗州人不幸，由外面窜至山谷，与世隔绝，与树木野兽杂处。然而苗州人又是幸运的，上天赐予他们野番薯，让他们不亡。

我想看看野番薯长什么样，拍下来，老人说季节不对看不到。

吃鸡了。一个独角菜。两张桌子十几个人。除了鸡就是洋芋。自然少不了酒。不是白马人的青稞酒和蜂蜜酒，是汉地自酿的土灶酒。鸡肉很香，只是没炕，嚼劲十足，我囫囵吃了几坨。酒也好喝，一杯一杯，感觉一种苗州的东西注入了血液，虽然和了汉人的东西，依然干烈暖身。

酒过三巡，情到深处。不是我们外来人的情，是苗州人的情——他们开始唱他们的情歌。我搁下筷子，闭上眼睛听。

白马人用情之深，男女之间用情之深，是世故的当代人无法比拟的。不单是欲，更有天设地铺的情，是岷山的性，也是麂子麃子的性、草木的性，更是杜鹃花的性。

情歌唱到后面，只剩一位八旬老者在唱了，他的喉咙哽咽，声音有些破绽，但情却是满的，眼泪是满的。我感觉惊异，但在座的苗州人不觉惊异，他们说情歌和眼流子是分不开的，唱情歌和滴眼流子是分不开的。白马语叫"查踏漫"。

"对面山里有棵树，树上吊死过一对相好的。树还在，放牛放羊路过还看得见。"唱罢，老人抹了把眼流子对我们说。

我想去看看那棵树，把它拍下来。老人说，远着，要走两三个小时。是棵什么树老人没讲。我想不会是连理枝，或许是棵青杠，或许是棵枞树。对于殉情的俩相好我们是一无所知，我们只能从"查踏漫"洞见那份儿敢死的情。

雨又下起来，雨霏霏变成了雨线。苗州的雨就是"查踏漫"，一场一场，飘飘洒洒，满深深的。

"查踏漫"让我想起踏板房——白马人的老民居，想起踏板房在雨中的样，滴滴答答流着房檐水，就像哭……杉木板房没有瓦沟，屋檐水流淌得分散，雨小时滴滴答答，雨大时一股一股往下漫。

注：

访问中，苗州人说他们是从山背后的扎如寨搬过来的。最多的是杨姓和姬姓。没有人说他们是从平武或者甘肃文县过来的。他们说过，从苗州到扎如，走路只要半天时间。扎如是九寨沟右岸的第一条岔沟，有名的扎如寺就在两沟交汇处。我查过卫星地图，扎如寨在扎如沟的最里面，与苗州仅一山之隔。我相信苗州人的话，并确信是在吐蕃东渐时搬走的，由此也跟吐蕃有了一般白马人没有的关系。苗州的老人说过去苗州有寺庙有喇嘛，专教白马语，后来寺庙毁了喇嘛跑了，就没人教了，我也相信。去看神树时，木介把寺庙的房基指给我看过。在卫星地图上看白马人的寨子，不仅可以看出每一条溪河是流动的，而且可以看出这些寨子也是流动的，在被省略和忽视的历史中，在自然化的时间中，在我们自己的想象中。

抹地的灵魂

　　从措么家的院子出来，我一眼就看见了杨水泉。他背着背篼，穿着布疙瘩纽扣的对门襟白布衫，里面的毛衣很花，印着大大小小的外国字，酱色外套与他黑红的面色很搭。他很健硕，胡子头发都白了，又有沧桑感。他的国字脸很大气，五官都很大气，和着鬓毛胡子一起看，有种岷山与秦岭过渡地带山水的气象。他的牙齿很好，洁白又大颗，看起有铮铮的感觉。他的眼眶很深，藏着海子，透出灵魂的光泽。他站在墙根，见了我笑嘻嘻的。我给他拍照，他不躲，也不摆姿势，自自然然的，也是堂堂正正的。

　　他旁边站着个女人，也拍到镜头里了。女人个矮，相貌与腰身都不好看，感觉与他堂堂的仪表不配。我把他叫到一边，单独给他拍照。

　　我和蒋骥在寨子上面的荞麦地里拍荞花。一小片荞花，开得正艳，隔着石墙和栅栏看，就像单纯的欢愉。开了柴门进去近距离拍、微距拍，像是在裁一块翡翠。

　　要是我和蒋不拍荞花，或是拍了荞花不在路口拍抹地全景，我们就碰不到杨水泉。就是拍了抹地全景，没有措么走出来，不去措么家拍措么穿白马人衣裳，我们也碰不到杨水泉。他背着背篼，跟媳妇去地里。而今想来，我们跟杨水泉也真有缘。

　　抹地也是一个避世的白马人寨子，在离白河四五公里的一个山坳里，现在有柏油路通到外面，过去只有羊肠小道。山坳也不像别的山坳，可以从外面循了溪河去。不说有白马峪河、汤珠河那样的溪河，就是羊峒河、甲勿河那样的小河沟也没有。我们的汽车盘山绕过一堆崩塌的山石，这才看见一道不深的山谷，抹地就在山谷的尽头，像块补丁。

抹地是个大寨。从屋顶看出，从溪边到山脚层层叠叠一片，像座城池。空气中可以闻到古老的气味，由老墙、老房子弥漫而出。从剥脱的墙皮和磨得溜光的铺路石，以及屋檐下大人小孩脸上的表情，可以看见蠕动的时间。

抹地有多少年，说不清。抹地最年长的老人也说不清，村支书从柜子里拿出的上百年的曹盖也说不清。没有家谱，更没有村志，看考古说不说得清。我想这样的古寨有一个渐进。壮大的渐进，衰落的渐进，中间是否遇到屠寨亦不可考。它这样隐秘，想必一直都是幸运的，偶尔窜进来几个兵匪也不是抹地人的对手。在很长一个时间段，抹地都是安静的，风俗是早先从别处带进来的，文明相对稳定，与别处白马人的交往也是稳定的。在这个时段里，抹地处于一种不变的状态，世代繁衍、更替，外在看不见变化，基因内部也看不见变化。

变化发生在汉人西渐、吐蕃东渐的历史背景下。对于抹地人，对于整个白马人，属于不可抗力。从抵抗到接纳与融合，抹地自然有过改变；但改变也是有限的，融合也是改变与消泯，在融合吐蕃与汉文明的同时也改变了汉文明与吐蕃文明。

走在老寨深巷，我能感觉到一种民族与历史沉淀的东西汇聚在我的四周，接触到我的肌肤。它是黑色的，又是古铜色的，有苦味也有甘甜，像是一部史诗的韵脚。

白林托人叫我们去村支书家看曹盖，而我舍不得杨水泉。他刚出现，在白花花的阳光下呈现出一口老井的模样、一个灵魂的影子。我想尝一口井水的味道，摸一摸灵魂的质地。

措么换下了皱巴巴的裹裹裙，站在院口目送我们离去，愁兮兮的样子也像是不舍。她七十八岁了，还那么忧愁，年轻时一定是个多愁善感的姑娘。她长得像尼苏，气质也像，她与尼苏年龄相仿，原本就是一棵树开过的两朵花。

看见我们走，杨水泉也不去地里了，背着背篼跟着我们往回走。他老婆也跟着走，并不拽他回去。

"我们家就在坎下，你们去看了跟到下来，我在家里等你们！"走到一个岔路口，杨水泉说。

我看了一眼岔路，下去是个院门。我没想到，半个小时后，我会在院里见识到抹地的灵魂。

杨水泉没有在家里等我们，他不甘寂寞，搁下背篼便又撵到村支书家里来了。村支书穿着皮夹克，坐在阶沿上一个小板凳上，一边抽烟一边剪指甲，毫不在意摆在他面前的九个曹盖和一副金刚降魔杵。我们见了则如获至宝，翻来覆去地看，翻来覆去地拍，还伸手去摸。

每个曹盖都上百年了，做工和漆工比我在苗州、英格和安乐看见的都要好。我微距拍了狮头、龙头、羊头以及鹰头的图案。件件都是艺术作品，呈现出旧时抹地人安静、自信的内心——匠心是其次。雕一个面具戴在头上跳，一边跳一边念咒语，神力便显现出来。这也是创造，说有就有，邪恶被驱逐，寨子里每个人连同牛羊青稞都得到庇护。

问到曹盖和跳曹盖，村支书说不清楚，杨水泉懒得说，自个儿戴起曹盖跳起来。开始他没有穿那身衣裳，后来穿了。他戴的是个狮头，鲜红的舌头吐出来很吓人。

一边啃着抹地的苹果，一边看杨水泉跳曹盖。苹果不管干不干净，都不能擦洗，这也是神的旨意，神就在苹果上。我偷偷在牛仔裤上擦了擦，一口啃下半块，苹果汁和着口水流在了地上。

这是什么跳法？从阶沿跳到堂屋，戴着面具穿着戏装，一个人独舞，自由得像风像灵魂，跟我在白马路看见的跳法截然不同。自由倒是自由，但没有夺补河的白马人跳得正宗、庄重，借鉴了汉族端公跳神的很多动作。

蒋从一开始就在摄像，想必杨水泉跳曹盖的每个动作都被他拍下了。我看得入神，竟忘了拍照。

没有人叫杨水泉跳，他是主动跳的，他不为什么，只是想跳。我不知道杨水泉在抹地是个什么角色，在现实中是个什么角色，在跳曹盖的人里又是个什么角色，但我感觉得到他的自由。洋溢着激情的自由，还有表演欲望。他首先懂，懂曹盖、懂伫舞、懂自己血的流向和温度，懂伫舞每个细节的美；然后才是爱，爱这样的形式、这样的环境与气氛，爱这样的时刻与阳光。我甚至觉得杨水泉是有打算的，从他遇见我们，看见我们的摄像机，知道我们在采访曹盖和伫舞，就"预谋"着为我们跳伫舞。他把跳伫舞当成了一个作品来做，把后来的访问也当成了一个作品。

他是大师。他完成得很好，从出场到收场，都是大手笔。

杨水泉从阶沿上跳到了堂屋。蒋追着拍他。没有粉丝追捧，也不带任何政治和经济目的，杨水泉却跳得有滋有味、舞得有滋有味，用抹地方言说，叫"跳得中是劲"。没有抹地人进堂屋来看，他们都在外面啃苹果，或许在他们看来，杨水泉不过是"猴跳圈"，猴跳三遍没人看了。然而，在我和蒋眼里，他是大师，虽说少了点神圣多了点轻曼，但很见内功，呈现了白马人部族遗落的灵魂。

抹地民居受陇南民居的影响，都是独立的小院。院墙、院门颇为讲究，匾额和对联都是汉式的。

杨水泉家的小院建在台地上，是个长条形，正房和偏房成"7"字形，南面院墙借了前面人家的后墙。

下午三点钟的光景。太阳褪去了先前的白，照在地上有金属的质地。杨水泉坐在偏房屋檐下的一截方木上边弹琵琶边唱南坪民歌《采花》。民歌本身不长，但反复弹唱，足足弹唱了七分半钟。他唱得很投入，嗓子扯见了血，除了蒋架在他面前的摄像机，没有人打扰他，我们都远远地坐在正房的阶沿上和院坝里。

看得出，杨水泉爱这一行。弹啊唱啊，跳啊舞啊，都是他乐于做的。他靠墙坐在木头上，打着白布绑腿，抱着一把朱红的琵琶，唱得清鼻涕长淌。我看他唱，埋头不看他、听他唱，拍他，视线又越过他背后的屋顶、屋顶后的山脊去看天空——太阳不时与白云交会，金光四射。

我边听边思量着、揣摩着杨水泉歌声里的东西。他在单纯地唱别人，还是也在唱自己？他仅仅是投入，把自己交给了民歌，还是借了民歌在释怀？我早看出他有表演的成分，但都是外在的、形式的，他内在的是在释怀，也是在演绎先辈们的情思。这样说吧，杨水泉的歌声是血流的声音，血不只在他的血管里流响，也在先辈们的血管里流响。

琵琶弹唱《采花》不是高潮，也不是杨水泉作品的尾声，他还在发挥、还在创造。

杨水泉有点感冒，弹唱中偶有咳嗽和吐痰，但一点不影响弹唱的效果，反倒显得逼真。人的弹唱，人的表演，人性的滴淌，就像我们头天在苗州看见的从踏板儿房的檐口漫下的雨水。太阳从云的裂隙射出，在杨水泉的头上形成一道光环，与我在冥冥之中看见的从杨水泉身上发出的光芒交织在一起，以光的形式，以声音的形式。

杨水泉的弹唱里有北方的东西。有风，有黄土塬和瓦砾，它是干燥疏朗的，但也硌人，缺乏滋养，跟随后他女人唱的《些介秋》大不同。

我要杨水泉唱一曲白马人的老歌，他唱了酒曲子，边弹边唱，欢喜的酒曲子也带哭腔。头天在苗州听酒曲子，第一次听出了秦腔的调调。古时氐羌人就生活在秦地，说不定秦腔就是他们遗落的麦穗。现在听杨水泉唱酒曲子，我又听出了秦腔。他弹唱的时候，摄像机一直在拍他，他根本没有注意到。

杨水泉的女人叫杨狗汝，是从汤珠河左岸的罗依嫁过来的，长着两只立目，面相很特别，但一点不觉得凶，反觉得安详。就我的观察，无论杨水泉说什么做什么，她都不干涉，她从来不在自己的男人面前高打一掌。

杨水泉唱罢，我们又请杨狗汝唱。单独唱或是跟她男人合唱。她没有扭捏，换上白马人的裹裹裙，戴上毡帽，走过去坐在杨水泉旁边。她戴的毡帽跟白马路的白马人戴的毡帽不一样。

不是夫唱妇随，是妇唱夫随。杨狗汝的嗓子绝好，声音很干净，极具穿透力，有雪山和溪流的质地，是我在平武夺补河听见的白马女人的嗓子。汤珠河与夺补河一山之隔，罗依的白马人与白马路的白马人更接近，他们的生活环境和习俗也更接近。听杨狗汝唱歌，我脑海里呈现的是夺补河的山水。

唱完歌，杨水泉搁下琵琶，坐过来跟我们聊天，他女人走过来站在他身后。他真是个人才，跳得唱得，说得笑得。他一说一笑，扯着脸上黑红的肉，有孩子气，也有戏子气。他憨憨的、傻傻的，从不回避什么，没有一点装，展露给我们的全是逼真。脸上的红肉逼真，皱眉或者咬牙的样子逼真，两鬓的白发和下颔的白胡茬逼真，乐起来和怄起来逼真……他就是这样一个人，像一棵路边的红桦树，任人打量、抚摸和仰望，任人剥去皮，他都一如既往地真实。美也真实丑也真实，受伤也真实欢愉也真实。

他讲到他的身世：自小穷苦，父母离异，跟后爹过，一天书没念，苦吃多了便不晓得啥是吃苦。说麻木也是，说苦中寻乐也是。人在成长，好奇总是有的，快乐总是有的，青春期懵懂的冲动总是有的。我问他这大半生最幸福的事，他说的不是洞房花烛夜，不是一个人吃一碗半肥半瘦的腊肉块子，也不是喝酒唱酒曲子，他说的是十三四岁和年龄相仿的女娃子在坡上按跤子，按到肚子饿也不回去吃饭，按到太阳落也不回去睡觉。说过，他打着哈哈，超级开心。他的女人在旁边听。

我有些纳闷，这么个白马人家的苦孩子，为啥没有心理的阴影？说是无知无畏也讲不走。他没读一天书，大字不识一个，但未必就无知。就算他懂的不多，他感觉、感触的可多。看他弹琴唱歌，看他跳伫舞，他是极为敏感和感性的，他用直觉与世界对话、与自己的内心对话，使不上书本上的东西。看他跳伫舞，看他弹琴唱歌，便知道一个看上去粗糙的人内心表达有多细腻。眉头表达的，嘴巴和牙齿表达的，眯成缝儿的眼睛表达的，包括脸上不同部位的肌肉表达的，包括衣襟上的布疙瘩纽扣和紧扎的绑腿表达的……太生动了，太具感染力了。不单是身体做出的，也不是可以靠表演完成的，它是天生的、有灵魂的。灵魂是氨基，他就是羧基，以一种分子结合的形式存在。不单是他个人的灵魂，也是抹地的灵魂、白马人的灵魂。

有人说杨水泉没念过一天书便如此优秀，要是读了书更不得了。我的看法恰恰相反，没读书才留住了他的才华，读了书很可能就毁了。

我问到杨水泉更多的经历（家庭、婚姻、经济、酒量），他笑呵呵地一一讲给我。日子过得苦，心头却没一点苦，仿佛讲述中的那个苦孩子、苦小伙儿不是自己，是别人，跟杨水泉一点关系都没有。又讲到十三四岁和女娃子在坡上按跤子，他笑得很粗狂，笑声像是狮子吼，还拌着嘴。这是什么魅力？十三四岁，男孩女孩，懵懂的狮子，神秘超过了抹地地表最复杂的径流。

杨水泉有多纯真！五十五岁了，社会、时代、政治这些外部的东西并没有改变他。一个山民，一个白马人，心里、血液里只有山的东西，只有天空和大地的东西，还有就是伫舞、琵琶和酒曲子，还有就是艺术——也不是艺术，是天性，杨水泉是一河水，不过是要借艺术这条河床奔流而已。

问起他的酒量，杨水泉便拿出酒给我们喝。他喝他孩子从内蒙古买回的盒装酒，给我们喝的是他自酿的土灶酒。

几杯酒下肚，杨水泉又要给我们一一唱歌、敬酒。先唱给白林，他们刚认了亲戚。我把他给白林唱歌的情景拍了下来。他闭着眼睛，身子后仰，自己先陶醉了。然后给我敬、给我唱。连不喝酒的司机也给敬唱了。给我唱敬酒歌的时候，我有点不敢看他，情是横溢出来的，让我不敢当。我本能地将视线移到西天的云朵，又一次看见了穿过云层的阳光。那一刻，我意识到了永恒。

要走了。和杨水泉作别，和抹地作别。我抱了他。我没有寻找，我遇见了，这么爱。

注：

从抹地回来，我一直记得那个寨子，记得那个院子、那个人、那张脸、那个声音。它们是从抹地的泥土里、岩缝里长出的，它们有古代氏人的基因和叶子，也有吐蕃人和汉人的基因和叶子。它们是鲜活的，就像后山的花荞和寨子里的梨，有一天干枯了，变成符号，但只要加水一发，又会变得鲜活。

杨水泉有个藏名，叫杨德珠修，不过我还是喜欢杨水泉这个名字，觉得这个名字与他的气息、气质和人品很配。叫他杨德珠修，总觉得叫的是另外一个人。

前前后后耽搁了他两个小时，我觉得很愧疚，人家原本是去地里干活的。走的时候，我想拿点钱给他买酒，又没有拿出手，我怕引起在场的乡亲误会。征求白林的意见，他也有这个顾忌，他说他找个机会专门来看杨水泉。

下午的上草地

车停在溪边桥头。下车首先看的是山——山脚、山坡、山巅，视线停在山巅。三面环山，一个封闭的环境，是个世外桃源。看山的时候我就在想，这山势、海拔、房舍、作物，类似于夺补河的白马路。三山夹两溪，烘托出一种万古的气氛。

过了桥，往溪坝走，溪水、树木、土路及土路两边的木栅和田地都清清静静，地里收玉米的人也清清静静。我停住，睁着眼睛听，清静并不是细腻平滑的，也有粗糙的地方，像微澜，像柏油路面的粗料。林子里的鸟叫得很远、很隐，但还是把清静啄破了。还有溪声和鸡鸣。

我先看的溪坝的房舍。隔着三五个台地，集中散布在两溪间的冲积带上，有老核桃树掩映。台地呈扇状分布，房舍也呈扇状分布，是边缘农业的面貌。深秋的衰景，加上阴郁的天光，也有种挽歌的调子。想必早先这儿没有农耕，夹在两溪间的坝子是一片草地，白马人从外面进来放牧，取了这个名字。

上草地的出产不错，核桃树都长成神树了，估计几百年的都有。我拍了一棵，在一户人家的菜地里。

寨子是空寨，房屋大多还是好的，虽然地震后修了新区，很多都搬下去了，但还没有绝人烟。偶尔看得见一个人背着手在路上，一个人拿了镰刀在地里。房子当头停着拖拉机，正在下玉米。

上草地的寂静是可以触摸到的，像鬼毛针扎在指拇蛋蛋上，能挑起神经。但不同于我在扎尕那捕捉到的寂静，扎尕那的寂静无边界。地上无边界，天空也无边界，空气的湿度也不同。上草地的寂静有山的阻隔，又有水的疏通，有森林的遮蔽，又有人间烟火的气味，空气的湿度大，寂静是黏糊的，飘浮着各种成熟的果子的味道。

为了拍到上草地在清末民初收集的一对大熊猫脑壳，小苑乡长带我们去了寨口的一户人家。见到人，我们没有直说我们要拍大熊猫脑壳，而是遛着弯子问寒问暖。

收藏大熊猫脑壳的人叫杨九保，小苑乡长熟。老杨今年七十九，身体不好，黄皮寡瘦的，杵着拐杖从老屋出来，风都吹得倒。老杨在老房子的燕儿窝街沿坐下，小苑乡长从堂屋搬出凳子给我们坐。我跟小苑乡长在蒋骥的摄像机前采访老杨，始终与老杨保持着距离——老杨瘦得嘴皮子包不住牙齿了，牙床外露，牙床、牙齿上起了一层蓝色的污垢，又刚吃过饭，说话时嘴里不住地喷饭。小苑乡长说的多是工作，包括工作中的疏忽与失误。我问的多是旧事。

在下草地就听小苑乡长说，熊猫舞是草地乡独有的，起源于上草地。面前这位说话喷饭的老人就是熊猫舞的传承人。从他祖上传承下来，也不知到他是第几代。夺补河的白马人跳猫猫舞，不知道猫猫舞是不是熊猫舞。

上草地的人早先跳熊猫舞，只是模仿熊猫的动作——洗脸、喝水、掰竹子吃竹子、按跤子……并不把自己打扮成熊猫。后来把自己打扮成熊猫，也只是戴个用木头砍的假熊猫脑壳。自从有了这对真熊猫脑壳，跳熊猫舞时领头的两个人便戴真熊猫脑壳了。

真熊猫脑壳是杨九保家祖传的，乡上时不时会借去跳舞或展示，乡上的人也会时不时带了外面的人来看、来拍照。有时答应给点租金，或者答应安排老杨家的人进展演队，但最终没有给，承诺也没有兑现。见我们又去，老杨有些怨愤，小苑乡长一再解释一再道歉，这才露出笑容。我知道乡上干部的作风——过豁、过哄、过骗、过拖，所以很同情老杨。老杨很不幸，有点出息的大儿子十多年前出车祸死了，剩下的儿女都没出息。我理解老杨的怨愤，真熊猫脑壳是别人祖传的，乡上借用就该给租金，过年过节跳熊猫舞用了村上也该给租金，借东西时答应别人的事就该给别人兑现，不该东西用过就把别人水了。

杨九保的妻子偏胖，身体也不好，走平路都气喘，一提起大儿子就哭。她说好多年了，一记起就在她眼睛前头晃。

杨九保家有两栋房子，我们去的是老屋。走的时候，我走到门槛前朝屋里打量，陈设都是汉式的——神龛和神龛上"天地国亲师位"（原先的"君"改成了"国"）的牌位。地平是泥巴的，坑坑洼洼，椽子、檩子、楼嵌、篱壁都熏得黢黑，看上去好久没住人了。"老鼠多得很，一颗粮食都不敢放，啥子办法都想焦了。"杨九保说，嘴里又喷出一粒饭。

新房子是砖木结构的，大门开着，没有神龛，贴着主席像。靠窗一方搭着沙发、木桌和长凳，看上去邋里邋遢的。杨九保瘸着腿进去，弯下腰揭开主席像下面的一口木柜，小苑乡长进去帮忙被他挡住了。老杨从木柜里取出两个长毛焦黄的熊猫脑壳，小苑乡长伸手帮他，他把两个脑壳拿得远远的，不让小苑乡长碰。

杨九保把两个熊猫脑壳搁在门槛外面的水泥地上，躬着脊背摆好。这对脑壳长着长毛，毛发焦黄，不过原本黑的地方还是黑的，从黑的毛发和两个深眼窝子还能看出是大熊猫。蒋对着熊猫脑壳摄像，我拍了照（合拍，分拍，局部拍）。一对深眼窝子还有感觉，交错的长牙也有感觉。有一瞬，我想到这对大熊猫活着的样子，从雪窖下到溪边喝水的样子，即使冷得发抖，也憨态可掬。不晓得是清代哪一年、民初哪一年，后山的森林还是今天的样子，溪河走的路线也是今天的路线，房背上的炊烟也是今天的味道，这对年轻的熊猫从雪窖下来喝水，它们把水喝多了，胀死了。老杨说，他听前辈说过，熊猫都是喝水喝多了胀死的，他十来岁的时候亲眼看见过。"我老祖宗捡的这两个熊猫，也是喝水胀死的。"老杨指着地上的两个熊猫脑壳说。

杨九保是见过世面的人，早年当队长、大队书记，再早当过兵，去马尔康、黑水剿过匪。他是既见过猪跑，又吃过猪肉的人。老杨的父亲捆歇儿也见过世面，他被胡宗南的部队抓去当兵，在天水打仗受了伤才跑回家的。杨九保和他父亲的经历，差不多也是那个年代很多中国西部农民的经历——不分藏族汉族，自己并不想有那样的命运，但历史的吸附力要把他吸进去，要让他端一杆老套筒，在历史的硝烟中晃几晃，或者死去或者风光。老杨经历的，我也有记忆，至于他的爷爷辈，祖爷爷辈，我也能想象，鸦片、兵祸、匪患就是他们人生的布景。

"上草地这个地方，很早就是个种鸦片烟的地方。"杨九保说，"河坝里，山坡上，到处都种的是鸦片。汉人进来种鸦片，种一种就不走了，就修房子，或者挣到钱就买白马人的房子，生儿育女，把老家的人也带进来，这样就扎下根了。白马人可以跟他们做买卖，但不跟他们打亲家。白马人平常很少跟汉人打交道，他们汉人跟汉人打交道。"

杨九保说话的时候，我站起来转过身去看四面的山坡。现在退耕还林是荒芜，长满了树，但还看得出耕种过地的痕迹，一台台。河坝地还在耕种，荞麦刚刚收过，地里一片红，玉麦正在收。我想象种鸦片的情景，坡地、河坝地和汉人砍的火地，春苗一片绿，花开绚烂，以及割鸦片的季节弥漫在空气中的味道。

鸦片种植不只改变了上草地和上草地的白马人，也改变白马路、勿角、铁楼等所有岷山夹缝以及夹缝中的白马人。

大熊猫见过漫山遍野的鸦片吗？

清末民初的鸦片种植是汉族统治者对白马人的又一次骚扰与改变。

箭竹六七十年开一次花，开花即死。箭竹开花，熊猫会饿死。我不晓得，摆在我们面前的这对熊猫是喝水胀死的还是箭竹开花饿死的——会不会是箭竹开花快饿死了，又下河喝水胀死的？

我没有看见过白马人跳熊猫舞，我只能想象他们戴了真熊猫脑壳跳熊猫舞的情形，跟跳曹盖有相似的地方，也有不同的地方。曹盖舞偏重于祭祀，熊猫舞偏重于娱乐。熊猫舞的动作模仿大熊猫，也是白马人与大熊猫、与大自然最融洽、最美的结合。

"老一辈带了狗上山打猎，遇见熊猫，狗与熊猫逗乐、人与熊猫逗乐，竟然忘了打猎，在坡上看两只熊猫逗乐看了一整天，回来就在寨子教舞。"杨九保说，"后来跳来祭祀，以前跳熊猫舞寨子里还是有天灾人祸，死了很多人，后来戴了真熊猫脑壳跳，就风调雨顺了，就不死了。"

杨九保思维不是很清晰了，吐词不大清楚，但我能想见。或许没有那么灵的事，不过是巧合罢了。不过，跳熊猫舞的娱乐性是明摆的，过年过节的时候，除了跳曹盖跳火圈舞，上草地的人又多一个耍法。上草地的人在跳熊猫舞的过程中，慢慢接受了熊猫的某些本性。

从杨九保家院子里出来，我一个人在寨子里转悠。断壁残垣很多，满目衰景，空气里也是枯枝败叶的味道。我沿着机耕道穿过寨子，走到了寨子后面。后山郁郁葱葱，一派夏景，看得清一棵棵大树，跟寨子内部的衰景截然不同——移民搬迁没人砍树，还是原本就是神山从未砍伐过？

天色阴郁得均匀，和刚来比并无变化。阴郁是调好的色，涂在树上、玉米上、田埂地盖上、刚刚收割了荞麦的空地上、土路的泥泞上、房舍的断墙上……一色地均匀。

从寨子出来往溪边走，我感觉到这色也涂抹了我一身，鼻子眼窝都是，脖子上也是，心里也涂了一层。色里不只调和了天光、秋意、上草地的潮气和杨九保的话语，还调和了上草地的下午时光。

注：

去上草地之前，我们先到的下草地。下草地看不见草地，只有山林和农耕地。也看不见白马人，虽说土著都是白马人。小苑乡长接待我们，她带我们看了他们的展厅和传习所，叫人给我们吹了铜号、唱了酒曲子、跳了曹盖。小苑乡长脸和身子都长得圆润，声音和笑容也很圆润。展厅里有些老东西我很喜欢，比如坎肩、连袜鞋、裹腿、铜号、曹盖、钱匣子……在我看来它们不只是展品，也是白马人过去生活的见证，甚至是他们生命的一部分。摸的时候，我还能感觉出他们留下的温度。

两位马姓兄弟的印象很鲜明。特别是黑脸的哥哥，会弹琵琶会唱酒曲子，说话喝酒都很砍切。哥哥马唐生讲，白马人文化的传承在20世纪50年代断代了，脸壳子（曹盖）都是烧干净的，到了80年代才又开始做。这几年乡上成立了"非物质文化展演队"，在九寨沟沟口跳草地乡白马人的传统舞蹈熊猫舞和曹盖。马唐生说，他们20世纪八九十年代都还穿白马人的衣服，这十几年没穿了，穿民族服装麻烦。

马唐生告诉我们，这里的班姓都是从文县铁楼迁来的，而杨姓是从九寨沟外面的漳扎迁来的，马姓是从勿角的龙康迁来的。

马唐生说他们马家过去有块板子，上面记着马家的家谱，龙康半块草地半块，两个半块合起来是一个祖先，可惜"文革"时烧了。他还说白马人的酒曲子学问深得很，把自家的来龙去脉都唱清楚了。

我信马唐生的话。苗州人和抹地的沟里人也说他们是走九寨沟的扎如和荷叶迁来的。现在扎如、荷叶、漳扎住的都是藏人，这很容易得出苗州人、抹地人和下草地人是藏人的结论。其实未必，即使他们真是从这几处藏地来的，也很可能是在吐蕃东渐时被迫迁来的。

访问中我感触最深的是白马人普遍的失落。变革是大趋势，发展也好，异化也好，就像江河要涨水，谁也阻止不了。服装换了，语言变了，适者生存。过去的东西再好，把它们说上天，就是国宝级的非物质文化遗产，说失落也就失落了。变革与发展是白马人文化的癌症。

2015年5月17日，我又去了草地乡。见到九寨沟县白马人的"头人"杨代友。他的喜色和口齿既有民族性又有现代性。九寨沟县、文县在白马人文化研究与发扬方面做得好，非物质文化传承也做得好，平武在这方面着手较晚。看了跳熊猫舞跳曹盖，听了南坪曲子，吃了坝坝筵……感觉很热络，也很表面。

寨科桥印象

第一次到寨科桥也是深秋。汽车从鸹依坝过白河进白马峪河，萧条的河谷和灰暗的天空便开始修改与覆盖我对寨科桥的想象。还有五十里，我已经感觉到了寨科桥的气息。这之前，我一直想象白马峪河如夺补河，奔流在深切的峡谷中，或流淌在高山草甸和原始森林。见了才知道，白马峪河是农耕区，所见景象也都是农耕文明的。不是不喜欢农耕文明，桃花源那样的景象与气氛也喜欢，只是与想象的差距太大了。

汽车在蜿蜒的河谷前行，我在车里悄悄地看、静静地想。有的地段开阔，坝子大，梯田多，村寨颇有点规模；有的地段狭窄，崖对崖，只有一绺绺坡地，人户也是单家独户。熟透的农耕文明见出的是一种农耕的美。这美与自然融合，农耕给予它肉，自然给予它轮廓与骨骼，体现在依了地势所造的房屋和劈出的梯田上。有的房舍建在土塬上，古树掩映，真的像一朵花。

第一次来白马峪河，就晓得这条河的白马人是咋回事了——娴熟的农耕，超出了汉人的手艺，把一绺田一块地做成了艺术品；把一棵核桃树护了几百年，护成了神树。深秋天，收了玉米棒子没砍秸秆的河边地，割了苦荞留下茬的山坡地，黛色和红色，看上去也是艺术品。除了看见农耕的格局、面貌，还闻得到农业的气味，在深秋带一点凋敝的枯干的背景里，有种果蔬和淀粉的回甜。

这一次去寨科桥秋雨绵绵，白马峪河笼罩着雨雾，稍远一点便看不清。雨天，路滑，车开得慢。刚过去一年，五十里地的很多景子都还记得，白马峪河也跟记忆中一样温良，只是被秋雨淋湿了。四野迷茫，草木萧瑟，演武坪、小沟桥、软桥坡、铁楼、草河坝……一个个村寨依旧安安静静，形同空寨，农业的味道里多了潮气。

进入铁楼乡的地界，看见白马峪河上的廊桥，想起一年前在此错车下车拍照的情形，感觉如同昨日，唯一不同的是车里的人换了。

铁楼的海拔比勿角和白马路要低，地势平坦、多坝子，适宜于耕种，人口密度也要大很多。举目看见的都是农田，从一绺绺梯田一根根田埂可以看出农耕文明的悠久，白马人的血液早已在农耕中变得安静。我不曾在春夏来过白马峪河，不曾看过开花结果的农业之美，但我想象得到——满沟满山的绿，满沟满山的红和黄；梯田、河边地、山坡地的弧线裁剪出绿的轮廓，裁剪出红和黄的轮廓，裁剪出六月和九月的美。绿的是小麦、青稞、玉米，红的是开花的荞麦，黄的是油菜花。

不管这里的白马人是氐人后裔还是吐蕃遗种，汉文化，或者说农耕文化早已成为他们的命脉。路上我跟白林说，看白马峪河的地势，藏人是待不住的，他们喜欢放牧，喜欢有高山草甸的地方，就是来了也得走。藏人待不住，恰适宜于汉人待，白马峪河流域应该早就被汉人的东西浸染了。午间在草河坝访白马人文化的传承人曹福元，得知白马峪河果然是汉人多。不说靠近河口的小西元、干沟坪和新寨，就是在草河坝和寨科桥，汉人的人数都远远大于白马人。第一次来我就感觉到，这里虽然汉化早，但封闭、落后，外面现代的东西尚未大量涌入，特别是商业化的东西，比如采矿、修电站，地质、植被还没有遭到严重破坏。白马人文化与汉文化和平相处，汉文化也还是传统文化，在保护白马人文化方面，尚能起到绝缘的作用。

我觉得这是个非常有趣的问题——传统的汉文化（农耕文明）不再与白马人的民族文化相抵触、相碰撞或者彼此消耗，反倒对白马文化起到了保护作用。两种文化其实已经融在一起，你中有我，我中有你。不一定融得很匀净，甚至彼此都还未改变自己的本质。这种关系，也可以理解成玛瑙式的或者化石式的关系——彼此镶嵌，彼此相存。山那边夺补河的白马人在三十年前都还是很民族的，不只是穿戴，包括内在品质，比如价值认同、审美认同。然而，今天变了，不是渐变，是核变式的骤变。他们遇到了水电开发和旅游开发，遇到了洪水猛兽般的物欲的冲击，其间又缺乏汉人古老的农耕文明的缓冲和保护。

下午冒雨在寨科桥悠转，遇见十几个人正在维修一所基督教堂。他们是自发的，就像隔壁邻居修新房子去帮忙。

我们去教堂躲雨，见到牧师，才知道教堂是 20 世纪 80 年代修的，过去寨科桥并无基督教堂，也没有传教士和信徒。我是很希望早先有传教士和基督徒的，一百年前，很希望是外国人进来传教的，比约瑟夫·洛克到达迭部都还要早，那样传教士一定见过早先的白马人，记录和拍摄过白马人。可是，早先没有，20 世纪 80 年代之前没有。这个事实，将基督教文化进入寨科桥的时间大大延迟了。延迟了，但已经进入。在今天的寨科桥，汉人的人数已经占到了总人数的 70%，背着藏族名义的白马人生活在一个挤压的空间，就算有政府照顾，也将落到一种喘息的被异化（商业化）的田地。

寨科桥的雨一直下，滴滴答答，树是衰景，溪是枯景，秋的感觉很浓。稍远一点的山都笼罩在雨雾里，只看得见白马峪河两岸的房子和树木。雨雾中的寨科桥潮湿、泥泞，也空寂，除了簌簌的雨声，就是溪水流淌的声音。寨科桥的空寂也不同于扎尕那的空寂，倘若一刀切开，空寂里看得见青苔，看得见行动已经变得迟缓的蚯蚓和花蕊已经枯落的香莸草，没有扎尕那的空寂通透、干爽。

在教堂我们得知，白马人不参加教堂的修葺，只是信教的汉人参加，白马人也没有信教的。我听了，像是得了点安慰——如果白马人都信基督教了，我会难过死了。

过了寨科桥的桥，我们没进寨，而是顺着通村路往河谷走了一段。路下种了花草，有种规范的统一的美，想必是为了旅游做的绿化、美化，眼下却成了空寨，秋雨浇着，有种凄冷。

我想采访几位复旦大学现代人类学研究中心抽过血样的白马人，不知道寨科桥是否有。草河坝没有。打电话给乡上的小班，说寨科桥没有，取样都是在跌卜寨。想去跌卜寨，但雨天路滑，又是泥路，又是轿车，只好作罢。问一个出来收牛的女人，说到跌卜寨有十公里，步行要两个小时。我是在 2013 年第一次来寨科桥之前开始注意跌卜寨的，它是白马峪河最上游的一个寨子，从谷歌地图上看隐藏在老林边上，我还把它和甘南的迭部以及洛克联系起来过。我是很想去跌卜寨的，心到身体也得到，去走走、看看，嗅点气味也好。我甚至是这样想的，去到跌卜寨才算是到了铁楼，至于复旦大学取样调查的结果倒不是很重要。有一支人，住在深山里，没有历史，没有文字，也没有年代，他们的生存就像孱弱的孩子靠赤身紧贴母亲的胸乳才得以维持。他们的母亲就是岷山，就是大自然。

第一次来寨科桥有曹乡长陪同，过了寨科桥的桥就进了村子。没有进人家户坐，也没有跟寨子里的人攀谈。遇见一树结得繁盛的山梨，摘了一个吃，是小时候的味道。还遇到一棵老核桃树和一位背豆草的女人，我拍下了她歇气的样子。女人很健硕，穿着绣花坎肩，看上去一点不像白马人。核桃树很有型，被雷打过，烧焦的伤疤还没愈合。

这回，我们走进了路边的一户人家。厨房里冒着青烟，厨房门却上着锁。院子里空无一人，只有积水。我们正要离开，坎上新房子的大门开开一扇，露出一位老妪的脸，接着跑出两个半大孩子。看过当头的老房子，我们被请进新房的堂屋里坐。堂屋是客厅，也是火塘，火炉就搭在门背后。屋里除了老妪，还有一位抱孩子的少妇。我们坐在火炉边与她们谈了半个小时，东拉西扯，虽没文化含量，但我却喜欢这样的瞎诌。少妇肯说，不管怀里孩子如何拱、如何打她，都笑嘻嘻地望着我们、回答我们提的问题。她说她没读过书，没有一点见识，但看她染过的黄头发和身上穿的夹克、牛仔裤，就知道她是出过远门的。果然，结婚生孩子之前她在深圳、广州待过。

问及修葺教堂、信教，年轻女人说白马人没有一个信基督教，信基督教的都是汉人。白马人正月十五六祭山、跳池哥昼，汉人也不参加。我觉得这样很好，在白马峪河的源头河谷也有两个世界，汉人的世界是汉人的世界，白马人的世界是白马人的世界。两个世界就是两个种族、两种文化，却是一种生存方式——过去农耕，现在出外打工。两个世界挨着，彼此看得见，甚至彼此感觉得到体温，但并无交集，就像基因，各自都有自尊、自保的功效。

从人家户出来，天色向晚，雨还在下，我感觉空气里有一层纱。秋雨淅淅沥沥，有树的地方滴滴答答。寨子里看不见一个人，路上看不见一个人，寨科桥失去了时间感。

站在桥上，我突然想遇见一个人。他从白龙江下游昭化过来，或者走白河上游漳扎过来。他从鹄衣坝路过，看见了穿裹裹裙、戴白毡帽、插野鸡翎的白马人便跟了进来……我遇见他，也就遇见了时间的裂隙，遇见了寨科桥的过去和原初。他拉我跟他住下，跑跌卜寨，跑草坡山，继而翻黄土梁过勿角、过白马路，访问那里的白马人，给他们拍照，听他们说话，看他们作法、跳曹盖、跳圆圆舞。

注：

在《陇南白马人文化研究歌曲卷》读到白马人唱的《小丫小丫》。发掘于强曲村。歌词如下：

> 心想嫁到跌卜寨，老林边上人不爱；
> 心想嫁到阳尕山，獐鹿蚂蟥到处窜；
> 心想嫁到寨科桥，舀水的木瓢当神跳；
> 心想嫁到草坡山，陡坎陡岩树遮天；
> 心想嫁到枕头坝，燕麦面拌汤照得见天；
> 心想嫁到朱林坡，八个台子放蜂箱；
> 心想嫁到强曲里，地少人多吃不饱饭；
> 心想嫁到案板地，钻石缝的没出息；
> 心想嫁到入贡山，烟袋口袋拍屁股；
> 心想嫁到中岭山，秃子多来寨子乱；
> 心想嫁到立志山，山又高来风又大；
> 心想嫁到麦贡山，坝的是荞草盖的是毛水毯；
> 心想嫁到腰坪山，寨子小来汉人广。

从歌词可以看出白马峪河环境的艰苦和村寨的局限，亦可以看出白马女子出嫁的苦恼与无望。书中有曲谱，可惜我不会唱。原唱是班西亚、余林凯，看名字是男的。我觉得应该由女人来唱，最好是由刚出嫁的女人来唱，这样听来才有真情实感。当然，这是过去的真情实感，而今白马峪河的白马女子可以走出去了，亦可远嫁他乡。央视的耿萨便是一个。

探寻"采花"的白马人

　　我知道的有两个博峪。一个是甘南州舟曲县的博峪乡，一个是甘南州卓尼县的博峪村。两个博峪都是藏地，"博峪"一词自然就是藏语的音译了。在博峪乡，我问当地的"百科全书"金机灵，他说"博峪"就是"都博"。回来百度发现，"博峪"是藏语"body"的译音，"藏人故乡"的意思。博峪人自称"地哇（diewa）"人，意为吐蕃东征时从西藏昌都地区过来的军人。卓尼的博峪，因发生刺杀卓尼土司杨积庆的"博峪事变"而知名。两地相隔遥远，当地藏人是不是也为"地哇人"不得而知，但旧时同为杨土司的辖地则是事实。

　　我去博峪乡是寻找白马人。博峪乡与九寨沟一山之隔，九寨沟诗人白林去过，说那里住着白马人。我只知道文县铁楼有白马人，南坪勿角、马家、草地有白马人，平武火溪河、白马路、黄羊关有白马人。现在多出一个博峪，当然想去看看。吸引我去的还有传说中的"采花"——白马人的"采花"，会是怎样一种风俗、一种景象？五月端午，百花盛开，博峪河会不会像我见过的益哇河清澈？曲玛、恰路、然赞寨子会不会像扎尕那一样美？

　　我错过了"采花"。或许是有意的。我想象得到政府主办的节庆有多变味，许多淳朴的民俗都沦为了宣传。而我要的是白马人真实的生活。

　　深秋十月，白林从成都回九寨，我随他匆忙上路。红叶已经红过，夺补河、汤珠河、白河到处是晚秋的衰景。想必博峪河也一样，迥异于农历五月的盛春。好在我不是去看"采花"，我是去寻找失散的白马人的。

　　我愿意相信涪江上游、白河往日都住着白马人，它们的各条支流也住着白马人。支流的支流，大小溪河溪沟都住着白马人。摩天岭—黄土梁是中心。白河的右岸汤珠河、草地河和白马峪河，有勿角、马家、罗依、草地、铁楼白马人；白河的左岸安乐河、抹地沟、博峪河，有安乐、抹地、博峪白马人。我愿意相信，白马人是一支有别于藏人的独特的人。我的眼前甚至呈现出白马人分窜山谷的场景，从川西平原进山，从岷江、涪江、白龙江进来，像动漫一样，千百年缩影为一瞬，进驻白马峪河、博峪河、草地河、汤珠河、夺补河、黄羊河……同时，另一动漫也再现：汉人西渐，吐蕃东渐，或鲸吞，或蚕食，白马人的地盘不断缩小，白马人的人口不断减少……

从南坪老城驱车博峪乡，途经九寨沟县的双河乡和郭元乡、文县的石鸡坝乡和中寨乡。这些乡都住着汉人、秦人和蜀人，以及半汉化的回民。应该也有汉化的白马人。南坪县城、文县县城也是如此：早先是白马城，然后是汉人城、吐蕃城，今天是现代城。白河封闭，当地人传统积淀深厚，外面的风很难吹开他们心里的情结。不说白马人，就是看见的汉人身上都有着浓郁的秦陇影子。那种沉默，那种看人的眼神，那种慢和安静，还是千年前的。就不说在蜀地早已消失的头帕和裹腿了。这些古朴的东西，白马人身上也有，它们是农耕文明的涵养。

秦陇之地，不仅人有秦陇味儿，地也有秦陇风。沿白河而下，进入陇地便可看见、感觉。河谷两岸，近山远山，再无蜀山的繁茂葱茏，空气再无蜀地的潮湿——苍凉出来了。当地人琵琶弹唱的正是这种苍凉，只是这苍凉不及秦地，不及黄土高原，所以琵琶弹唱出的苍凉还是淡淡的，尚存一丝浪漫，没有秦腔透出的黄泥浆浆的悲怆。

苍凉首先是泥土的，然后才是人的，看一眼泥土眼眶里就有泪。人是泥土做的，灰头土脑却不乏悲悯，苍凉便上升为一种审美。

在石鸡坝，从博峪乡流出的河叫安昌河，到了中寨叫中路河，过永和乡进入博峪便叫博峪河了。看得出，安昌河或者中路河河谷，农耕文明早，河谷已显疲倦，河谷本身的野性早已不见，呈现在眼前的完全是陇地风情。打开车窗，空气里也难得闻到山野的气息，农耕气息里最多有一点回民的牛羊味。在石鸡坝和中寨，实在看不见一点藏地风情，也嗅不到一点藏地气味。可见秦陇文化对白河流域的教化不是近代才发生的，应该在吐蕃东渐之前就开始了，它扎根太深，以至于来自青藏高原的马蹄也没能改变它的本质。

一条河谷，分属两省三县，沿途看见的、感觉到的是多种不同的风土人情。白马人是什么时候进入这条河谷的？藏人又是什么时候抵达的？照理，他们得穿越我们看见的石鸡坝和中寨才能进入博峪的大山。属于甘肃省文县的石鸡坝和中寨，是农耕，居民为汉民和回民，文化属秦陇文化；属于四川省九寨沟县的永和乡，是农耕和半农耕，居民为汉民和汉化的藏民，文化复杂，秦陇文化显弱；属于甘肃省舟曲县的博峪乡，也是农耕和半农耕，居民是汉化的藏民，藏地风情尚浓，只有部分民居体还有一点秦陇文化的影子。

一条河谷，原本可以属于一个人的领地，属于一个地方政权，但因为不同的历史渊源，便出现了今天的状况。博峪人求得卓尼杨土司的保护，属于甘南；永和人求得松潘土司的保护，属于南坪；中寨、石鸡坝历史上是文县的地盘，属于文县。

车过中寨乡，由秦岭余脉进到岷山峡谷，眼前呈现出我在夺补河、虎牙河、汤珠河以及卓尼的大峪沟见到的地质地貌。峰回路转，谷峡山高，河畔和山腰的寨子也都似曾相识，有种朴拙的僻野的美，再无秦陇文明的影子。但也有遗憾，也有欠缺——人口密度还是大了，农耕还是过分了，河谷两岸坡度稍小的山坡都是耕地……所见地理、人文皆与我之前的想象有出入。我想象一个采花的藏乡皆为野地。野山野水，加藏地风情，民居是踏板房而非砖房，寨子是扎尕那和苗州的样子，有草甸，有海子，姑娘们一个个像麂子鹿子，又清纯又灵性，有高山白杨的婆娑和感染力……然而我看见的不是这样，稍有一点平地都修了房子，稍有一点坡地都建了寨子，半山以下都是耕地，无处可寻我想象中的"采花"。

已经到了博峪乡，感觉却是还没到。但的的确确是博峪乡。乡政府的楼院是真实的，文书王超是真实的。单看乡政府所在吉也囊村，也找不到采花乡的感觉，只有仰望对岸山巅扑了初雪的森林，才能发现一点在别处看见的岷山之美。

我不甘心，想去博峪河上源看看。王文书说上源有个曲玛村，美得很。曲玛是藏语"河源"的意思。

车行十五公里，到了曲玛村。路经欧南、然赞、然益村。林区小道，美是美了点，但红叶已过，显得干燥衰败。河滩多处被开挖，山林也不及汤珠河、夺补河、大峪沟原生态。王文书口称美得很的曲玛村也只是路边的一个自然村，地势、布局压根儿无法与我熟悉的下壳子、扒西家、苗州和抹地相比，更别说扎尕那了。美得很的不是村子，不是耕地，而是山巅的初雪，和扑了初雪的老林。

曲玛村不是白马人的村子。

回到吉也囊村访金乡长的父亲金机灵。黑瘦黑瘦的一个人，真的很机灵，做过教师、售货员、广播员、财税员……听他讲博峪乡的历史传说，觉得他就是百科全书。百科全书扑了灰，我们一边翻一边掸灰，读到歪歪斜斜几行字。

刚到博峪乡就听王文书说，博峪乡的藏人大多不是白马人，只有恰路一个村的是白马人。王文书的话打破了我到博峪寻找一个乡的白马人的梦想。来之前我真以为博峪乡是一个不为人知的白马藏族乡，网上也说博峪乡四千藏人都是白马藏人。现在才知道，博峪乡十五个村，只有恰路一个村的是白马人。

只有一个白马人村，失望是难免的，但还不至于绝望——也算没有白跑一趟。老金说了，恰路村的的确确是白马人，整个村都是白马人。这看似一个谜，其实不算谜，因为恰路村的白马人知道他们是从文县铁楼过来的。如果要说谜，那便是他们迁往博峪的时间和缘由了。缘由可以揣测，躲兵匪，找活路。大凡也是这样。时间无法确定，但不会太久远，因为他们至今还与铁楼的白马人有往来，男子娶铁楼的女子，女子嫁铁楼的男子。

恰路村在乡政府下面几公里处、博峪河右岸恰路沟的上源，驱车进去并不很远，但海拔抬升很快。恰路沟有高仁囊、格日隆和恰路三个自然村，恰路在最上源。

下午两点三十分，我们出现在了恰路村。没有好特别的地方，房子、院子、溪河都说不上美。说得上美的只有云雾笼罩、秋意流溢的后山，还有就是恰路人展示给我们的白马人服装。

寂静是诗意，它暗示的是时间。钢筋水泥的运用解决了恰路的实际困难，包括新建的河堤，但也破坏了一个高海拔山寨的美。溪水清澈，浪花细白，云雾压得很低，时间有了形。

我找到了白马人的寨子恰路，却没看见几个白马人。想一个人在寨子里走一走，看一看恰路的样子，嗅一嗅恰路的气味，最好能遇见一个年长者，听他说话，问他几个问题……然而，我们一下车便跟老金走进了路边的一户人家。木楼、小院、砖墙，不是纯正的白马人民居，是山地民居与陇南民居的结合。进屋坐，看屋里的陈设，也都是当下汉式的。看吊牌才知道是村支书的家兼村支部办公室。普天之下皆皇土。就是这种感觉。在敦煌阳关的一绺绿洲上，也有这种感觉。

主人家不在，老金喊去了。火炉里有火，但感觉不到热气。王文书和老金都说了，恰路的白马人刚从铁楼过来那阵，并不都住在恰路，很多都分散住在各个藏寨，是后来才集中到恰路的。他们主要姓余、姓班。我知道，是基因在决定他们的行为。他们团结，保持着固有的风俗习惯，不与包括藏人在内的外族通婚。这是一种风俗，也是一种信仰。尽管不在夺补河、白马峪河、汤珠河那样的白马人聚居区，到了一个陌生地，生活在汉人和藏人的夹缝里，但他们依然以血脉为纽带，抱成一团。正是这样的风俗和信仰，把白马人和藏人区分了开来。独特的民族心理赋予了白马人更多的悬念与神秘。

主人家回来了。一个高个子妇女，宽皮大脸，穿着皮夹克、牛仔裤，打着绑腿，很年轻，很健壮。我不知道她的身份，想必是支书媳妇。她说话的口音有很浓的陇南味儿，我很难听懂，好在有老金翻译。我希望她也叫嘎尼早或者如门早（意为闪亮的海子或者开满杜鹃花的海子），可是她不叫，她只有汉名，没有白马名。我多少感觉有点遗憾，但想到铁楼没有海子，或许恰路也没有，便也理解了。在一个没有海子的地方待久了，把祖辈承传下来的有关海子的记忆给淡忘了。

恰路白马人的服装和夺补河、铁楼白马人的大致相同。女主人一样样拿出来给我们看。先拿的马甲，样式与夺补河白马人的马甲相似，但镶花有别。夺补河白马人马甲上的图案多为简化的几何符号，稍显抽象，或许是到了"采花"之乡的缘故，恰路白马人马甲上的图案丰富而具象，有浓郁的生活气息。我还发现，恰路白马人的马甲有长有短，长的过臀，并镶有串珠金须，图案和花边都显得极为美艳。

之后是花腰带。与夺补河、汤珠河相同，均为手工纺织。拴法是否一样，无法亲眼见识。夺补河的白马妇女拴花腰带是要饰以小钱串的。

我们还看了长衣。女装男装，均为裹裹裙。与夺补河、汤珠河及白马峪河的白马人长衣一样，分夏装和冬装。男装简明，大白中镶以红黑边，镶边都在领袖和下摆。

简明的白色男装像男人的时间，就劳作、抽烟、喝酒、唱歌几条粗线，夜晚和女人偏爱的颜色都拿不上桌面。男人的时间也是男人的美学，没有任何的隐喻和曲笔，简明大白。

女主人拿出几顶崭新的毡帽给我们看，男式的女式的都有，正是我带凤凰卫视在夺补河索谷修寨拍摄过的岳忠波老人擀的那种——帽檐为荷叶边，配以红线和珠串。与白马路和平武县城白马人戴的也一样，白鸡毛的插法也一样。我摸了摸，有几顶还是湿的，想必刚完工不久，还没有戴过一回。

支书家的白马人服装洗得干干净净，收捡得很好，也算是珍藏。也由此可看出不常穿戴。铁楼、草地、勿角的白马人平时已不穿自己民族的服装，但家家户户都有，只在过年过节时穿。夺补河的白马人还穿，特别是妇女，到了平武县城也穿，一直是一道风景。

收拾好服装，过年过节穿，也算是没忘记本，像是一个血脉或文化承传的隐喻。

老金带来一位老者，夹袄长裤裹腿腿，戴一顶蓝色的遮檐帽，也不穿民族服装，面色红润，见人笑呵呵的。

坐下聊天，便知道老者叫班玉清，今年七十五岁，是村支书的父亲。七十五不老，看上去也不老，一口牙齿完整而牢实，估计吃肉喝酒我们都不是对手。坐近了跟班大爷聊天，感觉到的是一棵大树的气息，皮厚骨坚，年辰久是久了点，但不老，只是气味浓——楠木的气味，老酒树的气味，冷杉和红松的气味……很丰富，时间和阳光熬出的，完全是岷山的质地。

谈话间，我不时将目光停在班大爷脸上，他不回避。他有一张扁平的圆盘式脸，像蒙古人。班大爷把恰路白马人的来龙去脉讲清楚了。他说他们的祖先是蒙古人，先是从茂县到的南路，再走南路到的铁楼。我问他南路是哪里，他说南路就是"夺补"，就是平武。他的回答让我惊诧。"夺补"是夺补河白马人的自称，全称是"夺补唷甲尼"，就是住在夺补河畔的人。班大爷的话应验白马人的历史传说，白马人不都是从秦陇之地窜入岷山腹地的，也有从川西平原（包括江油平原）、甚至岷江流域进入岷山东部腹地的。很多辈人，辗转流离，才到了夺补、勿角、马家、羊峒、草地、铁楼、博峪这些地方。

没有阳光，屋外是厚重的铅色。屋内也没有火光，火炉微暖，围炉只是一种象征。这个下午的铅色，吻合了白马人近六十年的际遇（尤其是当今的际遇）——再没有家园可以保留，任一角落都被纳入了以经济为主导的改变。森林被砍伐，山脉被开挖，河流被阻断，村庄被搬迁……更有外面世界的价值观强势地改变着每一个白马人。

班大爷说不清他们是什么时候从铁楼过博峪的，为什么来他晓得——怕兵躲兵。问及现在的风俗，跟铁楼的白马人比，已经丢失了很多。没有神山，不再祭拜神山，只有"采花"，只有采花节在山上过夜，与山亲密。班大爷一方面说他们是蒙古人，从南路过来，一方面又说自己本来就是藏族，没有什么逻辑思维。这种前后矛盾，也体现在很多缺乏自我认知的白马人身上。

丢弃是自然的。有迁徙就有丢弃。也有接纳。铁楼的白马人不"采花"，夺补河、汤珠河的白马人不"采花"，如果"采花"不是恰路白马人带去博峪的，便是接纳了博峪藏人的。

也有保留下来的。比如"抢水"，比如鬼面子。夺补河的白马人叫"抢新水"。正月初一早晨，鸡叫头道，姑娘小伙儿就背着水桶下河抢水，驱鬼辟邪，祈福纳祥，跟仫佬族的习俗一样。而博峪河的白马人"抢水"则是"采花"的序幕，在端午的早晨直奔山泉山溪，捧水痛饮，再背回家洗发、净身。鬼面子就是平武白马人的曹盖、铁楼白马人的池哥昼、九寨沟白马人的十二相。平武的白马人跳曹盖，铁楼的白马人跳池哥昼，九寨沟的白马人跳㑇舞，都是为了驱鬼辟邪，都是在祭拜神山或有重大事件时举行。博峪的白马人不拜山，但跳鬼面子的风俗与铁楼相同，都在正月十四、十五。

从支书家出来，驱车去了村头。没有什么景子，溪沟和泥路上的空寂让我想起白河右岸草地乡的上草地。

与班家人道过别，我又看了一眼溪边那棵高大挺拔的不知名的树。没有留恋，爱是有限的。恰路人的生活毕竟离我很远，它消解的时间及它在时间中的情状永远都是我无法抵达的梦想。

汽车拐过山嘴，这个叫恰路的白马人村子便走后视镜消失了。我可能还来，可能永不再来。

回去的路上困倦得很，没过永和乡便睡着了。梦里不是刚刚去过的博峪，也不是刚刚告别的恰路，而是想象中如扎尕那一般美丽的山寨。寨里人是亲爱的夺补河畔的白马人，穿着盛装，小伙儿带着腰刀，姑娘们背着酒壶，朝北方的"七姐妹山"祈祷之后，开始向"七姐妹山"开拔。一路歌舞"歇场"，欢乐与盛春交融，人化为仙子……来到"七姐妹山"已是傍晚，他们点燃篝火，手拉手跳起圆圆舞……次日，姑娘们采来达玛花，把自己隆重装扮，头上、辫子上、手臂上、背上挂满鲜花……这是梦境，其实也是恰路的白马人每年五月端午举行的"采花"，只是我无法将这已成风俗的美好现实与刚刚亲临的恰路村和恰路人联系在一起。

采花采花，恰路白马人的精神生活与审美体验，继而扩展到整个博峪，延至外面的世界。

传说是一位来自远方的姑娘莲芝教会了博峪人开荒种地、织布缝衣，采得百花治百病。莲芝采花时不幸摔死，博峪人在这一天上山采花纪念她，久而久之便有了采花节。

莲芝不是一个白马姑娘的名字，不过我愿意相信她是一位白马姑娘，就像夺补河畔年轻的尼苏。

汤珠河谷　阿贝尔摄

罗依（九寨沟）　李代生摄

苗州（九寨沟）　阿贝尔摄

九寨沟白马人的毡帽　阿贝尔摄

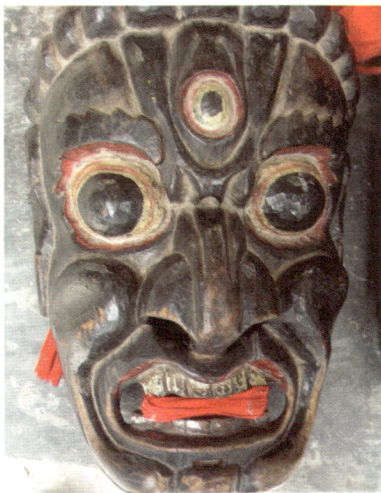

㑇舞面具（九寨沟县）　阿贝尔摄

㑇舞传承人班文玉（九寨沟）　阿贝尔摄

琵琶弹唱（九寨沟）　阿贝尔摄

铁楼（甘肃文县）的白马人　班保安提供

本书作者与甘肃文县铁楼乡的白马人
（右）　王兴莉摄

寨科桥（甘肃文县）陪修基督教堂　阿贝尔摄

寨科桥（甘肃文县）的内部　阿贝尔摄

本书作者与博峪乡（甘肃舟曲）白马人
交谈　赵兴燕摄

尼苏的眼泪

1

在平武，尼苏一直是一个神话人物——幸福的神话人物。她是因为接触过伟大（见到过毛主席，还被毛主席问过话，上过纪录片《光辉的节日》）才被神化的。真是"被毛主席问过话"，不是"与毛主席说过话"。毛主席问她的时候，她羞涩、害怕得说不出话来。但我知道尼苏是一个人，一个女人，一个白马女人，她体会到的是一个白马女人活在世上的辛酸苦辣，神话不过是社会强加给她的一种想当然的政治抒情。

早在20世纪90年代写县志的时候我就注意到尼苏。最早是在一本政协史料中看见她年轻美貌的照片。她受到毛主席的接见、被问话也编入了1997年版县志的《大事记》。从那时起，我就想见尼苏，见照片上那位年轻美貌、气质不凡的白马女人。我只是想，并没去打听，一直不知道她住在哪里、在干什么。在我的想象中，这样一位少数民族女性不是住在省城也是住在市里。在想象中，我感觉到了与尼苏的距离，这个距离是当年的我无力跨越的。所以见尼苏，仅仅是我个人隐秘的冲动。

在后来的时间里，特别是在我想要写一本关于白马人的书的时候，尼苏会浮现出来。照片上身穿裹裹裙、头戴白毡帽、插白羽毛的漂亮尼苏淡去了，取而代之的是一个符号，一个被政治化的罗曼蒂克的白马女人的符号，也是这个国家少数民族妇女代表在毛泽东时代的符号。这个符号在褪去光鲜之后慢慢呈现出锈迹，并散发出沉重哀伤的气息。

书迟迟没能完成，尼苏便也始终藏匿在早已谢幕的时代背后。谢幕的时代往往才是真实的，褪去人造光，还原成山水、石头、木头、牛羊、荞

199

麦、青稞、洋芋、水磨坊这些自然的物件。就是不能置身在这些物件当中，不得不和它们保持一种距离，能够送送孙辈、买买菜、散散步、在阳台上看看星星，也是真实的。只是老了，青春不复返，中年的健康不复返，身子骨完全没了那个时代的原始的欲望和痕迹——作为纪念。

当时间的扫帚扫走时代的尘屑，渐渐把伟大还原成平常，我遗忘了尼苏。这遗忘是我一个人的，也是一个时代的。我个人的遗忘完全是因为圣光的消退；时代的遗忘则如江河改道，把一个漂浮物遗弃。

2

2009 年 8 月 17 日下午，我在白马路的祥树家第一次看见尼苏，她跟另一位白马老妪从我住的杨麻格杨老师家的院前过。我刚到祥树家搁下行李，坐在杨老师家的阶沿上喝水。5·12 地震后这里差不多就没有游客了。我在午后的高原阳光里感觉到的是巨大热烈的宁静，与我记忆里游客如织、彻夜欢腾的情景形成了强烈的对比。当杨老师的小儿子齐伟他告诉我，走在阳光里的其中一个女人就是尼苏时，我并不知道哪位是尼苏。两个女人，一个是白马人的穿着，一个是汉人的穿着。她们背着背篼，并排走过去，一点不回避热辣的太阳。

尼苏出现了。我望着两个女人的侧影。

尼苏在，自然生出了采访尼苏的想法。把这个埋藏了十几年的想法告诉齐伟他，齐伟他说他们家和尼苏是亲戚，他可以带我去。我问齐伟他什么时候可以，晚上行不行？齐伟他立即面露难色，说尼苏很忙，不知道什么时候有空。

"很忙？她这样一把年纪，还忙什么？"我有些不解。

"忙猪，忙牛羊，忙地里。"齐伟他说，"都是替儿孙忙。儿子格波塔的两个女儿一个在绵阳打工，一个在北京打工，格波塔的家，格波塔的大女儿嘎介波的家，都要她照看。"

我问齐伟他尼苏今年多大岁数，齐伟他说有七十几了。可我觉得，刚才看见路过的两个人的面目，两个人的侧影，都不像是七十几的。

到寨子里去转。走尼苏刚才走的路，朝尼苏去的方向。太阳光依旧强烈，间或有木楼的影子投在路上。我快步走过太阳光，停留在木楼的影子里观望。我是第三次来祥树家。不算路过。第一次是陪诗人蒋雪峰一行，记得活吞过一条羌活鱼，晚会结束游人散尽，与雪峰围着余火对饮到凌晨，回去写了《在祥树家抵达诗歌》。第二次是陪安昌河跟峨影厂一位姓赵的导演，还去扒西家拜访了旭仕修。这一回，地震后第一次来，成了祥树家唯一的游客，可以独享它的宁静和寂寞。寨子显得异常地空寂，偶尔遇见一两个人从对面走过来，水泥路热烫烫的，行人的眼神却是悠闲清凉的。看见院落墙边睡觉的狗，或者是水泥地上玩耍的孩童，都是一律的闲静。

看见一条小径通向夺补河，便走过去。小径的一边是木楼，一边是菜地。有木栅栏隔开了小径和菜地，我知道是为了阻挡牛羊糟蹋蔬菜。

以为小径前面有树可以遮阴，顶了烈日径直走，到了夺补河边也没看见有可以遮阴的树。面前是一座木板桥，桥下是奔腾的泥色的溪流。我已经很熟悉这条溪流了。在岷山更为幽深的王朗雪山脚下，我见过它。要更为欢腾，更为冰洁。在王朗它还是两支，一支从大窝凼流出，另一支出自竹根岔。即使在祥树家我也熟悉它，在木板桥上游不远处还有一座便桥，我曾经两次站在便桥上目送溪水。旁边岸上长着三五株老白杨，怎么看都像是刺梨。对岸是一片开阔的洋芋地，洋芋、豇豆间种，有白马女人在地里挖洋芋，装束一点不懈怠，裹裹裙、花腰带、白毡帽、白羽毛一样不少。万绿丛中，呈现的是极为优雅的劳作之美。

我就是在这样一个背景下看见尼苏的。依然不知谁是尼苏。两个白马老妪，躬身在对岸水边的一笼灌木丛。阳光在花腰带上闪耀，细风在白羽毛上缠绕。我站在木桥上看这一幕，看见的不是两位老妪，意识到的也不是。她们各自拿着一枝鲜活的灌木枝，从溪边走过来，走上地盖，也不用手去扶旁边的栅栏。我站在木桥上看这一幕，走过来的分明是两位少女。

我和她们在桥上相遇。她们手里拿的是一种野果——她们叫牛奶子，我们叫乔子儿。我不知道应该写作哪个"qiao"。她们拿着野果轻松地爬上桥头，脸颊红彤彤的，可以跟少女相比。

"你是尼苏?"我问走在前面穿 T 恤衫的一位。

尼苏看看我，没有回答。我看看她手里的牛奶子，一颗一颗已经红透，果皮上有种朴实的迷蒙。

"那你是……"我把视线移到旁边穿裹裹裙的女人身上，自然也分出一些落在她手里的牛奶子上。

"她就是。"穿裹裹裙的女人用眼睛示意我。

我重新让视线回到尼苏身上。怎么看也不像是七十几的老人。六十几都不像。有皱纹，但不是老人的脸颊，更不是老人的身材。尼苏身材匀称，依旧潜伏着活力，灰色的 T 恤衫显得宽松、休闲，且不失优雅。我注意到拱在 T 恤衫里的两只乳房还很有形。

我做了自我介绍。我说我是写地方志的，想采访她。尼苏不解地看着我。不解地方志，也不解我。不解也是不屑。我改说我是写县志的，又说"久闻大名"，这下她懂了，目光开始融化。我想告诉尼苏我是个作家，又担心"作家"一词在她听来比地方志更为晦涩。

谢天谢地，尼苏答应了我的采访，时间约在第二天。

回去看见"尼苏山庄"的木制标牌与杨老师家仅一墙之隔，只是不在路边，要走一栋木楼的当头进去。站在路上便能看见"尼苏山庄"的木楼。一栋转角的旧木楼，当头正对着公路，上面挂着电脑制作的巨幅图画。图画上方印着"尼苏山庄欢迎您"几个汉字。我把左边站着的白马少女当成了少女时代的尼苏，后来才知道是尼苏的孙女儿嘎介波。图画的右下方才是尼苏，已经老了，端详着手中的主席像，站的位置和姿势并不显眼。注意看，还会看见图画上印着"嘎介波的奶奶（尼苏）代表白马藏族于 1964 年在北京天安门广场被毛泽东亲自接见如今健在"两排小字。这个叙述显然有误，仅仅是用来招揽生意的。字很小，背景是黛青的白马人老爷山。

傍晚散步，几次经过尼苏山庄都要停下来望一望。尼苏木楼上的电灯还没有亮，她或许还没从地里回来，或许回来了，一个人躺在火炉边的盘羊皮上回忆那伟大的瞬间。

夜里睡不着，一个人出到木楼上看星星。对于白马寨的繁星，我是有清晰的记忆的。与蒋雪峰在祥树家抵达诗歌的那个午夜，那些繁星璀璨、润泽得犹如溪水中的宝石。看星星，也想尼苏，天亮就要与她坐在一起，对于我她还是一个谜，她将透露给我一个怎样的谜底？凭第一印象，凭她采摘牛奶子的印象，她不会只是一个政治符号，不会只是一个时代的音符，她是一个人，一个女人，一个白马女人，且很可能有海一样的沧桑。

<h1 style="text-align:center">3</h1>

次日一早去色如家，又经过尼苏山庄。色如家在祥树家下面一公里，因为水牛家水库变得很孤立，不好发展旅游，差不多还是旧时的模样，比祥树家要穷很多。色如家下面一公里是扒西家，寨子较色如家要大一些。

一路上我都在想尼苏，她是否起床，是否吃过早饭，我们的约访是否还有效。我担心有什么变故。毕竟是尼苏，见过太多的世面，接受过太多的采访，又是七十几的人。

从色如家回来，我直接走进了"尼苏山庄"。有一点激动，有一点惶然。云层开始有了变化，淡然的朝晖照在尼苏家的木楼上。木楼下有几位穿便装的妇女端着碗在吃早饭。有坐有站。一位妇女躬身在给一个小孩喂饭。我走过去和她们打招呼，她们都站起来，热情而好奇地看着我。

"这里是尼苏的家?"我问她们。

她们看着我，没有回答。看得出，她们并不是没有听懂我的问话，她们只是还想知道更多，比如我找尼苏做什么。对于尼苏的家乡人，包括尼苏的亲人，这都是一种复杂而又隐秘的心理。自1964年10月之后，找过尼苏的人不计其数，他们带给尼苏的未必都是幸福。周边的乡亲，包括尼苏的亲人（后来从尼苏口中得知她的丈夫便是其一），也未必都抱着善意。当她们得知我昨天跟尼苏约过，便指了指不远处的一个中年男子。中年男子穿着带拉链的夹克衫，里面白衬衫的领子扣得严严实实，戴一顶过时的军帽，显得不伦不类。看长相、气质，倒不怎么像是白马人。

"你是尼苏的……"我的话只问了半截，中年男子开腔说："尼苏是我妈妈。"

"他就是尼苏的儿子，你找尼苏有啥子事?"这时，刚才不善言语的妇女们围了过来。我告诉她们，昨天傍晚在索桥上尼苏约了我今天上午见面。

"你是记者?"有妇女问。

"我不是记者。"我说。

"不是记者那你是做啥子的?"有别的妇女又问。

我笑笑，没有回答。我很想告诉她们我是个作家。我走到尼苏的儿子面前（他正迎着我走上来）说："我是地方志办公室的，就是给县里写县志的。"他像是听懂了，邀我去火塘坐，说火炉里的火还燃着。

说话间，太阳已经热辣起来，火塘是应该逃离的地方。问男子的名字，他说叫格波塔。问起他的母亲，格波塔先是说出去了，与一位妇女说过一阵白马话之后，又改口说在家里，并要带我去。其间，我不忘打开相机拍照。拍挂有巨幅图画的木楼，拍木楼下淡然的朝晖里吃早饭的妇女儿童。

格波塔带我没走几步，便被刚才和他说话的妇女叫住了。格波塔过去和她说了几句白马话，过来告诉我，他妈妈的腰伤发了，正在热敷，现在不好见人。

格波塔很腼腆，说话细声细气的，要我多多包涵，这是他们白马人的习俗。

格波塔要我先到他们家坐坐。他走在前面，我有选择地为他拍照。为他拍照，也是为尼苏的庭院拍照。

距离尼苏住的木楼三四十米，便是格波塔的家，中间隔着一栋有箭竹篱笆和土墙的老房子。老房子颇有些颓势，但还有人住，开着侧门，闻得到烟火味。我客套地赞叹格波塔家地盘宽、房子多，没去打听老房子谁在居住。

一只黄狗见了我便一直形影不离跟在我的脚边，让我每次按下快门都是战战兢兢，生怕它突然狼性发作偷袭我赤裸在外的脚踝。格波塔看出了我的害怕，说他们家的狗不咬人，只要不做出一副害怕的样子。格波塔的话让我更加害怕，我觉出狗已经看出我害怕了。

淡然的阳光照在格波塔家的木楼上，照在漆了黄油漆的墙壁和大门上，阳光也被染黄了。格波塔走到屋檐下，要走上阶沿跨进大门，我叫住他，要他转身。镜头里格波塔的眼神是淡定的，比一个汉人都要淡定。这一点让我想到很多。一两千年，汉人的气味一直在空气里渗透。从空气到呼吸，到生产、生活方式，到血液，慢慢变成基因。就算格波塔身上没有一点汉人的血统，他也是很汉人的了，这是一种超越了生物学的文化学。

格波塔家的火炉燃着火，一锅水一锅臊子煮得翻江倒海，旁边灶台上发着一瓷盆米粉。格波塔说他们都还没吃早饭。这个"都"里包括了他妈尼苏、他的儿子小虎、他的从人大退休回来的幺娘（尼苏的妹妹）、他的大女儿嘎介波留给奶奶照看的女儿。后来在我与尼苏的访谈中，他们都进来端起碗一一冒了米粉，在炊烟和水蒸气的映衬里做了访谈的背景。铁锅、锑锅、瓷盆、米粉、幺娘，都是汉语词汇，看看它们，便更为明白什么是超越生物学的文化学了。

我想先从儿子的嘴里打探一点母亲的事，谁知问起，儿子是一无所知。我感觉好奇怪，四十五岁的儿子居然没有一点今天还健在的母亲的印象。我把它想成是格波塔不愿讲述的托词。为什么不愿讲？可不是一位普通的母亲，而是一位朝见过那个时代的伟人的母亲。格波塔要是能讲讲他的童年该多好。一个白马人的童年，一个与我同时代的童年，它包含了比我的童年要更为奇特、更为丰富的地理和民族因子。格波塔要是能讲讲他的母亲该多好，讲讲印象，20 世纪 60 年代末还是一位白马少妇的印象，70 年代的印象，在寨子里忙里忙外的印象，在公社当妇女主任的印象……可是格波塔笑着说，他什么都不记得，一点都不记得。

我有点失望。但没有办法。格波塔的腼腆、抱歉，包括一点点的傻，都显得很真实。格波塔告诉我，他的幺娘在外面，她应该知道一些，她过去在人大上班。还特别强调，他的幺娘就是他妈妈的幺妹妹。他的强调像是在一句话下面画上了着重符号，要我把思维的重心落在"血缘"这个词上。

格波塔出去，很快回来告诉我，幺娘说她与妈妈的年龄相差太大，过去的事情也都记不得。这是我预料中的。我愿意把他们的拒绝看成是白马人本能的含羞和不善表达。

4

白马人是一个奇特的部族，他们在人类族群中的价值是可以跟与他们共同生息在岷山腹地的大熊猫在动物族群中的价值比拟的。没有人知道他们在这条上游叫夺补河、下游叫火溪河的河谷繁衍生息了多少年。保守地估计也在一千五百年以上。据史料记载，他们一度生活在川西平原与龙门山接壤的边缘地带，包括涪江泛滥淤积的江彰平原。近四十年的研究表明，他们是古代氐人的后裔。历史关于氐的记载，到唐便戛然而止了。今天岷山腹地的白马人自己也说他们是三国时从江油青莲过来的，他们中了诸葛亮要他们让一箭之地的计谋。唐宋时汉人的疆界还只在今天平武的南坝（江油关），就是南宋宁宗时王行俭从扬州过来做判官也还住在今天江油的青莲。可以见得，江油关以西北的涪江河谷唐宋时候还是白马人的地盘。到1389年筑龙州城，白马人才被完全赶至今天的火溪河。这之前的几百年，一直都是与汉人政权的对峙。也是从这个时候开始，白马人才真正接受王姓土司的统治。之后的六百多年，白马人一直处在一个相对独立、相对稳定的状态，不隶属于吐蕃人，只是在政治上隶属于汉人的土司政权。

白马叫白马路，也是一个很奇特的地理区间。雪山阻断了它与周边三方的交通，仅仅可以出火溪河下到今天的平武（龙州、龙安府），而火溪河峡谷本身的险阻也保障了白马路成为一个独立王国。六百多年来，只有白马人受到吐蕃人挑唆参与的一两次的"番乱"、土司的平叛以及和平时代土司每年的考察，构成了白马人与外界的交流。

时间在白马路永远是下雪和野花盛开两种状态。一种是冰冷的凝固，靠舒缓、悠闲的炉火烘烤，伴随着酸涩的青稞酒；一种是凉爽娇艳的飞扬，以潺潺的溪流和漫山遍野的杜鹃花呈现，伴随着响亮、润湿的族歌。时间在白马路是一个封闭的圆环——不是有着巨大落差的夺补河，没有可以流逝的缺口，昨天逝去的人明天又会回来，元代逝去的人明代又会回来。逝去在白马路仅仅是饮酒过量之后的一个昼夜的睡眠，或者是一次远离家园的狩猎。

5

尼苏进屋的时候我本能地站了起来，空出我坐的椅子，挪了挪，让给她。我看见旁边都是矮板凳，担心她的腰。

"你莫管！"尼苏说。看也不看我，只顾自己找凳子。

尼苏进屋的时候，我已打量过她。她穿了他们部族的裹裹裙，戴了毡帽，只是毡帽上没插白羽毛。这是一个完全陌生的尼苏，与昨天傍晚在夺补河畔遇见的判若两人。昨天遇见的尼苏身穿T恤衫和长裤，手捧鲜净的牛奶子，是一位浪漫的少女，而此时坐在我面前的则是一位真正的老妪。不只是皱纹，不只是老态，还有那么一点点酸楚、一点点邋遢。我注意到她穿的长裙，很空套，从领子里看进去可以看见脖子以下的空阔。一条旧长裙，布料和做工都普通得不能再普通，就像接下来她讲述的她的人生，看不出有丝毫的华丽、华贵。长裙的下摆已经有一点脏，像是糊了猪潲或饭粒。我的目光是不经意落进她的领口的。这个不经意除了带给我对她青春岁月的遐想，便是对她深厚的母爱的崇敬。躲在阴影里的下垂的它们，甚至可以是一个象征——这个尚未被识别的民族一直袒露的母性的象征。对于我尚不知情的她的婚姻，在我的想象里，它们也是幸福或者痛苦的遗迹与物证。

我的第一个访题是："作为一个白马人，你对白马这个地方、白马这个部族都有着怎样的印象？谈谈你自己。而今回过头去看自己经历过的生活，有什么样的感触？"

这是我头天夜里拟好的题目。

没等我把几个问题一一说完，尼苏便开始说话了。我很高兴。只要尼苏开口，一直说，我就很高兴。不管她说什么，不管她重不重复，在我看来，都是珍贵的，都是关乎时代、社会、政治、人性，都是关乎一个叫尼苏的白马女人的生命历程。

"我出生在 1937 年，一辈子经过了五位领袖，啥子辛酸苦甜麻辣都遇到过。吃亏、受穷……共产党好，开会好，小圈子不好……"尼苏用这样不甚连贯的话开始了她的讲述。她的讲述一开始就不平静，就带了个人感情。刚开始，我以为她也不过是毛泽东时代遗留给邓小平时代的一个"怨妇"，如今天常见的那些新时代的失宠者。随着讲述的深入，我慢慢发现，尼苏的怨愤有她个人的家庭的失宠与不幸，更有她凭异族的直觉对时代、政治、人性的认知和评判。这种认知和评判，来自她血液里固有的或者说白马人文化中沉淀的道德感和价值观。

可以这样讲，尼苏的不幸首先来自她天生的美貌。从今天七十二岁的尼苏的面庞、身材和气质上，依旧能看出美的轮廓和痕迹。

一个女人天生的美貌往往可以提早决定她的一生。

尼苏最早是因为美貌，当然也包括美德，遭人妒忌。

"从小，爸爸妈妈的教育都是很严格，1958 年开始在集体食堂当炊事员，一直到 1961 年 10 月。一锅饭，人人有份儿，包括地主、富农分子，我都是给留够了的。天天守着锅，但从没多占一颗粮食……"

二十一岁的尼苏没有接受阶级教育，照样拿地主、富农分子当人，这让我听了很感动。这种没有"阶级观念"的普遍的善良，与一位白马姑娘的内心是统一的。

因为勤劳、善良、美貌，引起了当时藏区领导的注目，尼苏开始当选为公社和区、县一级的劳模，组织上也打算吸收她入党。这是荣誉，也是对尼苏个人自由的挑战。尼苏说："漂亮不漂亮，做活路得跑在前面。早工、夜工，刮风、下雨、下雪，别人可以躲，可以装肚子痛，但尼苏不能。再脏再累，都要做；太阳再大，把脑壳晒得再疼，都不能溜边边逆角角。"尽管这样，尼苏还是没有落个好。尼苏落了组织上的好，便落不到社员的好。

"有两个老党员，正事不做，一天这里咕咕咕那里咕咕咕，说我的坏话。1957 年组织上就让我写了入党申请书，两位老党员不同意，说不准尼苏入党，说尼苏不爱劳动，说尼苏入了党对合作化运动影响不好……"

五十年过去了，尼苏讲起那段经历，伤心依旧。我毫不掩饰地几次打量尼苏，希望从她老迈的身上发现旧伤的位置。

"1960 年 5 月，我不想煮饭了，跑去背粪。"尼苏接着讲，"领导找到我，问我'回不回去煮饭？不回去煮饭就把你的团员取消了'，我说'取嘛取，不取也是做活路，取了也是做活路'。"由此可见尼苏的性格。一是为了入党，为了堵老党员的嘴跑到了第一线；二是看清了所谓荣誉、身份的本质，敢于与上峰叫板。尼苏讲到，不久，藏区的何书记叫她重新写入党申请书，她说"我不写，我不爱劳动，我怕脏……"

尼苏还记得何书记的名字，叫何华山。可爱的尼苏！申请自然还是重写了，公社讨论，十二个人到场，十个人同意。那两个本寨的老党员还是没有举手。这很可能是尼苏最早接触到的冰冷的人性。

1957 年到 1964 年尼苏上北京的这一段时光，应该是尼苏最美丽的人生。一个美丽的白马女人，从二十岁到二十七岁，从少女到少妇，从女儿到母亲，该有着怎样微妙、丰富、美好的体验！幻想的体验，理想的体验，荣誉的体验，爱情与身体的体验……包括对白马山寨的阳光、空气、溪水、月亮、灌木丛、杜鹃花等等的体验。然而我知道，这一段时光也正是我们的国民生存得最为艰难痛苦的时候，历史沟壑中的那些尸骨便是在这个时候塞满的。所以对青年尼苏的猜想，也只能是美好的猜想。美好很可能只在隐秘的本能，只在无知的幻想之中，而痛苦则是普遍而深刻的，像看不见的钉子钉进同样年轻的桦树，汁液如眼泪流淌。

尼苏没有吃早饭，刚坐下，格波塔就为她冒了一碗米粉搁在面前。尼苏一直没吃，只顾说话，不时用筷子挑一挑。我几次打断她的讲述，要她先吃饭，吃了再讲，可她总是把米粉挑在筷子上不往嘴里喂，放下筷子又讲起来。我知道尼苏已经动情，已经被记忆牵引，再叫她吃饭已是徒劳。说吧，尼苏。说吧，记忆！看着尼苏面前碗里越吃越多、越吃越干的米粉，我感觉惭愧。用不着看时间，只需看看从窗外射进来的阳光便晓得已是什么时辰。从窗外射进来的阳光没了早先的迷蒙与昏暗，变得粗粝了。

尼苏沉浸在她自己的记忆里，一点不照顾我的访题和倾听，像一辆倒回她青春时代的吉普。在我看来，一辆倒车多少有些戏份。低沉和她的白马口音，使她讲述的某些段落显得含混不清。我听不清，听不懂，无法记录。我又发现，尼苏并不是一点不在乎我的倾听和记录，她是在乎我的倾听和速记的，每每我停下记录，她的讲述都会有不易察觉的停顿，甚至有一点失落。她的失落很隐秘，只是从语调流露出来。

听不清的时候，我也不装出一副用心的样子。我取出照相机拍照。她在继续讲述，手里还握着筷子，筷子上的米粉滑落到了碗里。讲到激动之处，她开始比画，身子也前俯后仰，令我迟迟无法按下快门。这个时候，我不再听她讲述了，尼苏变成一个逼真的客体；我开始思量、赏析她。她离我是这样近——她的白色的羊毛毡帽，她的左脸，她的左脸泛出的光泽，她的吊在左耳垂上的银饰……伸手可触。目光触摸过了，还要留在镜头里。从一个少女、少妇演变过来的面貌，每一处细节与尼苏消失了的那些时光都是衔接的；从任一细节出发，都可以回到过去的瞬间，包括1964年10月5日下午她个人最耀眼的时刻。我注意到她左耳垂上的银饰，一枚小银圈，套着一枚凿有五个孔的圆形银器，做工粗糙而质感很新，不像是见证过那一时刻的私人宝藏。

6

该说说那一时刻了。尼苏的讲述完全变成了自动，我知趣地收起了我的访题。不管尼苏承不承认、如何感受，那一时刻都是她生命中的镀金，一生的镀金。这个镀金有荣誉的一面，更有改变她世俗命运的一面。因为那一时刻，尼苏才为人知晓，尼苏才成其为尼苏。当然，或许尼苏个人并不明白这些，至今也不明白，从二十七岁到七十二岁，一直把它当成一件平常事，神圣化的仅仅是他人和社会。

关于那一时刻，1964 年 10 月 5 日下午，在地方史料和网络引用里有几个版本。我想知道，哪一个版本是真实的。自从以讹传讹从庙堂政治流泻至江湖媒介，我便开始重估真实的价值。1997 年版的新编《平武县志》大事记 1964 年一条，是这样记载的："10 月 1 日，白马公社藏族社员尼苏在北京参加国庆观礼，并参加拍摄纪录片《光辉的节日》。10 月 6 日，尼苏在人民大会堂受到毛泽东主席、周恩来总理的亲切接见，并合影。"1990 年 8 月平武县政协印刷的《平武县历史资料选辑》一书里有尼苏口述《尼苏谈毛主席接见的实际情况》一文。那一时刻的时间也是 10 月 6 日。尼苏的上一次口述是 1989 年 7 月 3 日，与这一次相隔了整整二十年。网络引用的版本，时间是 10 月 1 日，地点是天安门城楼。

尼苏告诉我她是两个月前得到去北京的通知的——尼苏 1989 年的口述是 9 月初。牛瓦通知的她，原话是 "9 月底去北京见毛主席"。尼苏自然高兴，甚至可以说是 "提前幸福"。不过尼苏也有忧心——上半年她刚生了儿子（格波塔）。"娃娃咋办？娃娃能不能带？"尼苏问组织上。组织上告诉她娃娃不能带。娃娃不能带，多少消减了一点尼苏的幸福——牵挂娃娃。原话是 "欠娃娃"。过去的资料里没有这个细节。

这一次，尼苏口述的那一时刻是 10 月 5 日。我原以为她上了年纪，记错了。后来在网上《民族工作大事记（1964）》里查到 "10 月 5 日，党和国家领导人毛泽东、刘少奇、朱德、邓小平等，接见了各少数民族参观团"，才信以为真。甘肃省裕固族人索彩英回忆的，也是 10 月 5 日。

根据 1989 年的口述，1964 年 9 月 14 日是尼苏离开平武准备赴京的时间。9 月 27 日抵京。

尼苏告诉我，10 月 1 日她随少数民族代表团成员都到了天安门观礼台。毛主席在天安门城楼上，离他们很远，看不清面目。10 月 5 日毛主席在人民大会堂接见少数民族代表团成员，轮到四川代表团已经是下午了。生长在岷山腹地的尼苏从未见过世面，又激动又害羞，应该说还害怕。但不可否认的是她非常漂亮。漂亮是她当选的一个重要条件。尼苏本来被安排在第一排，为了减去一点激动和羞怯，尼苏与团长换了位置，从第一排换到了后面一排。尼苏说后面一排，并没有说是第二排。尼苏 1989 年口述的是第二排。团长是个懂政治的人，自然很乐意换。

终于等到了那一刻。毛主席来了，与前排的代表一一握手，自然是"红光满面、神采奕奕"。尼苏虽然到了后面一排，但她穿戴特殊，人长得又漂亮，还是被敏锐的毛主席发现了。是白马人的穿戴（裹裹裙、白羽毛）吸引了毛主席。

"这个是什么民族？"毛主席问前排的团长，并没有直接问尼苏。可以想见，毛主席一定是挥了挥他那非凡的手，指了指。在 1989 年的口述中，毛主席的问话是："你是哪个民族？"问的对象直接是尼苏本人。尼苏回答说："藏区的藏族。"二十年后，尼苏亲口告诉我，她没有作答，而且在整个接见中她都不曾说过一个字，是胡团长替她回答的，原话是"四川绵阳专区平武县藏区的藏族"。这时候，毛主席看了看尼苏，慢条斯理地说："看穿着，人的面目，不像是藏族。"毛主席的这一句话可谓一句顶一万句，后来几乎被每一位研究白马人族属的学者所引用。毛主席不是民族学家、人类学家，他只是凭直觉和经验。

尼苏哭了，热泪遮住了视线，看不清毛主席了。事实上，紧随其后的还有周恩来、朱德等好几位重量级人物（我在网上查看到他们同广西代表团的合影），尼苏无疑都忽略了。尼苏一定有过相当时间的晕厥和战栗——不真实的、缺乏存在感的恍惚。如果那个下午北京的天空晴朗，金子一般的秋阳又恰巧从窗户照进大会堂，热泪盈眶的尼苏一定看见了圣光升腾。毛主席却是在现实中，打量他的人民。在 1989 年的口述中，尼苏的位置在第二排，毛主席自然能看清楚她。如果尼苏不在第二排，而是在后面某一排，毛主席或许会走过去，站在她面前说话。不过，毛主席的视力好像一直很好，一个二十五人的团不算大，应该都在他的视线范围。毛主席的问话是针对尼苏的，但不是针对尼苏本人，胡团长作答是最合适不过的。当然，也许毛主席更愿意听见尼苏本人作答，或者更多的代表作答。

关于尼苏的这个"镀金"，我事先拟定的访题是："您年轻时见过毛主席，与他有过直接对话，谈谈当时的情景。四十多年过去了，时代也变了，今天再次回想起那一幕，会有怎样的印象和感触？"

现在，访题和事件都得到了纠正，尼苏身上镀金的部分也早已被时代的飞尘遮蔽，暗淡到了时常被忽略的地步。

我收起相机，让视线尽管停在尼苏身上，希望它能代替我的手去探寻那个镀金的地方，看看它是否还在。可惜尼苏穿着裹裹裙，把那个镀金藏得极深，我的视线无法抵达。时间久远了，时代又在它的变迁中喷涌出大量的岩浆，其间又经历了毫无规律可循的冷凝，说不定尼苏的镀金已经被熔化、被抛光。

我已经把尼苏隐藏在裙袍里的那对衰老的乳房看成了那个镀金的象征。

7

听尼苏讲述，发现她不会和往事拉开距离，无法像站在山崖或草地上看远处的湖泊那样去看过去，而总是纠缠在记忆的干草堆，身上、头发上都粘满了草屑和土粒。我欣赏叶芝对待记忆的态度——当我老了，头发白了，睡意昏沉，在炉火旁打盹，取下一部诗歌（米斯特拉尔的诗歌，或策兰的诗歌），慢慢地翻读，边读边回想过去的柔和的眼神，回想昔日它们浓重的阴影……不像是站在海岩上或沙滩上看海，更不像是没在海里，而是站在远处的山头看海，视野开阔，海岸逶迤，海平线呈现出穹隆形，海并不是一切，看得见海浪却听不见声音，闻得到淡淡的海腥味。

尼苏不是诗人，她未必有诗人的悟性和境界，那些草屑和土粒一旦粘在她身上便很难抖掉。这很好理解，一个人到老，他就是他的记忆，尤其是当这个人沉浸在记忆当中的时候。

我很想看看尼苏当年的那张合影。我甚至起了一点私心，把它翻拍下来，将来出书的时候用上。然而，尼苏压根儿没给我满足私心的机会，她告诉我，从北京回到藏区，合影就被没收了，四十五年了，她自己也没看见过。

"离开北京，我们又被带去参观延安、韶山、武汉长江大桥、重庆渣滓洞等地方，等回到成都已经是 12 月下旬了。记得回平武那天，平武正在开'四清'大会，喊我在大会上发言，讲一讲毛主席接见的情况，讲一讲一路参观的情况。我说的是白马话，他们找了一个人翻译。从平武回到王坝楚，藏区的区长叫我把这次出门照的照片拿出来给他看看，我把照片一下都拿给他看，他看了说：'有毛主席那一张照片，你莫拿回去了。'我说：'是我的照片呢，咋个就不拿回去？'他说：'你这次去北京见毛主席，你是集体代表，不是个人代表，你是代表我们藏区，代表白马藏族！'区长这么说，我觉得也有道理，就把跟毛主席的合影留给区长了。后来好多人要看我跟毛主席的合影，问起我跟毛主席的合影，我说我哪里有，在区上呢。我还记得，区长叫张廷俊。八几年我去区上找过，问他们要照片，别的寨子跟华国锋合影的人都拿到照片了，我也想拿回我的照片，可是区上的人咋个说？他们说：'为了保卫毛主席，巩固文化大革命的胜利成果，我们把照片烧了！'他们说烧了，我不信，哪有用烧照片保卫毛主席的？后来我又去县里找过张区长，张区长也说是烧了。"

这是尼苏对那张跟毛主席的合影的追述。说到烧照片，我插了一句话："肯定是区长自己想要。"这一点，从开始区长不让尼苏把照片拿回家便可以看出。尼苏埋着头，沉默良久。

尼苏告诉我："不只那一张合影，我年轻的时候挣的所有照片、奖章、证书都不在了。1976 年，也许是 1977 年，有一次，我去外地参观学习，射洪县一个酒厂的老板到白马来买旧房料，杨老汉儿（尼苏的丈夫）就把我们家的旧房子拆了卖了。等我回到家里，房子只剩个光坪坪，照片、奖章、证书一样都没了，我心疼地哭啊，杨老汉儿不但不帮我找，反而说：'吃得还是喝得？'后来落实政策，那些奖章、证书还真是吃得喝得，可是都没了。本来是一件真实的事，大家都晓得，你去找上面解决，上面就是不肯给你办，说你'口说无凭'。这么多年我接受了好多采访，都讲真话，当地的领导很不安逸。"

看房子，看穿戴，看脸上的表情，尼苏一家在祥树家都算是弱势。钱是弱势，人是弱势。不晓得的人还是过去的思维，以为尼苏见过毛主席，获得过这么大荣誉，一直都吃得开。弱势往往也是低调和沉默。说白了，势力就是一个家族在现实中的分量——财富的分量以及由它衍生的影响力。尼苏的长子格波塔给我的第一印象就有点问题。其举止、谈吐、精神面貌，都像是有一道隐伤。怎样的隐伤，又不好探寻。像是已经很深、很久远，犹如很多年前一次不为人觉察的碰撞留在瓷器背面的一道丝缝。

果然从尼苏口中得知，格波塔脑壳受过伤——1994 年被人打成了脑震荡。在寨子里被外来人打，有本寨的人幕后指使，这正是弱势的表现。很多时候挨打都没有理由，不需要理由，仅仅是"不顺眼"。背后深层次隐藏的很可能是嫉妒。不止格波塔一代人的嫉妒，更有尼苏一代人的嫉妒。

回顾一生，尼苏对自己有一个简单的归纳："好日子过了少一半，坏日子过了多一半。"我问她好日子指什么、包括些什么，尼苏说："好日子就是开会，到区上、县上、专区、省上开会，到北京见毛主席，吃好的住好的，政府信任，有名誉。"我问她是否还有别的，她说："还有就是五个娃娃，三个娃娃都参加了工作。"我想除了这两点，她应该还有别的，比如爱一个人或被一个人爱，比如婚姻。可是尼苏说没了，剩下的都是坏日子，我希望她拥有的爱和被爱以及婚姻也都是坏日子的部分。尼苏在坏日子的集合里放上了"负担、生气、工作差错、嫉妒、婚姻、杨老汉儿、娃娃"这些词语。我想如果尼苏的好日子和坏日子是分别放在天平两个托盘中的砝码，天平显然是朝着"坏日子"偏垂的，且在"坏日子"一边的托盘中，婚姻是最重的一块砝码。

尼苏在讲述她不幸的婚姻之前，表达了对现实、对人际关系的失望。也可以看成是绝望。尼苏说以前她还是愿意接受采访，说真话，说心里话，包括外国记者；现在上年纪了，不想说话了，什么话都不想说了，拒绝了很多人的采访了。

上了年纪是一个原因，但不是起决定性的原因，起决定性的原因是来自人性中最普遍的嫉妒，包括说惯了假话的地方官员对讲真话的她的打压。

"毛主席死了，共和国改（革）了，尼苏还有什么名誉？"这是尼苏的原话。

那碗米粉还摆在尼苏面前，已经结团，当中格波塔还端过去加了一次汤。我感觉惭愧。采访耽搁了她吃早饭。她有腰伤，一直都坐着矮凳。但尼苏很乐意，讲得很投入，一直沉浸在记忆里，看不出有一点倦色。

我不知道记忆是环形的还是别的什么形状，但我相信它不会是直线的，它有上坡和下坡，有很多不规则的边角，被灌木丛遮掩或者被火山灰覆盖。我始终觉得它是一个湖，而不是海。一个人的记忆是一个湖，只有一个时代或一段历史的记忆才可以是一个海。现在，尼苏过了石桥又过木桥，绕到了她个人湖泊的僻静处，走进了灌木林。灌木林里是她的婚姻。

尼苏告诉我杨宁珠杨老汉儿还在，就在这个寨子里，但她跟他早已不是一家人，他们20世纪80年代就离婚了。

为什么离婚？我不可能去问这么愚蠢的问题。尼苏埋着头，看不清脸。看得出来，尼苏的身体里还有一个尼苏，一个小尼苏，一个一辈子都不属于杨宁珠的尼苏。

杨宁珠的身世有一点特殊，他是尼苏的亲表哥，幼时被家人送到文县碧口换了大烟，1950年从文县逃回来已经没了家，一直住在尼苏家。当时尼苏已经有十三四岁，长成了少女。他们算不上青梅竹马，只是兄妹。

"1953年我十六岁，土改团喊尼苏到成都民族学院去读书，妈妈不准，妈妈怕我去了不要杨老汉儿了。我跟妈妈睪，妈妈和杨宁珠一人拿一根棒棒来追打我。妈妈说：'读书去，把你腿杆打断。'土改干部都被妈妈的凶狠吓到了，改口对我说：'好好在屋头干，也有前途。'"

从尼苏的自述可以明显地感觉到尼苏至今都还后悔，后悔自己屈服，没能冲破包办婚姻。尼苏说："其实我也有机会偷跑，跑去民族学院读书。"

尼苏没能去民族学院读书，牛瓦去了。牛瓦后来官至绵阳市人大副主任。牛瓦的人生，本该是尼苏的。

尼苏结婚了，跟自己的表兄杨宁珠。杨宁珠本来就住在尼苏家，照风俗，酒席是坐堂酒席。可以想象在坐堂酒席上尼苏的眼泪——很可能还是偷偷流淌的眼泪。

接下来便是生儿育女，一个，两个，三个……一共五个。生儿育女，也没有放弃工作。一方面是组织上舍不得尼苏，一方面是尼苏舍不得自己的梦想。因为是一桩被迫的勉强的婚姻，便没有自由恋爱的婚姻那么大的引力，便不可能让尼苏完全放弃自己，只属于男人和孩子。

尼苏的婚姻是一枚坚硬的山核桃，外壳的棱总是无法与现实吻合，同时也是对家庭暴力的暗示。尼苏的这枚山核桃只有外壳的坚硬、尖利，没有内瓤的喷香；即使有内瓤的香，也是她取不出的，只能供她幻想。我小时候有很多砸吃山核桃的经历，每吃一丁点儿山核桃的仁，都得费尽周折。很多时候像砸开钢球一样砸一个山核桃，看见的却是一汪腐烂，一汪臭死人的腐烂。根据尼苏的自述，她的婚姻便类似于这样的腐烂；身体还是充满弹性的少妇的身体，山核桃的内瓤就臭不可闻了。好在尼苏一直忙于在公社、区上做妇女工作，没有闲暇去砸开这枚山核桃，便也一直不知道它真实的内瓤。内瓤不曾变质的山核桃喷香，但也很难吃到，我时常是削了竹签或者拿了钢丝去一点点掏，掏出来一点点喂到嘴里。我们很多的婚姻都不是吃山核桃，而是吃普通的核桃，整瓣地吃，甚至整个地吃。我喜欢吃山核桃的婚姻，艰难、少量，但喷香，高质量，不过山核桃一定要是成熟的、还没腐烂的。

尼苏不曾为我描述杨宁珠的样子，但在她的讲述中还是浮现出一个白马男人的形象。不是堂堂的、威猛的白马男人，而是猥琐、卑微而又阴暗的白马男人。爱猜疑。似乎还有一点变态。杨宁珠爱喝酒，经常被寨子里的人、公社的人拉去喝酒，喝得醉醺醺的。用尼苏的话讲，是"被灌得醉醺醺的"。不晓得灌他酒的人说了什么，也不晓得他都听到些什么，回来就打尼苏。我能够猜想到，尼苏那么漂亮，在外面工作、开会，经常接触大干部，免不了闲话。除了打老婆，杨宁珠便是三观不知二望，只晓得种地挣工分，也不管娃娃。

"我跟杨老汉儿离婚了，八几年就离了，离了他就不敢打我了。"尼苏说这句话的时候，表现出很享受她的自由的样子。她是个勇敢的白马女人。

讲到这里，尼苏哭了。她埋着头，躬着身，不出声地哭。我不是听见、看见，我是直觉到。我看着她，只能看见她的肩、她的白毡帽。她的肩在抽搐。

我把视线从尼苏身上移到她面前碗里的米粉，再移到屋子中间的藏式火炉，再移到窗子上。家里的人都出去了，屋子里静悄悄的，甚至有几分寂寥。窗台上的一抹阳光，让我联想到童年盛夏的那些午后。

尼苏抬起头，木然地望着窗外。从侧面看过去，她的脸颊满是泪水。是黏糊的浊泪，不是少女脸上常挂的晶莹剔透的泪珠。望着尼苏的侧脸，我说不出一句安慰的话。她看似注视着窗外，其实注视的是她生命内部已经变得遥远的东西，好比她走过的那些被水库淹没的路。她重新走在路上，留给我的仅仅是一个背影——恍若隔世。

8

采访结束了，尼苏从凳子上站起来伸了个懒腰。

"米粉冷了，就别再吃了。"我说。

"不吃了，端过去晌午热了吃。"尼苏说。

"我想看看你年轻时候的照片，看看年轻时候的你。"我说。

尼苏转过头看了看我，没有说话。我感觉有点尴尬，不是为难她了，是觉得她把我也当成了搜集老照片的骗子。我又说，仅仅是看一眼，不翻拍，更不会带走。尼苏这才说，她现在莫一张旧照片了，剩下的几张都被孙女儿嘎介波带到北京去了。

跟着尼苏去她住的木楼。老旧的木楼。不像祥树家新修的木楼都朝东，而是朝南。好几间屋，里面都没有什么陈设。火塘就是火塘的，没有火炉。火塘上吊着鼎锅，侧边铺着兽皮，前面高案上放着一台旧电视。尼苏一边领我进去，一边叫我不要笑她寒碜。我怎么笑得出来？"看电视坐累了，我就睡在这儿看。"尼苏指了指兽皮对我说。火塘前面隔壁的一个小间里挂着几块腊肉，尘埃已堆积成时间的模样。她叫我坐，我没有坐，我看见一团一团的苍蝇从一扇坏掉的木窗飞进来，发出嗡嗡的叫声。一幅毛主席像的旧挂历挂在木窗边上。我过去取下挂历，把它提到堂屋，挂在了一进屋正对的神龛上。神龛上原本有一幅毛主席的画像。我叫尼苏站在两幅之间，拍了张照。

我要走了，上前告别，握尼苏的手。她没有主动伸过手来，只能是被动地被我握住。她的手干枯了，什么都没有传递给我。

出了门，走下木楼，我记起采访中尼苏讲过一句话："背个背篼，背个锄头，做一点庄稼，做一点菜。还修了一个磨坊，地里去一下，河边去一下，磨坊去一下，一天就过去了。不喜欢群处，不喜欢整人害人。"

对于我而言，这是一个境界，一个梦想；对于尼苏，这便是她的生活，从 1982 年四十五岁离休，到今天七十二岁。

注一：

看 1964 年为建国十五周年拍的纪录片《光辉的节日》，没有发现有尼苏的特写镜头。只是在片长二十五分四十秒奏国歌时打给观礼台的一个镜头里，看见两根晃动的白羽毛，想必那就是尼苏，就是人们说的特写镜头。

注二：

2015 年 5 月 27 日上午，重访尼苏。在场的有从山那边九寨沟过来的诗人白林、从成都过来的制片人蒋骥。蒋架起摄像机拍了尼苏。头天拢祥树家，白和蒋在街上已见过尼苏，并拍了照。

我们去尼苏的木屋时尼苏还没吃早饭，火塘烧着，柴烟弥漫。尼苏看样子要出门，见我们来又返回了。屋子、火塘都是我熟悉的，比洞嘎才理家要明亮很多，柴烟也要小很多。坐下问她话、听她说话，还算坐得住。上了岁数的白马人说汉语都有点吐词不清，尼苏也不例外，很多词语又是小地方的方言，听起来很吃力。好在有录音，当时没听明白的地方回来可以再听、反复听。

坐下跟尼苏寒暄，问寒问暖。她给我们讲了一件事。几个从外地来卖小钱的女人找到她，要她学"迷迷佛"（尼苏的原话），一人给她拿一百元钱。她没干。她说："我要过安静的日子、简单的日子，你们那些乱七八糟的我不接受。你有本事成都去做、北京去做，不要找我，我们这些人恼火、造孽!"尼苏是老党员，讲原则。她对社会、对当地基层政府积怨很深，但她的意识形态还是 20 世纪六七十年代的。她说的有些话现今听起觉得荒诞，但还是有意思，透出一个经历过阶级斗争年代的白马妇女的思想判断，比如"国民党我经见过。我们祖祖辈辈都是穷人，共产党毛主席领导我们翻了身……共产党算啥子？那其他党算啥子蛮？其他党啥子都算不到。国民党，旧社会我晓得，打人骂人杀人，烧房子，走到哪里打到哪里，走到哪里烧到哪里，侮辱妇女……我那些经过了的，国民党的时候经过了的，我民国二十七年生的……"她没有告那几个女人。"我不告密，我自己不参加就是了。"她说。

这不是我想听的。尼苏的思想我六年前就把握了。这些年没人管她，便是一个"怨"字。对过去有怀念，但不是很怀念，已经淡漠，只是衰老的身心里还藏着那种情。我想听点她个人的、真实的东西，包括一些人事，六年前没有谈到的，后来新添的。

这一次尼苏没穿民族服装，穿的袄子和花格裤子，整个人变小了。身体变小了，声音也变小了。老没有怎么老，肤色还是白、还是红润，皱纹都显得红润。女人味浓了。老女人味儿浓了（身体的律动，以及声音的低沉、娇柔）。

尼苏说话依惯性，刹不住车。她像是寂寞久了，找不到说话的人，见了我们就说个不住嘴。她怨气很大，一肚子苦水无处倒。她说两年前县上领导来看过她一回，后来领导再来，乡上就不让她见了，把她堵在路上。"他们怕我说真话……过去说群众的眼睛是雪亮的，现在群众的眼睛花了，只认钱！"尼苏说，"我莫关系，领导见不到莫关系……"我说："光见不行，要给你解决问题。""我困难没说，我钱没说，我经济上取总没说过。只是我小儿子在泗耳，（平武）最偏远的地方……"她说，"我人老了，打个电话都打不通……我只有这么说了，其他啥都没说。人家吃也好、喝也好，贪污也好，多吃多占也好，山一下砍完卖完也好……我取总没说。"

说到了磨坊。水磨坊——尼苏的依托，生活与精神的依托。尼苏说，水磨坊没了，天友来了，水磨坊没了……我侧目去看，她眼泪哗哗的，悲悲切切，很无奈。"我去找天友放水，人家叫我找乡上。"尼苏说，"我去找乡上，人家叫我找村组上。村组干部一年四季都不在屋头。好不容易找到村组干部，人家说你找上头领导嘛，找天友集团嘛……他们就这么说，你推过去，我推过来，我一个快八十岁的老婆子也莫法说。磨坊停了一年了，家里的荞子麦子莫法推，都蛀了虫了。"

　　确实凄凉。一个昔日的干部、曾经的美人，又是戴过光环、见过世面的。

　　尼苏哭了。我没哭。不是我心硬。六年前一切都是好好的，吃水和磨坊用水，尼苏很满足，还说"做一点庄稼，做一点菜，地里去一下，河边去一下，磨坊去一下，一天就过去了……不喜欢群处，不喜欢整人害人"。然而天友来了，把水改了道，年近八旬的尼苏吃不上水，磨坊用不上水。逻辑很清晰，尼苏的吃水用水该谁解决，可这个社会是反逻辑的，你越是弱势越是得不到解决。

　　"克服克服克服……克服到啥子程度了？"尼苏说，"现在也不晓得，水解决还是不解决。我一说人家就不爱听了，跑了……实在不行，我只有自己买点胶管子，把水接进屋，先把吃水解决了。"

　　转过身去看尼苏，凄楚的一个人儿，凄凄楚楚。年近八旬，还要遭受这等折腾，精神上所受的苦要比肉体所受的大。恍惚间，我在她身上看见一种沉落，善的沉落和美的沉落。

　　尼苏的凄楚不只表现在生活的遭遇上，也表现在她个人失败的婚恋上。越勇敢越失败，越失败越凄楚。杨老汉杨宁珠是她孃孃的儿子，由她亲生母亲包办成了她的丈夫。她一辈子不喜欢杨宁珠，又为他生了五个儿女。这当中的苦，这当中的悲屈，是常人无法想象、无法忍受的。有强迫，有暴力，有麻木……但每一个情节和细节都要尼苏去承受……所以尼苏要坚持离婚，且最终离了。我相信她有她对自由的感受。六年前她叙述的那种生活，离婚后的生活，就是一种个人的自由状态。水磨坊便是她享受自由之一种，可以见出她内心一直都有、却被包办婚姻扼杀和压抑的感情。后来认识旭仕修，跟旭仕修结婚、分手，是自由的受挫，也是自由的验证。

　　旭仕修比尼苏小六岁，妻子病逝后，开始与尼苏来往。尼苏说是她二妹介绍的。旭仕修说是尼苏主动追求他的，当时她还没有办离婚。尼苏参加过1964年的国庆观礼，见过毛主席；旭仕修参加过1979年的国庆观礼，见过华国锋。尼苏是个内里有追求的人，一直渴望尝试自由的婚姻。我问过旭仕修，尼苏是不是他的偶像，他笑而不答。我又问他，少年时是不是暗恋过尼苏，他笑着否定了。

讲到与旭仕修的婚姻，尼苏有怨言，但语气是平淡的、无所谓的。"三年，三达三年在一起，结婚证也是扯了的。"从这句话看得出，尼苏不是一个无情人。但她是一个女人，哀怨而小气。旭仕修的一个儿子死于非命，他觉得是尼苏克了他。尼苏属牛，他属马，属牛的命硬了，属马的命软了。旭仕修有文化，懂藏语，会诵经作法，信点迷信。他不在祥树家住了，要回扒西家住，他要跟尼苏分开过。尼苏也有个性，不愿跟他回扒西家，这样，两个人便分了。尼苏说旭仕修在祥树家做法事，害他们一家人。我认为是尼苏小气了，信了外头人的话。跟旭仕修谈起尼苏，旭仕修总是笑，有些满足，有些羞涩，但很善意，没有说过尼苏的一句坏话，只说尼苏是个大忙人，舍不得她的家，舍不得儿女。我觉得尼苏是个没有活明白的人。她有个性，勇敢倔强，就想要属于自己的东西，但她心里不明亮，有很多黑暗，再什么光明都照不透。有可能是本能和欲望，也有可能是苦难，苦难结成了蜡泪。

尼苏说话直撇，不绕弯子。旭仕修说他俩命不合，尼苏就说："要这么说嘛，我们两个分开。"旭仕修为尼苏考虑，说他俩要是离婚，会影响她的名誉。尼苏就说："名誉管球它的，好也好，不好也好。"说到现状，尼苏说："证办了的，没办离婚，证我甩了，我也不愿意去办离婚，多余的事，把结婚证甩了就对了。"

尼苏有特殊时代的影子。这个影子到了今天，缩在火塘边的皮褥上或矮板凳上，又是被时代抛弃的、反时代的。我很疼这个影子。尽管作为一个白马人，她朝着汉族、朝着外面世界跨出了一步，但白马人本质的东西还沉淀在她的血液里，只是沉睡着，由于年龄的原因无法唤醒。这个影子是凄楚的、受伤的；看不见伤口，但感觉得到疼痛，感觉得到疼痛过后的麻木。它是尼苏的影子，一个白马女人的影子，它也是那个时代遗留下的诸多少数民族妇女的影子，只是她更为凄楚。

尼苏的儿子媳妇被人挑唆，这两年对她不好了。家庭关系的变故像是多打的一场白头霜，加重了尼苏的凄楚感。好在她有一种大度，从爱出发，知道是被人挑唆，不去计较。

尼苏不算是个悲剧人物。仅仅是凄楚。悲剧人物有毁灭的命运，或者被愚弄，由高处一落千丈。尼苏不同，她有过光环，但光环是别人戴给她的，她没有感觉，也没有享受到光环带来的现实利益。她不曾攀高，一直都在底里，不幸的婚姻带给她的疼痛让她时刻都保持着清醒。关键一点是她始终不忘自己的尊严和自由，并一直在与不幸的命运抗争。

访毕，蒋要去拍水磨坊。因为天友进驻没水了，蒋专门要拍没水的水磨坊。意思很明白，纪录片要的便是这种真实。磨坊没水了，但磨坊还是完好的，一把锁锁着，进水堰也是完好的。

尼苏原本要带我们去水磨坊，但有人进屋说她的鸡跑不见了，叫她快去找鸡。

找鸡当然比带我们看水磨坊重要。水磨坊很近，就在上寨口的路下，从公路上下去，走几步就到了。我们去看水磨坊，尼苏去找鸡，站在磨坊前，看得见她找鸡的身影，听得见她叫鸡的声音。磨坊锁着，看不见里面，但我想象得到，一年没用，磨盘成了什么样子，面桶成了什么样子，罗儿成了什么样子……有钥匙当然好，把磨坊门打开，什么样子都可以看见、都可以拍到，重要的是可以闻到磨坊的气味儿、闻到断水一年的磨坊的气味儿……蒋会拍几个特写，水磨坊停止的状态，磨盘积满尘埃的状态，面桶里长出野花的状态，楼板上生出水麻叶的状态……这样的状态呈现的是水磨坊，但隐喻的是尼苏——她的心境以及个人在这个时代的被遗弃。

我没有多看，也没有多想。上午的阳光很好。祥树家的五月很好。山青青的，水尽管归口到了天友打造的丑陋的河道，但还是清澈。尼苏从桥头下河，在河滩的草地上和灌木丛寻找她的鸡、呼唤她的鸡。桥以上是天友修建的广场、售票大楼和警务室。没有游人只有建筑，看上去与尼苏寻鸡是两个完全不同的画面。

我们走了，没跟尼苏道别。水磨坊能不能通水，尼苏心里没底，我心里更没底。水磨坊不通水，水磨坊就等于死了，成了遗产。看着广场上黢黑的大屏幕，看着与这里的山水一点不协调的售票大厅和警务室，我突然生出不祥的预感，觉得尼苏的水磨坊不可能再通水了，尼苏也不可能再走进磨坊同转悠的磨盘一起咿呀呀唱歌。

美好的时光很短暂。尼苏离婚后有过水磨坊转悠的时光，与旭仕修在一起的时光。两个人共同经营水磨坊，白天有白天的相处，夜晚有夜晚的陪伴。尼苏摆脱了前夫的家暴，与比自己小六岁的旭仕修成了眷属，既有小鸟依人的恬静，又有晚霞冲腾的燃烧。旭仕修能歌善舞，不乏情调，在那一段时光里，特别是在那一段时光的初期，水磨坊自然是情人的水磨坊。

嘎尼早访谈侧记

早饭后从交西岗开车去新店子的水牛家新寨。见到三年前带凤凰卫视拍过的岳忠波，他还是那么热情，只是这次我们访问的对象不是他是嘎尼早。

带白林在寨里转了一圈，走成都来拍片的蒋骥像鬼子进村自己在拍摄。寨子里安安静静，看不到一个人，也看不见炊烟。房子都是崭新的砖木结构的木楼，统一规划。通道、河堤也都规划。倒是各家各户种在自家门前花坛和空地上的菜蔬和花花草草带给了寨子一些生气。

我是第三次到水牛家新寨了。第一次是开寨，人山人海，来恭贺，喝酒看闹热。那时的寨子还只是一堆房子，不说灵魂，连人气也没有，感觉像个大码头、大客栈。我是完全陌生的，看见的人，看见的场面。陌生，却不喜欢，异族的笑脸和服装都是装起的，搞接待，哄开心，就连吃了饭跳曹盖也都是节目。人真是万物的中心，信神的时候一草一木皆有神，神山更有神；不信神了，便是欢娱的盛筵和欲望的天下，古老的神山也变得凡俗了。

新寨坐落的地方并不适合人居，白马人的先祖没有选择在此建寨。今天的政府选择它，是因为没地方可选，是因为不考虑农耕了，只考虑旅游业。这单一的考量对不对，白马人的先祖不在这儿建寨还有没有别的理由，需要时间来证明，比如发生地质灾害的可能……新寨坐落在白马路的门户上，很多人都觉得旅游业应该火一把，但我却不这么想，地理上的扁窄还不是主要因素，主要的因素是没有灵魂。我说的灵魂并非看不见的玄而又玄的东西，而仅仅是一个老寨具备的，从物质的角度讲，就是老房子、老屋基、老物件、老粮架、老路以及老人……包括全寨的神山，也包括坟地。从非物质的角度讲，就是土生土长的传统，信仰和表达信仰的方式，包括白该所做的全套，包括跳曹盖的神性……刚建起的一个新寨，就是把这物质与非物质的通通搬去，也不见得就有灵魂。不等上几代人、几百年，灵魂是扎不住根的。在新寨背后看见新修的、待完工的客栈，在白马路自然属于"高大上"，规模就不说了，单仿古设计与木工工艺已经不得了，但我觉得适合搁在城市里，搁在城市里味道就出来了，有现代性衬托，搁在深山老林里，便有种审美的不伦不类。仿古的东西，做细节的东西，是需要一点文化氛围来烘托的，而在这荒山野林，茅屋、土坯房、碉楼才是符合审美的。

见时间快到九点，我给嘎尼早发短信，告诉她我们已经在水牛家新寨了。她很快打来电话，说已从县城出发，叫我们等到。我们从沟里出来，来到寨子中央的舞台上。舞台搭建在沟上，水从下面分流，好是好，但没有考虑到百年一遇的洪水和泥石流。回望沟口和上游的山峰，没考虑也罢，上游沟很短，仅百余米，山也都是花岗岩的山，看上去很坚实，只要没有大地震和超强降水，新寨就很安全。如果不算嘎尼早一家人，岳忠波便是寨子里的名人。2012 年红叶正红的时候，我随凤凰卫视《凤眼睇中华》摄制组的几个年轻人采访过他。他算是听话，我们去的时候，他照政府的安排在门口擀毡帽。擀毡帽快失传了，典型的非物遗产，但并未得到重视，他很可能成为末代传人。为了拍片，他只是做做样子，羊毛钱和误工补助都由政府出。我见到还是有点激动，毕竟见到、拍到了擀毡帽——羊毛是真实的，工具是真实的，手艺和流程是真实的。她成年的女儿在火塘边织腰带，我们也拍了，当然也是做样子。岳忠波穿了一套半新的长裙，有点过年走人户的打扮，可见他很注意自己的形象。这自然是政府的要求，他习惯了，也就认可了。我倒是觉得，他的装扮让拍摄的真实打了折扣。平常擀毡帽是什么样子就是什么样子，不要有装扮与表演，然而，在镜头面前，又有几个人做得到？岳忠波说，他每年要擀几十顶毡帽，都是寨里的人定做的，从来不卖。我建议他多擀点，可以作为旅游产品销售，东西好了，价钱也可以卖得高些。他说不卖，就是卖一两百元一顶都是亏本的，一两百元一顶也没有人买。他说现在戴毡帽的人越来越少，只剩一些老年人了，年轻人都只是过年过节搞活动戴一下，主要还是姑娘家戴。他说的是，这些年我都看见，戴毡帽的人越来越少了，坚持戴的只有一些老年人，主要是老年妇女，很多男子都穿现代的服装了（不能叫汉服），就是搞活动也只有女人和一些"角色"戴了。岳忠波说，估计擀毡帽就要在他手里失传，现在的年轻人都不想学，挣不到钱，他自己的儿孙都不学。岳忠波会擀毡帽，经常跟官方打交道，经常上镜，显得很豁达，白马人的面相与口音里有不少汉人的东西，他担忧擀毡帽的手艺失传，但并不痛心疾首。在我看来，岳忠波的上镜与知名，并没有带给新寨灵魂的东西，在镜头面前他表现得再真实、再诚恳，也都是表现，而关乎一个寨子灵魂的东西是一种风俗、气息和价值认同，它从来都不像浮云或者一拨一拨的游客，说来就来说走就走，它是寨子看不见的根，也是每个人看不见的根，潜伏在每个人的血液和思维里，决定着每个人的生存方式和审美。

这让我想到水牛家老寨，在厄里家上面十里稿史脑村的小槽，没有人知道已经有多少年，用他们自己的话说，"从来都在那儿，不是从哪里搬来的，父辈在那儿，祖辈在那儿，祖祖辈辈自古都在那儿"。从一家人到一个家族，从一个家族到一个寨落，时间与地理繁衍生息的同时也给予这个寨落灵魂。每个人的灵魂，祖祖辈辈，一代代人，聚在一起，结合了风俗和更早的传统，结合了神明启蒙的东西，在这块土地以及土地的上空形成一种气场。每个人从出生、童年、成长，到第一次爱、第一次喝酒、第一次看见死亡，再到老、到自己的死，都在这块土地上……千百年之后，可想而知，这个地方聚齐了多少灵魂。水牛家曾经是白马路最大的寨落，清道光版《龙安府志》记有六十户一百九十一丁口，每次土司进山也都住这儿，不敢说土司跟各家各户的人都有感情，至少都很熟、很热络。清咸丰十年（1860年）庚申番变，白马土司王国宾从水牛家出去救他四叔王维度，便有白马妇女劝阻，王国宾不听才遇难的。因为修电站被淹没，水牛家成了我不曾进过的白马路唯一的寨子。之前我仅仅是路过，仅仅远远地看过——过一座桥，坐落在夺补河右岸的一个台地上。我不知它的格局，便也不知它的美学，对它的灵魂也只能借了史书上的记载去想象。它淹没在水下十年了，四十余户一百多人被分迁到厄里家斜对面台地上和这个水牛家的新寨，老水牛家人连同他们的灵魂就这样永远地失散了。水牛家的消失是一个寓言，它是大文化软同化背景下的硬性撤除，是汉语名言"皮之不存，毛将焉附"的绝佳体现。

嘎尼早拢来之前，先让她表弟张伟他接待我们。寨子里看得见人了，东一个西一个地走动，一副无所事事的样子。阳光也无所事事，照着木楼、石壁、路道和各家门前的花花草草。张伟他年轻，肤色黝黑，个子不高，长得健硕。他性格开朗，健谈，一看就是见过世面的。看他抽的烟，又略知他的经济状况。他开这样大一个客栈，吃喝玩乐一条龙服务，该是多大一个老板！但就我所见，他的生意清淡，没有游客。他与我们也是这样讲的，白马旅游在21世纪初火过两三年，之后便一直沉寂到今天。年年在招商、在投入，年年在对外吹，但从来没有认真找过原因。做大、做强是口号，做成九寨、黄龙、白马旅游金三角是规划和一厢情愿，但做不起来是现实。从汉龙到天友，思路没有实质性的改变，打造就是破坏。对于原生态的自然和人文景观，我一直持一种观点，就是不要动它，不动就是保护，不动就是投资。别人动，你不动。别人动烂了，动废了，你没动过的就是宝贝。看看今天夺补河两岸的山，看看今天的夺补河，森工局、伐木厂对白马人的贡献就不说了，华能的贡献也不说了，只说厄里家、祥树家的河堤，要多丑有多丑，将夺补河最后一点原生态破坏殆尽。好在张伟他并不在乎现状——经济效益的现状和白马路美学的现状，他在乎的是白马人文化，他想做的、下一步要做的不是大把大把赚钱，而是抢救即将灭绝的白马人文化。救不了人救文化，救到文化了，也算救到了灵魂。我赞同张伟他的想法，面对一个时代的错误思路和恶性循环，个人的力量太有限了；阻挡不了部族的消亡，总可以拾捡一些碎片，包括历史的、过去生活的、今天内心失落的……可以是虔敬的精神的东西，也可以是表达方式……五月的阳光明丽而热辣，有一些白，白里透出缺失，就像这个新建的搬迁点，看上去什么都有了，其实缺的还有很多。

嘎尼早拢了。她自己开的车，停在我们面前，从车里出来，我并没觉得她是明星。阳光的质地越来越好，也越来越晒人。嘎尼早不怕，坐在太阳下，直入镜头。星光大道、青歌赛都上过，也害怕镜头，有点扭捏、不知所云。扭捏，但绝非忸怩作态，是一种发自本身的害羞。为什么很多人面对镜头脑壳里都会是一片空白？我看是自我意识在作祟，自恋的人尤甚。

我们在水牛家新寨做访谈，做一个白马人歌手的访谈，却不觉得跟新寨有什么关系，不过是选了个外景。大背景很不错，蛮荒的山谷山林，近景却是新寨、是旅游接待点。这样的访谈虽不能说有作，但多少显得生硬。好在我有一个随性的引导，不受外界干扰，完全走心的轨迹，就像没建电站之前的夺补河。

嘎尼早有个汉名叫张莉，她长得很异族，一点不像汉人，但身上有不少汉人的东西，就是穿上自己部族的服装也有。她家境好，从小在汉区读书，长大唱歌又在外面跑，跟汉人打交道多，处的对象又是汉族，自然受影响最多。文艺女青年爱时尚，吸收外面的东西较常人都要快、都要多。自接触白马人开始，在我眼里，嘎尼早就是白马人的形象代表。未必是最质朴、最本真的代表，但一定是最美的、歌唱得最好的代表，一定是白马人走向世界的代表。2001 年在祥树家一家小卖店见到还是高中生的她，2006 年在厄里家我拍到一张她和另外两个白马少女嬉闹的照片，用美丽绝伦形容她的美也毫不夸张。嘎尼早个子不算高，但面部明显有种西方异族女性的特征，轮廓分明颇显大气，不是传统的东方美，而是一种西方化的如罗丹雕塑的线条美。少女时看她的眼睛，就是草海子；少妇时再看，又是五花海。她的身材一直都是妙曼的，像夺补河的青年白杨——那种水边的高山白杨，大叶子，风一吹满身响，就像嘎尼早胸口的鱼骨牌和腰带上的铜钱。自从生出写白马人的念头，就想给她做个访谈，但她长年奔走在外，一直没能如愿；再说在我看来，她像个异族女神，感觉难以接近，接近了也未必访谈得了。怕不好接触，不敢预约，但访谈的想法一直在，且在默默地准备。

现在，嘎尼早坐到了我旁边，我们开始随便聊了。虽然前面有镜头，也只是个私人的镜头，可以完全忽略。她穿着自己部族的服装，鱼骨牌、铜钱串、花腰带、白毡帽、白羽毛齐全，腰身窈窕结实，与少女时候比略显清瘦和疲惫。因为经常登台的原因，她穿的服装在色彩上要比普通白马人穿的鲜艳一点，这样的鲜艳今天在白马旅游接待演出队员身上也能看见，在九寨沟县、甘肃文县白马人节庆活动上也能看见。阳光静静的，我们随便聊，一条隐痕般的小道从我的脑壳里呈现出，它是这些年在我头脑里形成的关于嘎尼早访谈的暗迹：夺补河畔的童年、离开、在汉区小学、一个见过世面的少女的回访、从唱歌到音乐、从天真到懂得世故、被带来带去的白马路、第一次婚姻、理想中的融入与现实的隔膜、不可交汇的两条河流、在大江岸的茫然与迷失、溪流的血性限制、一个白马女子的现代价值受挫、回归……说是随便聊，也是随了我脑壳里访谈隐迹。这隐迹也是时光隧道，让坐在 2015 年 5 月岷山东坡太阳下的我得以进到嘎尼早的过去时光——20 世纪 80 年代的童年时光、90 年代的少女时光……那些时光也是我见证过的，甚至有过不曾觉察的交集。

　　嘎尼早最初受到的音乐熏陶应该是她母亲以及老一辈唱的酒歌、背水歌、打青稞打荞麦的歌、跳圆圆舞的歌，包括祭祀歌……他们在火塘边唱，在夺补河边唱，在青稞地和荞麦地里唱，在神山脚下唱，白马人祖祖辈辈口口相传的歌声便入住了小嘎尼早的心间。不是入住，她心间原本就有，血液里有，是唤醒。然而，她说她最初受到的熏陶是流行歌曲，是《冬天里的一把火》，是迪斯科。这个回答非常有趣，真实并暗示了白马人对外面世界的需求——对现代性的需求——审美的需求，反证了白马人对自身音乐、歌舞乃至审美的疲倦。嘎尼早一句话，化解了我对她音乐趣味的疑惑。这个在白马路跳迪斯科、唱流行歌曲长大的女孩，不是白马人原生态歌舞孵化出的蓝马鸡，而是现代流行音乐与白马人歌舞共同培育出的一只山凤凰。她毕竟是一个白马人，有白马人天生的嗓子，又受到白马人歌舞的耳濡目染，凤凰的美学里自然少不了蓝马鸡的元素。自从听她唱歌之后，我就希望她做一个白马人自己的歌手——最好是艺人，用白马人天生的嗓子唱白马人的歌，唱白马人的喜怒哀乐，唱白马人心中的神，尽量剔除流行音乐的影响，可能的话，高明地融入一些世界前卫音乐的元素……然而，这仅仅是我的希望，在一点不了解别人的情况下对别人的希望。听了她的讲述，我算是明白了，20 世纪 80 年代后期、90 年代初期的流行音乐对她童年的影响太大了，她青年时代的音乐趣味乃至审美趣味、审美追求都是这粒种子的萌芽与生长，白马人的原生音乐背景倒是成了它生长的土壤。就算她现在明白了，想回归，也是付出了青春的代价，且回归的路上依旧有断裂、有媚俗。

　　我们拉拉杂杂聊了很多。太阳晒得我灼痛、流汗。嘎尼早穿着裹裹长裙却没事。摄像机运行着，同行的人都躲到阴凉处去了。我看看远山，又看看路下人家的后墙，尽量回避着镜头和嘎尼早深邃的目光。听别人说话，老回避也不是办法，我也会时不时侧身去看她。她不怕晒，越说越精神，仿佛那些被她长期禁锢在内心的东西都是些蜂蜜酒，接出来自己喝了。

聊到婚姻，聊到内心最痛处、最柔软处，她停顿下来，哽咽了。婚姻的破裂与不可弥补，在她看来是两种文化的冲突，她的真实感觉也是这样。然而，她是否考虑过相同文化背景下的婚姻破裂，又该归于怎样的冲突？在不解详情的情况下，我个人认为，文化冲突是其次，人性冲突才是致命的——文化毕竟较人性要表层；何况她是个歌手，平时到处飞、到处演出，不飞多数时间又在娘家、在白马路。嘎尼早哭起来有点舞台化，侧身低头拭泪的动作隐蔽而克制，但却是真实的。她一时显得信心不足，对未来很迷茫，但我觉得这不过是她眼角的碎泪折射的效果；就算暂时看不见爱情与婚姻的归宿，她的未来也是明确的——音乐和家人，夺补河畔有那么多自然与人的美好，音乐的舞台还有超出世俗生活的美好展示。只有她落实到一个人身上，回到一个白马女子身上，我才觉出淡淡的忧伤。音乐不能作为一个人的全部，灵魂的飞翔离不开肉身的翅膀。

在随后的访谈中我还发现，人和人之间的隔膜是可怕的。过去这些年对嘎尼早的了解都停留在感性的表面，有不少误解。只是感性，还不是直觉，直觉尚可捕捉真实。同样的误解也产生在别的见过嘎尼早的人身上，比如阿来，比如这次专程来拍摄她的蒋。

阿来在《平武记》里记下了与嘎尼早的一面：

　　我想起昨天晚上，主持晚会并兼独唱的那个年轻女子。县里的干部都认识她，叫着她一个汉族名字，并说她出去参加过很多电视选秀节目，得过一些奖项，如今是平武县的旅游形象大使。歌舞结束时，大家围炉向火。她往我电话里输了个本族的名字：嘎尼早。交谈中，她知道很多演艺圈中的事情。她不是厄里寨人，只是这里有了游客，便来帮助主持一番。她是水牛家人。不过，水牛家已消失在一个水电站的蓄水库中了。嘎尼早说，以前，水牛家是夺补河沿岸最大的白马寨落，迁徙后已经一分为三。我问她迁移后村民生活如何，这个欢快的女人忧虑起来，他们寨有一个针对游客而成立的旅游公司，她自己就是那个公司的董事长。不过，这里的旅游还没有真正发展起来，所以公司经营也并不特别景气。她问我，游客真的会越来越多吗？我当然给她肯定的回答。其实，这是一个我并不确切知道的问题。她还说，好些人家不会计划，拿到房屋与土地赔偿，还没有准备好新的生计，钱很快就花光了。

产生误解的原因一是隔膜，二是嘎尼早心直口快。她说话看人，说面上的话不过脑壳，给人留下了错觉。海子上也会笼罩雾霭，也会下雪落雨，被冰雪覆盖，但你不能说雾霭就是海子、冰雪就是海子，真正的海子在雾霭和冰雪之下。嘎尼早在县城的家与我家住得很近，我们时常碰见。有时看见她演出回来，在大门口下车；有时看见她穿了盛装，匆匆而过。看见她演出回来下车的时候居多，跟父母一起，跟弟弟妹妹一起——三姊妹还是有名的"白马人组合"，有时也跟老公一起。我虽不拿她当神，但与她的距离却是人与神的距离。一是与美的距离，一是与异族的距离。在一些场合见过面、打过招呼之后，距离缩小了一点，单独碰见却依旧不好得打招呼，觉得彼此间的距离是一个招呼到不了的。我把我的想法、我的自卑讲给嘎尼早，她居然说其实她也自卑，也怕跟我打招呼……隔膜有多可怕，由错觉产生错觉，再普遍被误解。

我和我外面的朋友对嘎尼早的误解还有更深层的地方。表面上的接触加上想当然，再着上时代的颜色，便完成了一个疾步跨入当代社会的白马女艺人的形象，以为嘎尼早就是一个地方"旅游形象大使"，一个陶醉于外在的金钱至上的新物质主义美女。其实，我们看见的都只是表面，有天生的，有家境带给的。单就嘎尼早个人，她是一个追梦的白马女子，追音乐之梦，其心路历程绝非我们想象的那样平坦与光鲜，也有泪印子，也有血印子。一颗异族的种子，一颗雪域高山的种子，优势也是劣势，要在外面的世界扎根、长成大树，付出的必然比常人要多。误解往往也是偏见，除了人类难以克服的主观性，也有无意识的恶——对自认为不美的东西的诋毁。

与嘎尼早交谈，误解消除了，不易觉察的恶也被剔除。看似语言的光芒，实际是对人性的洞见。误解原本就是海子上的雾霭，经不起阳光的照耀。

访谈到了尾声，蒋请嘎尼早唱歌。她唱了《夺补白马》，第一遍没唱好，又唱了第二遍。我知道不是蒋想要的，因为是通俗唱法。嘎尼早拉来她的姨妈，一起唱了他们自己民族的敬酒歌和情歌，原生态的。她的嗓音是训练过的，通俗唱法的痕迹很明显，在我听来是一种遗憾。

时值中午，新寨里依然安静，听得见阳光爆裂的声音。我突然想起岳忠波，早晨见面还说一会儿找他。他现在还想不想擀毡帽的事？

沾嘎尼早的光，张伟他招待了我们午饭，有白酒、蜂蜜酒，有腊肉、荞饼、手抓排骨、土豆丝、莲花白、山根菜……白马人自己的饮食，再加一点旅游接待的风味。吃饭喝酒是俗事，自然也会说些俗话。张伟他会说，嘎尼早也会说。敬酒的俗话，语言上的客气与尊敬，当然也不完全是有口无心。从九寨沟过来的诗人白林席间谈到他在白马人文化开发方面的关系与便利，嘎尼早颇感兴趣，希望能合作或得到帮助。这是属于硬实力的，许多人都欠缺，不欠缺的也是多多益善。我对这些东西从来是惧而远之，不是钱多了咬人，是压根儿就没兴趣——也不信任。我说如果可能，我可以写一点歌词，由她来谱曲、演唱；或者写一个歌舞剧——由谁来投资、导演我当然不考虑。我这么说，心里其实清楚得很，歌词未必能写出来，写出来了她未必能谱曲，至于歌舞剧就更是个大工程了。

这个地方叫南一里——在王坝楚南方一里，又叫新店子，自一里电站建坝蓄水后叫水闸。从名字变换可以见出外面世界对白马路的冲击是无处不在的。海决堤之后，哪里都得淹没。不曾有早期地名，说明是个蛮荒之地，在伐木厂进来之前，还是人迹罕至。现在建了新寨，有了日常居住，有了旅游接待，赋予了这个地方人气。

阳光不认人，无论美丑贫富长幼都是普照，分派给人的也绝不比分派给花花草草的少。

嘎尼早有事吃了先走了，我们送她到寨门口。三个多小时，真的很感激她。她倒车上大路的时候，有点风风火火的味道。

嘎尼早是主角，我们难免冷落了张伟他，好在张伟他也是个怕镜头的人，再说把好多东西也看白了，更喜欢旁观的感觉。不过，老旁观也不行，我们还得请他入镜，说说他心中的白马人，说说他对白马人的敬意与忧虑。

访旭仕修记

第一次见旭仕修，拍了张人照。他坐在火塘的褥子上，嘴里正在讲话。火塘边光线很暗，相机自动开了闪光。他穿一件白色裹裹裙，戴顶白毡帽，毡帽上插了一根白鸡毛，装扮和神态都是百年前的。火塘边煨着酒，镜头没装上。我们进屋他正在喝酒，一个人，很孤独又很自足的样子。

第一次听他的名字，第一次见他，心里有很多隔膜。走进屋看他，拍他，与他说话，都很勉强，直觉也没有，只能算了愿。除开一个人，一件白色裹裹裙，一顶白毡帽和一根白鸡毛，他什么都不是，不像尼苏有那么多神秘。火塘无窗，光线本来就暗，望楼、板墙又熏得漆黑，便显得更暗了。15 瓦的白炽灯照不透弥漫的柴烟。旭仕修放下碗筷和酒盅，在暗中起身，给我们让座，再回到暗中。他像影子，但不是一道影子，走动或者坐着，他都有一个大而胖的体积。我没有多少探究他的冲动，想必同行的老安和峨影厂的导演也没有。一个孤独的留守老人，平常又平凡，我不信身体里还有一个海子？

2007 年初秋的一个上午。走进扒西家他的屋，打过招呼，寒暄几句，没有坐下来便离开了。他望着我们，没有期待。我拍下他，也没有期待，真实的感觉就是被人带去看了一处风景。

第二次见旭仕修，他是个角色。唯一的角色。凤凰卫视《凤眼睇中华》栏目做白马人纪录片，拍他。深秋，水牛家水库周围的红叶正红。2012 年 10 月，天友集团还没进场，扒西家还是一个原始的古寨。摄制组的小伙子在对岸拍外景，我坐在草地上看扒西家——安安静静的，有一些寂寥，睡着的样子，有梦影浮动。人工湖波浪不大，拍岸声细碎、温柔。

水中那棵树死了，也是一道风景。树死了，扒西家还活着，看不见有人走动，只是睡着了。千百年，多少个这样的下午，宁静完完全全是由岷山析出的，后山的红叶再绚烂，也遮不住光线中盐一样的宁静。我第一次把扒西家和水联系起来，激灵中有了《水边的扒西家》。水也是时间。

他是摄制组确定的，当然是乡上推荐的。当时我并不觉得什么，现在想来，还是有点来头，为什么不推荐尼苏?

又见到旭仕修。笑呵呵的，很配合。他啥都不晓得，只是个角色，编导叫他怎样他就怎样，穿什么、戴什么、拿什么行头，他都听编导的。我躲在后面，悄悄地看他、欣赏他、观察他。今天百度"凤眼睇中华·神秘古老的白马人"，还能看见他的镜像。

摄制组在屋里找到他，他依然一副悠闲慵懒的样子。还是那间屋，还是那么黑，板墙和望楼上的烟熏还是那么浓重。我感觉一切都没变，这个下午和五年前的那个上午一模一样。旭仕修也没变，面貌、眼神、脸上的暗光，以及那件越洗越白的裹裹裙……我甚至有了这样的感觉：我还停留在五年前的那个上午，我还是五年前的我。

我当然知道，是扒西家，是这个老院子和这间老屋，锁住了时间。

纪录片中有他的四个镜头：一个是打理蜂箱，一个是挖洋芋，一个是关篱栅门，一个是坐在屋檐下逗猫。四个镜头三个都是劳作，只有一个是闲暇的时候——"凑在一起，说说过往的经历"（解说词）。片中没有他的声音，都是配景，但拍摄时他还是个角色，说了很多话。他挖洋芋的时候，我在篱栅背后，他挖了几个，做了做样子，他家里洋芋还多。他表现得很自然，面对镜头很自然，但心里还是起了变化，跟平常一个人到地里挖洋芋不一样。关柴门、闩柴门一丝不苟，摄像也一丝不苟，装着打理蜂箱也一丝不苟。这些是他熟悉的生活，做了一辈子，心里再有什么都不会出错。坐下来"说说过往的经历"就不一样了，他没说过，说不来。

这一次，我没有跟他单独交谈，差不多都是跟踪观察。他很大方，一看就是见过大世面的，悟性高。关键是他心里安静、从容。我是个旁观者，但我不再觉得跟他有隔膜。我想起了尼苏，想起了三年前尼苏对我说的话："地里去一下，河边去一下，磨坊去一下，一天就过去了。"我觉得旭仕修过的也是这号日子。

离开扒西家后，我开始想那个地方、想那个人，我凭空生出强烈的想过那号日子的愿望。

又过了三年，在扒西家那条叫唷瓦措惹的小溪边遇见旭仕修，我感觉特别地亲热、特别地愉快。他气色不错，穿戴也很整齐，一副走亲戚的样子。这些年，我没有忘记他，侧面打听到他很多信息。不见人，人反倒变清晰了丰满了。陈霁的《白马叙事》写到他，见面时也聊到他。第二次访尼苏也提起他。尼苏没有回避，谈到他。知道他与尼苏的生活有交集，他在我眼里变得神秘、神奇起来。这里面有我的想当然——想让两个上了岁数的人在各自的后半生轰轰烈烈爱一场。这样的想当然有拓展白马人人性的想法，也有填补我们潜在的情感空白的冲动。尤其是对尼苏，我是有指望的，她不能只是一个昔日的美人儿、今日的泪人儿，她还应该是一个忠于内心、敢恨敢爱、对白马女人找到自我有贡献的人。

我跨过沟，叫住他。他乐呵呵看着我、认出了我，寒暄过后，把他介绍给同路的诗人余幼幼，一起合影。

这次见面，他一扫过去火塘的暗淡，显得特光明、特干净。我跟他开玩笑，说他在白马不是第一帅也是第二帅，他笑得合不拢嘴。唷瓦措惹很敞亮，天友打造得很整洁，他走在溪边的小道上像一枝花。

他去坎上吃酒，我一直陪他走到坎下。这次见他，我有了强烈的访意。他约我下午见，他说他吃了酒就回。我等不住他，留了他的电话。

尼苏在祥树家，我知根知底。旭仕修在扒西家，还是未知数。中间隔着色如家，也不足两公里的路程。我觉得他俩之间是有某种联系的，过去有，现在分手了依然有。未必要是那种世俗的、明确的、为人反对或认可的关系，也可以是一种不见面的或者梦中的感念。

第四次见旭仕修，我采访了他。他家里有游客。音乐声放得很大声，院门外路上都听得见。我觉得很吵，我知道是为了吸引游客。他会不会寂寞？他还是那一身白衣，整洁、清爽。

我午后过去，他闲下了，坐在火塘边跟一位美女游客聊天，另一位美女游客在给他们拍照。饭后闲时，微醺正好，脸颊绯红。未经商量，我从两位美女手里借得这枚帅哥，去了他家偏房的老火塘。

天友集团进来打造了扒西家，做了风貌改造，那间曾经能锁住时光的火塘新装了墙、开了窗、铺了地砖，变得异常亮堂。

正屋的音乐响着，闹热掩不住午后的寂寞。天是蓝的，从木窗照进来的阳光是白的。

"我叫小脑依。从小长得有点儿乖，逗人爱。小脑依就是'圆'的意思。那时七八岁，我在藏文老师那里读私塾，同学里有几个小脑依。老师提问，喊小脑依，几个同学都站了起来，我也站起来了。事后，老师对我说，同名多了，要不得……所以才有'旭仕修'。老师取的是'学涩许'，学生的'学'，'许'就是'用'的意思，白马话就是'学会了你就用'。20世纪80年代办身份证，派出所写成了'旭仕修'。"

听录音还听得见他的笑声，乐和里带一点自恋。七十三岁的人了，还拿手遮住脸、抿嘴笑，一副害羞的样子。我能感觉到，那个小脑依跳出来了，逗这个七十三岁的人爱了。

读私塾。没有固定的学校。抱一把箭竹子做火把。老师白天做活路晚上教书。白马人有语言没文字，老师教着念，借用藏文写。白马本地有象形文字，雕刻在木棒上，叫巴色，是白该作法用的法杖。白马的巴色大多是他雕刻的……讲到这儿，他从屋里拿出一根法杖给我看。"我1979年刻的，照猫画虎。"他看似谦虚地说，"白该作法用的，上面的象形字，地球上有啥都刻的有，日月山川，树木花草，动物人物，古代的兵器旗帜。"说完，还强调一句——春秋战国时候的。

门口挂的十二相也是他自己刻的。我只在九寨沟的白马人寨子看见过，白马路只扒西家有，我以为是从九寨沟那边传过来的。他说不是，九寨沟那边的十二相还是从白马路这边传过去的。我有些疑惑，他为我讲了1935年胡宗南部骚扰白马路的事，白马路有不少人逃到松潘、南坪、文县那边去了，把十二相也带了去……"文革"开始"破四旧"，南坪、文县没有白马认真、彻底，白马"破四旧"很彻底，把一切都烧了、毁了。"我这个是怎么弄出来的？我1979年参加国庆三十周年观礼回来，觉得气候变了，就开始雕刻。"他说。

我看着他的鼻子，想到他的嗅觉。他的鼻子硕大，红红的，也是微醺的样子。

我跟他说话，听他说话，感觉是在刨他的人、刨他的根。这是必须的，我却觉得不厚道。他是一个白马人，也是一个爽快人，他什么都说，没有保留，不用保留。我在刨他、刨他的根，他自己也刨，就像徒手挖一个树兜、挖一窝土豆，四周的土刨开，让大大小小的土豆或根须露出来。可以自我安慰的是，我爱这树兜，爱这窝土豆。

他有点表现欲。这表现欲让他刨起土来很卖力。我注意到他的一双手，手掌宽大，骨节粗大，是一双握刀、握锄头、摸犁头的手。

说到过去，他不免有些感伤。过去不在了，很多白马文化也不在了。尽管他一直在做一些抢救、保护工作，其实也很无奈。他说过去戴上曹盖，戴上鬼面子和十二相，跳大刀舞、金鸡舞、波浪舞、猫猫舞、熊猫舞……过去白马人过的是一种古老、有灵魂的日子，"破四旧"就彻底不让人跳了……过去跳曹盖都是有规矩的，时间、地点，祭山祈福都有一套自己的程序，后来搞旅游开发，把汉龙、天友引进来，今天迎宾，明天迎宾，没了时间性，也没了神圣感。

他家原本在色纳路，老一辈都是色纳路的人。色纳路在祥树家上面几里，靠近原始森林，现在只剩两三户了。他生在色如家。1976 年地震后，他家才搬到扒西家。色如家、扒西家、祥树家、色纳路和刀切家，属白马路上五寨，最后一个大头人柴子修便是色如家的人。

"色纳路之前，从哪里来？"我刨根问底，希望刨见更深、更远的根。

"王侬。"他发很重的鼻音，"就是你们说的王朗。"

我长见识了。过去只晓得白马人走夺补河外面往里面迁移，不晓得他们还走里面往外面迁移。还以为王朗一直都是原始森林，没想到曾经也是白马人的寨子。

"王朗之前呢？从哪里来？"我又问。

"不从哪里来，就在白马路。白马的根根就在白马路，叫白马部落。"他说，"白马人信的不是佛教，是道教，杀人敬神，用真人敬神。"

道教我不懂。我知道苯波教，早先是要拿活人祭祀的。杀什么人？当然是买了奴隶杀。活人殉葬，是奴隶社会的特征。

他说他听老一辈口传，白马人在灌县（都江堰）住过，不是从草原上下来的，是从灌县过来，在夺补河扎下根。白马部落，白马曹瓦，早在春秋战国时就到夺补河了。他又说了一声"白马曹瓦"，发很浓重的鼻音，很饱满，特别异族化，流露出一种高贵与骄傲。

对白马人是藏兵后裔的说法，他做出了否定。他说"呗"就是藏，"马"就是兵，但白马人不是藏兵，春秋战国时就住在白马路了，不可能是藏兵。白马人穿的衣服说的话，妇女戴的鱼骨牌和珍珠贝，头上编的小辫子，都不是藏族人的。20世纪70年代末80年代初，他给北京来的孙宏开、费孝通教授跑过腿、当过翻译，走遍了南坪、文县和平武的白马人寨子。孙教授挖开老古坟，捡了遗骨测量、化验，再原样还到坟里。孙宏开、费孝通都说，这个族不是藏族，是氐族。

氐族还是藏族是学者的事，我只关心白马人的现状，只关心旭仕修个人。

用白马语说，他属于囊阿家族，汉语就是田家。"nang'a"，还不是他发音的准确拼写，准确的发音汉语拼音和国际音标也无法拼写。田家是上五寨的大家族，像一棵大树，分派出很多枝桠，有的分支已经去了松潘、南坪和文县。我只能记录到他高祖的名字——纳戒，祖父的名字——哇色许。"哇色许"，就是"威武之人"。母亲嘎纳波，色纳路人。1949年之前，色纳路有三十九户人，夺补河两边是两个寨子，上面才是刀切家。

他原本可以有另一种人生。他读过书，有文化，1959年到小河水铁厂炼过钢铁。十六岁，受不了那份苦，偷跑回学校，穿一双边耳子草鞋，一路偷嫩玉米包包吃。他还记得嫩玉米包包有股奶味儿。学校在停课，他便跑回白马，安排在伙食团管伙食。县委书记到白马看起了他，要他当通信员，大队长不放人，说走了没人管伙食了。后来公安上又来招人，政审合格，通知去平武学习一个月，分配到水晶派出所工作。他母亲又不同意，抱住局长的腿杆，不让他去，说是独子。他说，他母亲不让他去并不是因为他是独儿子，他母亲是从旧社会过来的，印象中当兵当警察的都是坏人，他母亲是不让他当坏人。真的可以有另一种人生，当了通信员可以当公社书记；当了警察可以当派出所所长、公安局长。

"当了一辈子农民，遗憾不遗憾?"我问他。

"遗憾是遗憾。不过，我还是做了点事，起了个螺丝钉的作用。"他沉默片刻说。

我懂他的意思。像尼苏一样，他也有过光荣——1979年去北京参加了国庆三十周年观礼。绵阳地区就他一人，四川省也仅二十五人。"在人民大会堂宴会厅，吃过华国锋的国际宴会。几百人里，就我和云南的一个傣族是白瓦片，其他都是大官，都是州长、县委书记，官最小的也是公社书记……我觉得这一辈子还是过得去了。"他边说身子边往后仰，靠着篱壁，显得很满足。他说他亲眼看过毛主席写给华主席的纸条："你办事，我放心"。用铅笔写的，准确地说是画的，笔画像曲蟮拱过一样。

提到尼苏，他一副冷却的样子，一点余温都没有。

我想象他很小就和尼苏熟，很小就喜欢这个漂亮姐姐，只是从不说出来，在心里喜欢。后来尼苏结婚了、生孩子了，他还喜欢。再后来，他也结婚了、有孩子了，仍然喜欢。祥树家、扒西家相隔不远，偶尔碰到，还脸红心跳、说话结巴……然而想象归想象，听他说，他俩并不是这样。小时候认识，但并没好熟，放羊碰在一起，山上山下，河这边河那边，很少说话，更没有想象中的对歌。尼苏大他六岁，是个漂亮的大姐姐，对他的青春期成长应该起过很好的启蒙作用——启蒙也是审美。

都说尼苏年轻时漂亮，他却说："将就，好漂亮说不上，上五寨漂亮的多得很。"不知他说的是真话，还是吃不到葡萄说葡萄酸。尼苏很小便由父母许配给了她表哥，应该说是断了很多人的想法，自然也断了旭仕修的想法。后来跟表哥离婚，跟丧妻的旭仕修结婚，三年后两个人又分手……他心头的滋味我晓得，他说的话自然也带了那种滋味。他说他过去没有喜欢过尼苏，自己有一个喜欢的，刀切家的，叫嘎姆早，就是后来他孩子的母亲，四十来岁得病走了，比他小四岁。

我问他是不是很崇拜尼苏，是尼苏的粉丝，他没有正面回答我，只是说："就是她心有点好，我十六岁从县城学校跑回白马，伙食团莫口粮，她在伙食团煮饭，悄悄地给些饭。"

"后来，你管伙食她煮饭，心里还是有点感觉，对不对？"我问他。

"她斗火，我帮她捡丫丫柴，帮她斗火。"他说得很淡，"那阵没得啥感觉，她心还是好，心还是可以。"

"那时她二十多一点，你天天看到她……"

"她婚都结了，娃儿都生了，能有啥感觉？"说着，他哈哈大笑，像个青春期的坏孩子。

我又开始想象，想象一个少年——翩翩少年，想象一个少妇——水灵而朴拙的少妇，想象这个少年对少妇的感觉……都是少数民族，血液里多出很多自由奔放的因子。

我把我的想象讲给他。他听了笑而不语，有一种特别的幸福感。笑过，他告诉我，他老婆过世后，尼苏先追的他……她始终不爱她的男人，年轻时都不爱……她提出跟他过，两个人好好过……他不同意。他为啥不同意？她男人还在。她只是说离婚，当时还没离。他劝她莫离，他说："我们白马人不兴离婚，再说都要当婆婆了，离啥子婚？"可县上妇联支持她，妇联主席找到他，要他配合，他这才答应她。

可好景不长，两个人在一起仅三年，便又分手了。再说五六十岁的人了，感情归感情，家庭归家庭，几十年的记忆与牵绊，想要像小夫妻那么好，实在有些勉为其难。尼苏大半辈子都在遭受婚姻的折磨与羁绊，现在摆脱了、自由了，自然有比旭仕修更多的需求与满足，而旭仕修则未必，年逾半百的尼苏已不再是他的偶像。

问到一些细节，与尼苏的叙述相符。

她是动用了社会力量才离婚的。两个在一起，扯了结婚证。在一起三年。尼苏有几个孩子，旭仕修也有几个孩子，两个人都离不开自己的家……尼苏是个大忙人，闲不住……又是孩子，又是孙子，又是园子，又是磨坊……两个人没吵架，好说好散，到现在也没办离婚，自动分开……现在，两个人路头路尾遇见还是说话。

有的细节也是隐私，比如旭仕修的迷信，深陷在两个人的裂痕里。我挑出一点，给旭仕修看，他不否认。尼苏揭开的裂痕，在破旧长袍的背后。

"说我信迷信？也有一点点，她是属牛的，我属马，人家迷信里头说了，白马怕青牛呢（哈哈，哈哈哈），八字上不啥合……"旭仕修说。

他跟尼苏结婚后，家里出事了，一个儿子意外死了。

分开后，两个人各自回了自己的家，说是跟孩子过，其实是独自过。尼苏是独自过，有独自的房子、火塘、锅灶和漫长的黑夜；旭仕修也独自过，有独自的房子、火塘、哑酒和漫长的黑夜。我几次探访，都是独自一人。旭仕修多一只猫，尼苏多一条狗，耐人寻味，人无法陪伴人、无法爱人，找动物来陪伴、来爱。

访问结束了，我请他唱首白马歌。他不唱情歌，唱了首割青稞的。估计他很久都不割青稞了，没唱进味儿。

从老火塘出来，我驻足跟他握手。天蓝蓝的，太阳白白的。我有些不舍，没跟他喝酒，没跟他把酒夜谈。两个人在夜里把酒，就是不语，也会交换很多内心深处的东西。

单身汉格绕才理

多年以后，我在相册里翻到上壳子人格绕才理。拍照时他四十三岁，单身，体格健壮。今年他四十七岁，没准还是单身。他健壮，没有营养不良，慈眉善眼，笑起来眼睛像两尾鱼，带一点羞怯。是圆头细尾的金鱼，而非涪江中的雅鱼和羊峒河的羌和鱼。

白马人喜佩鱼骨牌，很多人的眼睛都像鱼，透出他们与水的渊源。

望着格绕才理四十三岁的样子我有一霎一霎的白雨般的感动。也有感伤。他四十七岁的样子能有多大变化，我愿意去想象：体格还是健壮，面膛的红润变深了，变干涩了，沧桑感变浓了，像一层雾霾或初雪笼罩了他，但双眸和肌肤仍透出生命之光——无谓的纯自然的光泽，像燃到末尾的篝火，火石子依旧烤人。

花上半天时间我也能找到格绕才理，也能真真切切目睹他，不过我更愿意去想象，在一个实实在在的上壳子人身上延伸出一段虚线，让一个最底层的白马人有机会成为艺术作品。凭我的直觉，格绕才理身上的东西是不死的，没有被现代文明浸染的生命力，基因里纯自然的东西，包括慈善与羞怯，有种草木的本性和芬芳，枯萎了又萌芽，凋落了又绽放。

照片中的格绕才理穿一件旧式青布裹裹裙，扎一条红色腰带，裹裹裙的领子开得很低，看得清里面的衬衫和套在衬衫外面的化纤织衣。虽然长裙有些不净，但镶嵌在领口、袖口和两襟的花边依旧精美，独具特色。领口蓝底白花，白花是我在王朗和黄土梁看见的；两襟的镶边很复杂，一条宽边加三条窄边，窄边折叠，图案相对抽象；袖口镶边与两襟相同，相互照应，使得整件裙袍朴素而生动。毕竟是 21 世纪，站在自家房子外面，便能看见山下羊峒河岸布带一般的九寨沟环线公路，毕竟早在格绕才理的祖辈就已经经历了不少的变革……格绕才理穿在长袍里面的衬衫和毛衣，可以被看作是他身上的现代部分。他身上的现代性是被动的烙印，是他无法拒绝的，就像他为了保暖、为了方便要穿汉人的衬衫和毛衣。

上壳子在夺补河左岸的支流羊峒河的右岸，与下壳子隔河相对，但海拔要比下壳子高至少五百米。下壳子看上壳子，是绝对的仰望，而上壳子看下壳子则是鸟瞰。每次仰望上壳子，我都会去想，是上壳子人的哪位祖先第一个把家安在这么高的山上，非要安在这么高的山上不可，那些跟随他把家安到山上去的人是绝无选择还是出于某种目的……他们从黄土梁那边的文县过来，或者从陇南更远的地方过来，被逐或者是躲避战争，河谷地带已经被先前抵达的同族人占据。他们去开垦、狩猎，去繁衍生息，向自然求生存，与自然抗争又融于自然。上壳子的高度是白马人历史的一个高度，也是意志的高度，同时还是族群战争残酷的高度、人性耻辱的高度、爱荒芜的高度。人要去如此高陡的地方生活，已经是绝望的选择了，他们的世代繁衍已经是对基因的锤炼。今天的下壳子人放弃了继续锤炼，移民到了王坝楚街上。准确地说不是放弃，是被剥夺了锤炼的权利。被剥夺的理由又是文明的推进，享受文明的成果。

我看见的上壳子，已经是移民搬迁完成过后的第五年的上壳子，它的景象还是完好的，不像下壳子已经坍塌、颓废，沦为废墟。格绕才理在寨口荒芜的台地上看着我们，露出温暖的微笑，他身旁的一堆黑卵石般的马粪告诉我们，上壳子尚未像下壳子被彻底遗弃。其实，在与上壳子尚有一段距离的时候，我已经望见了它作为一个寨子的完好，它每一栋木屋的屋梁都还是直挺的，黑色的人字架没有丝毫塌陷，像一队展翅的大雁。三匹深棕色的马在一栋木楼当头的荒地里吃草，看见有人来，也抬起头，流露出与格绕才理一样的眼神。在这样高海拔的一个空寨子里，人看见人，马看见人，都是一个感觉，一个满足，就像是人与人在火星上相遇——很多时候，孤独是可以超越物种的级别与层次的，就像今天人与宠物的相互依赖。

我们三四个现代人冒失地闯入空余的上壳子是一个什么情结？如果上壳子有灵，会做出什么反应？对我们的闯入会有一个怎样的态度？

我走到离三匹马不远的一堵残墙下，对着残墙发呆。残破的土墙告诉了我它的经历，它在时间中的损耗，我得慢慢地用心地理解，连同墙根的石片和墙头的荒草。越过土墙曾经的实用性，其实它也越过了，我理解到的是上壳子人文明的作品，它完全是遗迹艺术了，带给人的不只面对时间的直觉，更有对墙内主人生活细节的无端想象——那些细节一秒一秒，有响动有气味，有轮回的四季做背景，给人一种艺术享受。

格绕才理带着我们在寨子随处转、随处看、随处拍。我们是随便的，用我们的标准取舍镜头和语言，忽略了格绕才理眼中的忧伤。说来惭愧，他的忧伤竟然是我后来在照片上发现的。在他金鱼般的眼睛里，在他害羞的浅笑背后，有一种痛，一种灼伤。

在一个牛栏外边，蒋骥端着摄像机对着格绕才理，格绕才理把脸扯到一边。他不知道镜头，也不敢看镜头，就像不敢看我们的眼睛。"不敢"里只有羞怯，没有不屑，我是希望有不屑。他脚下的马粪牛粪已经干了，化了，融在了土里。他把脸车到半块，像是在看山对面，其实什么也没看，眼里一片迷蒙，就像刚看了太阳。他想起小时候，20世纪70年代，想起了年少与年轻时的80年代和90年代，从寨子内部传来的喧闹又响在耳畔，更多的是用白马语唱出的歌声，也有笑声。他父亲的吆喝声，他爷爷使牛的声音，奶奶在唱歌，阿妈在火塘边织腰带，伸懒腰的声音传到了院坝里，摇动着路口的枫杨……格绕才理，他不哭才怪，想起就发生在眼前，但眼前却是一个空寨，却是三四个拿摄像机、照相机的外来人。

另一张照片，在一栋木屋当头，蒋端着摄像机对着格绕才理。蒋在笑，在和格绕才理说话，这一次格绕才理没有回避镜头，但也不像在看镜头，从我的角度看不见格绕才理的脸。蒋是低调的，他手头的摄像机只抬到腰的位置，也是低调的，他的抿笑就更低调了。已经够低调了，但摄像机还是像一张嘴，像是要把格绕才理吞噬。格绕才理应该在笑，应该带了幽默在拒绝摄像机镜头的吞噬。两个人隔着一条半干的马粪和枯草的河，自然到不了同一岸。蒋背后的屋檐下，放着一对长柄犁，很容易让人想起二牛抬扛的春耕情景。

格绕才理领我们去了他们的家。准确地说是他过去的家，他的老家。移民搬迁后他们的家被安置在了王坝楚街上原供销社内。一座依照山势建造的吊脚楼，楼下关猪、关牛羊，楼上住人，大门外的阶沿向吊脚楼一侧延伸过去是转角的走廊。站在走廊上，感觉对面金字塔一般的山近得伸手可触。上壳子有的木楼、圈楼已经残破了，但多数还保存完好。格绕才理家的吊脚楼杉木板盖顶，杉木板装墙壁，保存是最完好的，只是拉了蛛网挂了扬尘，人的气味也稀薄了。

我们进屋时火塘边灰死火灭的，感觉不到一点热气，闻到的柴烟也是隔夜的。格绕才理只顾跟我们说话，也不生火。我们围着火塘坐下。格绕才理老早便在最里的黑暗里席地而坐了，像一桩神。

照片上的格绕才理席地而坐，两腿交叠，眼睛虚起，一手拿打火机，一手拿着纸烟（老何给他发的）。他应该是在接受访问，是在叙述。他是一个叙述的神。他原本在黑暗中，身体和脸都只能看个轮廓，是闪光灯把他照亮的。他叙述的应该不是面前的这堆隔夜的灰烬，但现在读照片，就很像是。面前隔夜的灰烬是灰烬，又不是灰烬，它可以是现今白马人的一个象征，也可以是整个人类走火入魔的现代文明的象征。他虚起眼睛叙述，叙述冷灰。

我们随便问他。有人问到他对移民搬迁的态度，他表示出明显的反感，他说他很少去王坝楚街上住，他喜欢待在上壳子，上壳子有地种、有柴砍、有马和牛羊照看，而王坝楚街上啥都没有，除了一间房子。谈话中，蒋又架起摄像机开拍，格绕才理没有注意到。我的第一感觉是现实、现场，四个文明人和一个白马人在一个废寨构成的现场。它不是平面的，它是立体的，当中有挑动、有覆盖，更多的是挑动，用一种自以为文明的观念和视角去挑动古老的时间和灵魂。古老的缓慢的东西在格绕才理一边的黑暗中，在他身上。它是历史，也是部族史。它粗粝、质朴，在现代文明面前甚至有些不恰当的自卑。它静默、生动，就像一匹睡眠中的豹子身上的花纹。

格绕才理正值壮年，长得又健硕，我想到了性的问题。他告诉我们他至今未婚，相过几门亲都没成，最近相到一个甘肃文县铁楼的女子，因为饭量太大他没同意。我觉得好笑，又觉得悲哀。我问他这么多年怎么解决性压抑的，他笑而不答。他懂的。

格绕才理的头顶有一个烟道，光照进来看得见颗粒状的烟垢，那种黑色是凹凸的，可以滴落的。这条烟道让我遐想，烧了多少柴火才熏成这样？多少日夜多少人围坐在火塘？说过多少的话？在烟道变黑的过程中，上壳子的人经历了怎样的繁衍生息？外面的世界有过怎样的变迁……如今，上壳子人搬走了，"上壳子"作为一个名词一点点褪去词义，最后连虚词也不是。在词义流失的过程中，格绕才理独自一人睡在火塘边，坚守着"上壳子"这个名词中最后的人的含义——白马人的含义。他睡前和醒来望着烟道，咀嚼着滴落的颗粒状的黑暗，个人和家族的记忆如羊峒河奔流，也如烟消云散。疼也是安宁的，一个人的，像一条根扎进泥土、岩缝，让他一直都有一个白马人的存在感而非一个外出打工的汉人的存在感。

他们还在火塘边说东说西，我出来了。在当今，火塘已经是一个艺术品的制作了，尤其是白马人的老火塘，有鼎锅有皮毛有长凳，有烟道有格绕才理以及他置身的黑暗……艺术品需要静观而非喋喋不休……我在格绕才理家的老房子里悠转，寻找着白马人过去生活的蛛丝马迹，找到的每一样东西都吓我一跳——背水的木桶，破裂的石缸，生锈的火镰，穿烂的边耳子草鞋，发毛的花腰带，磨玉的高门槛……一家人的百年生活，如果可以密封，不只是画面画质，每一个细节每一种气味都不漏掉，应该就是复活。

上壳子是汉名，白马语叫卡斗，意为"云雾中的地方"。

临走时，格绕才理把火镰拿到大门外的木板上供我们拍照。火镰非常古旧，铁的部分生了锈，皮的部分也满是尘垢，只有兽骨的部分还是白的。我拍了一张特写，应该是火镰的"镰"的部分，有铁有皮，铁的部分锈迹斑斑，皮的部分虽已破损，但镶的三朵八瓣菊依旧金灿灿的。看着镜头里的火镰，呈现在我脑壳里的是一双双手，一双双打过这把火镰的白马人的特别的手，以及一双双白马人的特别的眼睛。

离开上壳子的时候我没有太在意。格绕才理站在寨外南边的湿地上目送着我们走进灌木林。格绕才理只是我访问到的数十位白马人中的一个，我不曾想到多年后还会记起他、写他。一个人不在意一个地方一样东西，未必就是真的不在意，他知道没有办法，现实没有办法，心也没有办法，就像面对一条河里的河水，就像面对刚刚过去的晌午。

不能说格绕才理不在乎我们，也不能说他在乎我们。我们不能带给他什么，更无法改变他什么。我拍了他，写了他，他自己并不知道，知道了也没有意义。

多年后翻看上壳子的照片，翻看格绕才理，我注意到他眼睛里有比烟道和火镰来得更远的东西，甚至是来自非洲的东西。眼里有，眉宇间有，扎红腰带的背影也有。

不知道格绕才理娶没娶到女人。当然是与他同族的女人。就他的身体和脾性，我觉得他应该娶个女人，也娶得到。不要嫌别人饭量大，饭量大的女人能干，饭量大的女人能生。

再去上壳子，希望能看见他飞跑的儿子，在路上帮他赶羊，而他的女人穿一身青布镶边的长裙，扎一根花腰带，在火塘边煮酒。

我觉得白马人应该沿着格绕才理走下去，而不是沿着开化的商人或者艺人走下去。沿着格绕才理走下去是永生，沿着开化的商人和艺人走下去是消亡。

洞嘎才理和他的波姆

没想到，蒋骥说这次去交西岗回访的两位老人，竟然是住在阿波珠家屋后靠近溪沟的台地上的这对老人。近路已走不通，有木栅栏拦着，长了草，一股水淌。我们援到溪沟那边，走一截新修的水泥路再过沟，然后上到台地上的一栋老屋前面。

我熟悉这栋老屋。木房子，泥巴墙。四面都是泥巴墙，围着屋子，厚实的样子像个碉堡。屋顶前半边盖的是石板，后半边盖的是杉木板，杉木板上压着石头。过去门口一直码着柴，好大一码子，高过屋檐，有时是手杆棒大小的树棒，有时是划子柴。半干的时候，弥漫着老酒树和黄角兰的香味。十几年间，随何明奎来，带蒋骥来，抑或是带了别的朋友来，都在柴垛子前面留影。仔细端详这些留影，会感觉柴垛子没变，只是人在变，变得越来越老。记得有一张留影，我穿了件老式羽绒服，很臃肿的样子，宽皮大脸，洋溢着光彩。

这回是我第一次遇见门前没有柴垛子，空荡荡的。

我绕过屋子去上面人家，蒋说就是这家。记得柴垛子，也记得这屋里的女主人，穿得破破烂烂，有点邋遢，看不出岁数，五十几还是六十几，从没见她说过一句话。每次经过，门都开着，屋里黑洞洞的，看不见什么家什。外头的门框都熏黑了，不消说里屋了。有时看得见烟子从大门飘出来，闻得到烧火灰的气味。有时无人，不知道人在里面，还是在唱空城计。有一回，女主人坐在门槛上喝一碗洋芋稀饭，有一回提着一桶猪食正要去喂猪……我端起相机拍她，她不躲也不说话，像个智障，又像个瞎子，像是压根儿没看见我。每每那时，我心头就生出悲楚，为这个白马人，为这个生命。邋遢归邋遢，但女主人的皮肤很白，神态很安静，没有什么慌张的，也没有什么害怕的，看人的眼神像是从一个海子、也像是从一棵青稞发出的。很明显，我们不在同一世界。我属于外面的世界，不管我如何靠近她，都抵达不了。她对我的世界一无所知，也不想知，她看我，就像一束光照在柴垛子上，自自然然，中间的隔膜是绝对绝缘的，比现实与梦都绝缘，就像生死。老实说，我有些嫌弃她，嫌弃她邋遢，怕她把什么传染给我。就是审美，也是有抵触的。视觉的和嗅觉的抵触。

这一次，我走进了这栋土墙老房子，见到了比先前见到的、比想象的还要悲催的两位老人。我不知道我是如何适应视觉、嗅觉、味觉和呼吸的，是如何克服审美障碍的。

火塘的火燃得很大，火苗熊熊的，舔着三四根大柴，但仍不足以照亮整间屋子。一个布满蛛网和扬尘的白炽灯红煜煜的，被火光衬托得愈加暗淡。柴烟子很大，弥漫在整间屋子，很快我便被熏得眼泪汪汪了。特别是有风从半封闭的泥窗吹进来时，蓝色的烟子直扑我。老火塘，老房子，没有火炉，没有烟道，楼板和四壁都熏得像锅底。

女主人在火边剥一种山芋，剥出的芋头白白的，堆在一个破竹筥里。她还是那么安静，一个人埋头剥芋头，剥一剥，抬头看一眼火，看一眼火塘对面沙发上的老伴儿，任凭我们问什么、说什么她都不搭白。

她叫波姆，从刀解家（夺补河上游靠近王朗的一个小寨）嫁到交西岗的，是洞嘎才理的第二任妻子。

洞嘎才理讲述了他自己的身世，又讲述了波姆的身世。"我年轻时候脾气不好，动不动就吼人，爱拿皮坨子给她搁到身上，她脾气好，温顺得很，几十年对我一句重话都没说过！"老洞嘎说，"我今年脑壳坏了，脑壳疼，耳朵也听不到了，眼睛也不闲堂了。"夸起波姆，洞嘎才理的语气是欣赏和感激的。洞嘎七十四岁，看上去状况不好，走路弯腰驼背的，一只耳朵聋了，一句话我得扯起嗓门说两三遍。他说话声音也大，仿佛在他看来，跟他说话的也是一个聋子。

听洞嘎才理讲述，他真不算什么，七十四岁差不多快一辈子了，不会打猎，不会擀毡帽，不会织腰带，不会做曹盖，不会跳曹盖……只会种点地，放下牛羊，酒曲子也不会单独唱，会唱都是喝了酒跟大伙儿一起伙……这样一个白马人，连普通也说不上，差不多算是残弱了。他有自知之明吗？他会烧兰花烟，会喝哑酒，会吃波姆擀的荞根子……当然，也会男女之事，育有两儿一女，都不成才，勉强度日。

听老洞嘎自述，我的脑壳里跑过他的一生：小时去自家鸦片种植地帮大人扯过草，二十岁左右在伙食团饿过饭，第一任妻子死时没哭，弟弟上山打猎误杀了伐木厂的牛害怕坐牢饮弹自杀时哭过……洞嘎才理坐在有些邋遢的沙发上讲述，我感觉他比我几十年里见过的那些骄傲的白马人之子还要踏实。一辈子不会手艺，不会花哨的东西，跟泥土打交道自个儿也成了泥土，跟木头打交道自个儿也成了木头，跟牦牛打交道自个儿成了牦牛……这样也好，也是造化，造多化少，没有被化到离上帝的模子太远。我想象老洞嘎儿时在鸦片种植地扯草的样子、看罂粟花的样子，想象他伙食团饿饭的样子、大集体时坐在木撺子上烧兰花烟的样子……现在他老了，头疼，耳背，什么都不说，隔着柴火腾起的烟雾，看着波姆在大白天借着火光搓面——那么温驯，就像是他的相依为命的老驴。在他面前，她做什么都轻脚轻手的，在瓷盆里搓面，在竹筲里剥芋头，即或是站起来伸个懒腰，都像是默片。

柴火在燃，烟雾一直都大，我睁不开眼，气也出不来。我知道在矿洞里，自然要受些苦，要坚忍才行。我流着眼泪，背过身去呼吸，强迫自己留在洞嘎才理和波姆的世界里。

波姆把面揽成了团，两只手放在膝盖上歇气，安静的样子像个少女。看她的脸，看她的眼睛，在四起的柴烟里她已经习惯了，已经不再淌眼泪子了。老洞嘎也习惯了，他坐在沙发上一点不回避烟子，摄像机在他眼里根本不存在。

我环顾整间屋子，是火塘也是他们睡觉的地方，一张木架子床搭在进门一方靠墙的当头上，床单被褥铺在上面，黑黢黢落满灰烬。我见过尼苏在祥树家的床榻，火塘边的两搭木板和一张兽皮；也见过扒西家旭仕修的床榻，除了木板和兽皮，多了一只猫。过去，白马人喜欢把床榻搭在火塘边，晚上烤火、喝酒、唱歌，烤热乎了，酒喝醉了，歌唱累了，倒头就睡了。而今，只有老一辈还保留着这种习惯。洞嘎才理和波姆的床榻不是地铺，是一张宽大的架子床，一看便知道已睡了几十年。几十年里，这张床也是一块地，耗尽了他们的精力。

火燃到了火塘边上，再燃便燃到砖沿外面的地阵了。屋里阵了地阵，火塘是在地阵上用砖砌的，很容易引发火灾。老洞嘎只顾跟我们说话，忘了把木头往火塘边顺。老波姆起身过来顺，火苗又聚到火塘中间。我对蒋说了我的担心，在两个老人都下地的时候，或者老人出了意外的时候。不敢想象。老人年龄大了，忘性也大了，身体本来就不好，如果发生火灾，情形不堪设想。一场火葬在我的想象中瞬间腾起，继而出现在当地报纸的一角和互联网上……

此刻，我们要听老波姆唱歌了。我开了手机上的录音键，坐在老洞嘎旁边。蒋开了摄像机对着，他尽量做得很隐蔽，尽管波姆一点不在意他手里的大家伙。

听唱歌是蒋访问白马人的保留节目，每次访问到最后，都会请被访问者唱一支他们自己的歌。在苗州，尼玛保和木介唱了。在下勿角，班文玉唱了。在抹地，杨水泉唱了。在草地乡，然木扎西唱了。在草河坝，曹福元唱了……都是即兴，有时喝了酒，有时没喝。很少有不唱歌的，自己不唱，也要推举旁边一个人唱；有的自己唱，也要拉上旁边一个人唱。有的人大方，喊唱就唱。有的人腼腆，扭扭捏捏，最后还是唱了，且唱得极好。也有打死不唱的，像我们在寨柯桥遇到的染头发、抱婴孩的少妇，她那样腼腆，我们也不好太难为她。或许是无酒，或许有婆婆在场、有小儿在怀，她放不开。

我们原本是请老洞嘎唱歌的，他是个耿直人，说他不会唱，说他的老婆子会唱。

"我唱不来，就是平常过年过节喝了酒也唱不来，她会唱，她唱得好哦！"老洞嘎指着波姆说。

我很奇怪，也很疑惑，波姆会唱歌？

老波姆听了并不反对，她看看老洞嘎，又看看我们，默许了。我无法把初见的波姆、这些年见到的波姆，与一个会唱歌的白马女人联系在一起，也无法和眼前的波姆联系在一起。我甚至不敢去想她开口唱歌的样子。开始，我还以为老波姆没有听懂老洞嘎的意思，然而当老洞嘎用白马语又跟她说了一遍后，她还是没反对，我这才确信她是真的默许了，她是真的会唱歌。她看我们的时候，笑了一下，很内敛，不露一点羞怯，也没有一点扭捏，但我还是从她的目光里捕捉到了一点异族少女的东西，一点美如荞花的东西。我不敢相信，眼前的这个白马老妪，就是我之前见过的以为有智障的邋遢的白马女人。

没有过门儿，老波姆唱歌了。她唱的白马语。准确地说，不是唱歌，是唱曲子。老波姆一出声就把我定住了。她的声音像一片青稞，又像一坡荞麦，像夺补河断流后仍长在河畔的白杨，又像海子……我被震撼了……灵魂……被一种土生土长的美，被一个没有外面世界掺和的古老世界。老波姆也是灵魂，异域异族的不曾被污染的世代承袭的灵魂，就像王朗深处的杜鹃，从白垩纪到第四纪，经历了造山运动和冰川作用。她的声音里有种气息，说不上欢乐，也说不上悲伤，就像夺补河的雪溪，冬天酷寒，夏日透凉，春秋两季各是各的味道和颜色。

不长的一曲，戛然而止。老洞嘎做了翻译，是一支迎宾曲，说的都是大俗的客气话。我听了有些失望，但我并不怀疑老波姆的歌声。果然，在我的邀请下，老波姆用一支老曲子唱到了白马人的灵魂深处，也唱到了我的灵魂深处。我要她唱一曲她年轻时最爱唱的情歌，她没有唱，她唱了一支收荞麦的歌。荞麦之神进驻了她的声音，这神是五万年前她的祖先从非洲大陆带过来的。

我双眼潮潮的，没有泪流出来。这个波姆，她有多深，在一个貌似智障的身体里，住着一个原生的艺术家的灵魂，是不是很像灌木林和砾石滩背后的海子？

原谅我拘泥于所谓文明的外壳，没有去拥抱老波姆，没有去握她的手、与她有一点身体的接触……火塘的火小了一些，烟子也小了一些，我的心跳平复下来，呼吸变得匀净。

"你坐过去，我跟你俩照张相！"我指着老洞嘎旁边的空沙发，对波姆说。

波姆笑笑，她听明白了，很乐意。我跟两位白马老人照了相。室内烟雾缭绕，太过暗淡，我却感觉很满足、很幸福。我不把这屋里想象成矿洞了，不把两位白马老人想象成金矿或是比金矿更值钱的稀土了。我也不是在挖矿，我是遇见了夕阳——白马人部族的夕阳，遇见了最后的白马人。

走了。告别。我从钱夹取出一百元钱，递给老洞嘎。"谢谢了！耽搁你们了，一点意思。"递钱的时候，我的手触到了老洞嘎的手，我没有马上挪开。我突然意识到，今天我们访问到的两个老人是最后的白马人，而我们的访问也很可能是最后的访问。

报恩寺——平武白马土司的家庙　阿贝尔摄

舒婷、阿来在平武白马　胡宇摄

波姆（平武） 阿贝尔摄

尼苏 阿贝尔摄

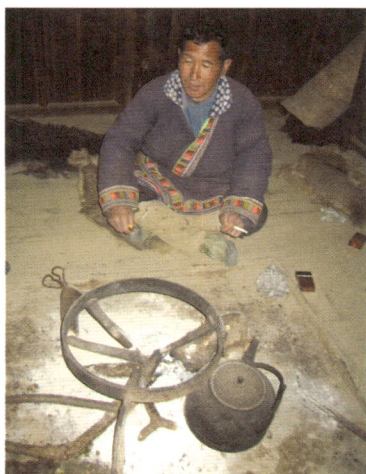

格绕才理 阿贝尔摄

凤凰卫视在扒西家拍旭仕修 阿贝尔摄

独立制片人镜头下的苗州人 阿贝尔摄

高应华一家 阿贝尔摄

白马人组合　张勇提供

另一种"白马人组合"　张莉提供

末代土司王金桂（后排右一）与番官杨汝
（前排右一）　向远木翻拍

圆圆舞　周贤中摄

流经祥树家的夺补河原貌　阿贝尔摄

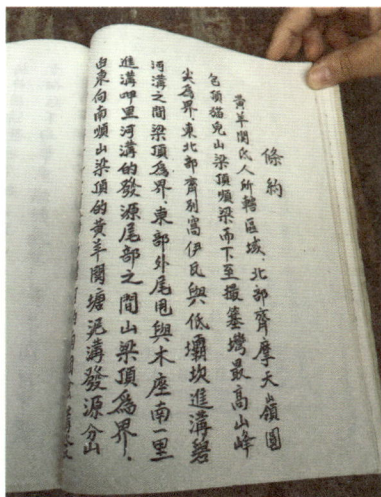

老书上的叙说（黄羊关）　阿贝尔摄

闪烁的海子

——嘎尼早访谈录

时间：2015 年 5 月 26 日　上午
地点：四川平武白马水牛家新寨张伟他旅游接待中心
主持人：阿贝尔
访谈人：嘎尼早
在场：蒋骥、白林、张伟他

白马的早上。水牛家新寨。太阳照出来，水雾散去，阳光从温和到热辣。嘎尼早从县城驱车过来，安排我们在她表弟张伟他的旅游接待中心等她。我带白林、蒋骥转了新寨，熟悉了环境。九点半不到，嘎尼早拢了。车停在我们面前接待点门口，嘎尼早从车里出来，两只眼睛笑得像豌豆荚。

小插曲——没有信仰就可悲了

嘎尼早：你们准备采访我啥子？现在不好随便讲话。一个什么协会的人过来，我弟弟（指了指坐在旁边的张伟他）跟着说了几句话，他也懂嘛，喔唷，这下不得了了，各个部门找他，差点把他弄进去。

阿贝尔：他说的这些话是通过啥子途径传播出去的？

张伟他：微信。

阿贝尔：啥时代了？不会吧？如果真是那样，像我这号只会讲真话的人，早就背时了？

嘎尼早：但是你没涉及宗教，宗教好敏感！

259

阿贝尔：宗教嘛，首先信仰自由，（就是——嘎尼早）那我们谈论宗教的时候也应该是自由的，只要我不是恶意地要中伤你什么……

张伟他：在他们看来，你不应该有什么信仰！哈哈，不能信仰……说到信仰，就很敏感了。

嘎尼早：一个民族没有信仰了就可悲了。

我唱歌是受母亲和20世纪80年代流行音乐的影响

嘎尼早：说啥子呢？阿老师，我啥子都不懂哦！

阿贝尔：不懂嘛，随便聊聊，我也想写写你。

嘎尼早：我是一个没得内涵的人哦（嘻嘻），写我会是一张白纸。人家说啥子晓得不？我不说话，人家以为是一本书；我一说话，这本书翻开只有两行字，除了空白还是空白处。这是别人对我的总结。我是啥子都很表面，没一点内涵。

阿贝尔：不蛮。从学校出来，你首先有天赋，这个民族传给你的，嗓子也好，对音乐的敏感也好，以及你们家庭的音乐氛围，你母亲唱歌也唱得好，你们三姊妹，大家都对音乐情有独钟。你们现在也都走上了这个路，可以谈谈这些，从小音乐方面的熏陶。然后，你在音乐上走到今天，你觉得和你的理想，和你当初，比如十年前希望的，还有没有差距、差距有多大？你觉得继续往前走，最大的困境是什么？

嘎尼早：你们这个拍摄整个主题有没有？

阿贝尔：他（蒋骥）追踪拍摄白马。他是我的朋友，也是阿波珠的朋友了，从2006年开始拍摄白马，已经小十年了。正在做一个大白马的纪录片。像你这样的白马人中的佼佼者自然不能缺少，到时这个纪录片做出去，里面缺了你，缺了其他一些人，像尼苏，就有点欠缺了。（我拍片都是私人性质的，想做纯点的、真诚点的——蒋骥）

蒋骥：尽量留得下来的东西，对白马文化也是一种传承性的。

阿贝尔：你先讲讲你小时候，对音乐的爱好啊，怎么启蒙的？

嘎尼早：小时候……我们这个民族是个爱唱歌的民族。有酒就要唱歌，结婚也要唱歌，劳作也要唱歌。小时候在这样一个环境中长大，看见的年轻人男的一拨，女的一拨，在一起对歌，唱呀跳呀笑呀，我记得那时候气氛特别好。白天都在劳作，晚上年轻人都聚到一起唱歌、跳舞、喝酒，那个气氛，那个场面，到现在记得很欢乐吧。我们这个民族除了劳作就是唱跳，知足常乐的一个民族。

阿贝尔：你是啥时候喜欢上唱歌的？特别特别迷恋……

嘎尼早：先不拍，我理一下思路。一看到镜头我就说不出话了……我唱歌最早是受我妈妈的影响，她唱歌唱得好，小时候把我背在背上，做啥事都在唱歌，煮饭也唱歌，下地也唱歌，娃娃背起走亲戚也唱歌，织腰带、打糍粑都在唱歌。可以说，我妈妈做任何事情都在唱歌，要么在唱歌，要么在哼歌。听大人说，小时候我不爱笑、不爱动，天天都在火塘边坐着，头这样耷起，要么就是脸黑起，一个人唱歌。后来大一点，也开始凑大人的热闹。年轻人劳作一天，晚上聚在一起，有时聚在坝子里，有时聚在大草坪，有时聚在别人家里，一起唱歌跳舞，开玩笑打闹……那个时候有录音机，（20世纪80年代中后期——白林），放迪斯科，跳迪斯科，也放一些流行歌曲，我天天听就学到了，学到了就爱唱，寨子里的人听了就说："嘿，这女子嗓子好靓哦，过来，给我们唱一首！"

阿贝尔：那个时候大概几岁？

嘎尼早：一年级还没读，我只是跟大点的孩子到学校里混到耍。那时寨子里时髦一点的年轻人也会跳迪斯科、霹雳舞，我也跟着学，而且还学得比较像，寨子里的人见了又都叫我给他们跳，边看边说："嘿，这女子跳得太好了！太有出息了，二回不得了！"虽然还是一个小孩子，我第一次感觉到唱歌跳舞有价值，第一次感觉到自己有价值。慢慢长大一点，寨子里一有唱歌跳舞的活动，他们就想起了我，我从而找到了自己的存在，也感觉很开心。

阿贝尔：记忆中，你唱的第一首歌是你们白马本民族的，还是流行歌曲？

嘎尼早：我们这辈人，对于本民族文化的东西，觉得自己有，天天听到的，并不觉得有多好、有多稀奇，反倒是对刚刚进入我们寨子的流行音乐，比如迪斯科，痴迷得很。我唱的第一首歌是"你就像那，一把火"（费翔的，《冬天里的一把火》，一定就是1987年了——阿贝尔）。那时候，我们学校的老师是汉族人，他教我们唱的也是一些流行歌曲，比如罗大佑的《童年》。我小时候喜欢的就是这些外来的流行音乐，流行歌曲对我的冲击很大。

阿贝尔：你这样讲，我便理解你了。过去，我还不理解，觉得你作为一个白马人歌手，为啥不去唱自己本民族的歌曲，不去发掘本民族的音乐，现在听你这样一讲，我就理解了。一个人的成长跟他受的影响分不开。影响也是认识。

嘎尼早：对。老一辈人爱唱本民族的歌，是因为那时没有外来音乐。（其实他们也爱唱老歌、唱革命歌曲，它们也是外来音乐——阿贝尔）在我们的成长阶段，正好遇到外来的音乐，觉得流行歌曲才是最好的，又开心又释放，而自己民族的歌曲又幽怨又悲伤，拐弯抹角的，太土气了。然而，现在人大了，在外面唱一唱，再回来唱自己民族的歌，才觉得美、觉得珍贵，才发现它的不可复制性。

阿贝尔：也就是说，你现在认识到了？

嘎尼早：认识到了。回头来唱，歌是会，但一些细节，一些拐弯抹角的韵味，还是唱不出，不如老一辈人唱得好。所以现在，我想把本民族的歌学好，唱出那种味道。

阿贝尔：你说的味道，就是灵魂。我想，唱不好的另外一个原因，也许恰恰是你这些年学到的专业，比如通俗唱法、民族唱法什么的。而唱本民族的歌，需要的是原声、自然，是用心。

嘎尼早：的确，我进过四川音乐学院，后来又跟几位知名音乐家学过，也是因为唱红歌、唱藏族歌出名的。专业跟原生态的确有矛盾。现在回头来才发现，应该好好唱白马本民族的歌，自己本民族的歌很有特色，也很有生命力。对于自己的歌唱生涯同样也是，要想把瓶颈打开，还得把自己民族的歌唱好。

艰难的音乐之路，父亲从反对到支持

阿贝尔：小时候，父母对你的要求是什么？支持你走音乐这条路吗？

嘎尼早：白马人对女孩子的要求不高，跟过去汉族人差不多。我的父母只希望我好好读书，能考上大学，找个稳当的单位，哪怕是在单位里面扫个地、接个电话。父母不支持我走音乐这条路，也没有那种意识，他们是绝对反对的。爸爸一直想要我做个有文化的人。读小学时，艺校来招生，报了名的都考起了，唯独我没有考起。没考起，我反倒跟音乐较上劲了，发誓非考起不可。妈妈支持我，也跟爸爸讲过，让他送我读艺校。爸爸说，考都不让去考，莫说送！爸爸觉得唱歌跳舞耽搁学习，觉得学音乐是不务正业。爸爸一听见我打开录音机听歌，就过来敲门，叫我把录音机关了。

爸爸越是反对，我学音乐的欲望越是强烈。到了初中，参加全市中学生卡拉 OK 比赛，没想到得了金奖，评委老师就鼓励我去四川音乐学院学习，说不去可惜了。我听了评委老师的话，背着父母，拿着零花钱，跑到四川音乐学院去找老师。我当时无知，以为去了报个班就可以读。去了才晓得，别个是大学，要参加高考，还要参加专业考试……我想先找个老师辅导，一问，一节课要一百。那时候，一百元钱对我是个天文数字。这下，我灰心了，只好回来求父母。那时爸爸刚好在做木材生意，收到一笔欠款叫我拿去存银行，记得有十一万，我背着父亲拿了这笔钱去到川音，找到一位藏族老师交了一学期的课时费。不巧老师家里出了点事，耽搁了很久，没怎么上课，一两个月我就学了个"吹火"和"提气"。我觉得不对头，找老师退了剩余的课时费，回家继续上高中。第二年参加高考，文化成绩上线了，专业成绩没上线。

阿贝尔：第一次认得你，是在本地电视节目里，你参加一个卡拉 OK 比赛，穿着军装。好像后来得了二等奖，你拒绝领奖了。

嘎尼早：我那时脾气倔，太要强了。

阿贝尔：后来读川音是咋回事？

嘎尼早：高考没考上，觉得很没面子，只好找爸爸支持去川音进修了一年。那时爸爸带头搞白马的旅游，一年后回来组建了艺术团，一边演出一边教艺术团的年轻人唱歌。妹妹（今天的达娃卓玛——阿贝尔）当时在艺校，毕业回来也教艺术团的跳舞。艺术团主要为游客演出，也出席县里、市里的一些演艺活动，很快就有了一点名。我个人也开始参加一些全国性的比赛，取得了较好的名次，有了知名度。

阿贝尔：成名是不是那次在江西卫视"红歌会"获得亚军？

嘎尼早：我这么说吧。我因为喜欢文艺，没有上好学，因为自己专业欠缺，吃了一些苦。后来我妹妹又喜欢跳舞，又想学跳舞，我爸爸坚决不支持的，竭力反对。我把妹妹悄悄带到省艺校去考，结果也没考起。我又把她带到市艺校，考起了市艺校。我爸爸说，他不得赞助妹妹去读艺校，要读自己读。妹妹读的舞蹈专业，读了艺校也回了艺术团，和我一起把艺术团带成了一个半专业的歌舞表演团体。

不久，妹妹和弟弟一起考上了四川音乐学院。大四的时候我们组建了《白马人组合》，这样便有了在"红歌会"得亚军的事。先是获得四川赛区的一等奖，参加江西卫视总决赛晋级十二场。第一场演唱前我便把东西收拾好，随时准备回，心想肯定淘汰。第二场之前又把东西收拾好，想必这下没戏了。得奖后演出多起来，当年就参加了文化部的春晚，在人民大会堂演出。

正当"白马人组合"风风火火的时候，弟弟妹妹毕业了，考上了总后文工团，它意味着"白马人组合"要解散。我和父母也都理解，他们有他们的前途。我也回艺术团，继续做旅游接待。不久便是 5·12 地震，旅游完全中断了。这下可苦了我，好不容易当个明星（嘻嘻），组合散了，艺术团也没事做了。

阿贝尔：没有你们这样一个家庭，假如你生在一个普通的白马人家庭，包括你的弟弟和妹妹，能走到今天吗？

嘎尼早：我觉得不可能。一个一般的家庭要供三个大学生，本身就不容易。参加比赛的过程当中要花钱，读艺校比读一般的学校花的钱也要多得多，相当于读贵族学校了。像我，也是不懂事，把一些事情看简单了，走了不少弯路。到了弟弟妹妹这一块，有很多事情都需要花钱，如果说父母完全不支持的话，根本不可能，耽搁学业不说，也不可能请老师来打造这个组合。比赛也要花钱，尤其当时有个投票环节，我们在前台演唱，爸爸在外围做工作，这个还是需要投入，当时基本上把家里面的积蓄全都花光了。

阿贝尔：走到今天，你们也算成功了。你、达娃卓玛和张勇，都有了一定的知名度。我想问的是，算经济账，你们这些年是不是把之前父母花出去的钱都挣回来了？

嘎尼早：这个倒是。虽说最开始的时候父母花了不少钱，但是这个音乐你学到还可以马上挣钱，我从十八岁便开始自己挣一些演出费，就没怎么靠父母。弟弟妹妹从大二开始，也出去演出，学费、生活费都能够挣到。尤其"红歌会"获大奖后，演出费就很高了，早先花费的也都挣回来了。

阿贝尔：小学是在县城读的？

嘎尼早：小学在白马读到五年级。

阿贝尔：你说对白马文化，你很多方面都是张白纸。可不可以这样理解，你生在一个干部家庭，长大读书又多是在汉区，相对受外面文化影响多一些，反倒对自己民族的文化淡漠一些？

嘎尼早：外面的世界吸引力太大了，包括音乐，便顾不得自己民族的文化了，特别是年轻人。

阿贝尔：就唱歌的成就，就个人形象，就走入外面世界的远近，可不可以说你就是白马人的一个代表？包括山那边九寨沟县、甘肃文县的整个白马人族群。

嘎尼早：我不敢说。因为我对白马人真正的文化了解得还很不够。只能说我最先从山里面走出去，面对媒体，让外面的人晓得白马、走进白马、理解白马。外面很多人知道白马人，都是看到我之后。可能别人会把我看成是白马人的代表或者骄傲，但我自己不会，我觉得当之有愧，达不到那个水平。

阿贝尔：那你想没想过，将来成为白马人当之无愧的代表？

嘎尼早：没想过。

对个人感情、婚姻家庭的观点，都是白马人骨子里固有的

阿贝尔：谈谈个人问题。你有一个什么样的恋爱观，包括婚姻观？现在有没有改变？对自己的婚姻做了怎样的选择？

嘎尼早：……从表面上看，白马人对婚姻的看法跟汉族人差不多，但深层次差距还是很大。接触汉文化过后（其实也不是汉文化，准确地说是当代文化——阿贝尔），我就想找一个汉族老公。我觉得他们有文化，见多识广，比山里面的人懂得多些……后来也是这个样子。婚后发现，我骨子里面、思想里面还是有白马人那种传统的固有的思想，它这个思想和汉

族人的思想又不太一样，对一个事物啊，对一件事啊，还有价值观啊，想法看法，就是不一样。生活是由一些细节组合一起的，在一个细节上你两个人看法不同，那就是要扯筋，那就是要骂架，喔嚯……就这个样子，比如说对家庭的责任、对子女的教育、对金钱的观念等等，完全就是两个概念，你觉得该这样做，这样做是常识，但他不这样认为、不这样做，再好的感情也都无法交流，无法融洽在一起。这不只是从我自己身上总结的，现在和汉族人通婚的白马女子特别多，像我这样因为一些细节分歧分开的不少……

阿贝尔：我不了解你的婚姻，只是晓得家安在绵阳，是个汉族人……现状也不晓得。

嘎尼早：是——不过——现在——差不多——分了，只是不好意思对外公布。面子原因。还是白马人固有的面子思想……

阿贝尔：对不起——其实也没啥。我们一个人嘛，特别是年轻时候，个人感情也是很重要的一个存在，包括挫折。你懂事过后，心里有没意中人？在你们本民族当中。

嘎尼早：白马人通常都是提亲成婚。家里面的人看对眼了，先问一下儿女，如果儿女觉得有意思，就让父母去提亲。长大后，问亲的人很多，但我可能受汉文化影响比较多，总觉得本民族的男娃娃思想不够开阔，而我喜欢有文化的，就想找个大学生，而我们白马又没得大学生，我自然不干……但是，婚姻就是实实在在的细节问题，我觉得价值观不同、兴趣爱好不同，就不容易走到一堆。可能是民族跟民族之间的思维方式不同，很难融合在一起……我总结了，就是民族之间那个思维——生活方式、思维方式差异大了，便无法走到一起。

阿贝尔：照说，你长得这么漂亮，歌又唱得好，家境又好，白马肯定有不少小伙子追求你，一定有很执着的那种。

嘎尼早：这个有。说实话，直接敢追我的男孩子还是很少，他们都是让亲戚来问。问了我都是拒绝，拒绝了还问。拒绝了很多次，我都拒绝得不好意思了。我们这里有个习俗，别人来提亲，你不答应，就把别个整个家族得罪了。所以，我那几年得罪了好几家人。我倒是大大咧咧不在乎，现在见到别人我都会打招呼："嘿，来耍！"别人却脸黑起，还在记恨你。

我都忘了，心想怎么了，过后才想起，哦，原来是……他会记恨你一辈子，这个就是狭隘。我接受了汉文化，我们俩又没耍朋友，你追我又没答应，就完了噻，咋个要恨一辈子？连父母亲戚见了都不理你。

阿贝尔：作为一个接受汉文化较多、跟汉人打交道较多的白马人，你评价一下白马小伙子和汉族小伙子看。

嘎尼早：白马人是个尊老爱幼、很讲礼数的民族，不管是对老人、对亲戚、对领导、对比你大一点的都是发自内心地尊敬。哪怕是别个错了，都不反对，先听到，比较顺从，这点是到现在都保持得比较好的。汉族人则是你有道理我听，你没道理我不得听。再就是，白马人生活在一个小的群体当中，很少伤和气，再大的事不伤和气，哪怕上万块钱的事。和气为大，不管遇到啥子，如果伤和气，都宁愿放弃。

白马人的婚姻观是从一而终，女的永远只跟一个男的。作为一个白马女人，如果男人提出离婚，就相当于被判了死刑，还不如死了……有人说白马人是个落后、不晓得进步的民族，其实它是个知足常乐的民族，只求吃饱，然后就是有点酒喝，亲戚朋友围到火炉子开心一下，就知足了，也不去打工、发财，就愿意守到父母、守到家人，吃得好就吃得好，吃得差只要高兴，物质上没有过高要求……外面人觉得落后，不求上进，我倒觉得他们的幸福指数要比外面的人高。现在我也这样认为，一个人只要吃饱，便是追求一种精神上的东西。白马人是精神上非常富有的一个民族，我总结了一下，无法说谁好谁不好，我只能讲这些白马人区别于汉族人的这些东西。

阿贝尔：你……现在有分手的趋势，还是说已经……

嘎尼早：哎……白马女人只要离婚就等于是判了死刑……我也有很多年，一直想……唉……

阿贝尔：是你不适应他，还是他不能适应你，或者是两个人彼此都不适应？

嘎尼早：（侧身拭泪）……

阿贝尔：我们不谈这个，换个话题……（没得——嘎尼早）如果真要重新选择，你有没有可能选择一个白马人？

嘎尼早：（哭了）

阿贝尔：因为这个民族，因为对音乐的挚爱，你很单纯，我们写作的人也很单纯（感性——嘎尼早）。汉人中，一些搞艺术的，也很单纯，生活中同样会遇到无法接受的东西，其实都在承受，换一个人早就放弃了，但他们背负更多，也看得开……婚姻本身就是一种矛盾，一种折磨和疼痛，依我说就是一个熬，它有两面，疼痛与熬的背面也有慰藉，也有对孤独的消解。

嘎尼早：我走了很多地方，从汉族文化学到一些，但我现在认识到自己，自己骨子里还是白马人那种固有的观念和思维，好像是根深蒂固的，尤其是婚姻观、家庭观，完全是一个白马人的。现在很多人问我，为啥不出去发展？为啥不走出去？在白马乃至绵阳这样的地方，我也算走得比较远、比较高的了，但我总觉得离不开自己的父母、自己的亲戚、自己的家，也就是白马人的思维，始终有种情在牵引，哪怕是到了外面，演出费并不是很高，你要坐飞机回来，花费很大，但我觉得值得。我到北京演出一场，我再坐飞机回白马，哪怕跟父母吃一顿饭又飞，我这心里面都是踏实，心态也才稳定。我对婚姻、家庭的观点也是白马人的，觉得一辈子只能跟一个男的，如果说不能跟一个男的，宁愿去死。但生活哪，现在这个社会，有一句话怎么讲的？变才是永远的不变。计划跟不上变化，尤其是你又跟一个汉族人生活在一起。汉族人很多观念跟我们不一样，所以我出于面子，努力了很多年很多年，希望能够挽回，但是后来觉得，不太值得，自己也不能再固执下去。

阿贝尔：你想没想过，因为年轻不懂事，自己犯了一个错误？

嘎尼早：……嗯……不是……现在想起，我觉得应该感谢有这一段……哪怕是错误哪，让我懂得了很多道理，因为我一直都活得比较单纯，经过这一段，让我成长了。

阿贝尔：当初在一起，你是真心爱一个人？

嘎尼早：嗯，是真心的，他对我、我对他，都是真心的，当时。还是民族之间那个思维，我总结了就是这个。

阿贝尔：可能有点类似我们大陆的一些女孩子嫁到外国去，最早是种憧憬，是种理想，后来不适应，很多也分手了。一是环境不适应，包括语言啊习惯啊，二是思维生活方式、价值观，有一些解决不了的矛盾，属于遗传基因里的东西。

嘎尼早：我爸爸，他也是有开化思想的一个白马人，他不希望他的女儿小富即安，或者就当一个家庭主妇。他说他花了那么多心血培养女儿，希望女儿能做点有意义的事，年轻的时候能有所作为，不能让一个男的限制了她的发展。他首先就给我老公说过。我老公前几年还是可以理解、忍受……

阿贝尔：可以理解，你飞来飞去。你爸爸很伟大！

嘎尼早：有时当天晚上飞回去，第二天又飞走，家差不多是个旅馆。而对于他来说，他需要一个安定的家。

阿贝尔：以后会不会考虑找一位本民族的男子？

嘎尼早：白马人一个男子娶一个女子就是一辈子，我这个年龄的男子都结了婚，我找哪个？（嘻嘻）就是我想找白马男子，没得对象咋么（咯咯咯）……

希望能创作出能代表白马人灵魂的作品

阿贝尔：换个话题。姻缘、艺术……你有没有想过在唱歌这一块有更多尝试？作曲作词，自己创作自己演唱，在音乐方面创作出能真正代表白马人灵魂的东西、真正代表嘎尼早——张莉个人内心的东西？不一定开口都唱很大的东西、一个民族的东西，一支人的东西，也可以唱你个人的东西，唱个人内心的小曲子，写好了，唱好了，同样可以轰动的，可以让听众很感动、很接受……特别是编曲作词，完全由自己去感受，因为你的感受不一样——一个白马女子的感受，一个有经历、有理想的白马女子的感受……你是想在音乐方面有更多更大造诣，包括演唱、作词作曲，乃至整个音乐艺术，还是像你父亲说的，不愿小富即安，只想通过演唱挣到更多的钱？

嘎尼早：之前一直在挖掘白马文化，请了很多外面的音乐人进来采风、编词编曲，写了一些歌，但真正能打动我们白马人内心的东西和真正能代表白马民族的东西还没有。后来觉得，其实我自己对我们这个民族是最有感受的，可不可以试着自己创作，把自己的这种感受写出来，于是我用自己的方式写了一首《白马的早晨》，用白马语演唱。我觉得我们白马的早晨特别漂亮，太阳刚刚照到雪山，雪山发光，那时候没有自来水，姑娘们都到夺补河去舀水、背水。背水的时候水面上要放一个木板，木板打到木桶咣当咣当响，一队队姑娘唱着歌背水回去……我觉得那个场景特别美，小时的记忆。写好后把这首歌交给我身边的姐妹、艺术团的娃娃演唱，她们很喜欢，过了很多年还在唱这首歌。我说我都忘了为啥你们还在唱？她们说，好听啊。她们不晓得是我写的。之后我才把这首歌记下来，由我们四位漂亮的姑娘边弹琴边唱歌，制作成音乐……所以我才有信心，我觉得把自己理解的民族的东西，自己又是这个民族的人，用自己的方式表达出来，至少自己本民族的人接受了喜欢了，也算是成功。现在我有信心再写一些歌，让外面的人也接受、也喜欢……好多人认为唱歌跳舞是商业，现在早已不是了，因为……我们三姊妹读了书走出去，但还得依靠这个民族，相当于吃民族饭，因为这个民族有特色，才有人更关注我们，有的人又因为我们晓得了这个民族，相辅相成。可以说，是这个民族给我们家、给我们三姊妹带来了很多荣誉很多财富……都已经有了，也差不多了，我们这个民族又知足常乐，现在就想挖掘更多的本民族的东西，通过音乐或纪录或别的媒介，让外面更多的人了解白马人、热爱白马人……总觉得有这个使命感，总觉得应该为这个民族做点什么。

阿贝尔：想不想创作那么一首既能代表白马人、代表你张莉个人，又能唱遍全国甚至华人世界的经典歌曲？

嘎尼早：写出能代表自己民族、代表自己个人，又能传播出去、承传下来的东西是我一直的目标，但这个东西是可遇不可求，只有慢慢积累、慢慢挖掘，等有灵感了再去做。

阿贝尔：你愿意做的话，我们可以在作词这一块给予帮助。我跟白马人打交道也有一二十年了，这些年一直很关注，包括地理的和历史的。

嘎尼早：那就是特别需要呢。我们需要大量的有内涵的歌词，现在那些藏族歌曲大多是唱歌啊跳舞啊美酒啊哈达啊，大多缺乏内涵，（比如我们本地一些作者写的歌词——阿贝尔）太表面了……

阿贝尔：外面花大价钱请的一些名家写的也不好，因为他们和白马人始终是隔了的，他走进来看看，回去就写，不说灵魂，连气味都少有，歌词写得空泛，音乐多为模仿。我觉得，你是有能力、也应该写出几首经典的可以传承的作品的。

嘎尼早：确实需要有内涵的歌词。但是歌词也有它的韵律，诗人和作家可以写很漂亮的文章，然而要用到歌曲当中它还需要整改。所以有时候看似写得很好的歌词，一到作曲就无法用，要用也得重新编排。始终想获得一个有内涵的代表白马人的作品，不过现在除了创作歌曲、演唱歌曲以外，我和我妹妹最大的一个愿望是能够演一部能够代表白马人历史、沧桑、习俗、宗教乃至命运的歌舞剧。像《新娘鸟》那样能代表白马人的爱情故事和传说的舞台剧。游客到了这个地方看了，便能完全了解白马人它的由来、它的爱情、它的生活是啥样子。我们现在有艺术团，有人力资源，如果有人策划、创作、出资打造这样一台剧的话，对于白马人来说一定是一份大礼。这个，现在还只是一个愿望和一个理想吧。剧里自然会有我们白马的歌曲、白马的舞蹈……

阿贝尔：这样一台剧投资会很大，且不说能不能创作出来，出来了也不能局限于在白马演出，你还得在全国去演出，还得把钱赚回来，是不是？

嘎尼早：是啊。所以有时候说不为商业经济出发，你不为经济你的理想便无法实现。你想让白马文化挖掘、传播得更好，还得有经济支撑！所以我们能做到的，就是一边挣钱一边筹备……

阿贝尔：像你，还很年轻，其实人生一辈子有很多值得去做的事，婚姻也是一件大事，但还有超出婚姻的事要你去做，比如音乐，比如你说的歌舞剧……搞艺术就需要创造，古今中外很多的艺术家，事业都比婚姻重要，也比婚姻成功。

嘎尼早：对女人而言婚姻最重要，但既然没有了，那只有从事事业……咯咯咯……

阿贝尔：也不是，婚姻还可以再有。现在的观念不一样，真不一样，你说是不是？各方面的习俗也都改变了，你自己也应该不是很保守。

嘎尼早：不保守。既保守又不保守。我反正就是……特别喜欢我们自己的民族，也喜欢白马这个地方，也喜欢自己这个家族，喜欢这个家族里面的人，所以我很想为它做一点事情，因为他们为我做了很多……

阿贝尔：那你有没有想过，找机会在国外去唱歌？

嘎尼早：我是个没有理想的人，喜欢这个民族这个家，至于走到啥程度，啥目标完全没有。

一个开心的人，或者一个闪亮的海子

阿贝尔：最后，想请你谈谈你们这个家族。

嘎尼早：我听说我们这个家族出自瑟壤家族。瑟壤家族在藏族里面都是一个比较大的家族，听说藏族族谱里面都有（这个说法与白马人是古代氐人后裔相抵触——阿贝尔）。我爸爸的家族从古到今都是贵族，"文革"中是白马路挨批斗最多的，因为有这个成分，他考上大学都没有读成。

阿贝尔：你们家族过去有没有当头人番官的？像杨汝那样。

嘎尼早：没当那么大。杨汝是整个白马路的番官，我们家族的人只是水牛家的头人。白马就是一个打仗到处迁徙的群族，它没有族谱（这是嘎尼早获得的关于白马人的知识，其实只是流行的关于白马人来源的一种——阿贝尔）。

阿贝尔：土改时白马人鉴别为藏族，后来一些学者调查考证，认为不是藏族，而是古代氐人的后裔，你个人怎么看？

嘎尼早：我对氐人不了解。我走过很多藏族区，阿坝、甘孜、西藏、青海，去了之后发现一个问题，所有的藏族人，任何地方的藏族人，只要听我说话，说过几句便能听懂我说的话，但我却听不懂他们说的话，不晓得是为什么？还有就是我们的宗教信仰，宗教信仰我们是属于自然教苯波教，西藏那边（转山、转经）是这样转（比画一个顺时针），而我们是这样转（比画一个逆时针）、反起转。另外，我们寨子里来过一些藏文化研究专家和宗教人士，我带他们到各个寨子走访过，在研讨会上，他们就说白马语是古藏语，而现在的藏语是演变过来的，白马语的语言是最古老的藏语，当今的藏语除了演变又因为迁徙有各个地方的方言，所以我们听不懂……我说不好，白马人到底是藏族还是氐族我也不会研究。

阿贝尔：你妹妹，达娃卓玛，这个名字是后来取的，对吗？

嘎尼早：妹妹这个名字是后来取的。纯藏族的。白马人很早就时兴取汉名，我们小时候能取个汉名就觉得很洋气，就像汉人取外国名字一样。我叫张莉，我妹妹叫张燕、弟弟叫张勇。

阿贝尔：你有嘎尼早，妹妹有没有白马名字？

嘎尼早：没有。包括我这个名字，都是后来风情节的时候，我不是在专辑里唱了歌？落名张莉，他们说不行，你是代表白马人，你必须要取个白马名字，这才取的嘎尼早。

阿贝尔：也就是说，你小时候也没有白马名字？

嘎尼早：没有。

阿贝尔：可能你爸爸比较开化，小时候没有给你们取，对吗？

嘎尼早：爸爸觉得他的儿女——他又有点文化——一定要取汉名才洋气，当时觉得取个汉名很开化。但后来搞旅游，需要宣传，又得取白马名字。不能取大藏的——不能说大藏的，不能取藏名，不能用汉名，必须取有白马特色的名字。临时我自己想的"嘎尼早"。"嘎"就是开心的意思，"尼"就是闪亮，"嘎尼"就是开心的人。还有种说法，就是"闪亮的海子"，有双重意思。"早"就是海子。我觉得多好的。我爸爸跟我一起取的……嘻嘻嘻……

失传的不只是曹盖，还有白马人的信仰

阿贝尔：再问个问题。从小长大，想没想过这人，最终都会死？

嘎尼早：想过。

阿贝尔：想得多不多？

嘎尼早：多。小时候想得多。小的时候天天都想。

阿贝尔：怕不怕？

嘎尼早：怕，小的时候怕得很，有些时候。现在没时间想那么多吧？我现在不是怕我死不死，我只希望我的父母长寿一点。人要行善，要多做好事，希望父母能长寿……没想到我自己，连女儿都没想过……

阿贝尔：我自己爱想，从小，爱想死亡……神经兮兮的，摆脱不了……特别敏感……长大了也想，二十岁左右的时候，又没得信仰，特别害怕……

嘎尼早：就是就是……

阿贝尔：不像你们，或者西方人，有信仰……后来就把写作当作一种信仰。当然不是，也救赎不了自己。

嘎尼早：我现在觉得，我们白马人也有点……跟藏族人也分隔开了，跟汉族人接触多……其实我们自己是信苯波教的，但没有发扬，只是保存下来了。（苯波教的经师呢？——白林）有，但这些经师，包括白该白姆这些，他们也得生活，他还得去劳作，还得去挣钱。（因为没有寺院，没有供奉——白林）……（他是兼职——阿贝尔）兼职，更多是义务性的帮忙……他没有经济来源，没有经济来源就延续不下去，更说不上发扬……（九寨那边的苯波教都是有寺庙的，扎如寺、大理寺……有了寺庙，经师会活得很好——白林）所以我们这个民族还得有信仰，不然也会无缘无故地怕死，或者就是千方百计去积累财富，不择手段积累财富，为了后代……只有这个想法，精神上就没有支柱了，人的幸福感就会越来越低。我觉得还是应该把我们的苯波教——虽然它是一个很敏感的话题——还是要……既然白马没有寺庙，就不准修寺庙，既然这里没有苯波教，就不准信苯波教，只有等消失了——它是个很敏感的问题……但我觉得，我们白马人还得有信仰，还得有一个精神上的支撑……（它是一个心灵的精神的归宿——白林）。

白林：这个东西，光靠行政命令，也不好办。白马以前有寺庙没有？

阿贝尔：没得没得……比如苯波教寺庙的遗址什么，白马路过去有没有？

嘎尼早：有，文化大革命的时候给摧毁了（不曾听说过，《龙安府志》上也无记载——阿贝尔）。

白林：苗州过去是有寺庙的，只是后来经师不在了……所以说，这个是很有意思的。

嘎尼早：我听说过去有寺庙，也有喇嘛，文化大革命的时候都跑了，寺庙也烧了。我们这个地方想要把这个教承传下来很难，那个时候难，现在更难了……有些研究苯波教的过我们这来发现了经文，结果引起这么大的反响……

白林：苯波教是很古老的，可以追溯到象雄王朝，也就是说，比松赞干布建立吐蕃王朝都还要早……距今有一万多年了，现在的藏传佛教是吸收了苯波教的。苯波教是没有寺院的，它是拜物的，万物有灵，神山神水神树……造成大藏区的人听得懂白马话而白马人听不懂当今藏语的原因，就是因为它走过去的文化中心到了一个边缘地带，回不去了，而过去的文化中心发生变化了……

嘎尼早：研究藏传佛教的学者来到白马后都很震撼，他们说这个（白马人写在羊皮纸上的经书）就是最古老的，而现在西藏有的都是慢慢演变了很多次的。他们说，他们想不到还有这么完整这么古老的经书留存下来。

白林：对，很多经师注释了，很多又加了新的内容。

阿贝尔：既然是这样，专家学者就该给个说法，但他们却没有给出说法。

嘎尼早：平武做得很好的是啥子？坚决不能让西藏那边的人来弄走，而白马人自己又不懂，也不晓得往外传播，所以才保存到现在。现在西藏那边很重视，就想组团过来研究这些经书，但我们这边政府还有点回避……他们想通过我，但我现在不敢碰这些。

阿贝尔：这些经书现在保存在哪里？

嘎尼早：就是白该、白姆手里。

阿贝尔：平常做法事翻的不是你说的最古老的经书吧？

嘎尼早：就是那个。

阿贝尔：那么珍贵，还拿出来翻？

嘎尼早：嗯。也有手抄本。

白林：我过去看到一个资料，可惜这个资料也是很残缺的。白马人自己有一套创世的传说故事，就是天怎么来地怎么来人怎么来，它类似西方人的《圣经》和我们汉人的《山海经》……就像我昨天讲的，早先老鼠有人这么大，白马人的神吹了一口仙气才变成现在这么小的，它只把老鼠变小，并不斩尽杀绝，说明白马人这个族群从来都是善良的……说到㑇舞，它是百兽率舞。据我了解，那一套面具不止十二种，最早有二三十种，只是后来传男不传女，这些艺人失传了，这门手艺。

嘎尼早：失传的不只是曹盖，还有我们的信仰。老一辈能守住传统，我们这一代还讲一点传统，但核心的信仰和价值观几乎都丢失了，更难想象 90 后 00 后以后是什么样子……很早我们就主动接受外面的文化了（应该是从有土司制度之后——阿贝尔）。我小时候在汉区读书，最喜欢伪装汉族人了，假如被别个识破感觉好丢脸。我去读书的时候，别的孩子就说："喔，她是白马藏族人，她是野人，我们不要跟她耍！"听了我就抬不起头，每天都趴在桌子上哭，差不多要得自闭症了。我表哥伪装得好，没有口音，都认不出来……我表哥最讨厌谁说他是藏族人了。有一次春游，我跟表哥正在切菜，有个同学跑过来说："嗨，这里有两个藏族人了！"我表哥听了不依，拿起菜刀就要去砍那个同学。我当时心里好纳闷，我表哥为啥那么不情愿当藏族人？我不一样，我稍大一些都为自己是白马人感到骄傲。特别现在，因为这个民族为我带来了很多东西……别人都不喜欢穿自己的服装，我走到哪儿都穿这身服装。我妈妈眼睛不好使了，她说："求求你，莫老穿这个，你穿一下汉服（自然不是汉服——阿贝尔）可不可以？"我说："哎呀！我就想穿这个呢。"妈妈说不过我，搬来爸爸劝。爸爸说，天天穿一样的衣裳，换一换，也让我看看不一样你蛮。这下我才穿汉服。现在的年轻人简直不愿意穿民族服装，我愿意！

蒋骥：对于今天白马人价值观的改变，你怎么看？

嘎尼早：现在的娃儿吧，不再自卑了，都有民族自豪感，包括我的女儿，她爸爸是汉族人，她都不想当汉族人，别人开玩笑说她是汉族人，她就不高兴，只要一说她是白马人她就高兴了。她爱穿白马服装，只说白马语，上了幼儿园都不会说汉语……我为这个民族能做的就是从身边开始，多承传一点、保存一点。

蒋骥：我接触到一些搬到王坝楚的上壳子人，有时候敬山都不回去了。我觉得这一点，是他们价值观根本性的改变。

嘎尼早：以前的人信仰山神、水神、树神什么的，现在人的信仰只有人民币了，他们觉得只有能带来财富的事才值得做……通常白马的孩子从小都会说白马语和汉语，有些老一辈吃够没文化的苦，很小就教孩子说汉语，要求孩子把汉语讲好，反倒忽略了讲白马语。有些老一辈自己去拜神山，却不让年轻人去，觉得拜山是迷信、是落后的事，要他们学文化、学科学，长大了好找工作、好挣大钱。

阿贝尔：很高兴跟你聊了这么多，非常感谢！与你谈话是我多年的愿望，也是计划，这阵变成了现实。你想为白马人踏踏实实做点事，我也想为他们做点事。其实，我们早就开始做了，蒋老师从2006年就开始了，我可能开始得更早。我们是做记录，文字的或影像的，你是发掘歌舞，表演，都是记忆的、审美的和精神层面的。你是白马人的一分子，你说白马这个民族给予了你及你们姊妹很多；而我只是爱，只是因为他们的美，再就是即将消亡的危机感。

2015 年 10 月 1—5 日整理

作为象征的废墟

——白马人谈话录

地点：四川平武县北山公园
时间：2012 年 11 月 5 日上午
谈话人：阿贝尔　蒋骥
天气：晴

白马人来自浙江沿海的某个部落？

蒋骥：阿波珠（蒋采访的一个白马人）昨晚跟我喝了很多酒，说了很多有意思的话。阿波珠相信有一个说法，他们是来自浙江沿海的某个部落，很早以前。他说有个教授来白马考察，给他讲过，在浙江某个地方，也有像他们白马人的某个部落，已经发现了。阿波珠说，你看那些服饰，特别是鱼骨牌，一看就知道是沿海一带的。还有腰带上的贝壳饰品也是。

阿贝尔：但是，他说的这个有点不合逻辑。光是从鱼骨牌和贝饰，还不能说明问题。白马人作为一支人，也可以说作为一个民族，如果说是从浙江沿海一带来的，它得横穿中国南方宽广的地盘，中间有那么多更适宜他们定居的地方。

蒋骥：就是打仗嘛，刚好打到这个地方的时候……他讲的非常有道理，比如说打仗打到平武县城来了，白马人，跟外面失去了联系，战线拉得太长，在这个地方的势力范围就显得很小了，外面的汉人什么的肯定就要来攻击你……他还给我讲过为啥白马人崇拜公鸡。他说他很小的时候就听到一个传说，汉人打定主意要弄白马人，他们跟白马人喝酒，把白马人灌醉了，准备晚上动手，是一只公鸡提前打鸣叫醒了白马人，把白马人给救了。

阿贝尔：这个传说编写在一本叫《新娘鸟》的白马人传说故事里。

蒋骥：阿波珠是这么讲的。他说打仗的一支队伍，比如他们白马深山里很久以前很艰苦噻，住在山上，条件肯定不行。他说如果是一般的人肯定吃不消，应该是一支非同一般的部队，比如现在的特种兵什么的。只能是一支打仗的队伍才能生存下来。

阿贝尔：这里有几个疑点，如果是打仗的队伍，更可能是吐蕃人。就是唐时的吐蕃兵，一支先锋队走到那儿了，迷失在那儿了。历史记载吐蕃人没有到达过我们现在的平武县城，吐蕃部队只到过松潘、九寨沟、文县，他们最多只翻过雪宝顶，到了岷山东麓的黄龙、小河和虎牙一线，但是他们不曾进入到今天的平武县城。根据传说和历史记载，白马人应该存在于吐蕃人东渐之前很久，在吐蕃人东渐之前就聚居在涪江流域。不知道阿波珠告诉过你没有，他们是从江油平原蛮坡渡迁徙来的。

蒋骥：这个他没讲，感觉他们最早是沿海一带的某个部落。

阿贝尔：他说他们是从沿海过来的，唯一的证明就是他们胸口挂的鱼骨牌和贝壳饰品。

蒋骥：他说他们的饰品都是世代相传下来的，从来没有丢失过。

阿贝尔：你可以想象古代浙江沿海的一支部队，打仗怎么能打到青藏高原东缘；再说，历史上也没有这方面的任何记载。它可以是一种说法，但不太靠谱，唯一的证据就是用海产品的骨壳做装饰。

蒋骥：但他有个东西说的有道理，就是白马人是来自一个打仗的部落，或者来自一支部队，也不去管它是从藏族那边来的还是从哪儿来的，现在也有说是羌族的、氐族的。阿波珠说都不重要，重要的是来自某个打仗的部落或队伍。他说，说实话，从服饰上来判断一个民族是非常糟糕的，其实服饰也在变。他举了例子。他说，古代打仗的人都穿盔甲，很扎实的，而现在，你看都穿防弹衣，只有一两斤重。他说这个服饰都在变，其实很正常。

阿贝尔：如果白马人真是一支从沿海过来打仗的遗失的部队的后裔，那它只能是一支被汉人，准确地说是被国家征用的少数民族武装。你可以想象，白马人在这个山谷里，跟外界失去了联系，他们的服饰不可能有好大的变化，几百年上千年，不可能有好多变化，因为他们跟外界很少有贸易，也没有文化沟通，只有世代承传，该怎么织布就怎么织布，该怎么擀毡帽就怎么擀毡帽，该怎么织腰带就怎么织腰带，所以白马人的服饰保持得很原始很完整。

蒋骥：阿波珠说，几百年前白马人的服饰也不一定是这个样子，比如现在毡帽上的羽毛，一根代表什么，三根代表什么，代表结婚或者没结婚什么的，都是错误的，其实插羽毛这个东西就是个装饰，有人喜欢插一根，有人喜欢插三根，他认为插三根更好看。

阿贝尔：但是到了后来，插羽毛的根数跟出嫁有没有关系，他们应该是清楚的。

蒋骥：阿波珠说外头一直是误传。

阿贝尔：他们是怎么的，他们有现实，有没有这个习俗他们都知道，即或说现在的年轻人不兴这个了，老一代人兴不兴他也应该知道。

蒋骥：他有些东西说的还是有道理。他说他一般很少说，有记者采访也很少说，自己毕竟是公职人员，怕说错了，播出来不好。

阿贝尔：他的这种考虑，也是白马人被汉化的一个证明。

白马人没文字，民族起源神秘

蒋骥：阿波珠说到白马人有语言没文字，我很赞同他的说法。他说没文字只能叫失传了。他们白马人唱歌什么的，都是口头传承，因为口头传承太发达了，久而久之文字便失传了。他说，说白了，白马人有语言没文字就是文盲，只能讲不能写，就像你们汉人也有文盲一样，只会说，你喊他写写不来。

阿贝尔：即是说白马人这支人整体是文盲。

蒋骥：它整个一支人就像个文盲样的，不识字慢慢就失传了。比如一个村子，我们汉人确实有这种情况，流落到一个地方，所有的人都只会说，没有一个会写。

阿贝尔：过去汉人肯定有连一个人都不会写字的村子。不过，这样就可以反证，白马人不是一支流落的军队的后裔；如果是一支军队流落定居下来的，就应该有文字，一支军队应该有文职人员，应该有文字记录，这个记录就该一代代传下来，除非是一支文字诞生前的军队。或者是一个尚无文字的民族的军队，或者这支流落的军队中的人全是文盲。还有一个疑问，如果是一支军队，女性是从哪里来的？古代军队作战不太可能带很多女性吧？更别说超远距离的作战了。这一点，今天，白马人的男女性别比例还是比较均衡，跟汉人村落的情况一样。

蒋骥：这个，它有这样一种情况，跟动物一样，一群雄性动物里只有一只雌性的，所有的雄性动物都特别地保护那只雌性动物，然后让它繁衍很多的后代。

阿贝尔：毕竟是人，一个女人一生只做繁衍后代这么一件事，也繁衍不了太多。

蒋骥：一支部队里有四五个女人，不断繁衍，一代代繁衍，就可以壮大了。

阿贝尔：我比较倾向于，白马人是一个民族的一支，在自我流放或者迁徙中来岷山东麓定居的。大山深处这种特定的地理环境保全了他们。他们迁徙的动力，有躲避战乱的自我流放，也有受汉人或其他民族驱赶的被动。还可以理解为是一个民族在消散过程中的收缩。过去氐人是很强大的，建立过好几个国家，唐以后从史书上消失了。这个消失，有战乱中的肢解、驱逐、自我逃亡、被屠杀和异化，更多的是融合与异化，特别是被汉化；而白马人就是自我逃亡的唯一幸存者。逃亡也不是一次性就到了现在的聚居地，应该是经过了多次的迁徙。这个迁徙总体上讲是被动的，比如传说中的从江油平原到涪江上游，包括为诸葛亮让一箭之地。据史料记载，明以前白马人还居住在今天的平武县城，他们把涪江的这个大拐弯叫"安老"，汉人叫蟠龙坝，清代早期还有人居住在今天的阔达、新乾一带，从这些地方消失（迁徙和被汉化）也只是一两百年的事。迁徙如果是主动的，也只能是受到自然资源——主要是更多食物的吸引。但这种情况很少。我们可以把白马人看成是被海浪推卷到岷山褶皱里的一支人，不断地推卷，这个海浪或者海潮就是历史的进程，就是汉民族不断地西渐。一次次的战争就是一个个的海浪，每一次海浪西渐之后都会有平静，在经过某一次巨大海浪推移之后便完全平静下来，白马人停泊了下来，慢慢适应了环境，并扎下了根。白马人因为没有汉文化这样的积淀，丧葬简易，过去多火葬，无法用考古的方法来研究他们。

蒋骥：白马人好像还是有土葬，我昨天上山去看王才理，就碰见有土葬墓。

阿贝尔：他们现在大多都土葬，过去也土葬，但都很简陋，没有汉人商周时就有的那些祭祀物，陶器瓷器什么的，叫随葬品。有随葬品的话，就可以考证。

蒋骥：白马人死了埋得确实很简单，昨天去看王才理，碰见很小一个石堆，他就是火葬的。

阿贝尔：白马人有火葬、水葬，但现在大都还是土葬。他们的习俗早就受到汉人的影响，在后来的一千多年里又得到相对独立的保存，南宋以后汉族土司的进驻再一次影响到他们。白马人没有天葬。

蒋骥：昨天在交西岗一个老人的家里，我看见搁起好大两口棺材。

阿贝尔：白马人没有随葬品，也是因为他们制造技术落后，制造不出可以长期保存的器皿。他们的饰物有黄金、白银和黄铜，但他们没有随葬这些贵重金属的习俗。如果他们有随葬品的话，也是近些年借鉴汉人的，随葬的东西也是从汉区传进去的。

蒋骥：他们腰间拴的那些小钱是咋回事？

阿贝尔：一种装饰品，无法兼做货币。小钱的来源也是很神秘的，或许是世代承传下来的。不过，那些小钱最早应该还是货币。从那些小钱看，白马人应该是从一种比较成熟的文明里转身到现在的境地的。

蒋骥：他们和周边的人会不会也有贸易？比如和藏人，和汉人。

阿贝尔：白马人更应该是时间的一个遗留，封闭的地理保存了这份遗留。我很愿意把他们看成是时间的一个停留，时间的一个遗存，局部时间，准确地说是岷山中的时间的一个停留或遗存。

蒋骥：要探究白马人的由来还真不简单。

阿贝尔：是啊，探究它的来源，跟探究我们自身的来源一样困难。

蒋骥：感觉探究的过程非常有意思。这样的探究有道理就行了，估计也很难有一个定论。我相信，也没有哪个学者能拿出确凿证据来，肯定白马人是咋回事。

阿贝尔：我觉得应该把白马人纳入羌族、彝族、纳西族、苗族等少数民族范围来考察与研究，这些民族当中很多都只有语言没有文字，服饰、习性、气质也都有不少相近的地方。即是说，白马人与这些民族应该是同族源的。它们是在同样的时间概念中、同样的文化扩张中甚至同样的遭遇中形成的族群，他们的血管里流的是氐羌的血液，不应该是吐蕃人的血液；只不过白马人没有这些民族幸运，当年没有被作为一个单独的民族承认，被粗暴地划归了藏族。从一种超出生存意义的本质看，他们是不幸的。不过，现在也有一种说法，藏族本身也是氐羌人的一支，是氐羌人到了西藏高原后演变的。他们还不是在春秋时候，而是在周甚至更早的时间里迁徙到青藏高原的。藏族人的人种起源不会是印度人和阿拉伯人，他们不应该是从喜马拉雅山南麓和帕米尔高原西边进入的人，而应该是和我们同祖源的，包括高丽人（朝鲜人）和日本人，都应该是和我们同祖源的，只是他们分离流走得很早，是在尚未形成文字之前分流出去的。当然后来，他们接受了一些印度的文明。不只他们接受了，我们汉人也接受了，例如佛教。

蒋骥：是的，民族起源是非常复杂的，比如同样是藏族，不同地方的藏族文化差异也很大。

阿贝尔：其实，文化的差异很大程度都来自地理，来自与不同地理的民族或部族的交融。

没有尊重的保护，等同于扼杀

蒋骥：我觉得这个东西只能去做个考据，像白马人，给这个民族定义，定义它是从哪里来的，很尴尬，他们人口这么少，这么弱小，其实有时候我觉得很可怜，也很值得去爱惜。

阿贝尔：西藏的珞巴族、甘肃的裕固族人口也很少。

蒋骥：很多时候，我都觉得更应该去保护这种东西，保护这样稀有弱势的族群。

阿贝尔：说到保护，你觉得应该如何去保护？

蒋骥：首先要让他们明白他们的价值，明白应该保住他们的传统，如果连他们自己都觉得自己的传统莫求意思，不值得去保护，那就可怕了，也很悲哀。就我发现，现在他们白马人自己都觉得莫求意思，保护自己的传统莫球意思。这跟整个大环境的影响是分不开的，汉文化——已经不只是汉文化了，已经是现代的国际化的东西了——汹涌而来，连这一支人赖以生存的自然环境都遭破坏了，更别说各种现代生活观念的输入了。

阿贝尔：还真是这样。世界任何一个角落的人都抵挡不了，区区白马人如何抗拒？"保护"这一概念，本来就是强势对弱势的一种态度。

蒋骥：也不是，我觉得要恢复它的自信。

阿贝尔："保护"也意味着"实用"和"使用"。比如说，我保护你，很可能不是出于纯粹的爱，而是出于一种功利主义的打算。男女关系中的保护，是不是也有这种嫌疑？

蒋骥：我保护你，不是要你做啥，不是要把你怎样，只是要人们去尊重它，要外面的人去尊重他们，这样让白马人自己感觉很自信。其实现在他们不自信，对他们自己的文化一点也不自信，对他们自己的东西也是。外面的人进去，老是居高临下地看他们，如果我们尊重别个，让他们慢慢感觉到自信，他们的文化就会沿袭下去，因为他们能感觉到甚至享受到传承白马文化的价值与快乐。可惜现在他们没有自信了。

阿贝尔：因为他们没有得到应有的尊重。

蒋骥：他们自己也感觉，他们能歌善舞，但这毫无意义，有意义的是金钱和地位，是权力的主宰，所以他们自己是很自卑的。

阿贝尔：我想它的这种不自信，不仅仅是在今天，应该有很久的历史了，只是现在是最不自信的时候。

蒋骥：我读到一些资料，今天的西方人，别个非常尊重当地少数民族的习俗什么的，比如有的驴友，真有那样的"怪人"，比如走到白马去，他把自己都扮成白马人，跟白马人生活一两年，自己扮成白马人，这样白马人感觉很舒服噻，感觉自己很受尊重，就会有一种自信。又比如我拍的这个东西嘛，如果哪一天白马人真的不存在了，让人看到，会感觉很可惜的。人类的任何一种文化都应该得到尊重。

阿贝尔：我觉得很早以前，白马人应该是有自信的，因为在历史当中，至少有几百年，他们几乎不晓得外面的世界，他们就在那四五条河谷繁衍生息，很自足的，哪怕是过着艰苦一点的日子，哪怕遭遇一些天灾，他们的生存也是很完善的。白马人作为一支人，有自己的语言系统和习俗，有自己的崇拜，更有自己的歌舞。有文化有传承的族群应该是自信的。其实，白马人生存的环境，不管是今天九寨沟县的勿角、下塘，还是平武的白马、黄羊和甘肃文县的白马峪河，自然条件并不是很恶劣，冬天也不是极寒天气，夏秋可以说是很舒适，要比西藏和西北一些地方好很多。岷山一带总体上还属于南方，植被很好，可以吃的野果野菜和野生动物都非常多，像盘羊、麝子、麂子都是极好的肉食。水也特别好，极纯净不说，还含有多种矿物质。从审美的角度看更是好，雪山溪流，森林草地，海子羚羊，蓝天白云，各种季节的野花，造就了白马人能歌善舞、乐天纯洁的性情与气质。加之从外面进来时就已经掌握的有相当文明程度的生产生活方式，白马人的生活应当是很不错的。白马人来到岷山定居时并非是一支野蛮人，它是带了文明进来的，所以很长一段时期应当是有自信的。白马人生活的地方海拔大都在两千米左右，像平武白马路的几个寨子，在两千到两千三，只是刀切家和上壳子两个寨高一些，他们的冬季相对漫长一些，秋季收割了庄稼备好烧柴，酿好青稞酒，便可以在火炉旁享受整个冬季了；当然也会去狩猎，备一些肉食；他们本身也养猪牛羊。歌舞来自酒后的娱乐，也来自大自然的美激发出的灵感与激情。

蒋骥：对，那时候不像现在，那时他们生活得完备，很少受到外面强势民族的欺辱。现在，毫无疑问汉人是强势的，他们进到白马人生活的地方，很难得带去一种爱的东西。白马人毕竟是弱小弱势的民族或者族群，需要爱和尊重。在美国的一些很偏远的村子里，同样还存在一些很原始的部落，幸存的印第安人部落，外面的人进去都是非常尊重别个的，他们不会觉得我的文化要比你先进得多，就想拿自己的文明去影响别人什么。别人就没有这么回事，我在电视上看到别个美国人，一些很著名的学者，包括旅游观光客，到别个部落里去，都是很尊重别个的，他们不会去影响你，不会认为自己带来了什么先进的文明；所以别个那些部落往往保存得很好，他们从不去改变，从不想到要改变，原始部落自己也很有自信，我可以给你们表演一个原始的仪式，它是从人类文明的源头继承下来的，你或许先进、文明，但你没有了噻，你表演不出来了噻，我就很骄傲，从而也很自信。所以，国外，尤其欧美国家在对待和保护部落文化这一块，绝对比我们做得好。汉人老是觉得自己先进，老是有种优越感，连同情或者怜悯的定义都没能理解好，本质上是看不起别个的，实际上他们是不晓得别个在很多方面要比你厉害得多。白马人能歌善舞，心性纯善，毫无心理负担，拿这个相比，好多汉人都是残疾人，都是有心理疾病的人。他们不清楚自己有什么缺点缺陷，不清楚自己的危机，只看见自己的优点。我觉得汉人最糟糕的就是这一点。而别个白马人是很谦卑的，别个照样有别个的优势，他们还能跟大自然通灵，就像我们早期，还有把自己纳入大自然、作为大自然的一分子来观照来自省的能力；而我们早已没有这样的能力了，早已失去了这样的天赋。

阿贝尔：我们的一些政策，一些政府行为，也都是居高临下的，也未能理解好同情与怜悯的定义。政府的一些政策与行为看似在保护，其实是在让别个消失。你说美国及一些欧洲国家在保护部落文化方面做得好，我想，这是一种成熟文明的表现。

蒋骥：很多观光客也是这样。举例说，进来摄像的人，拿起一个碗口大的镜头对到别个，啪啪啪啪啪一通狂拍，以为别人的习俗落后，去笑话别个，有人还用一种吆喝猴子的声音吆喝别个，我看见特别反感。与白马人一起唱歌跳舞，一起狂欢都可以，但不能取笑别个，不能有一种居高临下的态度。

阿贝尔：白马人自己缺乏自信。

蒋骥：很多人拍片子，拍一个人，他就拍一个人，把一个人拍下来，嗨哟，我拍的是白马人，是白马人的照片，其主要目的是让人对他拍的东西产生兴趣，而不是让外面的人去关注白马人……

阿贝尔：我说的是缺乏自信的一支人，当外面所谓先进的文明涌进来的时候，他们实际上是非常崇拜的，他们去穿 T 恤穿牛仔裤穿西装，去喝啤酒吃方便面，是非常乐意接受外面的一切的，包括一切现代的工具、器皿什么的。心理上他们自卑，生活方式上他们落后，内心羡慕汉人的东西。这个可以理解，我过去的东西落后，使用起来不方便、不舒服；外面现代的东西很丰富，使用起来又方便又舒服，我当然愿意选择外面的东西。这是人的天性使然和娱乐原则。

蒋骥：我们写字的人不一样，有过文字经历的人就是不一样，比如昨天我听说王才理的事，马上就能感觉到伤悲，感觉到别个家人脸上和内心的痛苦。写字的人是很敏感的，有种直觉，直觉的顶端镀了善，镀了爱，容易受到感染。跟他们在一起，就想要表达对他们的尊重，所以我一定要去半山腰王才理的坟上，敬杯酒点杆烟。王才理也是一个生命，也在这个世界上存在过，我想让当地人，特别是王才理的家人，感觉受到一种尊重。我想很多人，比如摄影的那些，拍了就走了，拍了就算了，白马人发生的事情都跟他没有什么关系。

对于白马人，我们一直在"软掠夺"

阿贝尔：大多数人来摄影也好，采访也好，都是来取东西的。（对对对——蒋）他是到你这个地方来取风情、取地理、取原始的。

蒋骥：是啊，白马人就是一种资源，跟他们唯一的关系是有东西可以拿。

阿贝尔：说严重一点，就是一种掠夺，可以叫作"软掠夺"。比如我进来采访一个人，做了洋洋洒洒几万字一个访谈，用心并不是让外面的世界知道白马人，让更多的人去关爱白马人，而是为了发表，为了自己的业绩。拍照拍片都是这样。它其实是一种软性的对别个文化的占有。

蒋骥：动用了别个的资源，侵略了别个的资源嘛。记录和传播的价值也不可否认，但是你在做的过程中要尊重别个，至少不能篡改，不能误解，不能浪费别个的资源。在传播过程中，应该真诚，应该给他们回报。

阿贝尔：官方也好，民间投资方也好，他们宣传白马，让外面了解白马，并不是让更多的人尊重白马人、拯救白马人，它是要让更多的人来白马旅游，来消费白马人，从而获得最大的商业效益。发展旅游当然也能带动白马人致富，关键是动机，是谁获得了最大利益？过度的不适当的旅游会破坏白马人的文化，会让它们异化和消融。旅游业的意义是经济的，而非文化的；它不是要把白马人这个当今世界已经严重稀有的部族推介给世界，让全世界的人来了解、来欣赏、来保护，它只是消费，政府拿白马人来消费，政府带动白马人自己消费自己。消费的结果只能是异化，只能是消亡。

蒋骥：这是一种大而化之的危险，只有消费，没有尊重。比如你拍一个白马人，你只能拍出一个穿裹裹裙、戴毡帽、插白羽毛的白马人，而不能拍出阿波珠、嘎尼早或者格绕才理。你拍的是一个抽象的白马人，一个白马人符号，看不见别个脸上的喜怒哀乐。如果你拍出的是有喜怒哀乐的白马人，是某一个具体的白马人，那确实厉害；不是说你的拍摄技术有多高明，它表明你有爱心，至少关注过你的拍摄对象，你的目光到达过别个身上、脸上和眼睛里。写也是一样，你写出一个具体的人，比如王才理，写他的故事，记录他的语言，以示对一个存在过的生命的尊敬与纪念。

阿贝尔：我不太了解九寨沟县的白马人和甘肃文县的白马人，他们现在是一种什么状况？我很想知道。单就平武夺补河流域的白马人而言，他们的存在状况堪忧。修筑水牛家水库，让他们的生存环境不完整不连贯了、破碎了。明清时候白马十八寨，现在还剩几个寨？我说的不是定居点，是传统的寨子。水牛家原来是白马路最大的寨子，土司老爷进去都住在那儿，可是现在它淹没在水下面了。现任广元市的书记马华就出生在水牛家，他已是一个失去出生地的人了，不知他有没有一点感受。

蒋骥：白马人的生存环境是从什么时候开始遭到破坏的？

阿贝尔：民国时候没有破坏，1949年之前都没有破坏。准确地讲是从1952年川北森工局进驻开始的，为宝成铁路砍伐枕木。砍到20世纪80年代末90年代初，白马就只剩荒山了，要不是保护大熊猫，连王朗那点原始森林也砍光了。九寨沟就在王朗背后，九寨沟也砍过，是后来才保护的。水牛家水库首先改变了白马的生态，上面几十里蓄水淹没了，下面几十里断流——接近断流。白马人因为移民，它的居住分散了，破碎了，文化也被搅乱了，失去了过去千百年那种寨子的分布，也失去了氛围。我相信居住了几百年的老寨子是有灵的，有祖脉，而移民修筑的新寨子完全是旅游接待站，没有老寨子的那种暖暖的地气，暖暖的烟火味。

蒋骥：白马人现今的居住是一种什么状况？

阿贝尔：老寨子，水牛家水库上面还有两个，就是我们昨天路过的祥树家，我们看见的水库对面的扒西家。过去王朗保护区大门外面还有个刀切家，现在只剩几户人了。水库下面就是我们昨晚住的厄里家，阿波珠家所在的交西岗，以及交西岗下面的伊瓦岱惹。高山移民之后，上壳子早就是空寨子了，而下壳子（驼骆家）已成废墟，你都看到了。把一支人的生存环境破坏了，就等于把文化、生产的基础破坏了。我很认同这种观点。

白马人在夺补河畔居住千百年，早已扎下根；现在我们修筑水库和电站，把他们的根毁了。地理是可以影响甚至改变基因的，黑人白人黄种人，说白了都是地理因素造成的，更别说文化了。

对金钱的认同将使白马人完全失去传统

蒋骥：我觉得一二十年过后，平武的白马人基本上都变样了。包括歌舞表演这些，都成了商业演出了，成了赚游客的钱了。

阿贝尔：是，我 1986 年夏天第一次进白马，路过白马，现在想起，恍若隔世。三十年不到，白马的自然环境、白马人已经大变样了。变化最大的不是装束，不是外在的东西，而是心理，是价值观。自然环境变了，心性变了，像我们汉人一样，心头天天愁的都是钱，你叫他们如何再乐天自足、再整天载歌载舞？过去唱背水歌，唱打青稞打荞麦的歌，现在都不背水了，吃自来水，也很少种青稞种荞麦了，你让他们如何唱背水歌、唱打青稞打荞麦的歌？两周前陪凤凰卫视的制片人到白马拍擀毡帽，擀毡帽的白马老人岳仲波对我说，现在没人愿意跟他学擀毡帽的，白马人擀毡帽的手艺看到看到就要失传了。

蒋骥：昨晚上我和阿波珠喝酒的时候，阿波珠的岳母一直在绣一顶毡帽。一个人坐在炉子边盘着腿。

阿贝尔：他岳母八十多岁了，当然会绣。上次采访，我们还听说，现在白马路没有一个会做曹盖的人了，最后一个刚刚死了，就是阿波珠他们交西岗的。我们问他们，那以后需要曹盖咋办，他们说只有把现有的捡好。他说他们现在保存的还有明朝清朝做的曹盖、民国时做的曹盖。他拿给我们拍摄的曹盖是半新旧的，背后写的有日期，是 1986 年做的。

蒋骥：你说曹盖？

阿贝尔：曹盖就是白马人的面具，用椴木凿刻的。再画上颜色。也许是传统戏剧中面具的起源，也许起源于某种地方戏剧。在拜山祭山的活动中，白马人有跳曹盖的仪式，戴着面具跳舞，穿着兽皮，把自己装扮成盘羊、老熊、牦牛等各种凶猛动物，意在驱鬼辟邪。跳曹盖是不是有些类似于湘西苗人的傩戏？

蒋骥：白马人的曹盖很有特色，曹盖做好了应该可以卖很高的价钱的。

阿贝尔：但习俗不允许把曹盖拿出去公开当商品出售。

蒋骥：可以复制嘛。

阿贝尔：是复制，怎么复制？所有用木头砍出来的曹盖都叫原创。曹盖那个东西一旦成形，一旦呈现，它就有灵了。

蒋骥：这个观念，我觉得还是可以改变，可以尝试把自己某些传统的东西商品化，比如曹盖，比如花腰带。

阿贝尔：现在的年轻人，他不愿意去学擀毡帽、做曹盖，他们觉得莫得用，莫得多大收益。一顶毡帽要擀一天，连同那些细致的手工活。一顶毡帽说是要卖一两百，但外面很少有人买。再说你真的大批量去生产毡帽，生产曹盖面具，作为商品出售，老年人也不赞同。我觉得主要还是现代文化（不能再单纯叫汉文化，可以说是当代文化）对白马年轻人的冲击，尤其是这三十年形成的金钱至上的观念，这个冲击改变了他们。如果说过去几百年白马人只是从行政上纳入了国家的版图，那么现在，白马人是以金钱观、以一些实用主义被纳入了世界。现在的白马年轻人他们不学老一套，不愿意承接传统，就是觉得那东西莫搞头，换不到钱，改变不了自己的命运；他们愿意出门去打工，一天挣几十上百，还可以享受花花世界。

蒋骥：确实愿意改变。我拍到年龄稍微大一点的，他们说他们穿的裹裹裙确实有不方便的地方，冬天不保暖夏天不透气。他们说他们能理解年轻人为什么不穿，要去穿汉人穿的衣裳。可见，白马人愿意接受现代化的改变，以前不改变是因为没有这个条件。

阿贝尔：所以很困惑。保护白马人的传统，包括传统的服饰和生活生产方式，和白马人有权享受现代文明是矛盾的。

蒋骥：白马人是完全有资格享受现代文明的。有些部落文化，你是可以融到大文明里来，就像刚才我说的曹盖商品化就是一例。曹盖、毡帽和花腰带，本身是值钱的东西，你是可以卖啊，有啥不可以卖？

阿贝尔：但是一个弱小族群，一支弱小的人，它一旦融入大文化，融入现代文明，其结局可想而知，就像一颗糖融入一缸水——糖没了，水并未变甜。这或许也是宇宙万物运转生息的悲哀。

蒋骥：我前不久读到一个资料，满族人入关其实是很注意保护汉文化的，前朝的汉官可以自愿选择离职，也可以选择留任。

阿贝尔：这一点不奇怪，因为汉文化先进，而且庞大，根深蒂固，满族人当时还是蛮族嘛。元代也是这样，蒙古人建国，他的国家机关里必须使用汉人，否则无法运转。可以打个比方，先进的强大的文化就是大江大海，你小溪小河有法熬干大海重新注满吗？

蒋骥：也有不服外族统治顽强捍卫自己族群存在的，比如台湾魏德圣的电影《赛德克·巴莱》讲述的赛德克族人。

阿贝尔：我们再来听听一个白马年轻人说的话。她是个歌手，做旅游接待的，算不上白马人当中最有文化的，但也是比较有文化的。我们听她说的话，便知道"文化"是个什么东西了。不是我亲耳听见的，但有人亲耳听见。她说，外面的游客拥进来，拥进白马，拥进她的接待点，她什么都没看见，只看见一张张红色的百元大钞。

蒋骥：她应该是白马年轻人中最受外面的价值观冲击的一个代表。

阿贝尔：是，她在县城读的中学，后来做旅游，经常在外面演出，参加各种歌舞大赛，还获得过很多大奖。她是一个白马人，但金钱至上的观念已完全占据了她，像一个汉人，她的一切天赋、特长，包括美貌都是用来赚钱的。这种观念本身是与白马原始文化对立的，但一个白马年轻人可以转身得如此之快。她有普遍性，也是个个案。

蒋骥：你说的这个人我晓得，就我的观察和感觉，她至少汉化了百分之六七十了。摄像机不会撒谎。2009 年春天跟我们一同祭山的那个少女，当时如何清纯，如花似玉的，这天晚上的活动她也来了的，明显地长胖了，我判断出她结婚了，问她，她说马上就要结婚了。人的改变是很可怕的，三年前多有活力，这天晚上她差不多连表达能力都丧失了。

阿贝尔：那个歌手也是，我十年前认得她的时候也充满活力，也很清纯，绝没有拜金。时间只是一口缸，但装上了坏的文化就成了染缸。今天很少有人能做到出淤泥而不染。

蒋骥：一个人的变化能代表一个民族或者族群。

阿贝尔：上次凤凰卫视拍片，白马人重新表演一遍拜白马老爷山。那天在寨门外，我访问到一位白马老妪，主要访问到他们乃至他们以上几代人的婚恋状况和爱情观。他们都是父母包办，但也有爱情，也有生死恋。她告诉我，民国时有好几对男女为反抗父母的包办进山吊喉死了。我觉得殉情表现了一个人最本质的东西，继而表现了一个民族最本质的东西，一种超越生死超越存在的精神向度，它绝对是超出欲望的。我无法想象一个没有一桩殉情事件发生的民族和族群，他们一定没有精神向度，他们的两性关系建立在伦理上。

蒋骥：现在肯定莫得殉情事件发生了。

阿贝尔：现在没有了，一方面是因为婚姻自由了，另一方面是男女关系中的爱情成分少了，金钱成分多了。极端的爱情事件，总是发生在压制的时代和环境里；还有，它一定是超出金钱的。金钱是一剂药，加入到爱情，爱情就会破灭，四川话叫"出泡儿"。

蒋骥：我很担心，当自由和现代化彻底解除了人类两性关系的障碍，在文学作品中被传诵了几千年的爱情便会消失，人类的两性关系会像家畜那样科学化。

阿贝尔：这是个问题。爱情就像白马人，如果最终会消失，那也是没办法的。一切都是过程，都是宿命，它们都是自然法则中的一环。

蒋骥：但我们还是要想办法保护。你说的那种为了拍片专门组织的拜山仪式，我是非常反感的，因为它不是自然的，是假装的。或许做的过场是真实的，每一环节都没有打折扣，但动机是虚假的，没有真正祭拜的那种敬仰和敬畏，是演戏，嘻嘻哈哈的。周边停着汽车，很多人拿着摄像机照相机对着做表演的人狂拍一气。在我看来，这是很糟糕的。

阿贝尔：我想说的是，像汽车这样的代表现代化的物具在白马已经回避不了了。我2011年春节亲眼看见，在白马人自发的祭山活动中也有汽车，小车卡车都有，他们就是坐汽车从祥树家、扒西家、厄里家、王坝楚过来的，祭山的公羊、白酒、柏枝和其他器具物质，也都是用汽车运送来的。可以肯定，白马人不可能回避现代化的东西了，就像在我们所到的任何一个角落都不可能回避电杆电线一样。

蒋骥：不过，白马人自己可以有这样的意识，可以离现代的东西远一点。我说的是在庄严的仪式上。他们是否考虑过，在他们一年一度的祭山拜山过程中，可以拒绝任何一个外面的人来打扰，你就是县长也不行。因为那种祭拜不是表演，也决不允许有一丝表演的成分，它必须是在一种完全的白马人的文化系统中完成。

阿贝尔：已经很难做到了。或者说，根本就做不到了。白马人早已失去了凝聚力，已经没有一个头人，没有一个说了话大家都听的权威人士。过去有，过去有土司、头人、番官，他们把白马人凝聚在他们自己的文化当中。现在白马人中的富人，有权力的人，大都跻身汉人当中了，到城里定居了，就是还有住在白马寨子里的，也都只管自己，只管自己家族。有的甚至极尽讨好汉人，不惜牺牲部族利益，对于汉人而言，真有点"以夷制夷"的味道。一盘散沙，还能怎样？

作为象征的废墟

蒋骥：政府总是想去引资，找哪个大公司进来打造，打造是非常糟糕的！

阿贝尔：一打造就完蛋。

蒋骥：听说"天友"马上要来打造王朗了。王朗还能打造吗？我们亲眼看了那些植被，那些水，那些原始森林……咋个打造？打造就只有修路修房子……前天在虎牙，去唰唰水，路上我给一位姓陈的老师讲，其实自然生态也是可以跟旅游结合上关系的，我说像美国就做得很成功，在保护国家公园、原始森林方面，就很值得借鉴。我晓得美国有一座山，一年只允许几百人进去，它的收费特别昂贵，里面有房子你自己去住，它不管你，它跟你签生死协议，你还可以去打猎，被熊咬死它不负责，它一年只接待那么多人。这一点是非常值得借鉴的。像岷山东南坡的虎牙这种地方，自然生态这么好，风光这么秀丽，放一定数额的人进去，绝对是消费得起的，摄影的人，驴友，探险者，有钱人，我一年就只放这么多人进去，你政府得按这个规定来执行，不需要什么投资打造。

阿贝尔：你举的这个例子非常好，但政府的思路恰恰跟你说的相反，政府巴望进去的人越多越好，十万百万，只要装得下，全世界的人拥进去都可以，因为直接可以见到效益。你看今天的九寨沟，人山人海，跟走在春熙路一样，要拍个照都难；说是每天控制在三万人，哪里控制得了？哪里舍得控制？

蒋骥：我们可怕的地方是没有传统，也不懂得尊重别个的传统。西方文明经济发达，也很尊重传统。我们的台湾这方面做得好，它的文化真正算得上传统与现代的融合。

阿贝尔：传统是根，没有根哪来营养？所以我们漂浮、混乱、焦虑、无助。

蒋骥：悲哀而可耻的是，现在，金钱做了我们的根。

阿贝尔：今天，我们一些地方政府、地方官员没有意识到，他们今天做的很多事说严重点就是犯罪，他们打造也好，开发也好，都是对原生自然的破坏，对地球资源的破坏，而破坏的后果不是由他们承担，而是由当地百姓承担；其收益，也没有让当地百姓受益，而是被他们东支西舞了。他们做的一些项目，既劳民伤财又祸害子孙后代。

蒋骥：我喜欢看足球。我从欧洲的很多球队看见了传统，看见了人们对传统的尊重与继承。哪怕是一支丙级球队，也会得到不倦的爱和支持。有的球迷对某一支球队的爱戴、支持，是从爷爷那一辈传下来的；无论这一支球队遇到什么挫折，他们都义无反顾地支持。欧洲的很多球队自己也非常看重传统，有它的核心继承，不会为了金钱和荣誉去做颠覆传统的事。在西班牙，被称为"巴斯克雄狮"的毕尔巴鄂竞技便是这样的球队，从建队以来，俱乐部只使用具有巴斯克血统的球员，直到今天仍未改变，在西甲乃至欧洲各大联赛中独树一帜。

阿贝尔：回到白马人。根据你这些年对白马人的观察，预测一下白马人的将来？它在近几十年里大致会有怎样一个走向？

蒋骥：传统的东西肯定是越来越少，但完全消失也不大可能；以后会显得越来越卑微，他们的地位，到了后面，慢慢地，连外面的人对他们的好奇可能都莫得了。它现在还有点神秘感，人们对他们还有好奇心。

阿贝尔：也即是说，如果你不保留住你这个部族原质的东西，包括语言、风俗、服饰等等，如果你完全失去你这个民族的原始特征，那么外面的人不可能再对你有兴趣。有时兴趣也来源于价值。

蒋骥：他对你好奇心都没有了，你就完了。你白马人想跟上汉人的步伐，是永远也跟不上的；一旦失去民族本征，你的地位是会更加尴尬的。

阿贝尔：即便如此，我倒不觉得是一种悲哀，更不会觉得是一个悲剧，因为我们自己也是这样一路走到今天的，谁知道我们曾经也是在自己的粪便里爬滚的人？还有，这种消融是必然的，融入当代文明也会是白马人自己的选择。我们无法阻止一条清澈的雪溪奔流过来汇入浑浊的大河。在夺补河汇入涪江的垂虹桥下面，我常常看见这样的情形。我们如果感觉到悲哀，还是因为我们的私心，我们把白马人作为了一个有价值的对象、一个审美的对象（最高的境界）、一个爱的对象。

蒋骥：但我可以有叹息。

阿贝尔：还有，你觉得，在受到全球化、现代化的汉文化不断冲击的情况下，白马人作为一个族群，还有没有重建自信的希望？

蒋骥：很困难，我觉得。没有自信，但他们还会存在。听阿波珠说，也有一些白马人还有民族自觉，他自己就要求在外面读书的孩子回到家里讲白马话。再说，汉民族没有自信不是照样存在吗？只能说没有自信的存在，质量会大打折扣。个体的存在也是这样。

阿贝尔：不过，现在已经有白马人孩子不会讲白马话了。木座木皮的白马人除外，他们在明清时就汉化了，叫“熟番”。白马路尚未汉化的白马人叫“生番”。

蒋骥：我倒是相信一个族群的血液，一个人的血管里毕竟流着不同的血，包括汉人、白人、白马人，他们血液里包含了不同的因子。汉人流的血液嘛，比如像现在这个时代，就是狡诈；白马人毕竟有豪爽、彪悍的一面；而白人血液里流的就是严谨和自由。

阿贝尔：我在白马人身上看见血液的能量是有限的，倒是文化的能量更大一些。

蒋骥：现在白马人可以自由地跟外族人通婚了，以后他们所能保留的自己习俗会越来越少。但是，唉，你要完全同化这么一支人，这个时间还是比较漫长的。那个白马歌手好像结婚了？丈夫是个汉人？

阿贝尔：对。比起其他白马人，她应该要更复杂一些，她所处的环境和她的见识决定了这一点。她走向现代文明的步伐要快一些。

蒋骥：她人长得很漂亮，像个混血儿，歌喉也不错，只是汉化得太严重了。

阿贝尔：阿来听了她唱歌，说她歌唱得一般。你觉得政府有没有重塑白马人的自信心和文化自尊的可能?

蒋骥:这个纯粹就是百分之百的不可能。

阿贝尔:我觉得要恢复一个族群或一个部族的自尊和自信,它首先是一种文化的考量。需要真正的民族学者、人类学者拿出方案,让政府理解和接受,这个方案必然是排斥商业和经济的。单单后一点,今天的政府就不可能接受,它需要一种长远的眼光和历史的审美。

蒋骥:几次进白马来,什么最震撼我?上壳子和下壳子最震撼我。上次你给我说,下壳子已变成了废墟,我一下就蒙了。后来进来看了,特别是这一次看见的,一个寨子日益坍塌,成了废墟,废墟上爬满青藤长了灌木,让我既悲叹又充满想象。

阿贝尔:我们是不是可以把今天的下壳子,移民后留下的日益坍塌的废墟,看成是白马人明天的一个象征?

蒋骥:我拍白马人,想让人看了下壳子这样一个废寨后,勾起一个人对这么一个部族的创伤的记忆。这样的一个废墟,让你看了真的还是感觉很伤感的。昨晚上我剪了一段给阿波珠看,他看了自己都承认很伤感,一个人喝得大醉。

2012 年 11 月 6 日—9 日整理

注:

蒋骥,诗人,独立制片人,现居成都。

作为文学符号的土司

——白马土司谈话录

时间：2015 年 12 月 9 日

地点：四川九寨沟九寨人家

谈话人：阿贝尔　白林

天气：阴

　　白马人是居住在岷山东麓罕为人知的一个部族，现存一万五千余人。1950 年民族识别为藏族，后来费孝通、孙宏开等学者调查考证为古代白马氏的后裔。从行政区划看，分布于四川平武县、九寨沟县和甘肃文县、舟曲县。自南宋理宗宝庆二年（1225 年）起，白马人领地就有了土司管理，直至 1956 年土司制度终结。文县、九寨沟县（南坪）改土归流较早，白马人汉化较早。

　　两位谈话人一直生活在白马人和过去白马土司管辖的大山里，这样的谈话别有意味。

——题记

白马土司突破了汉语词典里"土司"的定义

阿贝尔：白马土司有两个概念，一是专指平武县旧时管辖白马路，包括火溪河、黄羊关的土司；二是指所有管辖白马人领地的土司，除了狭义的白马土司，还包括阿坝九寨沟县和松潘县一些部落的土司，以及甘肃文县、卓尼的土司。

白林：对，谈到白马土司，当然回避不了甘肃文县和过去南坪、今天九寨沟的土司。卓尼土司的领地延伸到了舟曲博峪乡的白马人部落，自然也应包括在内。

阿贝尔：回避是一种文化上的缺失，也违背了我写《白马人之书》的初衷。其实也包括松潘的个别土司。就我所知，松潘境内也有白马人，小河李泉山的人多是从平武黄羊关过去的（黄羊关的人又是从白马路、勿角和铁楼过去的），照民国版《松潘县志》所书，松潘中路的九关、东坝、腊枚、大寨皆属氐羌一种，即白马人。

白林：松潘现在不好说，九寨沟现在也不好说了，藏人？氐人？白马人也是藏人的一支，土改时划分的；后来专家们考察、研究，认为不是藏族，地方政府申报氐人，国家并没有承认。

阿贝尔：松潘，包括九寨沟，现在藏族是大多数，不允许再分出个氐族。再有，从唐代吐蕃占领松潘后，就是有其他族存在，包括白马人，也吐蕃化了。旧时南坪、今日九寨沟稍好一点，尤其下塘地区，勿角、草地、罗依、苗州一些地方，虽也受到吐蕃影响，但差异性还在，还看得出是白马人。

白林：我有体会。我的情况跟你不同，我是1984年大学毕业被分配到了南坪，即现在的九寨沟。30多年了，你是一直生活在原乡的，而我却是作为一个外乡人，甚至在某种意义上而言是作为"局外人"。这种好处就是，我可以站在与你不同的角度，长期地观察、研究、积累。白马人的族属，学界一直争论不休，学界之外的民间也一直争论不休。据我所知，在当地白马人内部，他们也有种担心，白马人研究的方向是氐人，他们担心将来把白马人从藏族中分出去。

阿贝尔：这种担心是不正常的，就算不说是政治的、民族的，也是很主观的。民族研究与识别应该追求真相——真相才是对人类的贡献和交代。其实，暂时探究不到真相的时候，我也主张保持现状，落实到白马人，我觉得保护比研究更重要。

白林：回到土司这个话题。就我所知，南坪土司不是很典型，改土归流也较早。以南坪境内白河黑河交汇处的靖安桥为界，该桥以上及黑河大峡谷内的玉瓦、达弄（今天叫大录），在当地人习惯叫法中被称作"上塘"，而在此以下至双河、郭元则被称作"下塘"。九寨沟那时叫中羊峒、大录、中查等包括塔藏乃至松潘、漳腊一部分又被称作是"前山六部落"，目前我能查到的资料上，主要是在康熙二年（1663年）以后及雍正年间，南坪土司有和药三舍土司、树正土司、白河芝麻家杨土官、安乐斜务家杨土官等，几乎到了一个部落一个土司、一个村寨一个土官的地步。南坪早在西汉，就设置了甸氐道，中原文化主要是经秦蜀小道沿着白龙江、白河而上传播，迄今在当地还有这样一种说法，"南坪不像甘，碧口不像川"。我推测，至少在唐代以前，吐蕃人没来之前，氐、羌包括吐谷浑都是从北方而下，或许受北方游牧文化、农耕文化影响较多。到了明末清初，大量的甘陕流民纷纷涌入，在民间还有这个说法，"先有王家坟，后有南坪城"。这个王家是从陇南地区迁徙辗转而来的。这些汉族移民的大量到来，使得这块岷山山脉中段土地上的民族构成及居住地发生了较大变化，包括白马人、蕃人纷纷被挤压进了深山老林，河谷地带大都由汉人所占据，像现在的永丰黑角浪，原本是九寨隆康一带蕃人的地盘，中安乐以上的村寨、南岸家等形成了犬牙交错的态势。但在历史的演变过程中，一般九寨沟的白马人聚居地主要是高半山，偏僻的山沟，包括现在的勿角、马家、罗依、安乐、郭元、草地等。

现在官方的书面语中把这些白马人仍然叫白马藏族。就说九寨沟境内的藏族吧。在九寨沟景区、大录的藏族人把自己称作是"安多藏族"。藏传佛教也分为了萨迦派和苯波派。也就是说，即使是在九寨沟一隅，民族内部也是存在着差异性的。

当然，因为地理条件的限制，南坪与平武虽仅黄土梁一山之隔，但是受平武、江油蜀文化影响并不大。唐代以后，吐蕃人占据了松州，赶跑了吐谷浑人，藏文化包括藏传佛教的传播，才逐渐形成了今天我们所见到的格局。自唐以后，至少是两种文化在此碰撞、交织、融合，就像我在前边所提到的甸氐道。"道"是西汉对于民族地区县的叫法，"甸"是部落族群的称呼，"氐"是族种。2008年4月，我们与有关机构合作，在九寨沟景区内的阿梢脑遗址考古发现，证明至少在东汉，九寨沟内的居民是汉族，吐蕃人进入是在唐以后的事情。

说南坪改土归流早，不如说特殊的地理条件加大量的汉族人涌入，不论是在国家治理层面，还是在文化认同层面，较之其他地方似乎基础性要好一点。

再说和药三舍土司，在清康熙二年（1663年）后，由于天下初定，当地少数民族豪酋纷纷归顺，朝廷或以颁发印信、号纸（委任状）的方式，加以认证，既维护了这些土司们利益，又巩固了边地的统治。说来也有意思，像和药三舍土司，他的印信居然被树正土司给偷走了，九寨沟内的土司分派活路，一家出一个壮劳力，翻山越岭，走的却是去你们平武的山路，到平武、江油驮回所需的货物。而在玉瓦寨、大录却是翻山去若尔盖、松州、迭部，走亚隆小道、甘松小道，由此看来，土司们还是懂得取舍，不会舍近求远。

阿贝尔：你讲的脉络很清晰。在有土司制度存在的几百年里，南坪都隶属于松潘，事实上，南坪土司也是松潘土司的一部分。然而这一部分正是我们要探讨的，因为有很大一部分土司管辖的是白马人部落。

白林：阿来最初对土司制度感兴趣，主要是从文学创作的需要出发，像《尘埃落定》写的就是嘉绒土司，后来的非虚构《瞻对》多了一些专业考据。最近又抛出《白马藏区七百年土司制度兴亡史》，在凤凰周刊、腾讯专栏大谈土司。

阿贝尔：阿来的血液里有种黏糊的东西，联系着土司。他不是探究，他是想象，潜意识里渴望一种暖流。我个人也是这样，我的家族便源自白马路土司的一脉，我走血脉这个得天独厚的通道去追忆、想象白马土司。

白林：我赞同你的说法，作家的感觉自然不同于专家、学者，他的探究有种审美的需求。其次，这也是你和阿来的优势，那种与生俱来的敏感、融入血液里的东西，呈现着不一样的生命特质。

阿贝尔：阿来在接受《新民周刊》专访时说："从元至清，全国三分之一的地区，湖南、湖北、贵州、云南、四川，甚至到甘肃，都有土司。你想，这是多大一个区域？这是当时国家治理少数民族地区的政治制度。发掘这些人文遗址我觉得还是很有意义的。我们以前老说中国是中央集权，说对了一面，另一面还有土司，所谓高度自治的制度。"

阿来说的是事实，但表达的却是梦想。土司管辖的地盘虽纳入了皇土，但严格地说还不能算是皇土，很多辖地都不纳赋税，且番叛不断，脱离皇土。自治是真实存在的，但对于中央集权是一种滞后的文明，而非前瞻的文明，一旦改土归流，自治便结束了。

白林：自治也一点不平静，土司辖地的番民与汉政权的冲突从未断过，其惨烈程度是今天的人难以想象的。拿南坪为例，有文字记载的冲突便有十几次，以1860年至1861年的庚申之乱最烈，番民杀汉政权官兵如杀猪牛，汉政权官兵围剿番民亦然。千百年里，这种屠杀既是刀剑的对话，也是在那样一种对话的过程中彼此的了解与认识。归根结底，是各种利益驱动的结果。在实行土司制度几百年来的过程中，也并非是一成不变，朝廷要的是边地的稳定，但决不会允许一、两家土司坐大，所以，不断地通过颁发印信、号纸来削弱、分割他们，人为地在其内部制造矛盾。这就是自清康熙以来，南坪、松潘地区为什么会有七十二土司的由来。

阿贝尔：从庚申之乱可以看出，土司在事变当中未能起到阻隔与缓和的作用。照理说，土司是个很好的黏合剂，他一方面是番民的头人，代表了番民的利益，另一方面又是皇帝或汉政权赐封的官员，且拿了俸禄，代表了国家的利益。

白林：是这样的。如果是贵州、云南或者你们平武的土司，这个"和稀泥"的作用会发挥得很好。然而在属于藏地的松潘不行，藏地的土司几乎都由本族人充当，一般而言他们文化程度不高，遇事容易偏向本族，人性当中本族性占上风。

南坪也有汉人或汉化的番民当土司的，但已是在咸丰十年庚申之乱后的同治年间，比如芝麻寨土司杨生荣、中田寨土司杨观成、边山寨土司雷登云。时间不长，汉制渐兴。不过，土司是具有双重或多重性的，谁强势，他就会倒向谁，也就注定土司会在面临利益格局时必须要做出自己的判断与选择。

阿贝尔：在今天看来，他们也算是正确的选择。土司如果倒向汉军、汉政府，那是很糟糕的，背叛了自己民族，同时也失去了存在的支撑。当然，倒向本民族往往也会酿成祸端，让众多的族人送死；而倒向汉军、汉政权，如果不是为一己私利，反倒可以救本族人性命。

平武境内的白马土司不同，他们是汉人世袭，有文化，有传统，不说每次都站在汉军、汉政权的立场，至少不会怂恿、带领白马人叛乱。需要强调的一点是，白马土司世代统辖白马人，与白马人很有感情，他们也决不允许汉军、汉政权随意欺负、剿杀领地上的臣民。事实上，白马土司充当了白马人的保护人的角色。

白林：据我所知，也有例外。明嘉靖元年（1522 年），白马路的白马人生事作乱，五千汉军协同白马土司四路用兵围剿……除了是汉人，平武白马土司还有什么不同？

阿贝尔：卓尼土司也是藏人，但接受了汉文化，汉文化的很多东西已深入骨髓。最典型的是杨积庆，他不仅接触汉人、汉文化，还读《申报》，接受新思想，结识外国人。约瑟夫·洛克在他的日记多有记载。杨积庆后来帮助红军过境，改变了一个国家的格局和走向，当然也直接导致了自己和家族悲剧。

白林：卓尼土司自祖上便丢弃了很多本族的东西，学了很多汉人的东西，杨积庆是个集大成者。不过，这个集大成未必是好事。

阿贝尔：百度"土司制度"，我才发现，现今的知识系统对土司和土司制度的界定是有错误的，它说土司是"中国边疆的官职，元朝始置，用于封授给西北、西南地区的少数民族部族头目"。平武的白马土司有两个特点可以考问这个定义，一是时间上，平武的白马土司是南宋就有的；二是族属上，它不是少数民族，是流官转成的世袭。

白林：我读了阿来的《白马藏区七百年土司制度兴亡史》，平武的白马土司的确是个特例，南宋就有，又是汉人。

阿贝尔：平武的白马王姓土司是如此，管辖白草番、木瓜番的薛姓、李姓土司也都是这样。平武在历史上是个很特殊的地方，汉代就置有刚氐道，后置广武县、龙州、龙安府，州县或府县并置，从来都是一个汉文化与少数民族文化交合的地带，纳入国家版图早，鲜有丢失。然而，无论是国家政权、军事力量还是汉文化，又都是动态的；大趋势自然是从今天的江油平原向涪江谷地游动，偶有倒退，州治、县治从今天的南坝镇（江油关）到江油大康（雍村）、武都，再到青川青溪，最后于明初 1389 年落实在今天的平武县城。

封建时代的汉政权裹挟着汉文化，以文明的面目，沿涪江及其支流河谷长驱直入，像江水倒灌一样，浸漫、占据了过去白马人的聚居区，接受汉化的汉化，不接受汉化的退却，反抗的诛灭。王行俭担任第一任白马土司时，汉人的势力范围仅齐江油关，有田产置办在江油青莲镇，王行俭死后也葬在青莲镇。

白林：白马土司世袭年代久远，有一个清晰的变迁过程，包括地理的迁移，而南坪的白马土司只有短短几代，没有多大变化。

阿贝尔：平武的白马土司在明朝嘉靖四十五年（1566年），因土司薛兆乾聚番叛乱，也由一家分成了前王（土通判）和后王（土长官司）两家。

白林：九寨沟的白马土司没有平武白马土司悠久，至少史料记载的是这样。九寨沟的白马土司也不是独立存在的，他们从一开始就是松潘土司的一部分。九寨沟的白马人部落本身也不独立，不管是地域还是部落社会都与藏族是连成片的，不像平武和文县的白马人独居一隅。

阿贝尔：民国版《松潘县志》《土司总论》说："沿边番部，在宋熙宁间设置番官，宋乾道间编置土丁，其意以汉管夷不若以夷管夷之为便也。"但无具体记载。明代置长官司十七、安抚司四。但番地长时间叛乱，明洪武失控，至清康熙四十二年（1703年），各部投诚归附，才恢复土司制度。

白林：据《四川通志》所载，当时松潘有七十二部落、七十二土司。土司分三种：土千户、土百户和土目。都是清康熙二年（1663年）以后投诚授职。土千户阶级最高，正五品，与汉营守备同，承袭旧例必朝见，三年入贡一次；土百户正六品，与汉营千总同，不朝见，换户颁号纸一次；土目最低，与汉营外委同，颁给号纸和委牌，也不朝见。自然，南坪的白马土司也是这样。

阿贝尔：它是被纳入整个松潘土司系统管理的。

白林：清代之前，宋、元、明记载不详，清代记载详细。南坪所辖隆康、芝麻、中田、勿谷、边山五部落，清雍正二年（1724年）隆康寨首林柱归诚，当了十二寨土司；黑角寨寨首六孝归诚，当了二十二寨土司——乾隆、嘉庆年间，番寨分散变更大，黑角浪寨改汉制。咸丰十年（1860年），庚申之乱，南坪白马人相应，南坪营汛关塘失守，同治二年（1863年）平息、收回。南坪白马土司，土千户改土守备，土百户改土千总，土目改土外委，完全汉官化，每年各给饷银二十四、十八、八两不等。另设副土千总、土把总、寨长，各给饷银十八、十二、四两不等。

阿贝尔：你发没发觉，南坪的白马人部落和白马土司相比平武、文县要复杂得多，潜伏着一种向西、向着藏族部落的力量，也可以说是松潘藏人的凝聚力、向心力太强大。平武的白马部落就不是这样，火溪沟和黄羊关的早已汉化，成了"熟番"，而白马路的"生番"则像是被遗忘了的、与世隔绝的。平武的白马土司更不可能倒向藏人，他们清楚他们世代都是为朝廷守土的。庚申之乱中，平武的白马土司王国宾殉职，族人王维彰、王国卿奉命率番团征调松潘，战死雪拦关。

白林：这是一个文化心理的东西，看似一种价值的选择，其实是一种血源的选择、一种接近本能的冲动。

阿贝尔：文县的白马土司没有平武的白马土司早，但比南坪早，谱系清晰。据清雍正七年（1729年）《马氏谱抄》、民初《王氏宗谱》和康熙版《文县志》记载，文县的白马土司有王土司、马土司两系。也称百户。

王土司始祖王砌豹，汉江人，遭金人虏，流居松潘大山洞黎牙科布族，领四十八族，于明洪武六年（1373年）献番地投诚授职。王安巴为二世，通晓番语，武艺娴熟，有勇略，因洪武二十七年（1394年）擒获乱人张吉吉、赵伯达等，于洪武二十八年（1395年）三月内，保送赴京，引朝陛见，钦准大升三级，授陕西都司文县守御军民京制指挥千户所，有印信。三世王封世，四世王士世，五世王允中。六世王承宗，遇明末乱世，札印皆失。七世王世爵，九世王受印。雍正八年（1730年），文县令葛时政改土归流，废除土司制度。王百户番地包括东仲沟。麦鹅堡、杀番沟、羊田山、梁寸峪、草坡、香花山、野不咱、下扎多、得胜寨、扎多寺、下赦书。

马土司始祖马桑，通晓番语，招抚境外古坪等族西番一百三十二户降。明洪武二十八年（1395年）赴京，钦准大升三级，除授陕西都司文县守御军民千户所，得信印，世袭管番。二世马章奴。三世马信，明永乐二十年（1422年）保送赴部。四世马让，系马信同母亲弟，正统十四年（1449年）因马失足，左腿跌折而止。五世马凯，景泰二年（1451年）遭龙州白马路番人夜袭而亡，无嗣。六世马麟，系同母亲，弘治四年（1491

年）因马失足，右臂受伤致残。七世马握，八世马瑞，九世马体乾。十世马继宾，崇祯末年（1644 年）李自成起义，印信札付俱失。十二世马启应，马继宾胞弟。十三世马成德，十四世马起远。至雍正七年（1729 年），文县令葛时政改土归流，土司裁革。马百户番地包括英坡山、核桃坪、烟雾坪、麦贡山、中岭山、入贡山、竹林族、枕头坝、草坡山、毛安族、朗藏山、雪卜寨、木人山、盐土山、马尾山、古坪沟、扎麻沟、月族、白固族、朗卜山、博多坝、木路山、沙坝族、梨园山、蒲池山、班鸽山、野人山、深沟族。

白林：平武、南坪、文县的白马土司都经历了改土归流，有区别吗？

阿贝尔：平武，当时叫龙州宣抚司，改土归流最早，在嘉靖四十五年（1566 年），但不是针对白马土司的，是针对木瓜番和白草番薛土司的——薛土司薛兆乾聚众番造反，平乱后薛兆乾及其母陈氏等二十二伏诛。此次改土归流动摇的是薛家的地位和整个龙州的行政级别，白马土司无损，只是被分为土通判和土长官司两系。

南坪的黑角浪于清嘉庆十七年（1812 年）改土归流，为最早。同治八年（1869 年），郭元坝土目杨承恩率柴门关十五团番众改土归流，丈地完纳赋税……

文县改土归流于雍正八年（1730 年）一次完成，县令葛时政拿蛛票传唤各族，粮册尚强，废除土司。

白林：南坪土司较为分散，基本上是一部落一土司；平武土司集中，历史悠久，土司文化积淀自然最深。

阿贝尔：平武的白马土司确立最早，废除最晚，从南宋宁宗间始祖王行俭算起，到 1956 年王蜀屏截止，共历三十二代七百五十五年。

平武的白马土司又让我想到了阿来说的自治。这个自治区虽然疆土不大，番寨不多，人数有限，但本质上不属于汉政权，而是一种土司主持下的番民自治。白马土司官职有长官司、判官、元帅府副元帅、从伺郎判官、昭信校尉宣抚佥事、土长官司、土通判等名。土长官司沿袭佥事，武职正五品，土通判文职正六品，都高出县衙官职。明洪武二十二年（1389 年）州治迁今平武县城后，州衙、土司衙、县衙并行，且土司衙署高于县衙，这样便保证白马土司自治的纯粹性。白马土司的领地真的像一个独立王国，也是自由王国，土司一年巡寨一次，欢乐祥和，如同过年；虽设有大头人、头人、番官，但也是普通番民，没有现在的某些村主任村支书飞扬跋扈，好处就是帮了土司管事免交干鸡一只、腊肉一块、火麻一斤，只交粮钱。番民每户每年除交粮钱两百四十文，多交干鸡一只、牛羊肉或猪肉一块、火麻一斤。也算是剥削，但很轻，于情于理都说得过去，不然就是绝对的无政府主义了。事实上，土司跟白马人交好，要胜过跟县衙、州衙和后来的府衙。从各种角度说，自治区就是土司的娘家。很多土司通番语，跟番人交心。土司武装也主要是番团，靠白马人，只是要接受松潘镇总兵提调。

白林：阶级斗争的理论将人性对立起来，其实人性有它的模糊性，白马土司和番民的关系并非是对立的，更多是相互依赖与协作的：土司靠番民养活，番民又得到土司的管理与保护，特别是遇到匪祸兵祸的时候。你文章中提出一个观点，说土司是番民与朝廷之间的弹簧垫，我很赞同，我甚至能感觉到土司的弹性弹力。

阿贝尔：对啊，如果没有土司这个弹簧垫，番民和朝廷就势不两立，要么番民被欺压、盘剥甚至剿灭，要么就是番民起来反抗，两败俱伤。番民毕竟是小众，最终吃亏的肯定是他们。土司制度虽是朝廷的权宜之计，但客观上起到了保护番民的作用……当然，保护也是驯化。

白林：自然，土司也有恶人，不管他是汉人还是番人，就像阿来《尘埃落定》中的麦琪土司，连自己手下人的老婆也要霸占。

阿贝尔：在有记载的白马土司的谱系中，还没有发现有这样的恶人，倒是白草番和木瓜番的薛姓土司里出了一个薛兆乾——明嘉靖四十四年（1565年），宣抚薛兆乾杀死副使李蕃父子、佥事王烨全家、土知事康进忠，率番众叛乱，第二年被捕伏诛。

白马土司是人治，但人治的核心是"德"，它得益于王姓土司家族悠久的文化传统，这在藏族土司中是很难找到的。例如，土长官司王维世于道光初年（1821年）过世，长子王国泰无行，被母亲关在差房内戒大烟，每日令其读书明理，以便承袭父职；然而王国泰不思悔改，半年之后毫无长进，其母只好另择次子王国宾当土长官司。

白林：你这样讲，现在还有人不舒服，认为你美化了土司老爷，混淆了统治者与被统治者之间的关系。

阿贝尔：如果还有这样的人，那也是阶级斗争理论的受害者，没有自我认识能力。末代土司王蜀屏的哥哥王信夫说，白马土司职虽小，但按现在的政治术语来说却是高度自治，辖地和周代的封建小国相似。人都是讲感情的，你对他好，是真好不是装好，他也会对你好，白马土司跟白马人便是这样，一代一代，成了世交。

土司是一棵树或一个海子

白林：土司和土司制度是个历史和政治产物，为什么会受到这么多作家的关注？这是一个有趣的现象。

阿贝尔：不只有趣，也有价值。土司不是一个抽象的词汇，它是具象的，一提到土司，我们脑壳里就会有一个形象。当然，未必是《尘埃落定》里麦琪土司或麦琪土司的傻儿子的形象。在我眼里，土司是一个审美意趣多于政治和历史意趣的词汇。它有神秘感，有异域色彩，甚至有跌宕起伏的故事和悬念。土司更多是文学的，《尘埃落定》的成功强化了它的文学性。

白林：很好。闭上眼睛，默念"土司"一词，我们的大脑会呈现出一些什么？我来试试……碉楼、木楼、雪山、溪流和溪流声、青稞、马匹、藏袍或白马人的百褶裙、长短枪、异族女子……

阿贝尔：我脑壳里还会出现征战、朝觐、圣旨、印信、号纸……

白林：还有一些漂亮的事，土司干的漂亮的事……我想，白马土司干的有，其他藏土司也干的有，稍后我们再一一列举。

阿贝尔：土司还能带给我们很多的想象。特别是像我，本来就出自白马土司的一脉，血液里有种想象的本能的冲动，渴望把自己与这个血脉的谱系联系起来。这样的想象是一种探究，对自身血脉的探究，不只有意义，还有快感。你多少也有一点这样的快感，你妻子是白马人，他们杨氏家族也有人做过白马土司。

白林：我对白马土司想象的冲动，一是我是白马人的女婿，二是长期的边缘化生活。从最初的仰望天空到后来的凝视大地、山川，在这个日益碎片化的当下，客观存在，但长期被忽略、甚至是被排斥的状态，这也是我不惜脚力包括我和你一道进行大量的田野调查的动因。

阿贝尔：能结识你非常有幸……土司的文学性是一个可以展开来说的话题，就像一棵大树或一个海子。平武靠近松潘的叶塘有一棵千年神树，在我眼里，呈现的就是土司的文学性。1910 年 8 月 19 日，英国人爱尔勒斯特·亨利·威尔逊拍过这棵树，一百年后他的孙子又来拍过这棵树。海子不是九寨沟太过干净、唯美的海子，而是雪山下一个粗犷、稍显凌乱的海子，有盘羊喝水留下的脚印。

白林：当然，你是比喻，是形象的说法。土司的文学性最终还是在土司身上那些永恒的东西，比如战争、死亡、爱情，它们原本就是文学永恒的话题。藏族土司还多一些血性的东西，有时也是愚昧、野蛮的东西。土司的宽度也符合文学不同的体裁，土司的隐喻性与象征性符合诗歌，征战与爱情故事符合史诗；土司的人生，包括日常生活细节符合小说；土司的真实性与其生活的广大的异域的背景符合散文。

阿贝尔：你这样一分析就更清晰了。相比之下，白马土司所彰显的人性要比藏族土司更丰富，更深刻。为什么呢？白马土司可能不及藏族土司有力量——身体的原始的力量，但无疑更具智慧。它积淀深厚。不只是始祖王行俭赴龙州之后开始的积淀，之前在王佑、王旦、王巩身上也有积淀，甚至更早。来龙州后，异域异族的东西又为他们注入了新的元素。

白林：这要看你的视角了。白马土司是汉官改袭，文化积淀或者说"德"无疑比藏族土司深厚，但不能说是智慧，因为智慧里包括了很多直觉的东西，白马土司的直觉未必有藏族土司好。另外还有胆识，也未必比得过藏族土司。当然，藏族土司因为知识与经验的欠缺，视野普遍不行，人性当中原始的东西多一些，但可能也要坦荡一些，通常不喜欢玩阴的，即使玩阴的也都是跟汉官学的。

阿贝尔：平武的白马土司的确来源于一个了不得的家族，据《王氏宗谱》记载，苏东坡的《三槐堂铭》所赠王巩便是他们的世祖，王巩之上王旦、王佑也都《宋史》有名。特别是王佑，住在河北大名府时，在庭院手植三槐而著名。

白林：这是一个文化积淀极深的家族，这样一个家族能跟白马人扯上关系真有点戏剧性，也是缘分。

阿贝尔：我们的话题又超出了文学。白马土司是"德治"，当然也有成文、不成文的规矩、条款。藏族土司相对"缺德"一些，规矩条款硬扎一些。我们回到文学。我突然想到，土司的文学性还在于"自由精神"。白马土司衙署是独立的，级别比县衙要高，不受制于县衙，对上不是对州、府或者省负责，而是对皇帝负责，你想想，他的自由度有多大。他只是与县、州、府或省上协作。这是其一。其二是白马土司的番地是自由的，番地上的白马人是自由的，不像汉地有保甲制度、苛捐杂税等等盘剥压榨……自由是最高的审美，它与文学的本质精神很吻合。

白林：你分析得到位。土司真是一棵神树，树上的每一样东西都是宝贝。它的异质性决定了它的文学趣味和价值。这个异质，既是看不见的内在的东西，又是看得见的花花绿绿的异域异族的东西，真的很神秘、很神奇。

阿贝尔：还有悲剧性。也是土司的文学性。悲剧性既包括土司制度的结束，土司家族的终结（我们平常说某某末代土司，"末代"二字便有很强的悲剧意味），也包括很多悲剧事件，落实到白马土司身上，就有两次"灭族"〔一次是嘉靖四十四年（1565 年），薛兆乾叛乱，杀了王烨全家，仅有二子启林、启睿藏于番寨幸免；一次是明崇祯十七年（1644 年），张献忠寇蜀，手下崔峰高杀土通判王懋烈全家〕。土长官司王国宾之死也算是一个悲剧。

白林：我晓得的，宣统三年（1911 年）松潘番叛，南坪的白马土司杨观成，召集各寨头目晓之以理，极力阻拦，避免了一场悲剧。

阿贝尔：就我个人而言，土司的文学性还在我的血液里、身体里，虽然几百年已被稀释了，但依然还在。它们是土司本身的东西，也是我自身的东西，已经影响到我的血质、气质甚至基因排序。我在土司家族分支出来的血系里承传，那些东西在我的身体里承传，像草芽或某种潜在的病毒……我在黑夜里闭上眼睛，就能看见这条脉管，它既是时间的通道，也是血脉的通道。我甚至看得见血液的蒸汽，宋元的，明清的……时间结晶出的水银或者盐。

白林：在这棵树上，你看得见自己。

白马土司干过的漂亮事

阿贝尔：虽然白马土司包括南坪和甘肃文县的土司，但就其分量、意义，平武的白马土司足以全权代表了。也可能我的视角不同，离平武的白马土司近，甚至可以内视，把南坪和文县的土司忽略了。

白林：甘肃文县番地汉化早，番地日益缩小，汉文化强势，土司被废除比平武早了二百二十六年。文县过了柴门关就是南坪，南坪靠近文县的地方汉化也早，加之庚申之乱改土归流，以及清末民初大批汉人涌入种鸦片，土司制度已经汉制化。

阿贝尔：现在，该说白马土司干的漂亮事了。说漂亮事，当然也要说干漂亮事的人。那就是历代白马土司中或文或武，或文武双全之人。

白林：我晓得的有王玺，就是修建报恩寺的那个人。

阿贝尔：那就先说王玺。他是白马土司第一人，《明史》《明实录》《四川通志》《龙安府志》均有记载。当然，后人晓得他，主要还是因为他修的报恩寺。王玺成名、成土司纯属偶然。他不是土司承传人，他哥哥王真才是。王真死后无子，传侄子王宗政，宗政死也无后，土司一职便倒传给了王玺。可谓天意，当中哪个情节出点问题，都轮不到他。这天意也是"德"，王氏家族的用人标准，可以说是"德"选择了王玺。

没有王玺的画像留传后世，但报恩寺的万佛阁大殿里有王玺父子的塑像。《四川通志》有杨慎写的《龙州金事王玺传》，全文如下：

> 王玺，字廷璋。判官思民子。当承荫日，念熟番猓情形，泊袭后，子惠番民，颂声载道。宣德八年，松、茂、叠溪寺番猓作耗，率兵征剿，歼厥渠鬼，升授宣抚司金事。劈东南堡栈，劝民开垦，民始丰饶。又为郡兴学校。是时，差徭颇重，三州、七县、五坝之民，苦于输将，解囊分助，祀乡贤祠。孙瀣，中乡试，任湖广汉川县严，簿，捷南宫，官礼部主事。

杨慎即杨升庵。也算是重孙女婿写夫人曾祖。

明宣德八年（1433 年），王玺与知州薛忠义率兵征战松、茂、叠溪平羌乱建功。宣德九年（1434年），升龙州为宣抚司，王玺授昭信校尉宣抚佥事。当年冬天跟薛忠义入京朝贡，赐观灯山。宣德十年（1435年），王玺动了修建报恩寺的念头，再次进京请赐。正统五年（1440年），动工修建。报恩寺没修起，于景泰三年（1452年）病逝，享年四十八岁，天顺八年（1564年）归葬古城奉亲山。

《龙安府志》说王玺"髫龄时有丈夫志。弱冠敦行力学，切切以经济自命"。

我几次独立万佛阁，凝视王玺像。我知道无法穿越，但想象也是美好的。

王玺时代是白马土司的高峰。想象他的征战、荣耀犹如梦境和电影镜头。报恩寺依旧，差四年满六百年，报恩寺是王玺的杰作。

王玺不晓得他身后发生的两件事。一是"王玺造反"、当土皇帝的事。纯属子虚乌有，系阶级斗争意识形态的意淫与杜撰，以及无聊乡人移花接木、添油加醋。二是王玺及其家族墓1974年被挖掘出来。

顺带说说报恩寺。它是王玺的作品，也是白马土司的意义所在。忠君、报恩、行善都还是其次，关键在它作为一个符号对白马人乃至所有边地西番的一个精神的震慑与归引。至于建筑艺术，那是现在人发现的。

白林：听说报恩寺大门上的匾额"敕修报恩寺"几个字为杨升庵杨状元写的，可是真的？

阿贝尔：这也是一件漂亮事。王玺三子王鏻，明成化八年（1472年）考中进士，任完县县令，正德年间升礼部主事，跟副宰相杨廷和交好，将女儿许配给了杨公子杨慎，于是便有了杨状元题写匾额一事。

白林：人一辈子能做个漂亮的人、干一两件漂亮的事足矣！

阿贝尔：历史上干漂亮事的人还是多，今天少了，今天衡量漂亮的标准变了。

白林：对啊，过去的标准是有为、有德、活在将来，今天讲活在当下，讲唯物主义，连起码的道德底线都不要了。

阿贝尔：说说始祖王行俭。白马土司首任，也是把王氏家族带到龙门山、岷山里的人。他是扬州府兴化县人，南宋宁宗间考中进士，授龙州判官一职来到这儿的。"这儿"不是今天的白马路，也不是今天的平武城，而是今天的南坝（江油关）。后来州治迁到了今天江油的大康（雍村）。

王行俭中进士，从兴化到龙州上任，想象的空间很大，是一帮人来的还是一个人来的，是在扬州那边已经娶妻还是到了龙州才娶妻，已不可考。当时龙州是边疆，王行俭干得不错，"在任开疆拓土，兴学化夷，创建城垣有功"，被朝廷册封为新置的龙州三寨长官司长官，辖制境内少数族人，并准子孙后代世袭。从此，王行俭成为王氏土司始祖。

王行俭改任土官后，职权扩大了许多，"管辖关、寨，及番民种类、户口、生业、服色、嫁娶、死丧、风俗俱全"，差不多是个土皇帝了。

"龙州三寨长官司"是一个美好的称谓，也是一个文学的称谓。这个称谓的地理有文学，番民有文学，番民与王行俭的关系有文学。闭目去想，浮现的全是文学的东西。

王行俭住在江油，自然要去龙州三寨。这路上的风景、遭遇都是文学。三寨的头目来江油朝贡，长什么样，说什么话，身上散发什么味儿，王行俭如何招待，也都是文学。

王行俭不一定死在江油青莲，但埋在青莲。民国初年还有墓，还有守墓人和田产，现在找不到了。如果他的骨头没有完全化成土，今天青莲的地下就一定还有。

白林：平武的白马土司真是你说的神树，存在了七百五十五年，也是一条长河，估计历史上很难找到第二。

阿来在谈到白马土司时说，"开疆拓土，兴学化夷"，这是表面的理由。真正的理由是蒙古人统一北方后，迂回南下，龙州已成为南宋抵抗蒙军的前线。守御龙州的军事主官想献城投降，判官王行俭负有监察之职，却拒不投降，修筑城垣抵御蒙军。当时，有蜀人李鸣复以《论一时权宜之计疏》上书皇帝，建议在那些已经沦陷或必将沦陷的地方："择其土人可任一郡者，俾守一郡，官得自辟，财得自用。如能捍御外寇，显立隽功，当议特许世袭。"王行俭获得世袭守土之职，便是宋理宗采纳了这个意见的结果。一种权宜之计，在龙州却收到了良好的效果，南宋度宗咸淳元年（1265 年），又在龙州赐知州薛严为龙州世袭土知州。理由很直接，"守城有功，遂赐世袭"。

阿贝尔：白马土司传到清道光年间，传到了"国"字辈的王国宾。王国宾是除王玺之外我记得最清楚的白马土司，因为他是战死的。还有，"国"字辈距离我的"金"字辈并不远，"国"字辈属我的高祖辈，我的高祖叫王国彦。

王国宾的父亲叫王维世，清嘉庆时接任的长官司，属于我的天祖辈——我的天祖叫王维益。王国宾排行老二，原本不该当土司，因为长兄王国泰不争气才接任长官司的。王国宾袭任土司一事，说明白马土司是真的重德、以德选人。

王国宾在我想象中的形象未必高大威猛，但一定足智多谋，且自己身手不凡。他有文才。报恩寺是他们家族最大的文化宝藏。看似一院庙宇，其实是家族的文化积淀——不是散的文化，是有信仰的、有凝聚力的文化。道光二十四年（1844年），他把修建在黄羊关的衙署从赵家山迁建到了关坪寨，且亲书匾额："黄羊关世袭长官司署"。

土司是土皇帝，但也被镶嵌在国家机器中。国家机器运转良好的时候，土司也就过得良好、感觉良好；国家机器出故障或者崩溃的时候，土司不仅过不好，还会被绞进机器中，死于故障。咸丰十年（1860年），松潘庚申番乱，白马十八寨也参与了，王国宾和他的幺爸去白马路劝训、震慑，在水牛家遇害。

王国宾的死，他的重孙王信夫老先生讲得很清楚。庚申番乱范围之大、战事之惨烈，藏彝走廊罕见，历史上很少参与番乱的白马路的白马人也参与了——他们和南坪、文县的白马人是一个整体。白马人不恨王国宾，恨的是他的幺爸王维度。王维度是个武生员，武功了得，打死过一只老虎，枪法又好，用铜钱连缀起做了一件防弹衣，一到白马路就耀武扬威，白马人看不惯。庚申番乱，有白马人想趁机收拾他。王国宾听说幺爸被打死了，这才出寨救人的。出门之前，水牛家的人还劝过他，说："老爷，这些人是来整四老爷的，你莫出去，他们认不到你，出去要糟!"王国宾和他幺爸死得很惨，面目全非，尸都不全，已经认不出人了。

白林：还是家族观念占了上风，冲出寨门的那一瞬，由不得他多想。但确实不值。番乱中，番民都会站队，平常关系再好也没用，敌我两大阵营，他们必须属于自己的阵营。非常时期，血液的冲动都统一到了一个方向。大而言之，也是民族和文化的规整。

谈到王国宾，我有个疑问，你说他死在白马路，为什么民国版《松潘县志》卷七《忠杰》一章注释载"咸丰十一年，奉调率领番团援松，至望山关血战阵亡，议袭云骑尉"？

阿贝尔：你的疑问也正是我的疑问。王信夫讲得很细，不像是虚构的。《松潘县志》不可能参照《龙安府志》，因为《龙安府志》是道光年间编撰的，庚申番乱发生在咸丰十年（1860 年）。

白林：不知道世上还有没有人能澄清此事。

阿贝尔：再讲一个白马土司，王实秋，王生秀。"生"字辈属于我的父辈，我父亲叫王生育。王实秋离我们就更近了，现在黄羊关还有见过他的人。他个子小，有点像今天我熟识的王铮（他的侄子，末代土司、他堂弟王蜀屏的次子），看上去文雅，谈吐不凡。他读古书，也学习新知识，有点武功，枪法好，遇事沉着，有胆有识。民国十六年（1927 年）接任。1935 年开始常驻黄羊关衙署。他手上干了两件漂亮事：一件是跟国民党中央军第一师别动队队长汤羽叫板，官司打到了成都行辕；另一件是收拾悍匪唐吉三，有勇有谋。

第二件事颇有点戏剧味儿：王土司陪匪首唐吉三在火塘边的床铺上抽大烟，土匪很警觉，两人背靠背坐着烤火……一切准备就绪，一个人问厨房里："粉子造好了吗？"厨房里齐声答："造好了。"一个人喊了声："也斯得。"王土司举起手枪就是一炮，正在过烟瘾的唐吉三没反应过来就毙命了。

白林：你对白马土司已烂熟于心了，人事情节都了如指掌。

阿贝尔：我是这个家族分出的一脉，身体里有他们的东西，到了一定年龄就醒来了。白马土司经历三十二代，留下的史料很少。名气大的国史、省志及地方史志还有些记载，像王玺；没名气的只有靠家谱和家族口传，大都有名无事迹。

白林：你是否还能感觉到与白马土司的某种联系？

阿贝尔：感觉不到。即使能感觉到一点也是很隐秘的。比如走进报恩寺，跟普通游客虽有不同，也没有什么异样的感觉，最多能闻到一点一般人闻不到的气味。从主干分出太久了，血脉有了更多地理的或者别的家族的气味。

我没见过末代土司王蜀屏，但跟他的次子王铮很熟，也认识他的嫡孙王卫伟。如果土司制度不终结，继任者就该是王卫伟的父亲王金凯，再后就是王卫伟。王铮、王金凯都曾在电力公司供职，王卫伟在审计局。王铮个小，善言，人清淡，与薛土司后人薛莲成婚，育有一女王雪，西安交大毕业，在郑州工作。

白林：第十九代卓尼土司杨积庆也干过不少漂亮事，他住在卓尼，领地却辐射了整个甘南。他干的最漂亮的事有两件，一是结交了奥裔美籍探险家、植物学家洛克，二是放了遭遇困境的红军一马。两件事看似无关，其实是有联系的，包括认识了在红军之前到过卓尼的记者范长江。作为统治阶级一分子的土司，能暗中护卫红军过境，没有比较成熟的新思维是做不到的。据洛克日记记载，杨积庆也有粗暴、阴暗、残忍、反人性的一面，但他在大问题上是把持住的。作为第十九代土司，他有些倦怠了，特别渴望外面的新思想新事物。

阿贝尔：现在卓尼人知道的杨积庆只是个烈士，只有正面，洛克日记里记载的一面被遮蔽了。

平武的白马土司土通判一系，末代土通判王金桂值得一提。王金桂读过高中，与我同辈。1937 年继任土通判，没干出啥漂亮事。我看过照片，人有些文弱，可以看成是整个衰微的白马土司的缩影。1950 年，他到南充革命大学学习，结业后分配在川北行政公署民族事务委员会工作，跟胡耀邦打交道的时候多。1952 年 3 月，他因不理解新政权的新政策自杀。他要是活到 20 世纪 80 年代，是可以忆及胡耀邦的。

2015 年 12 月 12 日整理

注：

白林，本名刘善刚。诗人、作家。20 世纪 60 年代生于武汉。已出版散文集《九寨缘》，小说集《远亲近仇》《仰望雪宝鼎》。现居九寨沟。